사기 본기

사마천 지음 이언호 평역

모든 북
MODEUN BOOK

사기
본기

사마천이 남긴 불후의 대저(大著) 〈사기(史記)〉는 중국 고대의 황제(黃帝)에서 시작하여 하(夏)·은(殷)·주(周)의 3대와 진(秦)·한(漢)의 사적을 기록한 「본기(本紀)」 12권과 일종의 연표라 할 수 있는 「표(表)」 10권, 국가의 제도와 문물에 관해 기록한 「서(書)」 8권, 제왕과 제후들의 흥망성쇠를 적은 「세가(世家)」 30권, 그리고 그 당시 뛰어난 능력을 가지고 천하에 이름을 떨친 인물들의 행적을 그린 「열전(列傳)」 70권 도합 130권 52만 6천 5백 자로 구성되어 있다.

한나라 무제 정화(征和) 2년(기원전 91)에 이 방대한 역저(力著)가 완성되었을 때 사마천은 이를 이름하여 〈태사공서(太史公書)〉라 했다. 이것은 그가 사관(史官) 벼슬인 태사령(太史令)이었음에서 유래된 것이며, 〈사기〉라고 부르게 된 것은 위진(魏晉) 시대 이후부터이다.

그는 당시에 구할 수 있는 모든 사서(史書)와 사료(史料)를 섭렵·참고하는 외에도 전국 각지의 사적을 직접 답사하여 흩어져 있는 구문(舊聞)을 널리 수집하였는데, 그 서술 방식은 〈춘추(春秋)〉의 편년체(編年體)를 취하지 않고 기전체(紀傳體)를 썼다. 이러한 서술 방법은 그의 독창적인 창안으로,

연대순을 따라 역사를 기술하는 편년체와 함께 사서(史書)의 2대 형식을 이루고 있다.

사마천은 중원(中元) 5년(기원전 145) 하양현(夏陽縣 : 섬서성 한성현) 용문(龍門)에서 태사공 사마담(司馬談)의 직책을 세습해 온 사관 가문의 사람으로 알려져 있었다.

그는 10세 때에 고대 문자로 된 경서(經書)를 암송할 정도의 천재성을 보여 주었고, 20세 때부터 중국 각지의 유적을 직접 답사하면서 사가(史家)로서의 자질을 쌓아 갔다.

그의 나이 36세 때, 아버지인 태사공 사마담이 산동성의 태산(泰山)에서 행해진 봉선(封禪)의 의식에 태사의 신분이면서도 침례치 못한 것을 원통하게 여겼으며, 그로 인해 죽게 되었다. 사마담은 임종에 즈음하여 아들인 사마천에게 선조의 유업을 계승하여 사가로서의 직분을 다할 것을 유언하였다.

아버지의 유지(遺志)를 받들어 꾸준한 노력을 기울여 온 그는 3년 후에 아버지의 뒤를 이어 태사령이 되었다. 천한(天漢) 2년(기원전 99), 흉노 정벌에 나갔던 이릉(李陵)이 도리어 흉노에게 포위당하여 포로가 되는 사건이 일어났다. 한나라 조정에서 이릉에 대한 문죄가 논의되었을 때, 홀로 사마천만이 이릉의 무죄를 주장하다가 무제의 노여움을 사게 되어, 생식기를 자르는 궁형(宮刑)에 처해지게 되었다.

사마천 자신의 표현대로 「아무런 쓸모없는 병신의 몸」이 되자, 그는 오로지 〈사기〉의 찬술(撰述)에만 전심전력을 기울였다. 이를 가상하게 여긴 무제는 노여움을 풀고 그를 중서령(中書令)의 요직에 기용하여 그 전보다 더욱 우대하여 주었다. 그리하여 그 규모의 방대함은 물론, 그 독창적인 서술 방법으로 후세에 길이 남을 〈사기〉가 이 세상에 나오게 된 것이다.

그는 무제가 죽은 해와 같은 해인 시원(始元) 원년(기원전 68)에 죽었다. 그는 한 사람의 인간으로서는 지극히 불행한 일생이었지만, 그러한 불운이 오히려 〈사기〉라고 하는 불후의 대저(大著)를 남기게 했다는 것은 참으로 기묘한 아이러니가 아닐 수 없다.

이 책 「사기 본기」의 내용은 「열전」의 내용과는 달리 감성적인 표현이 매우 자제되어 있다.

그리고 사료의 선택에 있어서 시간적인 범위는 2,600년이지만 절반이 넘는 내용이 한(漢)나라 시대에 집중되어 있다.

따라서 사마천은 자기와 같은 시대에서 살다가 간 무제 시대의 사건과 인물들에 대해서 상당히 자세하게 기록하고 있으며, 무제 시대까지의 중국 역사의 발전 과정을 날카로운 안목으로 누구보다도 제대로 이해하는 데 성공했다고 말할 수 있다.

〈사기〉를 읽어야 하는 이유가 그것에 있다고 말하며 독자의 이해를 돕기 위해 「사기 열전」의 마지막 편인 「태사공 자서」를 책머리에 간단하게 소개한다. 태사공 자서는 〈사기〉의 서문에 해당되며 사마천이 〈사기〉를 쓴 목적과 의도가 잘 나타나 있는 내용이기 때문이다.

엮은이 이언호

옛날에 전욱이 황제였을 때, 남정(南正 : 관직명) 중(重)이라는 자에게 명하여 하늘에 관한 일을 맡아보게 하고, 북정(北正 : 관직명) 여(黎)라는 자에게 명하여 땅에 관한 일을 맡아보게 하였다. 요(堯)·순(舜) 때에도 계속해서 중과 여의 자손에게 그 직무를 맡게 하여, 하왕조에서 은왕조 시대에까지 이르렀다.

그래서 중씨와 여씨는 대대로 하늘과 땅의 일을 주관하여 온 것인데, 주(周) 시대에서 정(程)의 영주인 휴보(休甫)라는 자는 그 후예이다. 주나라 선왕(宣王) 때 그 가문은 세습되어 오던 직분을 잃고, 사마씨(司馬氏)라는 이름으로 불리게 되었다. 사마씨는 대대로 주왕실의 사관(史官)으로서의 직무를 맡아 왔다.

주나라 혜왕(惠王)에서 양왕(襄王)에 걸치는 동안에 사마씨는 주나라의 국도를 떠나 진(晉)나라로 갔다. 진나라의 중군(中軍) 수회(隨會)가 진(秦)나라로 망명했을 때, 사마씨는 소량(小梁 : 섬서성 한성현 남쪽)으로 옮겼다.

사마씨가 주나라를 떠나 진(晉)나라로 가면서부터 그 일족은 흩어져, 어떤 자는 위(衛)나라에, 어떤 자는 조(趙)나라에, 또 어떤 자는 진(秦)나라에 살게 되었다. 그러다가 위나라에 살게 된 자는 중산국(中山國)의 재상이 되었고, 조나라에 살던 자는 대대로 검법의 깊은 뜻을 전함으로써 유명해졌다. 괴외는 바로 그의 자손이다.

진(秦)나라에 있었던 착(錯)이라는 이름의 사람은 장의(張儀)와 논쟁한 결과, 진나라 혜왕(惠王)이 착을 장군으로 임명하여 촉(蜀)을 토벌하게 했다.

이리하여 착은 촉을 점령했으며, 그대로 머물러서 그곳을 지켰다.

착의 손자인 근은 무안군(武安君)인 백기(白起)를 받들었는데, 사마씨가 살고 있던 고을 소량은 이미 이름을 하양(夏陽)이라고 개칭하고 있었다.

근은 무안군과 함께 조나라의 군대를 쳐부숴 그들을 장평(張平)에 묻어 죽였지만, 개선한 뒤에 무안군과 함께 두우(杜郵)에서 자결하라는 황제의 명령을 받고 죽어, 화지(華池)에 묻혔다. 근의 손자에 창(昌)이라는 사람이 있었는데, 그는 진나라의 제철(製鐵) 감독관이었다.

진나라 시황제 때 괴외의 고손자인 앙은 무신군(武信君) 밑에서 부장이 되어 조가(朝歌 : 하남성 기현 북쪽)를 정복했는데, 제후들이 왕의 칭호를 일컫기 시작할 무렵이라, 앙은 항우로부터 은왕(殷王)의 칭호를 받았다. 한(漢) 고조가 초(楚)의 항우를 토벌하자, 앙은 한에 귀속하여 그 영지는 한제국의 하내군(河內郡)이 되고 말았다.

창은 무택을 낳고, 무택은 한의 시장(市長 : 한나라 수도 장안에 있었던 4개의 관설 시장 중 1개 시의 장)이 되었다. 무택은 희(喜)를 낳고, 희는 오대부(五大夫)가 되었다. 죽은 뒤에 그들은 모두 고문(高門 : 섬서성 한성현 서남쪽)에 매장되었다.

사마희의 아들이 나의 아버지인 담(談)이다. 담은 태사공이 되셨다, 아버지 태사공은 당도(唐都)란 사람에게서 천문 점성술을 배우셨고, 양하(陽何)로부터 「주역」을 배우셨으며 도가의 학설을 황선생(黃先生)에게서 배우셨다.

아버지는 건원(建元) 연간에서 원봉(元封) 연간에 걸쳐 버슬살이를 하였으나, 학문하는 사람이 학문의 참뜻을 분별하지 못하고 스승의 뜻과 위배되는 그릇된 생각을 가지고 있음을 슬프게 여겨, 여섯 개 학파의 요지를 다음과 같이 논평하셨다.

"일찍이 「역(易)」의 「계사전(繫辭傳)」에 '천하는 궁극적으로 이치가 하나인데도 사람들의 생각이 갖가지로 나누어져 있다. 귀착점은 동일한데도 경로는 제각기 다르'라고 했다. 대저 음양가(陰陽家) 유가(儒家)·묵가(墨家)·명가(名家)·법가(法家)·도가(道家)의 6개 학파는 모두 좋은 정치를 지향하는 것일 따름이다. 다만 주장하는 설이 다르고 학자들이 충분히 잘 성찰했느냐 못했느냐 하는 차이가 있을 뿐이다.

내가 보는 바로는 음양가의 학문은 너무 상세하고, 금기(禁忌)하는 것이 너무 많아 이것에 구애받다 보면 지나치게 사람들을 두렵게 만든다. 그러나 사계(四季)의 위대한 운행에 따라 세상사를 순서 있게 부여한 점은 없애서는 안 될 것이다.

유가의 학문은 지나치게 넓기는 하지만, 요점이 적어 심신을 피로하게 하는 데 비해 그 효과가 적다. 따라서 그들이 말하는 바에 일일이 따를 수는 없다. 그러나 군신·부자 사이의 예를 정하고, 부부·장유간에 차별을 둔 점은 무엇과도 바꿀 수 없는 것이다.

묵가는 지나치게 검소해서 따라가기 힘들어, 그 설에 모두 따를 수가 없다. 그러나 근본을 강하게 하고 재물을 절약하는 점은 버릴 수 없는 것이다.

법가는 지나치게 엄격해서 온정이 없다. 그러나 군신·상하의 구별을 명확하게 짓는 점은 고칠 수 없는 것이다. 명가는 너무나 개념에 묶여서 진실을 놓치는 데가 있다. 그러나 명칭과 실질의 관계를 바로잡은 점은 충분히 주의하지 않으면 안 된다.

도가는 사람의 정신을 집중시키고 행동을 형체가 없는 대도(大道)에 합치시켜 만물을 충실하게 한다. 그 학설은 음양가의 위대한 순서에 근거를 두고 유가·묵가의 좋은 것을 채용하고, 명가·법가의 요점을 제 것으로 하면서, 시세의 변천에 따라 움직이며 대상에 입각해서 변화하고 습속을 세우면서 일을 행하니 세상에서 마땅치 않음이 없는 것이다. 그 주된 취지는 간결하고 실행하기 쉬우며, 자잘한 데가 적은 반면에 그 효과는 크다.

원래 인간에게 생명을 주고 있는 것은 정신이다. 그것에 머물고 있는 것이 육체이다. 정신을 지나치게 사용하면 고갈되고, 육체를 너무 수고롭게 하면 소모된다. 육체와 정신이 분리되면 죽는다. 죽은 자는 다시 살아날 수 없으며, 분리된 정신과 육체는 원래대로 되돌아갈 수 없다. 그러므로 성인은 이것을 중시하는 것이다.

이 점에서 생각한다면 정신이라는 것은 삶의 근본이며 육체는 삶의 수단이다. 먼저 정신을 안정시키지 않고 더구나 '나는 이렇게 천하를 통치하고 있는 사람이다'고 말해 보았자 아무런 근거도 없는 것이다.

태사공은 천문을 담당하는 벼슬에 있었으므로 백성을 다스리지는 않았다. 그의 아들을 천(遷)이라고 한다. 나 사마천(司馬遷)은 용문(龍門 : 섬서성 한성현)에서 태어나 황하의 북쪽, 즉 용문산의 남쪽에서 농경과 목축을 하고 있었다.

10세에 고대 문자로 쓰여져 있는 경서를 암송했고, 20세 때 남쪽의 양자강과 회수(淮水) 유역을 여행했으며, 회계산에 올라가 그 산정에 있는 우혈(禹穴 : 우임금을 장사지냈다는 동굴)을 탐방하고, 구의산(九疑山)을 조사하고 동정호(洞庭湖)로 흐르는 원수(沅水)·상수(湘水)를 배로 여행했다.

그리고 북상해서 문수(汶水)·사수(泗水)를 건너, 제나라와 노나라의 수도에서 학업을 닦고, 공자(孔子)의 유풍을 자세히 관찰하고, 추현·역현에서 향사(鄕射)의 예(禮)를 익혔다. 파현·설현 및 팽성현에서 심한 간난 고초를 겪은 뒤 양(梁 : 하남성 개봉 일대)을 지나서 돌아왔다.

그 후 나는 궁중에 들어가 낭중(郎中 : 시종)이 되었고 사명을 받아 서쪽으로 파촉(巴蜀) 이남을 정복하고 남쪽으로 공·작·곤명 등을 토벌하고 돌아와 복명했다.

이 해에 천자는 처음으로 한실(漢室)의 봉선(封禪) 의식을 태산(泰山)에서 거행했는데, 나의 아버지 태사공은 주남(周南 : 낙양)에 발이 묶인 채 머물러 있어서 그 의식에 참석할 수 없었다. 그 때문에 아버님은 원통한 나머지 거의 죽을 지경이 되었을 때, 마침 나는 사명을 끝내고 돌아와 황하와 낙수(洛水) 사이에서 아버님을 뵈었다. 아버님이신 태사공은 내 손을 잡고 눈물을 흘리며 말씀하셨다.

"우리 선조는 주왕실의 사관이었다. 아주 옛날에 순(舜)이나 하(夏)의 시대에 공명을 떨친 이래로 천문을 주관해 왔다. 그러나 후세에 이르러 점점 쇠퇴하여 나의 대에 이르러 끊어지려는가. 네가 다시 태사의 직위에 오르면 우리 선조의 사업을 계승하라.

지금 천자는 천년의 황통(皇統)을 물려받아 태산에서 봉선을 거행했는데도 내가 모시고 따라갈 수 없었던 것은 천명이라고 할 수밖에 없다. 내가 죽으면 너는 반드시 태사가 될 것이다. 태사가 되면 내가 저서를 남기려 한 것을 잊지 말라.

대저 '효도라는 것은 먼저 어버이를 섬기는 일에서 시작하여 군주를 섬기는 데로 이르고, 마지막에 입신출세함으로써 완결된다. 후세에 이름을 날려 부모를 빛나게 하는 것은 가장 큰 효도이다.'(효경)라고 말해지고 있지 않느냐.

유왕(幽王)·여왕(勵王) 이후로 왕도는 무너지고 예악(禮樂)은 쇠퇴했다. 공자는 옛것에 손질을 하고 무너진 것을 다시 일으켜서 〈시경〉·〈서경〉을 논정(論定)하고 〈춘추〉를 저작하였다. 그래서 학자들은 지금에 이르기까지 이 책들을 기본적 규범으로 삼고 있는 것이다.

공자가 기린을 얻은 때(노나라 애공 14년에 사람들이 사냥을 하다가 기린을 잡았는데 아무도 아는 사람이 없었는데 공자만이 알았다고 함)에서 〈춘추〉의 붓을 꺾고 난 이후로부터 오늘날에 이르기까지 4백 년 남짓 지났다. 그동안 제후들은 서로 합병하고 사관의 기록은 내팽개쳐졌다. 지금 한제국이 일어나 천하 통일의 세상이 되어 명주(明主)·현군·충신·의사(義士)가 배출되고 있다.

나는 태사의 직위에 있으면서 이 사람들을 논평하고 기재하지 못하였으니, 천하의 사문(史文)을 폐기되는 대로 내버려 두는 것이 내가 가장 걱정하는 바이다. 너는 이 점을 부디 명심하기 바란다."

나는 고개를 숙이고 눈물을 흘리며 대답했다.

"소자는 변변치 못합니다만 어떻게든 아버님께서 순서를 세우신 옛 전언(傳言)을 일일이 논술하고 반드시 빠뜨린 것이 없도록 하겠습니다."

아버님께서 돌아가신 지 3년 후에 나는 태사령(太史令)이 되어 사관이 남긴 기록이나 석실(石室)·금궤(둘 다 황실 도서관)에 소장된 고금의 장서를 열람하는 한편, 자료들을 수집했다. 그 뒤 5년째가 태초(太初) 원년(기원전 104)이 된다. 그 해 11월, 갑자(甲子)가 되는 초하룻날 아침, 바로 동짓날에 천력(天曆)이 처음으로 개정되어, 명당(明堂)을 세우고 여러 신들에게 제사지냈다. 내가 말했다.

"아버님께서 전에 이렇게 말씀하셨다. '주공이 돌아가신 지 5백 년이 지나 공자가 나왔다. 공자가 별세한 후 지금에 이르기까지 또한 5백 년이 된다. 대도(大道)가 분명했던 옛날을 이어받아, 공자가 저술한 「역」의 「계사전」을 바르게 해석하고 〈춘추〉의 정신을 계승하여 역사를 서술하고, 「시」, 「서」, 「예」, 「악」의 근본을 밝히는 사람이 나와야 할 때이다'라고 하셨는데, 바로 지금이야말로 그러한 때가 아닌가 한다. 내가 어떻게 감히 겸양만 부리고 있겠는가."

상대부(上大夫) 호수(壺遂)가 나에게 물었다.

"옛날에 공자는 무엇 때문에 〈춘추〉를 지으셨을까?"

나는 이렇게 대답했다.

"일찍이 동중서(董仲舒) 선생이 말씀하시기를, '주나라의 왕도가 쇠약해졌을 때 공자는 노나라의 사구(司寇 : 사법 대신)가 되셨지만, 제후들은 공자를 중상하고, 대부들은 공자를 방해했다. 공자는 자신의 말이 받아들여지지 않고 올바른 길이 행해지지 않는다는 것을 아셨다. 그래서 노나라의 은공(隱公) 원년에서 애공(哀公) 14년에 이르는 242년 동안의 일들을 비판하여 이것을 천하 사람들이 따라야 할 모범으로 삼았다. 거기서는 천자라 할지라도 착하지 못한 것을 비판하고, 제후들의 비행을 나무라고, 대부들의 나쁜 짓을 징계해서 왕도를 달성하는 것이 주목적이었다'고 했다. 또 공자께서도 '내가 추상적인 말로 가르치려는 것보다도 실제로 행해졌던 일로써 보여 주는 편이 훨씬 절실하고 선명해지는 것이다'라고 말씀하셨다.

애당초 〈춘추〉는 위로는 하·은·주 3대의 왕도를 밝히고, 아래로는 인간 세계의 기강(紀綱)을 분석한 것이며, 의심스러운 것을 판별하고, 시비를 명확히 가리며, 불확실한 것에 결정을 내린다.

또 선한 것은 선하다고 하고 나쁜 것은 나쁘다고 하며, 현자를 현명하다고 하고 됨됨이가 나쁜 자는 천하다고 분명히 밝힌다. 멸망한 나라를 일으켜 세우고, 끊어진 집안을 잇고, 폐단을 보충하며, 황폐된 것을 재흥시켰다. 이것이야말로 왕도를 광대하게 하는 것이다.

한마디로 말해서 〈춘추〉는 시비와 선악을 판별한다. 따라서 인간 세계를 지도하는 면에서 뛰어나다. 그러므로 「예」는 인간의 행위를 절도 있게 하고, 「악」은 조화를 촉진시키고, 「서」는 사실을 적고, 「시」는 심정을 창달하고 「역」은 변화를 말하며 〈춘추〉에 쓰여진 문자는 수만 자로 이루어져 있고, 또한 그것이 가리키는 요지는 수천에 달한다. 만물이 뭉치거나 흩어지는 온갖 현상은 모두 〈춘추〉에 있다.

〈춘추〉 속에는 군주를 살해한 사건이 36, 나라가 멸망한 예는 52, 제후가 자기 나라를 보전시킬 수 없어 망명한 예는 헤아릴 수 없을 만큼 많다. 그 원인을 살펴보면 거개가 기본적인 것을 잃은 데 있다.

그러므로 「역」에서 '시작에서 털끝만 한 차질이 생기면 천 리의 차이가 난다'고 했고, '신하가 주군을 죽이고 아들이 아버지를 죽인다는 것은 일조일석의 원인에서 오는 것이 아니라 오랜 세월을 두고 서서히 진행된 결과인 것이다'라고 했다.

따라서 나라를 가진 군주인 자는 〈춘추〉를 몰라서는 안 된다. 앞에 참언하는 자가 있어도 꿰뚫어 보지 못하고, 뒤에 역적이 있어도 알아차리지 못할 것이다. 또한 남의 신하 된 자도 〈춘추〉를 알지 않으면 안 된다. 만약 모른다면 평상시 일을 처리하는 데도 때에 따라 달라질 것이고, 비상사태에 부딪히면 임기응변의 처치도 못 하게 될 것이다.

그러므로 〈춘추〉는 예의의 커다란 근원이다. 생각건대 예란 일이 벌어지기 전에 예방하는 것이고, 법이란 일이 벌어진 뒤에 실시하는 것이다. 따라서 법의 효용은 알기 쉽지만. 예의 예방력은 좀처럼 알기 어려운 것이다."

호수가 또 말했다.

"공자의 시대에는 위로는 현명한 군주가 없었고 밑으로는 신하의 임용이 적절하지 못했다. 그래서 〈춘추〉를 만들어 추상적인 말을 늘어놓음으로써 예의를 판정하고 유일한 왕도에 대신한 것이다. 그런데 지금 그대는 위로는 성명하신 금상 폐하의 치세에 있고, 밑으로는 자신의 직무를 지킬 수 있지 않은가. 만사는 정돈되어 있고, 모두들 제각기 제 자리를 찾아 질서가 유지되고 있다. 그대의 논하는 바는 또 무엇을 밝히려고 하는가?"

나는 대답했다.

"과연 그렇다. 하지만 역시 그렇지는 않다. 나는 아버님으로부터 이렇게 들었다. '복희(伏羲)는 더할 나위 없이 순수하고 온후해서 「역」의 팔괘를 만들었다. 요임금과 순임금의 성덕은 〈상서(尚書)〉에 기재되었고, 예악은 거기서 일어났다.

은나라의 탕왕이나 주나라 무왕의 융성한 모습을 시인은 노래 불렀다. 〈춘추〉는 선을 칭송하고 악을 비판했으며, 하·은·주 3대의 덕을 기리고 주왕실을 찬양한 것으로, 그냥 비방만 한 것은 아니다'라고 했다.

한제국이 일어난 뒤부터 금상 폐하에 이르기까지 상서로운 증표를 여러 개나 얻어 봉선의 제사를 거행하고, 역서를 개정하고, 또한 복색을 바꾸었다. 한제국은 맑고 아름다운 하늘의 명을 받은 것이다. 그 은혜가 미치는 곳은 끝이 없어 바다 건너 풍속이 다른 나라들도 다투어 통역을 앞세워 우리 변경 요새의 문을 두들겨서 내조(來朝)하여 조공(朝貢)을 드리며 알현하기를 바라는 자는 이루 헤아릴 수 없을 만큼 많다.

신하인 문무백관들은 이 성덕을 찬양하기에 힘쓰고 있지만, 아직도 그 참 뜻을 다 표현하지 못하고 있다. 현명하고도 유능한 신하가 있는데도 등용되지 못하고 있다는 사실은 나라를 다스리는 자의 수치이다. 주상이 총명한데도 성덕이 널리 퍼져 알려 져 있지 않다고 한다면 그것은 관료의 잘못이다. 더군다나 나는 기록하는 관직에 있으면서 주상의 영명하신 성덕을 소홀히 해서 기재하지 않았으며, 공신이나 제후나 현명한 대신들의 업적을 묻어둔 채로 서술하지 않았으니, 이는 선친의 유언에 배치되는 행동으로서 이보다 더 큰 죄는 없다. 나는 공자의 말씀과 같이 옛것을 서술해서 세상에 전하는 일을 정리하는 데 불과하지 소위 창작하는 것은 아니다. 그런데 그대는 이것을 〈춘추〉에 비교하다니 당치않은 말이다."

그리하여 〈사기(史記)〉 원고를 작성하기 비롯한 지 7년째(기원전 98)에 나는 이능(李陵)의 사건에 연계되어 포박당하는 화를 입었다. '이것이 나의 죄인가. 이것이 나의 죄인가. 아무 쓸모 없는 병신의 몸(이때 사마천은 생식기를 자르는 궁형에 처해졌음)이 되었구나.'라고 단지 긴 한숨을 쉬며 탄식할 뿐이었다.

그러나 처형을 받고 물러나서 깊이 생각한 끝에 나는 이렇게 혼자 중얼거렸다.

"대저 「시」나 「서」와 같은 고전의 미묘한 은유나 간략한 표현이란 것은 그 뜻하는 바대로 사상과 감정을 펴려는 것이다. 옛날에 서백(西伯)은 유리(柔里)에서 붙잡혀, 갇힌 몸으로 〈주역〉을 부연(敷衍)했고, 공자는 진(陳)·채(蔡)에서 어려움을 겪고 〈춘추〉를 만들었다.

굴원(屈原)은 고국에서 추방되어 〈이소(離騷)〉의 노래를 지었으며, 좌구(左丘)는 실명을 하고서야 〈국어(國語)〉를 만들었다. 손자(孫子)는 다리를 잘리는 형을 받으면서 병법을 논했고, 여불위는 촉(蜀)으로 좌천되어 세상에 그의 저서 〈여씨춘추〉를 전하고, 한비자는 진(秦)나라에 잡혀서 〈설란(說難)〉, 〈고분(孤憤)〉의 2편을 썼다. 〈시〉의 3백 편은 대체로 성인·현인이 감정의 격발로써 만들어진 것이다.

이 사람들은 모두 기분이 울적한 데가 있었으므로, 그것을 풀 길이 없을 때에 지나간 일을 글로 쓰고 앞으로 올 일을 생각했던 것이다."

그리하여 도당(陶唐: 요나라의 국호) 이래로 금상 폐하 무제가 기린을 잡아서 그 발 모양을 본뜰 때까지의 일을 서술했다.

우리 한제국은 오제(五帝)의 뒤를 잇고, 하·은·주 3대의 사업을 계승하고 있다. 주의 왕도가 쇠퇴한 뒤 진(秦)나라는 고대 문서를 버리고 〈시〉나 〈서〉 등의 고전을 불태웠다. 그 때문에 명당(明堂) 석실이나 금궤 등에 보관되었던 옥판(玉版)의 도서와 전적(典籍)이 모두 흩어지고 말았다.

그리하여 한제국이 일어나자 소하는 율령을 편찬하고 한신은 군법을 제정하고, 장창(張蒼)은 역법과 도량형을 만들었으며, 숙손통은 예의의 규정을 정했다. 그래서 문화는 차차 빛을 더하고, 〈시〉, 〈서〉 등의 고전도 세상에 나온 것이다.

조참(曹參)이 감공을 추천해서 황노(黃老)의 학문을 기술하고, 가의와 조착이 신불해나 상앙의 법술을 밝혔으며, 공손홍(公孫弘)이 유학으로 이름을 날렸다.

따라서 이 백 년간 천하에 남겨진 서적이나 옛 기록은 모두 사관의 손에 모이게 되었다. 태사공의 사관직(史官職)은 부자가 2대를 계속해서 맡았다. 그래서 나는 이렇게 생각했다.

　'아아, 나의 조상은 일찍이 이 직무를 담당하여 요·순 시대에 이름을 날렸고, 주대(周代)에 이르러 다시 이 일을 맡았다. 그래서 사마씨의 집안은 대대로 천문의 관직을 담당해 나의 대까지 온 것이 아닌가. 조심해서 생각해 볼 일이다. 조심해서 생각해 보지 않으면 안 될 일이다.'

　그리하여 천하에 산일(散逸)된 구문(舊聞)을 널리 수집해 왕자(王者)의 사업이 흥하였던 바에 관해서 그 시작을 더듬어 찾고 끝남을 확인하며 성쇠를 관찰해서 사실에 따라 논평했다. 하·은·주의 3대와 진한의 일을 대충 추찰해서 기록했는데, 위로는 황제(黃帝)에서 시작하여 마지막으로는 오늘날에 이르기까지 12권의 본기(本紀)」를 저술해서, 그 대강(大綱)을 나누어 기술했다.

　그러나 시대가 병행하기도 하며 세대의 차이가 생기기도 하여 연대가 명료하지 않았다. 그래서 10권의 「표(表)」를 만들었다. 시대에 따라 예와 악의 증감이 있었으며 음률과 역법에 개혁이 있었다. 그리고 병권(兵權)·산천·귀신, 하늘과 사람과의 관계 등에서 폐해를 입은 뒤에 시대의 변화에 적응해 가는 경과 따위에 관하여 8권의 「서(書)」를 만들었다.

　하늘의 성좌인 28수는 북극성 주위를 돌고, 수레바퀴의 바큇살 30개는 단 하나의 바퀴 통을 중심으로 어느 것이나 끝없이 운행하는 것과 마찬가지로, 군주를 보좌하는 고굉의 신하들을 성수나 바큇살에 비교해서 배분하여 성심

껏 도를 행하고 주상을 받드는 일을 위해 30권의 「세가(世家)」를 만들었다.

정의를 돕고, 뛰어난 능력을 가지고 적당한 시기를 놓침이 없이 공명을 천하에 날린 사람들을 위해 70권의 「열전(列傳)」을 만들었다. 이상을 합하면 130권, 52만 6천 5백 자다. 이에 이름 붙여 〈태사공서(太史公書)〉로 한다.

서략(序略 : 自)은 본문에서 빠진 것을 줍고, 육경(六經)의 모자란 데를 보충해서 일가(一家)의 견식을 다 피력했다. 그것은 육경의 여러 가지 다른 주석을 조화시켜 제자백가의 갖가지 설을 정리한 것이다. 정본(正本)은 신성한 명산에 간직해서 영원히 전하게 하고, 부본(副本)은 수도에 두어서 후세의 성인군자가 열어보기를 기다린다. 이상이 〈태사공 자서〉이다.

이렇게 하여 나는 황제(黃帝)로부터 태초(太初)에 이르기까지 차례대로 서술하여 130권으로 끝맺는다.

차례

기(棄)는 후직(后稷 : 곡식의 발명자)이 되었고, 그 덕은 서백의 시대에 이르러 성대해졌다. 무왕은 목야(牧野)에서 주왕을 물리쳐 천하를 위로하고 어루만졌다. 유왕과 여왕은 어둡고 음란하여 풍(豊)·호(鎬)를 잃었으며, 난왕에 이르러서는 낙읍(洛邑)에서 조상의 제사조차 받들지 못했다.

진(秦)나라의 선조 백예(伯翳)는 우(禹)임금을 도왔다. 목공(穆公)은 대의(大義)를 생각하여 효산에서 싸우다 죽은 군대들을 애도했다. 그는 죽음에 이르자 사람들을 순장시켰다. 〈시경〉의 「진풍(秦風)·황조편(黃鳥篇)」은 이것을 노래하고 있다. 소왕(昭王)과 양왕(襄王)은 제업(帝業)의 기초를 닦았다.

진시황은 즉위하자 6국을 겸병하고 병기를 녹여 종과 종걸이를 만들고 방패와 갑옷을 못 쓰게 했지만, 그 후 왕이라는 호칭을 황제로 높이고, 무력을 자랑했다. 이세가 그 국운을 이어받았으며 자영은 한나라 군대에게 항복하고 포로가 되었다.

|1| 오제본기(五帝本紀)

    황제(黃帝 : 중국 신화에 등장하는 다섯 방향의 신들 중에서 중앙을 다스리는 상제)는 소전(少典 : 유웅씨 부락의 우두머리)의 자손이다. 성은 공손(公孫)이고 이름은 헌원(軒轅)인데, 출생했을 때부터 신기하고 영묘하여 태어난 지 몇 달도 채 지나지 않아 말을 할 수 있었다. 어려서는 총명하고 기민했고, 자라서는 인정이 많고 사리에 밝았으며 성인이 되어서는 영민하고 슬기로웠다.

    헌원의 시대에 신농씨(神農氏 : 중국 고대 전설에 소개되는 제왕) 세력이 기울고 있었다. 제후들이 서로 침략하고 공격하고 백관(百官)들을 잔혹하게 살해했으나, 신농씨는 그들을 정벌할 수 없었다. 때문에 헌원이 방패와 창을 다루는 사용법을 익혀 조공을 바치지 않는 제후들을 정벌했더니 그들이 모두 와서 복종했다. 하지만 치우(蚩尤 : 전쟁의 신으로 추앙받은 염제의 후손)만은 포악하기가 그지없었기에 아무도 정벌할 수가 없었다.

    염제(炎帝 : 중국 고대의 불의 신)가 제후들을 쳐서 없애려 하자 제후들은 모두 헌원에게로 가서 몸을 의탁했다. 그러자 헌원은 덕을 닦고 군대를 정돈했으며, 오행(五行 : 봄·여름·늦여름·가을·겨울)의 기(氣)를 익히고, 오곡(五穀 : 기장·피·콩·보리·쌀)을 심고, 만백성을 어루만져 제후들을 안정시키고자 했다. 곰·큰곰·휴(호랑이와 비슷한 맹수)·추(개 정도의 크기를 가진 호랑이와 비슷한 맹수)·호랑이들을 훈련시켜서 판천(阪泉)의 들판에서 싸웠는데, 세 번 싸운 뒤에야 뜻을 이루었다.

    하지만 치우는 헌원의 명령에 따르지 않았으며 다시 난을 일으켰다. 그래서 헌원은 제후들의 군대를 불러모아 치우를 치게 했으며, 마침내 탁록(涿鹿)의 들판에서 싸워 치우를 사로잡아 죽였다. 그러자 제후들이 모두 헌원을 받들어 천자로 삼고 신농씨를 대신하게 하였으니, 이 사람이 바로 황제이다. 그는 천하에 따르지 않는 자가 있으면 찾아가서 그들을 정벌하고 평정되면 떠나갔으며, 산을 개간하여 길을 뚫느라고 항상 편하게 지낸 적이 없었다.

동쪽으로는 바다에 이르렀다가 환산(丸山)에 올랐으며 태산(泰山)까지 이르렀다. 서쪽으로는 공동(空桐)에 도착하여 계두산(鷄頭山)에 올랐으며, 남쪽으로는 장강(長江)에 이르렀다가 웅산(熊山)과 상산(湘山)에 올랐다. 북쪽으로 가서는 훈육(북방 지역의 부족 이름)을 내쫓고, 부산(釜山)에서 제후들을 모아 부절(符節 : 믿음을 나타내는 증거로 주었던 물건)을 맞추어 보고, 탁록산 아래에 있는 평원을 도읍으로 정했다. 황제는 항상 이곳저곳 옮겨 다녔기에 일정한 거처가 없었으므로, 머무는 곳마다 군영을 지어서 방어했다. 관직의 명칭은 전부 「구름(雲)」이라는 글자를 써서 지었고 군대도 「운사(雲師)」라고 불렀다. 또한 제후들을 감찰하는 좌우 대감을 두어 각지의 온 나라를 감독하게 했다.

온 나라가 평화스러워지자 귀신과 산천에 제사 지내는 봉선(封禪 : 태산에 올라 하늘과 땅에 지내는 제사)도 더불어 많아졌다. 황제는 보정(寶鼎 : 제위를 상징하는 솥)을 얻었고, 연대를 추산하는 신책(神策 : 점을 칠 때 쓰는 나뭇가지)으로 날짜를 계산했다. 그리고 풍후(風后)·역목(力牧)·상선(常先)·대홍(大鴻) 등을 등용하여 백성을 다스렸다. 천지의 규율에 순응하여 음양의 변화를 예측하고, 죽고 사는 데 행하는 이론을 정했으며, 국가 존망의 이치를 폈다. 때에 맞추어 온갖 곡식과 초목의 씨를 뿌리게 하니 덕스러운 교화가 금수와 곤충에까지 미쳐 길들여졌다. 일월성신, 물의 흐름, 토석(土石), 금옥(金玉)을 두루 백성에게 이익이 되게 이용했다. 마음과 몸을 기울여 생각하여 실천하고 사물을 관찰했으며, 물불과 산림의 생산물을 아껴 쓰도록 했다. 그처럼 토덕(土德)의 상서로움이 있었기에 백성들이 그를 황제라고 불렀다.

황제에게는 25명의 아들이 있었는데, 그의 성씨를 얻은 아들은 열네 명이었다.

황제는 헌원의 언덕에 거주하면서 서릉(西陵)의 딸을 아내로 맞이했는데, 이 여인이 누조(최초로 양잠을 보급한 인물)이다. 누조는 황제의 정실부인이 되어 두 아들을 낳았는데, 이 두 아들의 후손도 모두 훗날에 천하를 소유하게 된다. 맏아들은 현효, 즉 청양(靑陽)으로, 강수(江水)의 제후가 되었다. 둘째 아들은 창의(昌意)로, 약수(若水)의 제후가 되었다. 창의는 촉산씨(蜀山氏)의 딸 창복(昌僕)을 아내로 맞아 고양(高陽)을 낳았는데, 고양은 성현의 덕을 지닌 인물이었다.

황제가 세상을 떠나자 교산(橋山)에 장사 지냈다. 그리고 황제의 손자이자 창의의 아들인 고양이 제위에 올랐으니, 이 사람이 바로 전욱제(顓頊帝)이다.

전욱제 고양은 지모가 있었고, 사리에 두루 통했다. 따라서 그는 적당한 땅을 골라 곡식을 기르고, 하늘의 변화에 따라 절기(節氣)에 맞게 일했으며, 당시에는 총명한 존재라고 인식했던 귀신에 의탁하여 예의를 제정하고 백성들을 다스려 교화하였으며, 깨끗하고 정성스럽게 제사를 지냈다. 그리하여 영토가 북쪽으로는 유릉(幽陵)에, 남쪽으로는 교지(交趾)에, 서쪽으로는 유사(流沙)에, 동쪽으로는 반목(蟠木)에까지 이르게 되었다. 해와 달이 비치는 곳에서 사는 사람들은 누구나 그에게 평정되었기에 귀속하지 않는 곳이 없었다.

전욱제의 아들은 궁선(窮蟬)이다. 전욱이 세상을 떠나자 현효의 손자인 고신(高辛)이 제위에 올랐으니, 이 사람이 바로 제곡이다.

제곡 고신은 황제의 증손자가 되는 사람이다. 그의 아버지는 교극(橋極)이고, 교극의 아버지는 현효이고, 현효의 아버지는 황제이다. 현효와 교극은 모두 왕위에 오르지 못했으며 고신에 이르러서야 제위에 올랐다. 고신은 전욱의 사촌의 아들이다.

고신은 태어나면서부터 영묘했다. 스스로 자신의 이름을 말할 수 있을 정도였다. 그는 널리 베풀어 만물을 이롭게 하면서도 자신은 제대로 돌보지 않았다. 귀와 눈이 밝아 먼 곳의 일까지도 잘 알았고, 미세한 일까지도 살필 수 있었다. 하늘의 뜻을 따랐고 백성의 절실함을 알았던 그는 어질면서도 위엄이 있고, 은혜로우면서도 믿음이 있었으며, 자신을 수양했으므로 천하의 사람들이 모두 그에게 복종했다. 그는 땅의 재물을 얻었으나 모든 것을 아껴서 썼고, 백성을 위로하고 가르치면서 그들을 이로워지도록 이끌었다.

그의 용모는 매우 아름다웠고 덕은 고상했으며, 행동은 때에 들어맞았다.

제곡은 진봉씨(陳鋒氏)의 딸을 아내로 맞이하여 방훈(放勳)을 낳고, 추자씨의 딸을 아내로 맞이해서 지(摯)를 낳았다. 제곡이 세상을 떠나자 지가 뒤를 이어서 즉위했다. 하지만 나라를 잘 다스리지 못했기 때문에 동생 방훈이 제위에 올랐으니, 이 사람이 바로 요(堯)임금이다.

요임금의 인자함은 하늘과 같았고 지혜는 신과 같았다. 그에게 가까이 다가가서 보면 태양 같았고 멀리서 바라보면 구름 같았다. 그는 부유하면서도 교만하지 않았고, 고귀하면서도 오만하지 않았다. 누런색 모자를 쓰고 검은색 옷을 입은 그는 말이 끄는 붉은색 마차를 탔다. 덕을 따르고 밝혀 구족(九族 : 같은 종족의 9대 사람들)을 화목하게 만들었다. 구족이 화목해지자 그는 백관의 공적을 공평하게 판단하여 밝혔다. 백관이 밝아지자 온 나라 사람들이 결합하여 화목해졌다.

그러자 요임금은 희씨(義氏)와 화씨(和氏) 부족에게 명을 내려, 하늘의 이치에 따르고 해와 달과 별의 운행 법칙을 헤아려 백성들에게 농사짓는 시기를 가르치게 했다.

희중(羲仲 : 희씨의 둘째 아들)에게는 따로 명을 내려 양곡(陽谷 : 태양이 떠오르는 곳)이라고 불리는 욱이(郁夷)에 머물며 백성들이 봄 농사를 때맞추어 짓도록 가르치게 했다. 또 낮과 밤의 길이가 같은 날, 조성(鳥星 : 남쪽에 뜨는 7개의 별들 중 네 번째 별)이 정남(正南) 하늘에 나타나는 시각을 관찰하여 춘분(春分)이 언제인지 정확히 판단하게 했다. 백성들은 춘분이 되면 들로 흩어져 나가 농사를 지었고, 새나 짐승들은 교미하여 새끼를 낳았다.

요임금은 희숙(羲叔)에게 명을 내려 남교(南交)에서 살도록 했다. 그곳에서 해의 길이를 관찰하여 여름 농사를 때맞추어 짓도록 가르치게 했다. 낮이 가장 긴 날 화성(火星)이 정남쪽 하늘에 나타나는 시각을 관찰하여 하지(夏至)를 정하게 했다. 그때 백성들은 농사짓기에 바빴고, 새나 짐승들은 털갈이를 하느라고 털이 적어졌다.

요임금은 이어서 화중(和仲)에게 명을 내려 매곡(昧谷)이라고 불리는 서쪽 땅에 가서 살도록 했다. 그곳에서 지는 해를 배웅하며 가을 추수를 때맞추어 안배하도록 했다. 밤과 낮의 길이가 같은 날 허성(虛星)이 정남쪽 하늘에 나타나는 시각을 관찰하여 추분(秋分)을 정하게 했다. 그때 백성들은 편안하고 즐거웠으며, 새나 짐승들은 털이 새로 나게 되었다.

요임금은 화숙(和叔)에게 명을 내려 유도(幽都)라고 불리는 북쪽 땅에 가서 살도록 했다. 그곳에서 겨울에 곡식을 저장하는 일을 관리하도록 했으며 낮의 길이가 가장 짧은 날 묘성(昴星)이 정남쪽 하늘에 나타나는 시각을 관찰하여 동지(冬至)를 정하게 했다. 그때 백성들은 따뜻하게 지냈고, 새나 짐승들의 몸에는 따뜻한 솜털이 났다. 요는 1년을 366일로 정하고 윤달(閏月)을 만들어 사계절의 오차를 바로잡았다. 요임금이 모든 관리들에게 일사불란하게 명을 내렸으므로 많은 공적이 한꺼번에 생겨나게 되었다.

요임금이 물었다.

"누가 이 정사를 계승할 수 있겠소?"

방제(放齊)가 대답했다.

"맏아드님인 단주(丹朱)가 사리에 통달하고 명석하십니다."

그러자 요가 말했다.

"그놈은 고집이 세고 말싸움을 좋아하니 기용할 수가 없소."

요가 다시 물었다.

"누가 좋겠소?"

환두가 대답했다.

"공공(共工 : 토목공사를 담당한 관리)이 백성을 모아 널리 공적을 세웠으니, 등용할 만합니다."

요가 말했다.

"공공은 말은 잘하지만 마음을 쓰는 것이 한쪽으로 치우치는 사람이요. 공손한 듯하지만 하늘을 기만하니 그 사람은 안 되오."

요가 또 물었다.

"아, 사악(四岳 : 사방의 제후들을 나누어 맡아서 다루는 관리)이여! 거센 홍수로 인해 거대한 물줄기가 산을 둘러싸고 언덕까지 덮쳐 백성들이 크게 걱정하니, 홍수를 다스릴 수 있는 사람이 없겠소?"

그러자 그들은 모두 "곤이 할 수 있다"고 말했다.

"곤은 명령을 어기고 동족의 사이를 어그러뜨렸으니 안 되오!"

"그는 뛰어난 사람이옵니다. 일단 시험 삼아 써 보시고, 성과가 없으면 쓰지 마시지요."

요임금은 사악의 말에 따라서 곤을 등용했지만, 곤은 9년이 지나도록 홍수를 다스리지 못했다.

그러자 요임금이 말했다.

"아, 사악이여! 내가 재위한 지 어느덧 70년이 되었소. 그대들 중 누가 천명에 순응하여 나의 자리에 오르겠소?"

사악이 대답했다.

"저희들은 덕행이 낮아 제왕의 지위를 욕되게 만들기만 할 것입니다."

요임금이 말했다.

"명망 있는 귀족이든, 관계가 먼 사람이든, 숨어서 사는 사람이든 쓸만한 자가 있으면 모두 추천해 주시오."

그러자 모든 사람이 요임금에게 말했다.

"백성들 중에 아내도 없이 혼자 사는 사람이 있는데, 이름은 우순(虞舜)이라고 합니다."

"나도 그 사람 얘기는 들었소. 그는 어떠하오?"

요임금이 묻자 사악이 대답했다.

"장님의 아들입니다. 아버지는 완고하고 어머니는 남을 잘 헐뜯으며 동생은 교만합니다. 그런데도 그는 화목하게 효를 행해, 그들을 점점 선하게 만들어 그들은 간악한 일을 하는 데까지 이르지 않게 되었습니다."

그러자 요임금이 말했다.

"내가 그를 시험해 보겠소."

요임금은 두 딸을 그에게 시집보내어 그들을 통해 우순의 덕행을 관찰했다.

순은 요임금의 두 딸을 깨우쳐 자기가 살고 있는 규예로 옮겨갔으며 그들이 부인의 예절을 지키게 했다. 요임금이 그러한 것들을 옳다고 여겨, 순에게 다섯 가지의 가르침(五典 : 아버지는 위엄이 있고, 어머니는 자애롭고, 형은 우애롭고, 동생은 형을 공경하고, 자식은 효성스러워야 한다는 것)을 백성들에게 신중하게 펴도록 했더니, 백성들이 잘 따랐다. 그래서 순에게 백관의 일을 총괄하게 하였더니, 백관의 일들이 질서가 잡혔다. 이어서 사문(四門)에서 손님을 접대하는 일을 맡겼더니, 천자를 찾아온 빈객들에게 화목하게 대했기에 제후들이나 먼 곳에서 온 손님들이 모두 그를 공경했다. 산의 숲과 하천·연못을 맡겼더니, 거센 바람이 불고 천둥이 치고 비가 왔지만 순의 행동은 미혹한 데로 빠지지 않았다. 그래서 요임금은 그를 성스럽다고 여기며 불러서 말했다.

"그대는 일을 도모하는 데 있어서 치밀하고, 말을 하면 그 말대로 공을 이룬 지 3년이 되었다. 그대가 제위에 오르라."

순은 자기가 은덕으로 사람들을 기쁘게 하기엔 부족하다며 사양했다. 그러나 정월 초하루에 순은 문조(文祖)에서 제위를 이어받았다. 문조는 요임금의 시조를 모신 사당을 말한다.

요임금은 늙었으므로 순에게 천자의 정사를 섭정하도록 명하고는 하늘의 뜻을 관찰했다. 그러자 순은 곧 천문을 관측하는 도구로 해와 달 그리고 오성(五星)의 자리를 재어 잘못된 것을 바로잡았다. 그는 마침내 상제께 유사(類祀)를 지내고, 육종(六宗)에게 인사를 지내고, 산천에는 망사(望祀)를 지내고, 모든 신들에게도 제사를 올렸다. 그리고는 다섯 가지 옥기(玉器)를 모아 좋은 날과 좋은 달을 택해 사악과 제후들을 만나 부절로 나누어 주었다.

또한 그 해 2월에는 동쪽 지방을 돌며 시찰하다가 태산에 이르러서 시사(柴祀 : 섶이나 나무를 태워 하늘에 지내는 제사)를 지내고 산천에도 순서대로 망사를 지냈다. 그리고는 마침내 동쪽 땅의 제후들을 만나 계절과 달을 조정하고 하루 시각의 표준을 정했으며, 음률과 도량형도 통일했다. 오례(五禮 : 길례·흉례·빈례·군례·가례)를 제정하고, 제후들은 다섯 가지 옥과 붉은색·김정식·노란색의 비단, 경대부들은 양과 기러기, 사(士)는 꿩 한 마리를 정하여 바치게 하였는데, 다섯 가지 옥은 조회가 끝나면 즉시 돌려주었다.

5월에는 남쪽 땅을 돌며 시찰하였고, 8월에는 서쪽 땅을 돌며 시찰했으며, 11월에는 북쪽 땅을 돌며 시찰했는데, 모두 처음과 똑같이 했다. 돌아와서는 요임금의 조묘(祖廟)와 부친의 묘당에 가서 소를 제물로 해서 제사를 올렸다.

그는 5년에 한 번씩 돌며 시찰했고, 모든 제후들은 4년에 한 번씩 조회를 하러 왔다. 그때마다 그는 제후들에게 나라를 다스리는 방법을 두루 말해 주었고, 공로를 분명하게 밝혀 수레와 의복을 상으로 주었다. 전국을 나누어 12주(州)로 만들고 물길을 텄으며 법에 따라 명백히 형벌을 정했다. 오형(五刑)에 해당하는 죄는 유배형으로 처벌을 낮추어 관대하게 처리했고, 관가에서는 채찍질로 형을 집행했으며, 학교에서는 회초리로 체벌했고, 일부러 죄를 지은 자가 아니면 돈을 내고 속죄할 수 있도록 했다. 과실로 재해를 일으킨 죄는 사면하도록 했으나, 알면서도 저지른 범죄를 뉘우치지 않으면 엄벌로 다스리도록 했다. 순은 관리들에게 "신중하고도 신중하게 하라. 형벌은 중대한 일이다"라고 일렀다.

환두가 공공을 추진했을 때 요임금은 "안 된다"고 하면서도 그를 공사(工師)로 등용해 보았는데, 과연 멋대로 행동했다. 사악이 홍수를 다스리는 인물로 곤을 추천했을 때도 요임금은 안 된다고 생각했지만 사악이 억지로 그를 써 보자고 요청하므로 등용해 보았다. 하지만 이룬 일이 없었으므로 백관들은 마음이 편하지 않았다.

그러는 중에 남쪽의 오랑캐인 삼묘(三苗)가 강회(江淮)와 형주(荊州) 땅에서 여러 번 난을 일으켰다. 그래서 순행에서 돌아온 순은 요임금에게 말해 공공을 유릉(幽陵)으로 유배시켜 북적(北狄)을 변화시키고, 환두를 숭산(崇山)으로 내쳐서 남만(南蠻)을 변화시키며, 곤을 우산(羽山)으로 추방해 동이(東吏)를 변화시키게 하자고 청했다. 그렇게 하여 네 죄인을 처벌하니 천하가 모두 복종했다.

요임금은 제위에 오른 지 70년 만에 순을 얻었고, 순의 보좌를 받은 지 20년이 지나자 너무 늙었기에 순에게 천자의 정사를 대신 맡아 처리하게 하고 하늘에 순을 추천했다.

요임금이 순에게 정치를 맡긴 지 모두 28년 만에 세상을 떠나자 백성들은 부모를 잃은 것처럼 슬퍼했다. 그로부터 3년 동안 사방의 백성들은 음악을 연주하지 않는 것으로 요임금을 기렸다.

요임금은 아들 단주가 어리석어 천하를 이어받기에는 모자란다는 것을 알았으므로 정권을 순에게 넘겨주고자 했다. 순에게 넘겨주면 천하가 이로움을 얻고 단주만 손해를 볼 뿐이지만, 단주에게 넘겨주면 천하가 손해를 보고 단주만 이롭게 된다고 생각했기 때문이었다.

요임금은 말했다.

"결국 천하가 손해를 보게 하면서 한 사람만 이롭게 할 수는 없는 것이다."

마침내 천하는 순에게 넘겨졌다.

요임금이 세상을 떠나고 3년 상이 끝나자, 순은 단주에게 천하를 양보하고 남하(南河)의 남쪽 땅으로 갔다. 그러나 조회하러 오는 제후들은 단주에게로 가지 않고 순에게 왔고, 소송을 거는 자도 단주에게 가지 않고 순에게로 왔으며, 은공을 노래하는 자들은 단주를 찬양하며 노래하지 않고 순의 공덕을 찬송했다. 때문에 순은 "하늘의 뜻이로다!"라고 말한 뒤에 도성으로 돌아가서 천자의 자리에 올랐으니, 이 사람이 바로 순임금이다.

우순(虞舜)의 이름은 중화(重華)이고, 그의 아버지는 고수이다. 고수의 아버지는 교우(橋牛)이며, 교우의 아버지는 구망(句望)이고, 구망의 아버지는 경강(敬康)이며, 경강의 아버지는 궁선(窮蟬)이고, 궁선의 아버지는 전욱이며, 전욱의 아버지는 창의이니, 순에 이르기까지 일곱 세대가 흐른 것이다. 궁선에서부터 순임금에 이르기까지는 모두 지위가 낮은 백성이었다.

순의 아버지 고수는 맹인이었다. 고수는 순의 어머니가 죽자 다시 아내를 얻어 상(象)이라는 아들을 낳았는데, 상은 오만했다. 그런데 고수가 후처의 자식을 편애하여 항상 순을 죽이려고 했기 때문에 순은 아버지를 피해 도망 다녔고, 어쩌다가 작은 잘못이라도 저지르면 즉시 벌을 받았다. 하지만 순은 아버지와 계모와 동생을 순종하며 섬겼고 성실하게 생활하며 조금도 게으름을 피우지 않았다.

순은 기주(冀州) 사람이다. 그는 역산(歷山)에서 농사를 짓고 뇌택(雷澤)에서 물고기를 잡았으며, 황하의 물가에서 도자기를 만들었고 수구(壽丘)에서는 생활용품을 만들었으며 틈이 나면 부하(負夏)에서 장사를 하면서 살았다. 그의 아버지 고수는 고집만 세고 덕이 없었으며, 계모는 험담을 잘하고 동생 상은 교만 방자했을 뿐만 아니라 그들은 모두 순을 죽이려고 했다. 그런데도 순은 순종하며 자식 된 도리를 잃지 않았고 동생에게는 자애를 베풀었으므로 차마 그를 죽일 수 없었다. 일이 있어 그를 찾으면 순은 언제나 곁에 있어 주었다.

순은 스무 살 때 효성이 지극한 사람이라고 소문이 났다. 그가 서른 살 때 요임금이 등용할 만한 사람이 있느냐고 묻자 사악이 모두 다 우순을 추천했더니, 요임금이 "좋다"고 대답했다. 그리고는 두 딸을 순에게 시집보내 집 밖에서의 행동을 관찰하도록 했다.

순은 구예에서 살면서 집 안에서는 근엄하고 성실하게 행동했다. 요임금의 두 딸은 고귀한 신분이었지만 순의 가족을 감히 오만하게 대하지 않았으며, 아내의 도리를 다했다. 요임금이 보낸 9명의 아들들은 순의 행동을 관찰하는 동안 더욱 성실해졌다.

순이 역산에서 농사를 짓자 역산의 사람들은 모두 밭의 경계를 양보했고, 뇌택에서 고기를 잡자 그곳의 사람들은 모두 거주지를 양보했으며, 황하의 강가에서 그릇을 굽자 그곳에서 생산되는 그릇들은 조악한 것이 없게 되었다. 그가 거주한 지 1년이 지나자 그곳에 촌락이 이루어졌고, 2년이 되자 읍으로 변했으며, 3년이 되자 도시가 이루어졌다. 그러자 요임금은 순에게 갈 포로 만든 옷과 거문고를 내려주고, 창고를 지어 주었으며 소와 양도 주었다.

고수는 여전히 순을 죽이려고 했기에 어느 날, 순에게 창고 위에 올라가 흙으로 마름질을 하게 하고 아래에서 불을 질러 창고를 태워 버렸다. 순은 즉시 두 개의 삿갓으로 몸을 보호하며 내려와 도망쳐서 죽음을 면할 수 있었다. 그 후에 고수는 또 순에게 우물을 파게 했는데, 순은 우물을 파면서 남몰래 옆으로 나올 수 있는 구멍을 파놓았다. 순이 우물을 깊이 파들어가자 고수와 상은 함께 흙으로 우물을 메워 버렸으나, 순은 몰래 파놓은 구멍을 통해 밖으로 나와서 도망갔다. 고수와 상은 기뻐하며 순이 이미 죽었을 것이라고 생각했다.

상은 부모와 순의 재산을 나누어 가지려고 하면서 말했다.

"순의 아내인 요임금의 두 딸과 거문고는 제가 갖겠습니다. 소와 양, 창고는 부모님께 드리겠습니다."

그리고는 상은 순의 방에서 머물며 거문고를 뜯었다. 순이 와서 그 모습을 보자 상은 깜짝 놀라 난처해하면서 말했다.

"나는 형 생각을 하며 가슴 아파하고 있었어."

순은 대답했다.

"그랬구나. 이 형을 그처럼 생각하고 있었구나!"

순은 다시 아버지를 섬기고 동생을 사랑했으며 더욱 근면하게 생활했다. 때문에 요임금이 순을 시험하느라고 다섯 가지 가르침을 실천하여 백성들을 교화시키는 일과 백관을 통솔하는 일을 맡겨 보았더니 모든 일을 잘 처리했다.

옛날에 고양씨(高陽氏)에게 훌륭한 인물 여덟 사람이 있었는데, 세상 사람들은 그들에게 은혜를 입었으므로 그들을 팔개(八愷 : 여덟 명의 온화한 인물)라고 불렀다. 고신씨(高辛氏)에게도 여덟 사람의 뛰어난 인물이 있었는데, 세상 사람들은 그들을 팔원(八元 : 여덟 명의 선량한 인물)이라고 불렀다. 이 열여섯 사람의 후손들은 대대로 훌륭한 덕을 얻어 조상들의 명성을 손상시키지 않았다.

요임금 시대에 이르러서도 요임금은 그들을 등용할 수 없었다. 하지만 순이「팔개」를 등용하여 후토(后土) 직을 맡겨 토지와 관계된 일을 관리하게 했더니, 때에 맞추어 적절한 순서대로 완수하지 않는 것이 없었다. 이어서 「팔원」을 등용하여 사방에 다섯 가지 가르침을 널리 펴도록 했더니 백성들이 아버지는 위엄이 있고, 어머니는 자애로우며, 형은 우애가 있고, 동생은 공손하며, 자식이 효도를 행하게 되어 그들의 집안은 화목해지고 세상은 융화하게 되었다.

예전에 제홍씨(帝鴻氏)에게 사악한 후손이 있었는데 몰래 나쁜 짓을 저지르며 흉악한 행동을 즐겨했기에 세상 사람들은 그를 혼돈(渾沌 : 야만스럽다는 뜻)」이라고 불렀다. 소호씨(少好氏)에게도 흉악한 후손이 있었는데 나쁜 의도가 담긴 말을 잘 꾸며서 하고 다녔기에, 세상 사람들은 그를 「궁기(窮奇 : 매우 괴팍하다는 뜻)」라고 불렀다. 전욱씨의 후손 중에도 착하지 않은 자가 있어 교화시킬 수 없었기에 세상 사람들은 그를 「도올(흉악하기가 그지없다는 뜻)」이라고 불렀다. 그들 세 집안은 대대로 골칫거리로 여겨졌다.

요임금 시대에 이르러서도 그들을 없앨 수가 없었다. 진운씨(縉雲氏)에게도 고약한 후손이 있었으며, 음식을 탐하고 재물을 탐했기에 세상 사람들은 그를 「도철(매우 탐욕스럽다는 뜻)」이라고 불렀다. 천하가 그를 증오하며 그를 세 사람의 악인과 똑같이 취급했다. 때문에 순은 사문(四門) 사방에서 찾아온 손님들을 접대하는 일을 주관할 때, 그들을 동서남북의 머나먼 변방으로 내쫓아 악인을 경계했다. 사문이 활짝 열리자, 천하 사람들은 흉악한 이들이 없어졌다고 말했다.

순이 대록(大麓 : 산림의 관리를 맡은 직책)의 일을 맡았을 때, 거센 폭풍과 번개를 치는 빗줄기 속에 있으면서도 일을 그르치지 않자, 요임금은 순이 천하를 물려받기에 충분한 인물이라는 것을 알았다. 요임금은 나이를 많이 먹어 늙자 순에게 천하의 정치를 대신하게 하고 사방을 돌며 시찰하도록했다. 등용되어 일을 한 지 20년이 되자 요임금은 순에게 섭정을 하게 했다. 순이 섭정한 지 8년 만에 요임금이 세상을 떠났다. 3년 상이 끝나자 순은 단주에게 제위를 양보했지만 천하의 사람들이 모두 순에게 몰려갔다.

우(禹)·고요·설·후직(后稷)·백이(伯夷)·기(夔)·용(龍)·수·익(益)·팽조(彭祖) 등의 인물들은 모두 요임금 때부터 등용되었으나 직책을 분담받지는 못했다. 때문에 순은 문조의 묘 앞에 가서 사악과 계획을 세워 사문을 개방하여 사방의 백성들의 뜻을 잘 알 수 있도록 했다. 또한 12주의 장관들에게는 제왕의 덕행에 대해서 의논하게 하면서 두터운 덕을 실행하고, 아첨하는 사람을 멀리하면 만이(蠻夷)들도 모두 복종시킬 수 있다고 일러 주었다. 순은 사악에게 이렇게 말했다.

"요임금의 업적을 크게 빛낼 수 있는 자가 있다면, 그에게 관직을 맡겨 나를 도와 일하게 할 것이오."

그러자 모두들 대답했다.

"백우(伯禹)를 사공(司空 : 물과 땅을 맡아서 다루는 관직)으로 삼으신다면 선제의 공업을 빛낼 수 있을 것입니다!"

순은 말했다.

"그렇다면 우, 그대가 물과 토지를 다스리는 데 힘써 주시오!"

그러자 우는 머리를 조아려 절하며 기, 설, 그리고 고요에게 양보했다.

순은 말했다.

"되었으니 임지로 가시오!"

순은 이어서 말했다.

"기, 백성들이 지금 굶주림에 처해 있으니 그대는 후직(后稷 : 농업을 맡아서 다루는 관직)을 맡아 백성에게 온갖 곡식을 심는 법을 가르치도록 하시오."

순은 이어서 말했다.

"설, 백성들의 사이가 돈독하지 않고 윤리 관계가 순조롭게 지켜지지 않으니, 그대가 사도(司徒 : 백성들을 교화하는 일을 맡아서 다루는 관직)를 맡아서 가르침을 전파하여 백성들이 서서히 감화되도록 해 주시오."

순은 이어서 말했다.

"고요, 만이가 중원을 침략하고 흉악한 무리들이 나라 안팎에서 백성들을 죽이며 악행을 저지르니, 그대가 사(士 : 형법을 맡아서 다루는 직책)를 맡아 다섯 가지 형벌로 죄인들을 다스리되 죄가 무겁고 가벼움에 따라 세 곳에서 집행하시오. 형벌 대신 유배로 처결할 것은 일정한 기준을 정해 유배지 세 곳을 설치하되 공명정대하게 처리하여 사람들이 믿고 따를 수 있도록 하시오."

순이 다시 물었다.

"누가 각종 기술공을 훈련시킬 수 있겠소?"

그러자 모두 "수가 할 수 있다"고 대답했다. 그래서 순은 수를 공공(共工)으로 삼았다.

순이 다시 물었다.

"누가 산과 강, 초목, 짐승을 다스릴 수 있겠소?"

그러자 모두들 "익이 할 수 있다"고 대답했다. 그래서 익을 우(虞 : 산과 연못을 맡아서 다루는 직책)로 삼았다. 익은 머리를 조아리며 절하고 그 자리를 주호(朱虎) · 웅비(熊羆) 등에게 양보했다. 그러나 순은 말했다.

"임지로 가시오. 그대가 적합하오."

그리고는 주호와 웅비를 익의 보좌관으로 삼았다.

순이 다시 물었다.

"아! 사악이여, 누가 나를 도와 삼례(三禮 : 하늘과 땅과 귀신에게 제사를 지내는 예)를 관장할 수 있겠소?"

그러자 모두들 "백이가 할 수 있다"고 했다.

순은 말했다.

"오! 백이 그대를 질종(秩宗 : 제사를 맡아서 다루는 직책)으로 삼겠소. 아침저녁으로 공손해야 하며, 정직하고 청결해야 하오."

백이가 기와 용에게 양보하자 순은 말했다.

"좋소! 기를 음악을 맡아서 다루는 전악(典樂)으로 삼을 것이니, 귀족의 자제들을 가르치시오. 강직하면서도 온화하고, 관대하면서도 엄격하고, 간략하게 하되 오만해서는 안 될 것이오. 시(詩)는 마음의 생각을 표현한 것이고, 노래는 음조를 길게 늘인 것이며, 소리는 가사를 길게 늘인 것이고, 음률은 소리의 조화를 이룬 것이므로, 팔음(八音 : 여덟 가지 악기들이 내는 소리)이 잘 어울릴 수 있게 하고, 서로 어긋나지 않게 해야 신과 사람이 듣고서 화합할 수 있소."

기는 말했다.

"예, 제가 돌로 만든 악기를 치면 짐승들도 모두 춤을 추게 될 것입니다."

순은 말했다.

"용, 내가 선량한 자를 해치는 위선적인 말과 덕행과 도리를 파괴하는 행위를 두려워하며 꺼리는 것은 그것이 나의 백성을 놀라게 만들기 때문이오. 그대를 납언(納言 : 의견을 수집하는 일을 맡아서 다루는 직책)에 임명하니,

아침저녁으로 나의 명령을 전달하며 의견을 수집하는 일을 성실하게 해 주시오."

순은 말했다.

"그대들은 모두 정부의 교관으로서 내가 시의적절하게 천하를 다스리는 일을 도와주시오."

그리하여 순이 3년마다 한 번씩 그들의 공적을 살폈으며, 세 번 살핀 결과를 가지고 강등시키거나 승진시키니, 가까운 곳이나 먼 곳이나 할 것 없이 여러 가지 일들이 모두 다 흥성해졌다. 그리고 순은 삼묘족을 나누어 멀리 떠나게 했다.

고관이 된 그들은 모두 다 자신이 맡은 분야에서 공적을 세웠다. 고요가 대리(大理 : 형법을 맡아서 다루는 직책)가 되어 법대로 공평하게 처리하자 그의 판결이 실제 상황에 맞았기에 백성들이 모두 수긍했다. 백이가 예의에 관한 일을 맡아서 다루자 위아래 사람들이 모두 겸손해졌다. 수가 공사를 다루는 일을 맡자 모든 기술공들이 눈에 띄는 성과를 이루었다. 익이 산림과 강수를 관리하게 되자 산과 물이 개발되었고, 기가 농사에 관한 일을 맡아서 다루자 온갖 곡식이 때맞춰 무성하게 자라났다. 설이 사도를 주관하자 백성이 서로 화목하게 되었고 용이 빈객들을 접대하는 일을 맡아서 했더니 멀리 있는 사람들이 찾아왔다. 12주의 지방 장관들이 그대로 실행하자 구주의 백성 가운데 감히 도망가거나 법을 어기는 이가 없었다.

특히 우의 공적이 컸다. 그는 아홉 개의 산을 개간하고, 아홉 개의 호수들을 서로 통하게 하였으며, 아홉 개 강의 물길을 텄고, 구주의 경계를 나누어 정했다. 또한 각 지방의 성격에 따라서 특산품을 공물로 진상하도록 하되 그 지역의 실정에 맞게 했다. 국토는 사방 5천 리나 되었기에 먼 지대인 황복(荒服)까지 이르렀다. 남쪽으로는 교지(交□)·북발(北發)을, 서쪽으로는 융(戎)·석지(析枝)·거수·저·강(羌)을, 북쪽으로는 산융(山戎 : 흉노)·발(發)·식신(息愼)을, 동쪽으로는 장(長)·조이(鳥夷)를 위로했기에 나라

안의 모든 백성들이 순의 은혜를 입게 되었다. 그래서 우가 구소(九韶)라는 악곡을 짓고 진기한 물건을 바쳤더니 봉황이 날아와 하늘에서 빙빙 돌았다. 천하에 덕을 밝히는 정치는 모두 다 순임금의 시대로부터 비롯되었다.

순은 스무 살 때 효행으로 이름이 널리 알려졌고, 서른 살 때는 요임금에게 등용되었으며, 쉰 살이 되어서는 천자의 정사를 대행했는데, 쉰여덟 살 되던 해에 요임금이 세상을 떠나자, 예순한 살이었던 순이 요임금의 뒤를 이어 제위에 올랐다. 그리고 제위에 오른 지 39년 만에 남쪽을 순행하며 시찰하다가 창오(蒼梧)의 들에서 세상을 떠났다. 장강(長江)의 남쪽에 있는 구의산(九疑山)에 장사 지냈으니, 이곳이 바로 영릉(寧陵)이다.

순은 제위에 오르자 수레에 천자의 깃발을 꽂고 아버지 고수에게 인사를 드리러 갔는데, 태도가 매우 온화하면서도 공손했다. 동생 상을 봉하여 제후로 삼았다. 순의 아들 상균(商均)은 아버지와는 다르게 못나고 어리석었기 때문에 순은 미리 하늘에 우를 추천했다. 순은 그로부터 17년 후에 세상을 떠났다. 3년 상이 끝나자 우도 또한 순의 아들에게 제위를 양보했지만 제후들이 몰려와 청했기에 우는 비로소 천자의 자리에 올랐다. 요임금의 아들 단주와 순의 아들 상균은 모두 봉토를 얻어 선조께 제사를 올렸다. 그들은 천자의 아들이 입는 옷을 입었고 예악 또한 마찬가지였고 언제나 빈객의 예의를 취하며 천자를 만났다. 천자 또한 그들을 신하로 대하지 않았으니, 그것은 우가 권력을 독점하지 않았다는 사실을 보여 준다.

황제부터 순, 우까지의 임금들은 모두 같은 성에서 나왔으면서도 자신들의 국호를 다르게 하여 밝은 덕을 분명하게 빛냈다. 때문에 황제는 유웅(有熊)이고, 전욱은 고양(高陽)이며, 제곡은 고신(高辛)이고, 요임금은 도당(陶唐)이고, 순임금은 유우(有虞)이다. 우(禹)임금은 하후(夏后)여서 씨(氏)는 다르지만, 성(姓)은 모두 사씨이다. 설은 상(商)이고 성은 자(子)씨였다. 기(棄)는 주(周)이고 성은 희(姬)씨였다.

태사공(太史公)은 말한다.

"학자들이 오제에 대해서 많이 이야기하지만, 아득히 먼 옛날의 일이다. 그래서 상서(尚書 : 서경)〉에도 단지 요임금 이후의 일만 기록되어 있다. 또한 백가(百家)들의 서적에 황제에 대해 말한 내용이 있지만 그들의 문장이 아름답지도 않고 믿을 만하지도 않아서 학자나 사관(史官)들은 말하기를 꺼린다. 공자(孔子)가 전한 〈재여문오제덕(宰予問五帝德)〉과 〈제계성(帝繫姓)〉을 어떤 유학자는 아예 전수하지 않기도 한다. 나는 일찍이 서쪽으로는 공동(空洞)에 이르고 북쪽으로는 탁록을 지나갔으며, 동쪽으로는 바닷가까지 가고 남쪽으로는 장강과 회수(淮水)를 건넌 적이 있는데, 그곳의 나이가 많은 덕 있는 사람들이 이따금 황제·요·순을 칭송하는 곳에 가보면 풍속과 교화된 상태가 다른 곳과는 확실히 다르다. 한마디로 말해서 옛글의 내용에 어긋남이 없으며 사실에 가깝다. 내가 〈춘추(春秋)〉와 〈국어(國語)〉를 살펴보니 그 내용에 〈오제덕〉과 〈제계성〉을 분명하고 뚜렷하게 밝혀 놓았다. 다만 깊이 고찰하지 않았을 뿐, 책에 기술된 내용은 결코 허황된 것이 아니다. 〈상서〉에는 누락되거나 연도의 간격이 긴 부분이 있는데, 그 누락된 부분들이 때때로 다른 책에서 발견된다. 배우기를 좋아하고 생각을 깊이 하며 마음으로 그 뜻을 깨달은 사람이 아니라면, 견문이 좁고 낮은 사람에게 이 이야기를 하는 것은 매우 어려운 일이다. 나는 자료를 수집하여 순서에 맞게 편집하고, 그 내용 중에서 특별히 법도에 맞는 것들을 골라 「본기(本紀)」를 저술하여 이 책의 첫머리로 삼는다."

| 2 | 하본기(夏本紀)

　하(夏)나라의 임금 우(禹)는 이름이 문명(文命)이다. 우의 아버지는 곤이고, 곤의 아버지는 전욱이고, 전욱의 아버지는 창의이고, 창의의 아버지는 황제이다. 우는 황제의 현손(손자의 손자)이며 전욱의 손자가 된다.

　우의 증조부 창의와 아버지 곤은 모두 제왕의 자리에 오르지 못하고 천자의 신하가 되었다. 요임금 때 홍수가 심해 산을 넓게 둘러싸고 높은 언덕을 잠기게 하여 백성들이 크게 걱정했다. 요임금이 물을 다스리는 일에 뛰어난 능력이 있는 자를 찾자 신하들과 사악이 함께 말했다.

　"곤에게 시켜 보십시오."

　"곤은 명령을 어기고 종족을 어그러뜨린 사람이니 안 되오."

　요임금이 거절하자 사악이 말했다.

　"비교해 보면 그보다 현명한 사람이 없으니, 제왕께서 시험 삼아 등용해 보십시오."

　그리하여 요임금이 등용하여 물을 다스리게 했으나, 9년 동안 홍수가 끊이지 않았다. 그래서 요임금은 인재를 구하다가 순을 얻게 되었다. 등용된 순은 천자를 대신하여 나라를 다스리고 전국 각지를 돌며 시찰했다. 그는 곤이 물을 다스리는 공적을 이루지 못했다는 것을 알고는 그를 우산(羽山)으로 추방했으며 죽을 때까지 그곳에서 살게 했는데 천하의 사람들이 모두 순의 처벌이 옳다고 여겼다. 그때 순은 곤의 아들 우를 등용하여 곤이 하던 일을 잇게 했다.

우가 머리를 조아려 절하며 설, 후직, 고요에게 양보하려고 하자 순임금이 말했다.

"빨리 가서 그 일을 살피시오."

우는 사람됨이 민첩한 데다 부지런했으며, 그의 덕은 어긋남이 없었다. 그는 인자하여 사람들과 쉽게 친해질 수 있었으며, 행동은 법도에 맞았고, 사리 판단을 명확하게 하여 일을 처리했기에 모든 사람의 모범이 되었다.

우는 마침내 익, 후직과 함께 순임금의 명을 받들어 제후와 백관들에게 인부들을 동원하여 땅을 메우게 하라고 명했다. 그리고 산으로 올라가 말뚝을 세워 산 이름을 표기하고 높은 산과 광활한 하천의 격식을 규정했다. 우는 아버지 곤이 공을 이루지 못하고 처벌당한 것이 한이 되었기 때문에 오직 물을 다스리는 일에만 전념하여, 밖에서 13년을 지내며 자기 집 문 앞을 지나가면서도 안으로 들어가지 않았다. 입고 먹는 것을 소홀히 하면서도 귀신을 섬기는 일에는 공경을 다 했다. 육로는 수레를 타고 다니고, 수로는 배를 타고 다녔으며, 진흙 길은 썰매를 타고 다녔고, 산에서는 바닥에 쇠를 박은 신을 신고 다녔다. 왼손에는 수준기(수평기)와 먹줄을, 오른손에는 그림쇠와 곱자를 들고 다니며, 사계절의 일을 때에 맞춰 했다.

구주의 땅을 개척하고, 아홉 개의 수로를 뚫었으며, 아홉 개의 택지를 만들고, 아홉 개의 큰 산에 길을 통하게 했다. 그가 익에게 백성들에게 벼를 나눠 주라고 명했기에 백성들은 그것을 낮고 습한 땅에 심을 수 있게 되었다. 후직에게는 백성들에게 식량을 나눠 주라고 명했다. 식량이 모자라면 남는 지역에서 공급하게 함으로써 제후국들이 균형을 이루게 했다. 그는 또한 각지를 순행하며 그 지역에서 나는 특산물을 공물로 정했고, 아울러 공물 운송을 위해 산천의 편리함을 헤아렸다.

우임금은 도읍지인 기주(冀州)에서부터 물을 다스리는 공사를 행하기 시작했다. 기주에서 호구산(壺口山)을 다스린 뒤에 양산(梁山)과 기산(岐山)을 다스렸다. 태원(太原) 지구를 다스린 뒤에는 태악산(太嶽山)을 다스렸다. 담회(覃懷)를 성공적으로 다스린 후 장수에 이르렀는데 그곳의 토질은 희고 덩어리가 없었기에 부세는 1등급이었으나 전답은 5등급이었다. 하지만 공사를 벌여 상수(常水)와 위수(衛水)를 잘 흐르게 하자, 대륙택(大陸澤)도 물이 잘 다스려지게 되었다. 기주의 동부 지역에 거주하는 오이족(烏夷族)의 공물은 가죽옷인데 공물인 그것은 발해(渤海)에서부터 우측의 갈석산(碣石山)을 끼고 감돌아온 후 황하로 유입되었다.

제수(濟水)와 황하 사이는 연주(沇州)인데, 영역 안에 있는 아홉 개 수로를 소통시키고, 뇌하(雷夏)에 큰 호수를 만들어 옹수(雍水)와 저수(沮水)가 합류하여 이 호수로 들어가게 했다. 그리고 뽕나무를 심어 누에를 기르게 했기에 언덕에서 살던 백성들은 평지로 내려와서 살 수 있게 되었다.

연주의 토질은 검고 비옥하며 초목은 무성하고 나무는 가지가 많기에 전답은 6등급이고 부세는 9등급이었다. 하지만 13년 동안 치수를 잘한 결과 다른 주와 등급이 비슷하게 되었다. 이곳의 공물은 옻나무와 견사, 대광주리에 담은 무늬 있는 견직물이었는데 그것들은 제수와 탑수에서 배에 실려져 황하를 통해 운송되었다.

대해(大海)와 태산(泰山) 사이는 청주(靑州)이다. 우이(嵎夷)의 물을 다스리는 공사를 했더니 유수와 치수(淄水)가 소통되었다. 그곳의 땅은 희고 기름지며 해변은 넓은 개펄이다. 그래서 밭은 소금기가 많았기에 전답은 3등급이고 부세는 4등급이었다. 그곳의 공물은 소금과 가는 갈포, 각종 해산물, 태산의 계곡에서 생산되는 견사, 대마, 압, 소나무, 괴석이다. 또 내이족의 거주지에서 생산된 축산물, 대광주리에 담은 작잠사(柞蠶絲)가 있었는데 이 공물은 문수(汶水)에서 배에 실려져 제수를 통해 운송되었다.

대해와 태산, 회수(淮水) 사이는 서주(徐州)이다. 회수와 기수(沂水)의 물이 잘 다스려지자 몽산(蒙山)과 우산(羽山)에 나무를 심었다. 대야(大野)가 저수지가 되자 동원(東原)은 낮고 평평해졌으며 땅이 붉고 기름진 점토인 서주 땅은 풀과 나무들이 우거지게 되었다. 그곳의 전답은 2등급이고 부세는 5등급이었다. 공물은 오색토(五色土)와 우산의 계곡에서 사냥한 꿩, 역산의 남쪽에서 홀로 생장하는 오동나무, 사수(四水) 해변의 부석(浮石)으로 만들어진 경쇠, 회이족(淮夷族)의 진주와 어류, 대광주리에 담은 흑백색의 견직물이다. 이 공물은 배에 실려져 회수와 사수를 통해 황하로 운송되었다.

회수와 대해 사이는 양주(楊州)이다. 팽려(彭侶)를 호수로 만들어 놓았더니 기러기들이 그곳에 와서 살았다. 송강(松江), 전당강(錢塘江), 포양강(浦陽江)의 물은 바다로 흘러 들어가고 진택(震澤)은 안정되었다. 화살을 만드는 대나무들이 많이 자라고 풀이 무성하며 나무들은 크게 자랐다. 토질은 습기가 많은 진흙땅이며, 전답은 9등급이고 부세는 7등급이었다. 공물은 세 가지 금속과 옥돌, 전국, 상아, 가죽, 깃털, 검은 소의 꼬리이다. 또한 도이족(島夷族)이 입는 풀로 짠 옷, 대광주리에 담은 오색 비단이 있으며, 포장한 귤과 유자도 공물로 바쳤다. 이 공물은 장강과 대해를 거쳐 회하와 사수로 운송되었다.

형산(荊山)과 형산(衡山) 사이는 형주(荊州)이다. 장강과 한수(漢水)가 이곳에 모여 바다로 흘러 들어가게 되자 지류 아홉 개가 바로잡혔다. 타수와 잠수가 물길대로 흐르게 되었기에 운택(雲澤)과 몽택(夢澤)의 물이 잘 다스려졌다. 이곳의 토질은 습기가 많은 진흙땅이며, 전답은 8등급이고 부세는 3등급이었다. 공물은 깃털, 검은 소의 꼬리, 상아, 가죽, 세 가지 금속, 참죽나무, 산뽕나무, 향나무, 잣나무, 숫돌, 노석(화살의 촉을 만드는 돌), 단사(丹砂 : 수은의 황화 광물)이다. 균죽(화살을 만드는 대나무)과 노죽(老竹), 호목(好木) 등은 세 제후국에서 바치는 유명한 특산물이다. 또 포장한 정모(가시가 돋친 풀), 대광주리에 담은 진홍색 견직물과 꿰어진 진주가 있으며, 천자의 명이 있으면 구강(九江)의 큰 거북도 바쳤다. 이 공물은 장강과 타수, 잠수, 한수에서 배에 실려져 낙수(洛水)를 거쳐 남하(南河)로 운송되었다.

형산(南山)과 황하 사이는 예주(豫州)이다. 공사를 벌여 이수(伊水)와 낙수, 전수, 간수(澗水)는 황하로 흘러 들어가게 하고, 형파(滎播)는 호수로 만들었다. 또한 하택(荷澤)의 물길을 트게 했기에 명도택(明都澤)의 물도 잘 다스려졌다. 이곳의 토질은 부드러운데 지대가 낮은 곳의 땅은 비옥한 흑토였다. 전답은 4등급이고 부세는 2등급이며 1등급일 때도 있다. 공물은 옻나무와 견사, 갈포, 모시, 대광주리에 담은 가는 솜이며, 경쇠를 가는 숫돌도 바쳤다. 이 공물은 낙수에서 배에 실려져 황하로 운송되었다.

화산(華山)의 남쪽과 흑수(黑水) 사이는 양주(梁州)이다. 공사를 벌인 결과 민산(岷山)과 파총산은 식물을 심을 수 있게 되었고, 타수와 잠수는 소통되었다. 그리하여 채산(蔡山)과 몽산(蒙山)의 백성들은 산신에게 제사를 올려 물이 잘 다스려지게 된 것을 알렸는데, 화이족(和夷族)에게도 이로움이 있었다. 이곳의 땅은 검푸른 색인데, 전답은 7등급이고 부세는 8등급이지만 풍년엔 7등급 흉년엔 9등급이었다. 공물은 황금, 철, 은, 강철, 노석, 경쇠, 곰, 큰곰, 여우, 너구리, 융단이다. 서경산(西傾山)의 공물은 환수(桓水)를 지나 위수(渭水)로 들어가 황하를 건너갔다.

흑수와 서하(西河) 사이는 옹주(雍州)이다. 약수(弱水)가 서쪽으로 소통되자, 경수(涇水)가 위수로 흘러가 합쳐지게 되었다. 그러자 철수와 저수(沮水)는 위수로 흘러가게 되었고 풍수(灃水)도 함께 위수로 흘러들었다. 형산(荊山)과 기산 사이의 길이 만들어지자 종남산(終南山)과 돈물산(敦物山)에서 조서산(鳥鼠山)에까지 이르게 되었다. 그리고 고원과 저지대, 도야택(都野澤)까지 수로가 뚫렸다. 삼위산(三危山)이 잘 개발되자 삼묘족이 질서 정연해졌는데 이곳의 땅은 황색이며 부드러웠다. 전답은 1등급이고 부세는 6등급이다. 공물은 아름다운 옥과 진주인데, 그것은 적석산(積石山)에서 배에 실려져 용문산(龍門山) 사이에 있는 서하로 운송되어 위수의 만에 모였는데, 곤륜(昆侖), 석지(析支), 거수(渠搜)에서 바친 융단도 있었으니 서융도 질서가 잡힌 것이다.

우는 아홉 개의 산을 개통했다. 그리하여 견산, 기산은 형산(荊山)으로 이어져 황하를 뛰어넘었으며, 호구산(壺口山)과 뇌수산(雷首山)은 태악산(太嶽山)으로 이어졌다. 지주산(砥柱山)과 석성산(析城山)은 왕옥산(王屋山)으로 이어졌으며 태행산(太行山)과 상산(常山)은 갈석산(碣石山)으로 이어져 바다로 유입되었고, 서경산(西傾山)과 주어산(朱御山), 조서산(鳥鼠山)은 화산(華山)으로 이어지게 되었다. 웅이산(熊耳山)과 외방산(外方山), 동백산(桐柏山)은 부미산(負尾山)으로 이어졌고 파총산에 길을 뚫어 형산(荊山)에 이르게 했다. 내방산(內方山)은 대별산(大別山)으로 이르게 했으며 문산(汶山)의 남쪽은 형산(衡山)까지 이르게 하고 구강을 통과해 부천원(敷淺原)으로 이어지게 했다.

그는 또한 아홉 개의 강을 소통시켰다. 약수는 합려(合黎)로 이어지게 하고 나머지 물줄기는 유사택(流沙澤)으로 유입되게 했다. 흑수를 소통시켜 삼위(三危)를 거쳐 남해로 유입되게 했다.

황하를 소통시켜 적석산에서부터 용문산으로 이르게 했기에, 남쪽으로는 화산의 북쪽으로 이어지고 동쪽으로는 지주산으로 이어지며, 다시 동쪽으로 흘러 맹진(孟津)에 이르게 했다. 또 동쪽으로는 낙수를 지나 대비산(大備山)에 이르게 했으며, 북쪽으로는 강수(降水)를 지나 대륙택(大陸澤)에 이르게 하고, 북쪽으로는 아홉 줄기의 강으로 나뉘게 했으며, 합류하여 역하(逆河)가 되어 대해로 유입되게 했다.

파총산에서 시작되는 양수(瀁水)는 물길을 따라 동쪽으로 흘러 한수가 되고, 다시 동쪽으로 창랑수(滄浪水)가 되어 삼서수(三澨水)를 통과하여 대별산으로 유입되게 했다. 그리하여 남쪽으로는 장강으로 들어가고 동쪽으로는 호수에 모여 팽려택이 되면서 동쪽의 북강(北江)이 되어 바다로 들어갔다.

민산(岷山)에서부터 장강을 소통시켰기에 동쪽으로 갈라져 타수가 되고, 다시 동쪽으로 예수(醴水)에 이르러 구강을 지나 동릉(東陵)에 이어졌으며, 동쪽으로 가다가 북쪽으로 비스듬히 흘러 팽려택에 모였다가 동쪽으로 중강(中江)이 되어 바다로 흘러들었다.

연수(沇水)를 소통시키게 되자 동쪽으로 흘러 제수가 되어 황하로 들어가서는 흘러넘쳐 형택(滎澤)에 이르렀으며, 다시 동북쪽으로 흘러 문수(汶水)에 합류되었다가 다시 동북쪽으로 흘러 바다로 들어갔다.

회수를 소통시키게 되자 동백산에서 시작해 동쪽으로 흘러 사수, 기수와 합류했다가 동쪽으로 바다로 흘러들었다.

위수를 소통시키게 되자 조서동혈산(鳥鼠同穴山)에서 시작해 동쪽으로 흘러 풍수와 합류한 뒤에 다시 동북쪽의 경수에 이르고, 동쪽으로는 칠수와 저수를 지나 황하로 유입되었다.

낙수를 소통시키게 되자 웅이산에서 시작하여 동북쪽으로 흘러 간수, 전수와 합류했다가 다시 동쪽으로 흘러 이수와 합류하여 동북쪽으로 흘러 황하로 유입되었다.

그렇게 한 결과 구주는 통치와 교화가 통일되었으며, 사방의 어느 곳에서나 잘 살 수 있게 되었다. 아홉 개의 산에 길이 생겨 서로 통하게 되었고, 아홉 개의 강들도 발원지에서부터 잘 소통되었고 아홉 개의 큰 호수에 모두 튼튼한 제방을 쌓았더니 전국이 통일되었다. 육부(六府)가 잘 다스려졌고, 모든 토지는 조건에 따라 등급을 바로잡아 조세를 신중하게 징수했는데, 토양은 모두 세 등급을 표준으로 삼아 전국의 부세를 완성했다.

순임금은 제후들에게 토지와 성씨를 내려 준 뒤에 말했다.

"공경하고 기뻐하며 직분을 받들고 덕행을 먼저 행할 것이며, 나의 정치적 명령을 거역하지 마시오."

천자의 수도 밖 5백 리를 「전복(甸服)」이라고 하는데, 백 리 이내에 사는 백성들은 볏단을 부세로 내고 2백 리 이내에서 사는 백성들은 곡식의 이삭을 내고, 3백 리 이내에서 사는 백성들은 곡식의 낱알을 내며, 4백 리 이내에서 사는 백성들은 곱게 찧지 않은 쌀을 내고, 5백 리 이내에서 사는 백성들은 곱게 찧은 쌀을 부세로 내게 했다.

전복 밖 5백 리는 「후복(侯服)」이라고 하는데, 백 리 이내는 경대부(卿大夫)의 채읍(采邑)이고, 2백 리 이내는 왕의 일에 종사하는 소국의 읍지이며, 그로부터 3백 리 이내는 제후국의 봉토이다.

후복 밖 5백 리는 「수복(綏服)」이라고 하는데 3백 리 이내에서 사는 백성들은 문치(文治)와 교화를 널리 알리고, 그로부터 2백 리 이내에서 사는 백성들은 무력으로 국토를 수호했다.

수복 밖 5백 리는 「요복(要服)」이라고 하는데, 3백 리 이내는 이족(夷族)의 지역이고, 그로부터 2백 리 이내는 죄인을 추방한 곳이다.

요복 밖 5백 리는 「황복(荒服)」이라고 하는데, 3백 리 이내는 만족(蠻族)의 거주지이고, 그로부터 2백 리 이내는 추방당한 중죄인의 거주지이다.

동쪽은 바다까지 연이어 졌고, 서쪽은 유사택(流沙澤)으로 덮였으며, 북쪽과 남쪽까지 교화의 덕이 미쳐 전국에 퍼졌다. 그리하여 순임금은 우에게 현규(玄圭 : 천자가 제후를 봉하거나 조회 등의 의식 때 사용한 검은색의 옥기)를 내려 그가 이룬 공적을 천하에 알렸다. 천하는 마침내 태평하게 다스려졌다.

고요는 사(士)가 되어 백성을 다스렸다. 순임금이 조회하면 우와 백이, 고요는 그의 앞에서 서로 의견을 나누었다.

고요가 그의 의견을 말했다.

"진실로 덕에 따라 일을 처리하면 일은 분명해지고 보필하는 신하들은 화합하게 될 것입니다."

우가 반문했다.

"그렇습니다! 어떻게 하면 되겠습니까?"

고요가 말했다.

"오랫동안 엄격히 수양하고 구족(九族)의 관계를 돈독히 하면 현명한 인재들이 많이 찾아와 힘써 보좌할 것이니, 가까운 데서부터 먼 곳에 이르기까지 잘 다스릴 수 있는 방법은 자신의 행동에 달려 있는 것이라고 생각합니다."

그러자 우가 고요에게 절하며 말했다.

"그렇습니다."

고요가 말했다.

"천하를 다스리는 길은 사람을 알아보는 것이고, 백성을 편안하게 하는 것입니다."

우가 말했다.

"완전히 그렇게 행하는 것은 요임금도 어렵게 생각하셨습니다. 사람을 알아보는 능력은 지혜로운 것이니, 인재를 관리로 임명할 수 있을 것입니다. 백성을 편안하게 할 수 있는 일은 은혜로운 것이니, 백성들이 은덕을 그리워하도록 만들 수 있을 것입니다. 지혜로울 수 있고 은혜로울 수 있다면 무엇 때문에 환두를 근심했겠으며, 무엇 때문에 유묘(有苗 : 옛날에 있었던 중국 남방의 오랑캐)를 내쫓았겠으며, 무엇 때문에 교묘하게 말하고 얼굴빛을 꾸미며 아첨하는 사람을 두려워하겠습니까?"

고요가 말했다.

"그렇습니다. 일을 행할 때는 아홉 가지 덕행을 갖춰야 하는데, 그 덕행에 대해서 또 말해 보겠습니다."

이어서 그는 말했다.

"일에 종사하기 시작하면 관대하면서도 근엄하고, 온유하면서도 독자적이고, 선량하면서도 공손하고, 일을 잘 처리하면서도 공경하고, 유순하면서도 의지가 강하고, 정직하면서도 부드럽고, 간략하면서도 분명하고, 과단성이 있으면서도 성실하고, 용맹하면서도 의리에 맞게 일해야 합니다. 이 아홉 가지 덕행을 뚜렷이 밝히면 길해질 것입니다. 경대부가 날마다 그중에서 세 가지 덕행을 실천하며 아침부터 밤까지 공경하는 자세로 분발하면 가문을 소유할 수 있습니다. 제후가 날마다 이 중에서 여섯 가지 덕행을 공손히 실행하여 일을 도우면 나라를 소유할 수 있습니다. 천자가 세 가지 덕행과 여섯 가지 덕행을 합하여 널리 베풀어 아홉 가지 덕행이 모두 실행된다면, 뛰어난 인재가 관직에 있게 되어 모든 관리들이 엄숙하고 신중해질 것이며 사람들은 간사하고 기묘한 꾀를 부리지 않을 것입니다. 적임자가 아닌데도 관직을 차지하는 것이 바로 천하의 일을 어지럽히는 원인이 됩니다. 하늘이 죄 있는 자를 처벌할 때는 다섯 가지 형벌을 다섯 종류의 죄로 다스려야 합니다. 저의 말대로 실행될 수 있겠습니까?"

우가 말했다.

"그대의 말은 실행되어 공적을 이룰 수 있게 될 것입니다."

고요가 말했다.

"저는 지혜롭지도 못합니다. 도로써 다스리는 정사를 돕고 싶을 뿐입니다."

순임금이 우에게 말했다.

"그대도 좋은 의견을 말해 보시오."

그러자 우가 말했다.

"제가 무슨 말을 하겠습니까? 저는 온종일 부지런히 일할 생각만 하고 있습니다."

고요가 우에게 물었다.

"무엇을 부지런히 일한다고 하는 것입니까?"

우가 대답했다.

"홍수가 흘러넘쳐 거세게 산을 둘러싸고 언덕을 잠기게 하여 백성들은 모두 고통 속에서 나날을 살아갔습니다. 그래서 저는 육로는 수레를 타고, 물길은 배를, 진흙 길은 썰매를 타고 다녔고, 산은 바닥에 쇠를 박은 신발을 신고 다니며, 산 위에 말뚝을 세웠습니다. 익과 함께 백성들에게 곡식과 물고기를 주었으며, 아홉 개의 강을 뚫어 바다로 흐르게 하고, 밭도랑의 수로를 뚫어 하천으로 흐르게 했습니다. 직과 함께 백성들에게 부족한 식량을 주었으며, 식량이 모자라면 식량이 남은 지역에서 조절하여 부족한 양을 보충해 주고 식량이 풍족한 곳으로 옮겨 가서 살도록 했습니다. 그리하여 백성들은 비로소 안정되고 온 나라가 잘 다스려지게 되었습니다."

고요가 말했다.

"옳습니다. 그것이 당신의 훌륭한 덕행입니다."

우가 말했다.

"아, 제왕이시여! 제위를 신중히 하고 거동을 삼가시며, 덕행이 있는 자를 임용하여 보좌하게 하시면, 천하가 제왕의 뜻에 크게 호응할 것입니다. 맑은 뜻과 생각을 밝히면서 하늘의 명을 기다리시면 하늘이 거듭해서 복을 내리실 것입니다."

순임금이 대답했다.

"아! 충성스러운 신하로다. 충성스러운 신하는 나의 다리요, 팔이요, 귀요, 눈과 같은 존재로다. 나는 백성을 돕고자 하니 그대들이 나를 도와주시오. 나는 옛사람의 의복에 수 놓인 문채를 관찰해 일월성신(日月星辰)의 형상에 따라 무늬를 수놓은 의복을 만들 것이니 그대들은 등급을 명확히 하시오. 그리고 나는 여섯 가지 음률(六律)과 다섯 가지 음계, 여덟 가지 악기들이 내는 가락을 듣고 정치의 잘잘못을 살피면서, 다섯 가지 덕에 부합하는 말을 표현하고 받아들일 것이오. 그러니 그대들은 경청하다가 내가 치우치면 떨쳐내도록 구원해야 하오. 내 앞에서는 아첨하다가 물러나서는 나를 비방하면 안 되오. 군주의 덕행이 실제로 펼쳐진다면 참언과 아첨을 통해 총애받는 신하들은 모두 없어지게 될 것이오."

우가 말했다.

"그렇습니다. 제왕께서 선한 자와 악한 자를 함께 등용하시면 공적을 이룰 수 없을 것입니다."

순임금이 말했다.

"단주처럼 교만해지면 안 되오. 그는 제멋대로 행동하는 것만 좋아하여 물이 없는데도 배를 타고 다니고, 뜻 맞는 이들과 집 안에서 음란하게 지냈기에 그의 대가 끊어졌소. 나는 그런 행위를 용인할 수 없소."

우가 말했다.

"저는 도산(塗山 : 씨족의 이름)의 딸에게 장가든 지 나흘 만에 집을 떠났으며 아들인 계(啓)가 태어났는데도 아끼며 양육하지 않았기 때문에 물과 땅을 다스릴 수 있게 되었습니다. 오복(五服)을 설치해 5천 리에 이르도록 확장하고, 열두 주에 장관을 임명했습니다. 밖으로는 사해(四海)에 접근하여 모든 제후국에 다섯 등급의 우두머리를 두어 각자의 관할지에서 공적을 이루게 되었습니다. 삼묘만이 복종하지 않고서 공적을 세우지 않았으니 제왕께서는 유념해 주십시오."

순임금이 말했다.

"내가 덕행으로 백성을 인도할 수 있었던 것은 바로 그대의 공로가 순서대로 이루어졌기 때문이오."

고요는 우의 덕행을 공경하며 백성들에게 모두 우를 본받도록 했다. 명을 따르지 않으면 형벌로 다스렸기에 순의 덕행은 크게 빛나게 되었다.

그때 기가 음악을 연주하자 조상의 혼령이 이르렀고 제후들은 서로 양보했으며, 새와 짐승들은 춤을 추었다. 〈소운(簫韻)〉의 악곡 9장(九章) 연주가 끝나자, 봉황이 와서 행렬을 이루었고 온갖 짐승들은 일제히 춤을 추었으며 모든 관원들은 화합했다. 순임금이 그 모습을 보고 노래를 지어 불렀다.

"하늘의 뜻을 받들어, 시세에 순응하고 신중하게 행동할지어다."

이어서 또 노래했다.

"신하들이 기쁘고 즐겁게 일하면, 천자의 치세가 흥성해지고 백관의 공업이 널리 이루어질 것이다."

그러자 고요가 절하고 머리를 조아리며 큰 소리로 말했다.

"유념해 주소서. 나라의 일을 흥하게 하시고 신중하게 법도를 준수하며 공경하소서."

그리고는 노래를 했다.

"천자가 현명하고 명철하시면 신하들도 현명해져 모든 일이 편안해질 것이다!"

그는 계속해서 노래했다.

"천자가 소심하면 신하들이 게을러져 모든 일을 그르치게 될 것이다."

그러자 순임금은 절하면서 말했다.

"그렇소. 모든 일을 신중히 행하시오!"

그때부터 천하가 모두 우의 명백한 법도와 악곡을 받들면서, 그를 산천에 있는 신령을 모시는 주재자로 삼게 되었다.

순임금은 우를 하늘에 추천하여 자기의 후계자로 삼았다. 그로부터 17년이 지나 순임금이 세상을 떠나고 3년상이 끝나자 우는 임금이 되는 것을 사양하고 순의 아들 상균을 피해 양성(陽城)으로 갔다. 하지만 천하의 제후들이 모두 상균을 떠나 우에게 조회하러 왔기에 우는 마침내 천자의 자리에 앉아 천하 제후들의 조회를 받았으며, 국호를 하후(夏后)라고 하고서 성을 사씨라고 했다.

우임금이 즉위하자 고요를 등용하여 하늘에 천거하고 정권을 넘겨주려고 했지만 고요가 죽었다. 때문에 고요의 후손을 영(英)과 육(六)에 봉하고, 어떤 후손은 허(許)에 봉했다. 그리고 익을 등용해 그에게 정사를 맡겼다.

그로부터 십 년 후 우임금은 동쪽을 순시하다가 회계(會稽)에 이르러 세상을 떠나면서 천하를 익에게 넘겨주었다. 3년상이 끝나자 익은 우임금의 아들 계(啓)에게 자리를 내주고는 피해 기산(箕山)의 남쪽 땅으로 가서 살았다.

우임금의 아들 계는 현명했기에 천하 사람들의 마음이 그에게 돌아갔다. 우임금이 세상을 떠나면서 익에게 천하를 넘겨주었지만, 익이 우를 도운 기간이 짧았기에 천하 사람들의 마음이 미처 그에게 영합 되지 못했던 것이다. 때문에 제후들은 모두 익을 떠나서 계를 알현하며 말했다.

"우리의 왕은 우임금의 아들이시다."

결국 계가 천자의 자리에 올랐으니, 이 사람이 바로 하나라의 계임금이다. 계임금은 우의 아들이며, 그의 어머니는 도산씨의 딸이다. 유호씨가 복종하지 않자 계는 그들을 토벌하려고 군대를 이끌고 감(甘)으로 가서 크게 싸웠다. 전쟁에 임한 그는 〈감서(甘誓)〉를 짓고는 바로 육군(六軍)의 장수들을 불러 선포했다. 계는 말했다.

"육군을 통솔하는 장수들이여, 나는 그대들 앞에서 선서한다. 유호씨가 무력을 믿고 오행(五行)을 업신여기며, 하늘·땅·사람의 바른 도를 태만히 했기에 하늘이 그의 운명을 끊어 버리려고 한다. 그래서 내가 하늘의 징벌을 받들어 실행할 것이다. 왼쪽에 있는 병사가 왼쪽을 공격하지 않거나 오른쪽에 있는 병사가 오른쪽을 공격하지 않으면, 나의 명령을 따르지 않는 것이다. 말을 부리는 병사들이 말을 잘 몰지 못하면, 그것도 역시 명령을 따르지 않는 것이다. 내 명령에 따르면 조상의 사당에서 상을 줄 것이지만, 따르지 않으면 토지신(地神)의 사당에서 목을 베고 그대들의 자녀를 노예로 삼거나 죽일 것이다."

그리고는 마침내 유호씨를 멸망시키자 천하의 사람들이 모두 알현하러 왔다.

하나라의 계임금이 세상을 떠나자 그의 아들 태강(太康)이 뒤를 이어 즉위했다.

그런데 태강은 황음무도하여 정사에 힘쓰지 않고 사냥에만 빠져 지냈다. 그러자 유궁씨의 왕인 후예가 태강을 쫓아내고는 돌아오지 못하게 했다.

태강제가 나라를 잃자, 그의 형제들 다섯 사람이 낙수(落水) 북쪽 땅에서 그를 기다리다가 〈오자지가(五子之歌 : 다섯 형제가 태강의 실정을 한탄하면서 부른 노래)〉를 지었다.

태강이 세상을 떠나자 동생 중강(仲康)이 즉위했는데, 이 사람이 바로 중강제이다. 중강제 때 희씨(羲氏)와 화씨(和氏 : 천문과 일력에 관한 일을 맡아서 다루는 집안)가 음주에 빠져 사시(四時)를 어그러뜨리고 일력(日曆)을 어지럽혔다. 때문에 윤(胤)이 가서 그들을 토벌하고 〈윤정(胤征)〉을 지었다.

중강이 세상을 떠나자 그의 아들 상(相)이 즉위했고, 상제가 세상을 떠나자, 그의 아들 소강(小康)이 즉위했다. 소강제가 세상을 떠나자 아들 여(予)가 즉위했으며, 여제가 세상을 떠나자 아들 괴(槐)가 즉위했다. 괴제가 세상을 떠나자 아들 망(芒)이 즉위했으며, 망제가 세상을 떠나자 아들 설(泄)이 즉위했다. 설제가 세상을 떠나자 아들 불항(不降)이 즉위했으며, 불항제가 세상을 떠나자 아우 경이 즉위했다. 경제가 세상을 떠나자 아들 근이 즉위했으며 근제가 세상을 떠나자 불항제의 아들 공갑(孔甲)이 즉위했으니, 이 사람이 바로 공갑제다.

공갑제는 귀신에게 제사 지내는 것을 즐겨했으며 음란한 행동을 하기를 일삼았기에 하후씨의 덕이 쇠락해져 제후들이 배반했다. 하늘이 용 두 마리를 내려보냈는데 암컷과 수컷이었다. 하지만 공갑은 용을 기를 줄 몰랐고 환룡씨(용을 기를 수 있는 부족)의 사람들을 구하지도 못했다. 하지만 도당씨(陶唐氏)가 쇠망한 뒤 유루(劉累)라는 자가 환룡씨에게서 용 길들이는 법을 배워 공갑을 섬겼다. 때문에 공갑은 그에게 어룡씨(御龍氏)라는 성씨를 내려주었으며 시위(豕韋) 후손의 봉지(封地)를 받게 해주었다. 그러던 중 암컷 용이 죽자 공갑에게 먹도록 했는데, 공갑이 유루에게 사람을 보내 용을 구해 오라고 하자 두려워하며 어딘가로 떠나 버렸다.

공갑이 세상을 떠나자 그의 아들 고(皋)가 즉위했다. 고제가 세상을 떠나자 아들 발(發)이 즉위했으며 발제가 세상을 떠나자 아들 이계(履癸)가 즉위했으니, 이 사람이 바로 걸(桀)이다. 공갑 이래로 제후 대부분이 하나라를 배반하자 걸은 덕행을 베푸는 일에 힘쓰지 않고 무력으로 백성들을 해쳤기에 백성들은 견딜 수 없었다. 걸은 탕(湯)을 불러들여 하대(夏臺 : 하나라 때의 감옥)에 가두었다가 얼마 지나지 않아 석방시켰다. 탕이 덕을 닦게 되자 제후들이 모두 탕에게 몰려들었다. 탕은 마침내 군대를 이끌고 하나라로 가서 걸을 토벌했다. 때문에 걸은 명조(鳴條)로 도망쳤으나 결국 추방되어서 죽었다.

걸이 그때 사람들에게 말했다.

"내가 하대에서 끝내 탕을 죽이지 않아 이 지경에 이르게 된 것이 후회스럽다."

탕은 얼마 후 천자의 자리에 앉았으며 하왕조를 대신하여 제후들의 조회를 받았다. 탕은 하나라의 후손을 제후로 봉해 주었으며, 주왕조에 이르러 하나라의 후손은 기(杞)에 봉해졌다.

태사공은 말한다.

"우는 사씨 성인데, 그의 후손들이 나뉘어 봉해져 국호를 성으로 삼았기 때문에 하후씨(夏后氏), 유호씨(有扈氏), 유남씨(有男氏), 짐심씨(斟尋氏), 동성씨(彤城氏), 포씨(褒氏), 비씨(費氏), 기씨(杞氏), 증씨(繒氏), 신씨(辛氏), 명씨(冥氏), 짐과씨(斟戈氏)가 있게 되었다. 공자가 하나라의 〈역서(曆書)〉를 바로잡았기에, 학자들이 〈하소정(夏小正)〉을 많이 전수받았으며, 우순과 하우(夏禹) 때부터 공물과 부세가 갖추어졌다. 어떤 사람은 우가 강남에서 제후와 만나 공적을 심사하다가 세상을 떠나 그곳에 안장되었기 때문에 그곳에 회계(會稽)라는 이름을 붙였다고 말한다. 회계는 회합하여 심사한다는 의미를 가지고 있다."

| 3 | 은본기(殷本紀)

은(殷)나라 사람인 설의 어머니 간적(簡狄)은 유융씨의 딸이며, 제곡의 둘째 부인이 되었다. 간적 등 세 여인이 목욕하러 갔다가 제비가 알을 떨어뜨리는 것을 보고 간적이 받아 삼켰는데 임신하여 설을 낳게 되었다. 성장한 설이 우(禹)의 치수를 도와 공을 세우자 순임금이 설에게 말했다.

"백관들이 화목하지 않고 오륜을 잘 따르지 않으니, 그대가 사도가 되어 오륜의 교화를 널리 알리며 관대함을 갖추고 그들이 오륜을 실행하도록 하시오."

순임금은 설을 상(商)에 봉하고 자(子)라는 성(姓)을 내려주었다. 설은 당뇨, 우순, 하우 시기에 흥성하여 공적이 백성들에게 뚜렷이 나타났으며 그로 인해 백성들이 평안해졌다.

설이 죽자 그의 아들 소명(昭明)이 즉위했다. 소명이 죽자 그의 아들 상토(相土)가 즉위했으며, 상토가 죽자 그의 아들 창약(昌若)이 즉위했다. 창약이 죽자 그의 아들 조어(曹圉)가 즉위했으며, 조어가 죽자 그의 아들 명(冥)이 즉위했다. 명이 죽자 그의 아들 진(振)이 즉위했으며, 진이 죽자 그의 아들 미(微)가 즉위했다. 미가 죽자 그의 아들 보정(報丁)이 즉위했으며 보정이 죽자 그의 아들 보을(報乙)이 즉위했다. 보을이 죽자 그의 아들 보병(報丙)이 즉위했다. 보병이 죽자 그의 아들 주임(主壬)이 즉위했으며 주임이 죽자 그의 이들 주계(主癸)가 즉위했다. 주계가 죽자 그의 아들 천을(天乙)이 즉위했는데, 이 사람이 바로 성탕(成湯)이다.

설에서 탕에 이르기까지 여덟 번이나 도읍지를 옮겼다. 탕이 처음에 박에 도읍을 정한 것은 선왕(先王 : 제곡)의 전철을 따른 것으로, 천도한 것을 보고하기 위해 〈제고(帝誥)〉를 지었다. 탕은 제후들을 정벌했다. 갈(葛) 지방의 우두머리가 제사를 지내지 않자 그를 먼저 정벌하고서 말했다.

"내가 일찍이 말했듯이, 사람이 물을 바라보면 자신의 모습을 볼 수 있는 것처럼, 백성들을 살펴보면 다스려지는지 아닌지 알 수 있소."

그러자 이윤(伊尹)이 말했다.

"현명하십니다. 훌륭한 말을 귀담아들으면 나라를 다스리는 방법이 나아질 것입니다. 군주가 백성을 자식처럼 아낀다면 선(善)을 행하는 자들이 모두 왕궁으로 몰려들 것입니다. 계속해서 노력하십시오."

탕이 갈의 우두머리에게 말했다.

"그대가 천명(天命)을 공손히 받들지 않는다면 큰 형벌에 처할 것이며, 사면도 또한 없을 것이오."

그리고 〈탕정(湯征)〉을 지었다.

이윤의 이름은 아형(阿衡)이다. 아형은 탕을 만나려고 했으나 방법이 없자, 유신씨(有莘氏)의 잉신(귀족인 여자가 시집갈 때 따라가는 노복)이 되어 솥과 도마를 지고 가서 탕에게 음식 맛을 예로 들면서 설득하여 왕이 바른 다스림을 행하게 했다. 어떤 사람은 "이윤은 벼슬 하지 않는 선비였으며, 탕이 사람을 보내 맞아들이려고 하자 다섯 번이나 거절한 뒤에야 탕에게 가서 따르며, 옛 제왕과 아홉 유형의 군주에 대한 일을 이야기했다"고 말하기도 한다. 탕은 이윤을 등용하여 나라의 정사를 맡겼다.

이윤은 얼마 후에 탕을 떠나 하나라로 갔는데, 하나라의 정사가 추악한 상태였기에 다시 박으로 돌아왔다. 북문(北門)으로 들어오다가 여구(女鳩)와 여방(女房)을 만난 이윤은 자기가 돌아오게 된 이유를 설명한 〈여구〉와 〈여방〉을 지었다.

교외에 나갔던 탕이 들에서 사방에 그물을 펼쳐 놓고는 신에게 "천하 사방의 모든 것이 내 그물로 들어오게 해 주소서"라고 기원하는 사람을 만났다. 그러자 탕이 말했다.

"다 잡으려고 하다니!"

그리고는 세 방향에 친 그물을 거두고 다른 말로 기원하게 했다.

"왼쪽으로 가려면 왼쪽으로 가고, 오른쪽으로 가려면 오른쪽으로 가게 하소서. 명령을 따르지 않는 것들만 내 그물로 들어오게 하소서."

제후들은 그 이야기를 전해 듣자 이구동성으로 말했다.

"탕의 덕망이 지극하여 금수에게까지 미치게 되었구나!"

당시 하나라의 걸왕이 포악한 정치를 하며 방탕함에 빠졌기에 제후 곤오씨(昆吾氏)가 반란을 일으켰다. 탕이 즉시 군대를 일으키고 제후들을 통솔하자 이윤도 탕을 따라 나섰다. 탕은 직접 도끼를 들고서 곤오를 정벌했으며 마침내 걸왕까지 정벌하고자 했다. 탕이 말했다.

"그대들은 모두 와서 내 말을 들으시오. 나는 비록 보잘것없는 사람이지만 하왕조가 죄가 많고 그대들이 원하는 소리를 들었기에 감히 정벌하지 않을 수 없소. 지금 하나라의 죄가 많아 하늘이 그를 처벌하라고 명하셨소. 그대들 중에는 '우리 군주가 우리를 불쌍히 여기지 않으며 내 농사를 버려두고 전쟁에 참여하게 했다'고 말하는 사람도 있을 것이오. 하왕은 백성들이 농사짓는 데 쓸 힘을 모조리 못 쓰게 하고, 하나라의 재물을 모조리 빼앗아 백성들은 거의 모두가 게을러지고 화목하지 않게 되었으며 '저 태양은 언제쯤 사라질까?'라고 말하게 되었소. 하왕의 덕이 이와 같으니, 지금 내가 반드시 정벌해야만 하오. 그대들이 부디 하늘의 벌을 집행하도록 도와준다면 나는 그대들에게 보답해 줄 것이오. 나는 약속을 저버리지 않을 것이오. 하지만 그대들이 맹세한 말을 따르지 않는다면 나는 그대들을 죽이거나 노비로 삼아 용서하지 않을 것이오."

그리고는 그 일을 전령관에게 알려 〈탕서(湯誓)〉를 짓게 했다. 때문에 탕을 "무용(武勇)이 뛰어난 왕이다"라면서 무왕(武王)이라고 부르게 되었다.

걸왕이 유융의 옛터에서 벌어진 싸움에서 져 명조(鳴條)로 달아난 뒤에 하나라 군대는 크게 패했다. 탕이 마침내 걸에게 충성을 바쳤던 제후국 삼종을 정벌하여 그들의 보물을 빼앗자 탕의 신하 의백(義伯)과 중백(仲伯)이 〈전보(典寶)〉를 지었다. 탕은 하나라를 정벌하고 나서 하나라의 신사(神社)를 옮기려고 했으나 불가능해지자 〈하사(夏社)〉를 지었다. 이윤이 하나라가 망하고 탕이 일어났다는 성명을 공포하자 제후들이 모두 복종하게 되었다. 탕은 마침내 천자의 자리에 올라 천하를 다스리게 되었다.

돌아가던 탕이 태권도(太卷陶)에 도착하자 중뢰가 〈고명(誥命)〉을 지었다. 탕은 하나라가 받았던 천명을 없애고는 박으로 돌아와 〈탕고(湯誥)〉편을 지어 제후들에게 다음과 같이 명령했다.

"3월에 왕이 직접 동쪽 교외에 가서 여러 제후들에게 '백성을 위해 공로를 세우지 못하거나 힘써서 성실히 일하지 않는다면 나는 즉시 그대들을 엄벌에 처벌할 것이니 나를 원망하지 말라'고 경고했소. 또 말하길, '옛날의 하우와 고요는 오랫동안 밖에서 열심히 일하며 백성을 위해 공을 세웠기에 백성들이 편안하게 살 수 있었다. 동쪽과 회수 사방의 수로가 다스려지자 만백성이 거처를 갖게 되었다. 또한 후직이 파종하는 방법을 전해 주었기에 농민들이 온갖 곡식을 경작하게 되었다. 이들 세 사람이 모두 백성을 위해 공로를 세웠기 때문에 후대가 나라를 세울 수 있었던 것이다. 옛날에 치우가 그의 대부와 함께 난을 일으켰으나 하늘이 돕지 않은 증거가 있다. 그러니 선왕의 말씀에 힘쓰지 않을 수 없다'고 했소. 또 '무도하면 그대들에게 나라를 소유하지 못하도록 할 것이니, 그대들은 나를 원망하지 말라'고 했소."

이윤은 그즈음 〈함유일덕(咸有一德)〉을 지었고, 구단(咎單)은 〈명거(明居)〉를 지었다.

탕은 달력을 바로잡고, 의복 등 기물의 색깔을 바꾸어 백색을 숭상했으며,

조회를 낮에 거행했다.

탕이 세상을 떠난 뒤 태자 태정(太丁)이 즉위하지 못하고 죽었기에 태정의 동생 외병(外丙)을 즉위시켰는데, 이 사람이 바로 외병제이다. 외병제가 즉위한 지 3년 만에 세상을 떠나자 그의 동생 중임(中壬)을 즉위시켰으니, 이 사람이 바로 중임제이다. 중임제가 즉위한 지 4년 만에 세상을 떠나자 이윤이 태정의 아들인 태갑(太甲)을 즉위시켰는데, 태갑은 성탕의 직계 장손으로 이 사람이 바로 태갑제이다. 태갑제 원년에 이윤은 〈이훈(伊訓)〉, 〈사명(肆命)〉, 〈조후(徂后)〉를 지었다.

태갑제는 즉위한 지 3년이 되던 때부터 포악해져 탕의 법령을 따르지 않고 덕을 어지럽혔다. 때문에 이윤이 그를 동궁(桐宮)으로 쫓아내고 3년 동안 자기가 대신 나라의 정치를 맡아서 하면서 제후들의 조회를 받았다.

태갑제가 3년 동안 동궁에 머물면서 자신의 잘못을 뉘우치자 이윤은 즉시 그를 맞이하여 정권을 돌려주었다. 태갑제가 덕 있는 정치를 펴자 제후들이 모두 은나라에 귀의했고 백관들은 평안해졌다. 이윤은 태갑제를 칭찬하며 즉시 〈태갑훈(太甲訓)〉 3편을 지었다. 또한 태갑제를 기리며 태종(太宗)이라고 불렀다.

태종이 세상을 떠나자 그의 아들 옥정(沃丁)이 즉위했다. 옥정제 때 이윤이 죽자 박에 장사 지내고, 구단은 이윤의 행적을 통해 후세인을 훈계하기 위해 〈옥정(沃丁)〉을 지었다.

옥정이 세상을 떠나자 그의 동생 태경(太庚)이 즉위했으니, 이 사람이 바로 태경제이다. 태경제가 세상을 떠나자 아들 소갑(小甲)이 즉위했다. 소갑제가 세상을 떠나자 동생 옹기(雍己)가 즉위하니, 이 사람이 바로 옹기제인데 은나라의 도가 쇠해지자 제후들 중의 어떤 이는 조회하러 오지 않았다.

옹기제가 세상을 떠나자 동생 태무(太戊)가 즉위했으니, 이 사람이 태무제이다. 태무제가 즉위하자 이척(伊陟 : 이윤의 아들)이 상(相)이 되었다.

박에서 뽕나무와 닥나무가 나란히 자라기 시작했는데 하룻밤 동안에 한 아름이나 되게 커진 일이 일어났다. 태무제가 두려워하며 이척에게 의견을 물어보았더니, 이척이 말했다.

"저는 요사스러움이 덕행을 이기지는 못한다고 들었습니다. 임금의 정치에 잘못이 있는 것이 아닐까요? 임금께서는 덕을 닦으십시오."

태무제가 그의 말을 따랐더니 요사스러운 뽕나무는 말라 죽어 버렸다. 하지만 이척은 무함(巫咸 : 북을 발명한 태무제의 현신)에게 공을 돌리며 그를 칭찬했다. 무함은 왕족의 정사를 잘 처리했으며, 〈함애(咸艾)〉와 〈태무(太戊)〉를 지었다. 태무제가 태묘(太廟)에서 이척을 칭찬하며 신하 이상으로 대우하려고 하자 그는 사양하며 〈원명(原命)〉을 지었다. 은나라가 다시 부흥하게 되어 제후들이 그에게 몰려들었으므로 태무제는 중종(中宗)이라고 부르게 되었다.

중종이 세상을 떠나자 그의 아들 중정(中丁)이 즉위했으며 그는 오로 도읍을 옮겼다. 하단갑제(河亶甲帝)에 이르러서는 상(相)으로 도읍을 옮겼으며, 조을(祖乙)은 형(刑)으로 도읍을 옮겼다. 중정제가 세상을 떠나자 동생 외임(外壬)이 즉위하니, 이 사람이 바로 외임제이다. 〈중정(中丁)〉의 글에는 빠진 부분이 많이 있어 온전하지 않다. 외임제가 세상을 떠나자 동생 하단갑(河亶甲)이 즉위하니 이 사람이 바로 하단갑제이며 그가 나라를 다스리던 시기에 은은 다시 쇠락해졌다.

하단갑제가 세상을 떠나자 그의 아들 조을(祖乙)이 즉위했다. 조을제가 즉위하자 은나라는 다시 흥성해졌으며 무현(巫賢 : 무함의 아들)이 정사를 맡았다. 조을이 세상을 떠나자 그의 아들 조신(祖辛)이 즉위했다. 조신제가 세상을 떠나자 그의 동생 옥갑(沃甲)이 즉위하니, 이 사람이 바로 옥갑제이다. 옥갑제가 세상을 떠나자 옥갑의 형 조신의 아들인 조정(祖丁)이 즉위하니, 이 사람이 바로 조정제이다. 조정제가 세상을 떠나자 옥갑제의 아들인 남경(南庚)이 즉위하니, 이 사람이 바로 남경제이다. 남경제가 세상을 떠나자 조정제의 아들 양갑(陽甲)이 즉위하니, 이 사람이 바로 양갑제이다. 양갑제 때 은나라는 다시 쇠락해졌다.

중정 때부터 적자 계승제를 폐지하고 형제와 형제의 아들을 번갈아 세우자, 제위 계승 문제로 서로 다투다가 다른 사람을 대신 세우는 일이 9대 동안이나 계속되었기에 나라가 혼란스러워졌다. 때문에 제후들은 조회하러 오지 않았다.

양갑제가 세상을 떠나자 그의 동생 반경(盤庚)이 즉위하니, 이 사람이 바로 반경제이다. 반경제 시기에 은나라는 이미 황하 이북에 도읍을 세웠는데, 반경제는 황하 남쪽으로 건너가 다시 성탕의 옛 도읍에 거주하려고 했다. 따라서 다섯 번이나 도읍을 옮겼으면서도 일정한 거처가 없었다. 때문에 은나라의 백성들은 모두 걱정하고 원망하며 이사 가려고 하지 않았다. 그러자 반경제는 제후와 대신들을 불러서 타일렀다.

"예전에 고귀하고 명철하셨던 성탕은 그대들의 선조와 함께 천하를 안정시켰소. 그들이 만든 법도가 다스릴 만한 것인데도 지금 버려두고 힘쓰지 않는다면 어떻게 덕치를 행하겠소?"

그리고는 황하 이남으로 건너가 박을 정돈하고 탕의 시대에 시행했던 정사를 시행하자 백성들은 편안을 되찾게 되었다. 은왕조의 도는 다시 흥성해지고, 제후들이 모두 조정에 조회하러 오게 되었으니 그것은 성탕의 덕치를 따랐기 때문이다.

반경제가 세상을 떠나자 그의 동생 소신(小辛)이 즉위하니, 이 사람이 바로 소신제이다. 소신제가 즉위하고서 은나라가 다시 쇠락해지자 백성들은 반경을 그리워하며 〈반경(盤庚)〉 3편을 지었다.

소신제가 세상을 떠나자 그의 동생 소을(小乙)이 즉위하니, 이 사람이 바로 소을제이다.

소을제가 세상을 떠나자 아들 무정(武丁)이 즉위했다. 무정제는 은왕조를 부흥시키려고 했으나 뜻이 맞는 보좌관을 얻지 못했다. 그래서 3년 동안 말도 하지 않고 정사는 총재(재상)가 결정하도록 하고서 나라의 풍속을 관찰하기만 했다.

무정제가 꿈속에서 성인을 만났는데, 이름이 열(說)이라고 했다. 때문에 꿈에서 본 사람을 대신과 관리들 중에서 찾아보았으나 모두 적임자가 아니었다. 그래서 모든 관리들에게 명해 재야에서 찾아보도록 했으며, 마침내 부험(傅險)에서 열을 찾아냈다. 그때 열은 죄를 지어 노역에 끌려가 부험에서 길을 닦고 있었는데, 무정제에게 알현시켰더니 무정제가 "바로 이 사람이다"라고 했다. 또한 그와 함께 얘기해 본 결과 파연 성인이었으므로 등용해 상(相)으로 삼았더니 은나라가 잘 다스려졌다. 때문에 무정제는 마침내 부험에서 성을 따 그를 부열(傅說)이라고 일컫게 되었다.

무정제가 성탕에게 제사를 올리고 난 다음 날, 꿩이 날아와 정(鼎)의 손잡이에 올라가 울자 무정제가 두려워했다. 그러자 조기(祖己)가 말했다.

"왕께서는 두려워 마시고, 나라만 잘 다스리십시오."

조기는 다시 왕을 깨우쳐 주면서 말했다.

"하늘이 백성을 감찰할 때는 그들의 도의를 기준으로 삼습니다. 내려준 수명에는 길고 짧음이 있으나, 하늘이 사람의 수명을 단축시키지는 않습니다. 사람이 스스로 수명을 짧게 만드는 것입니다. 사람이 덕을 따르지 않고 죄를 인정하지 않으므로, 하늘은 경고를 내려 덕으로 바로잡고자 합니다. 사람들은 그때야 비로소 '이것을 어찌하면 좋겠는가?'라고 말합니다. 임금이 백성을 위해 일하는 것은 하늘의 뜻을 잇는 것입니다. 제사를 지내 돼 버려야 할 방법으로 거행하지는 마십시오."

무정제가 정사를 바로잡고 덕을 행하자 천하의 백성들이 모두 즐거워했으며 은나라의 도가 다시 일어나게 되었다.

무정제가 세상을 떠나자 그의 아들 조경(祖庚)이 즉위했다. 조기는 무정제가 꿩을 보고서 상서롭지 않은 일이라고 생각했던 것을 계기로 덕 있는 정치를 베푼 일을 기려, 그의 종묘를 세워 고종(高宗)이라고 했으며 〈고종융일(高宗肜日)〉과 〈고종지훈(高宗之訓)〉을 지었다.

조경제가 세상을 떠나고 그의 동생 조갑(祖甲)이 즉위하니, 이 사람이 바로 갑제이다. 갑제는 음란한 사람이었다. 까닭에 은왕조는 다시 쇠락했다.

갑제가 세상을 떠나자 그의 아들 늠신이 즉위했다. 늠신제가 세상을 떠나자 그의 동생 경정(庚丁)이 즉위하니, 이 사람이 바로 경정제이다. 경정제가 세상을 떠나자 그의 아들 무을(武乙)이 즉위했다. 그때 은나라는 다시 박을 떠나 황하 이북으로 도읍을 옮겼다.

무을제는 무도한 왕이었으며 우상을 만들어 「천신(天神)」이라고 불렀다. 우상과 도박을 하면서 다른 사람에게 심판을 보게 했다. 천신이 지면 즉시 천신을 모욕하고 죽였다. 가죽 주머니를 만들어 피를 가득 채우고 높이 매달아 활로 쏘고서 그것을 「사천(射天)」이라고 이름 지었다. 그러던 중 무을제가 황하와 위수 사이로 사냥을 갔는데 갑자기 천둥이 치면서 떨어지는 벼락을 맞아 죽어, 아들 태정(太丁)이 즉위했다. 태정제가 세상을 떠나자 아들 을(乙)이 즉위했는데 그때부터 은왕조는 더욱 쇠락해졌다.

을제의 맏아들은 미자계(微子啓 : 주왕의 이복형)인데, 계(啓)는 그의 어머니가 신분이 천하여 후계자가 되지 못하고, 작은아들 신(辛)은 어머니가 정식 왕후였기 때문에 후계자가 되었다. 을제가 세상을 떠나자 아들 신이 즉위했으니, 이 사람이 바로 신제이다. 천하의 사람들은 그를 「주(紂 : 의를 거스르고 선을 해치는 자)」라고 불렀다.

주왕은 말재간이 뛰어나고 견문이 매우 빼어났으며, 힘이 장사였기에 맨

손으로도 맹수와 싸웠다. 지혜는 간언이 필요하지 않을 정도였고, 말재주는 자신의 허물을 교묘하게 감추기에 충분할 정도였다. 때문에 그는 자신의 재능을 신하들에게 뽐내며 천하에 명성을 드높이려고 했고, 모두가 자신의 아래에 있다고 여겼다. 술을 좋아하고 음악에 흠뻑 빠졌으며 지나치게 여자를 탐했다. 달기(유소씨가 주왕에게 바친 미녀)를 총애하여 그녀의 말이라면 무엇이든 들어 주었다. 사연(師涓)에게 명해 음탕한 곡을 새롭게 만들게 하고, 북리(北里)라는 저속한 춤과 퇴폐적인 음악을 연주하게 했다. 세금을 무겁게 매겨 녹대(鹿臺 : 주왕이 세운 누대)를 돈으로 채우고 거교(鉅橋)를 곡식으로 가득 채웠다. 게다가 개, 말, 기이한 물건들을 수집하여 궁실 안을 가득 메웠다. 또 사구(沙丘)의 원대(苑臺)를 확장하여 들짐승과 새들을 많이 잡아다가 그 안에 두었다. 주왕은 귀신도 우스운 존재로 알았다. 사구에 수많은 악공과 광대를 불러들이고, 술을 부어서 연못을 만들고, 고깃덩어리들을 나뭇가지들에 매달아 숲처럼 만들고, 남녀들을 벌거숭이로 만들어 그 안에서 서로 쫓아다니게 하면서 밤이 새도록 술을 마셨다.

백성들이 원망하고 제후들 중 배반하는 자가 생기자 주왕은 즉시 형벌을 강화시켜 포락(숯불 위에 걸쳐서 달군 구리기둥 위로 죄인이 맨발로 걸어가게 하는 형벌)이라는 형벌을 만들었다.

주왕은 서백창(西伯昌), 구후(九候), 악후(鄂侯)를 삼공(三公)으로 삼았다. 구후에게는 아름다운 딸이 있었는데, 주왕에게 바쳤다. 그러나 구후의 딸이 음탕함을 싫어하자 화가 난 주왕은 그녀와 구후를 죽여 포를 떠서 소금에 절였다. 때문에 악후가 완강하게 항의하며 격하게 변론하자 악후도 함께 포를 떠서 죽였다. 서백창은 이 소식을 듣고 몰래 탄식했다. 숭후호(崇侯虎)가 이것을 알고 주왕에게 고자질하자, 주왕은 서백을 유리(羑里)에 가두었다. 서백의 신하 굉요 등이 미녀와 진기한 보물, 준마를 구하여 주왕에게 바쳤더니 주왕은 즉시 서백을 석방시켜 주었다. 풀려난 서백은 낙수(洛水) 서쪽의 땅을 바치면서 포락형을 없애 달라고 간곡히 요청했다. 그러자 주왕은 허락하며 활과 화살, 큰 도끼를 내려주어 제후국들을 정벌하게 하고서 그를 서방 제후들의 우두머리로 삼았다.

주왕은 비중(費中)을 등용하여 국정을 맡게 했는데 그는 아첨을 잘하고 사리사욕을 탐해 은나라 사람들은 그를 가까이하지 않았다. 주는 또한 오래(惡來 : 비렴의 아들)를 등용했다. 오래는 다른 사람을 비방하기를 좋아하는 사람이었기 때문에 제후들은 은나라와 더욱 멀어졌다.

서백이 봉국으로 돌아가서 은밀하게 덕을 베풀고 선정을 행하자, 대부분의 제후들이 주왕을 배반하고 서백에게 몰려갔다. 서백이 점점 강해지자 주왕은 점점 권력을 잃어갔다. 왕자 비간(比干 : 주왕의 숙부)이 간언했지만 주는 따르지 않았다. 상용(商容)은 현명한 사람이라 백성이 그를 사랑했으나 주왕은 그도 내쳤다. 서백이 주왕에게 충성하는 기국(飢國)을 정벌하여 멸망시키자, 신하 조이(祖伊)가 달려가 주왕에게 말했다.

"하늘이 이미 우리 은나라의 운명을 끊으려 하기 때문에, 혜안을 가진 사람에게 물어보고 거북점을 쳐 봐도 헤어날 수 있는 길을 알 수 없습니다. 이것은 선왕들께서 우리의 후손을 지키지 않는 것이 아니라 왕께서 음란하고 포악한 행동을 하시어 스스로 하늘의 뜻을 끊어 버리셨기 때문에 하늘이 우리를 버리신 것입니다. 왕께서는 백성을 편안히 먹고 살게 하지 못했고 하늘의 뜻을 헤아리거나 이해하지도 못했으며 법도를 따르지도 않았습니다. 지금 우리 백성들은 왕의 멸망을 바라지 않는 사람이 없어 '하늘이 어찌하여 벌을 내리지 않으며, 천명을 받은 새 임금은 어찌하여 나타나지 않는가?'라고 말합니다. 그러니 왕께서는 어떻게 하시겠습니까?"

그러자 주왕이 말했다.

"내가 태어나 왕이 된 것은 천명이 아니었단 말이오?"

조이는 돌아오며 말했다.

"주왕에게는 간언할 수가 없다."

서백이 죽고 주나라 무왕(武王)이 동쪽으로 정벌하러 나서 맹진(盟津)에 도착하자, 은나라를 배반하고 주나라로 모여든 제후들이 8백 명이나 되었다. 제후들이 모두 말했다.

"주왕은 정벌해야 합니다."

그러자 무왕은 말했다.

"아직은 때가 아니다. 그대들은 천명을 모른다."

그리고는 다시 되돌아갔다.

주왕은 더욱 음란해졌으며 악행을 그만둘 줄 몰랐다. 미자는 여러 번 간언했지만 주왕이 듣지 않자, 태사(太師), 소사(小師)와 상의한 후 마침내 은나라를 떠나 버렸다. 하지만 비간은 "신하된 자는 목숨을 바쳐 간언하지 않을 수 없다"며 완강하게 주에게 간언했다. 그랬더니 주왕이 화를 내며 말했다.

"나는 성인(聖人)의 심장에는 일곱 개의 구멍이 있다고 들었다."

그리고는 비간의 가슴을 째어서 갈라 그의 심장을 꺼내 보았다. 때문에 기자(箕子)는 두려워서 일부러 미친 척하며 노비가 되었지만 주왕이 다시 그를 잡아 가두었다. 은나라의 태사와 소사는 제기(祭器)와 악기(樂器)를 가지고 주나라로 달아냈다. 그러자 주나라 무왕은 제후들을 거느리고 주왕을 공격했으며, 주왕도 또한 군대를 일으켜 목야(牧野)에서 대항했으나, 갑자 일에 주왕의 군대는 싸움에서 패했다. 그리하여 주왕은 도망쳐 성안으로 들어와 녹대에 올라가 보옥으로 장식한 옷을 입고 불 속으로 뛰어들어 죽었다.

주나라 무왕은 마침내 주왕의 머리를 베어 큰 백기에 매달았으며, 달기도 죽였다. 이어서 기자를 감옥에서 꺼내 풀어주고, 비간의 무덤에 봉분을 했으며, 상용의 마을을 표창했다. 또한 주왕의 아들인 녹부(祿父) 무경(武庚)에게 봉토를 주어 은나라의 제사를 잇도록 하고, 반경의 정사로 다스리게 했기에 은나라의 백성들은 매우 기뻐했다.

주나라 무왕은 천자가 되었으며 은나라의 후예를 봉하여 제후로 삼아 주나라에 포함시켰다.

주나라의 무왕이 세상을 떠나자, 무경이 관숙(管叔) · 채숙(蔡叔)과 함께 반란을 일으켰는데, 성왕(成王)이 주공(周公)에게 명해 그들을 토벌하도록 하고, 미자를 송(宋)에 봉해 은나라의 후대를 잇도록 했다.

태사공은 말한다.

"나는 〈송(頌 : 시경)〉에 의거하여 설의 사적을 기술했고, 성탕 이래로는 〈상서(尙書)〉와 〈시경(詩經)〉의 내용 중에서 채택했다. 설은 성(姓)이 자(子)였으나 그의 후대가 나뉘어 봉해져서 각자 나라의 이름을 성으로 삼아, 은씨(殷氏) · 내씨(來氏) · 송씨(宋氏), 공동씨(空桐氏) · 치씨(稚氏) · 북은씨(北殷氏) · 목이씨(目夷氏)가 있게 되었다. 공자는 '은나라 천자의 수레가 가장 훌륭하다'고 말했다. 색깔은 흰색을 숭상했다."

| 4 | 주본기(周本紀)

    주(周)나라의 시조 후직(后稷)의 이름은 기(棄)다. 그의 어머니는 유태씨(有邰氏)의 딸로 강원(姜原)이라고 불렸는데, 강원은 제곡의 정실부인이다.

    강원이 들에 나갔다가 거인의 발자국을 보고 마음이 흔연히 기뻐져 그것을 밟았더니 마치 임신한 사람처럼 몸이 꿈틀거렸다. 1년 후에 아들이 태어났는데 아버지 없이 얻은 아이였기에 불길하게 생각되어 비좁은 골목에 버려두었지만 지나가는 말이나 소가 모두 피하며 밟지 않았다. 그래서 아이를 숲속에 놓았다가 마침 산속에 사람들이 많았기 때문에 장소를 옮겨 도랑의 얼음 위에 버렸지만 날짐승들이 날개로 아이의 몸에 풀을 덮어 주고 깔아주었다. 때문에 강원은 기이한 일이라고 생각하면서 아이를 다시 들고 와서 키웠다. 처음에 아이를 버리려고 했었기에 이름을 「기(棄)」라고 지었다.

    기는 어린 시절부터 하는 짓이 특이했으며 큰 인물이 될 수 있는 자질이 있는 것 같았다. 그는 놀이를 하면서도 삼과 콩을 심기를 좋아하였는데, 그가 심은 삼과 콩은 이상할 정도로 잘 자랐다. 어른이 되어서는 농사짓기를 좋아하여 토지의 특성을 살려 적절한 곳에 곡식을 심고 거두었는데 백성이 모두 그를 본받았다.

    요임금이 그 소문을 듣고 기를 등용하여 농사(農師 : 농업을 맡아서 다루는 벼슬)로 삼았더니 세상 사람들이 많은 혜택을 얻게 되었다.

    순임금은 말했다.

    "백성들이 굶주리니, 그대 후직은 때에 맞추어 온갖 곡식을 심으시오."

순은 기를 태(邰)에 봉하고 후직이라고 불렀으며, 별도로 희(姬)씨 성을 주었다. 후직이 일을 시작한 것은 도당(陶唐), 우(虞), 하(夏)의 시대였으며 그는 아름다운 덕행을 쌓았다.

후직이 죽자 그의 아들 부줄(不窋)이 자리에 올랐다. 부줄은 말년에 하후씨의 정치가 쇠락하자 농사를 관할하는 직책인 직(稷)을 버리고 힘쓰지 않았기에 벼슬을 잃고 융적(戎狄)이 사는 지역으로 달아났다. 부줄이 죽자 그의 아들 국(鞠)이 즉위했고, 국이 죽자 아들 공류(公劉)가 즉위했다.

공류는 융적이 사는 지역에서 살았지만, 후직이 행했던 사업을 다시 일으켜 논밭을 갈아 씨를 뿌리는 일에 힘쓰고 토지의 적당함을 가려 시행했다. 또한 칠수(漆水)·저수(沮水)에서부터 위수(渭水)를 건너 목재를 채취하여 사용했기에 떠돌아다니는 사람들도 재물이 생기게 되었고, 정착해서 사는 사람은 재산이 쌓였기 때문에 백성들은 그의 선정에 의지하게 되었으며 대부분 옮겨와서 그에게 귀의했다. 주나라의 도의는 이때부터 흥성하기 시작했으므로 시인들은 노래를 부르며 그의 덕을 생각했다. 공류가 죽자 아들 경절(慶節)이 즉위하여 빈에 도읍을 정했다.

경절이 죽자 그의 아들 황복(皇僕)이 즉위했다. 황복이 죽자 그의 아들 차불(差弗)이 즉위했고, 차불이 죽자 그의 아들 훼유(毁隃)가 즉위했고, 훼유가 죽자 그의 아들 공비(公非)가 즉위했다. 공비가 죽자 그의 아들 고어가 즉위했고, 고어가 죽자 그의 아들 아어가 즉위했다. 아어가 죽자 아들 공숙조류(公叔祖類)가 즉위했고, 공숙조류가 죽자 그의 아들 고공단보(古公亶父)가 즉위했다.

고공단보가 그의 선조인 후직과 공류가 행했던 사업을 다시 일으켜 덕을 쌓고 의를 행하자, 온 나라 사람들이 모두 그를 받들었다. 훈육(薰育)과 융적(戎狄)이 고공단보를 공격하여 재물을 얻으려고 하자 그는 순순히 그들에게 내주었다. 얼마 후에 그들이 다시 쳐들어와 재물과 백성들을 빼앗으려고 하자 백성들은 모두 분개하여 싸우고자 했다. 그러자 고공이 말했다.

"어떤 백성이 군주를 옹립하는 것은 장차 자신들을 이롭게 하려는 것이오. 지금 융적이 공격한 까닭은 우리의 땅과 백성을 얻기 위해서요. 백성이 나에게 속하든 저들에게 속하든 무슨 차이가 있겠소? 백성들이 나 때문에 싸우고자 한다면 그것은 내가 백성들을 죽여 가면서까지 그들의 군주 노릇을 하는 격이니, 나는 차마 그렇게는 하지 못하겠소."

고공은 곧 데리고 있던 하인들과 함께 빈을 떠나 칠수와 저수를 건너고 양산(梁山)을 넘어 기산(岐山) 아래에 있는 땅에 정주했다. 그러자 빈에서 살던 모든 사람들은 늙은이를 부축하고 어린아이들의 손을 이끌고 다시 기산 아래에 있는 고공에게로 몰려갔다. 그 이웃 나라의 많은 사람들도 고공이 어질다는 소문을 듣고는 그에게로 몰려갔다. 그래서 고공은 융적의 풍속을 물리치고 성과 집을 짓고 읍을 나누어 그들을 살게 했으며 다섯 개의 관직에 해당하는 벼슬아치들을 두어 그들을 다스렸다. 그러자 백성들은 모두 노래하며 그의 덕을 칭찬했다.

고공에게는 두 아들이 있었다.

맏아들은 태백(太伯)이고, 둘째 아들은 우중(虞仲)이다. 고공의 부인 태강(太姜)은 그 후에 막내아들 계력(季歷)을 낳았다. 계력은 태임(太任)이라는 여인을 아내로 맞이했는데, 태임도 시어머니 태강처럼 어진 부인이었다. 태임이 창(昌)을 낳았을 때 좋은 징조가 있었다. 때문에 고공은 기뻐하면서 말했다.

"우리 주나라가 장차 흥성해질 징조다. 창이 주나라의 흥성을 이룰 것이다."

맏아들 태백과 우중은 고공이 계력을 세워 창에게 왕위를 전하려 한다는 뜻을 알게 되자, 둘이서 달아나 형만(荊蠻 : 남쪽의 미개지라는 뜻)으로 가서 그곳의 야만족들처럼 문신을 하고 머리카락을 짧게 잘랐다. 스스로 야만족이 되어 왕위를 계력에게 양보한 것이다.

고공이 죽고 계력이 왕위에 오르니, 이 사람을 공계(公季)라고 한다. 공계는 고공이 남긴 다스림의 법도를 잘 닦고 의(義)를 성실히 행하며 제후들의 믿음과 덕망을 모았다.

공계가 죽고 아들 창이 즉위하니, 그가 바로 서백(西伯)이다. 서백은 후대에 추존된 문왕(文王)으로, 후직과 공류의 사업을 따르고 고공과 공계의 법도를 본받아 어진 정치를 하기에 힘썼다. 어진 사람 앞에서는 예의로 자신을 낮추었는데, 한낮에는 식사할 겨를도 없이 선비들을 접대했으므로, 많은 인재들이 서백에게 몰려들었다. 백이(伯夷)와 숙제(叔齊) 형제는 고죽(孤竹) 나라에 있었는데 서백에 대한 소문을 듣고 함께 가서 귀의했다. 태전(太顚), 굉요, 산의생(散宜生), 육자, 신갑대부(辛甲大夫) 등도 모두 가서 그에게 귀의했다.

제후들 중에 그것을 시기하는 자들도 있었는데 그들 중의 한 사람인 숭후호(崇侯虎 : 숭나라의 제후)는 은나라 주왕에게 이렇게 말했다.

"서백이 선을 쌓고 덕을 베풀어 제후들이 모두 그에게로 향하니, 장차 은나라에 이롭지 않을 것입니다."

그러자 주는 마침내 서백을 잡아다가 유리에 가두었다. 때문에 서백의 신하 굉요 등이 걱정하며 유신씨의 미녀와 아름답게 장식한 여융의 명마와 여융의 36필의 준마, 그 밖에도 진귀한 많은 물건을 구하여 주왕의 총애를 받는 신하 비중을 통해 주왕에게 바쳤다. 그랬더니 주왕은 크게 기뻐하며 말했다.

"미녀들만으로도 서백을 풀어주기에 충분하거늘, 하물며 이토록 귀한 물건이 많으니!"

그는 서백을 사면시켰을 뿐만 아니라 그에게 활과 화살, 그리고 부월(斧鉞)을 하사하여 제후국을 정벌할 수 있게 하고는 말했다.

"그대를 비방한 자는 숭후호이다."

서백은 그 기회에 낙하(洛河) 서쪽의 땅을 주왕에게 바치며 포락의 형벌(기름을 칠한 동으로 만들어진 기둥을 숯불 위에 놓고 죄인이 건너가게 하는 형벌) 없앨 것을 청해 허락을 받았다.

서백이 남몰래 선을 행하였으므로 제후들은 판결하기 어려운 일이 생기면 찾아와 공정한 판결을 청하고는 했다. 우(虞)와 예(芮)의 사람들 사이에 소송이 있었는데, 해결할 수 없자 곧 주나라로 오게 되었다. 그런데 주나라 국경 안으로 들어오면서 보니 밭 가는 자는 서로 밭의 경계를 양보하고, 백성들의 풍속은 모두 나이가 많은 사람에게 양보하는 것이었다. 때문에 우와 예의 사람들은 서백을 만나지도 않고 서로 부끄러워하며 말했다.

"우리가 싸운 것을 주나라 사람들이 알면 부끄러워하게 될 뿐이니, 무엇 때문에 가겠는가? 단지 치욕만 얻을 뿐이네."

그들은 마침내 되돌아갔으며 서로 양보하고 떠나갔다. 그 소문을 듣고 제후들이 말했다.

"서백은 아마도 천명을 받은 군주일 것이다."

다음 해에 서백은 견융(犬戎)을 정벌하고, 그다음 해에는 밀수(密須)를 정벌했다. 그리고 다음 해에는 기국(耆國)을 무찔렀다. 은나라의 조이가 그 소식을 듣고 두려워하며 주왕에게 알렸다. 그러자 주왕이 말했다.

"내 자리는 천명으로 정해져 있다. 그가 그토록 두렵단 말이냐?"

다음 해에 서백은 우를 정벌했고, 그다음 해에는 숭후호를 정벌했다. 그리고 풍읍(豊邑)을 지어 기산 아래에서 풍으로 도읍을 옮겼다. 다음 해에 서백이 죽고 태자 발(發)이 즉위했으니, 이 사람이 무왕(武王)이다.

서백은 약 50년 동안 재위했다. 아마도 그는 유리에 갇혀 있을 때 〈역(易)〉의 8괘를 더하여 64괘로 만들었을 것이다. 시인들은 서백이 천명을 받아 왕으로 불린 해는 아마 우와 예 사람들의 소송 문제가 해결된 해일 것이라고 말한다. 그 후 10년이 지나서 그가 죽자 시호를 문왕(文王)이라 했다. 서백은 은왕조에서 벗어나 법도를 바꾸고 달력을 만들었다. 그는 고공을 추모하여 태왕(太王)이라고 칭했으며, 공계는 왕계(王季)라 했다. 왕의 길조가 태왕부터 일어났기 때문일 것이다.

무왕은 즉위하자 태공망(太公望 : 이름은 강상)을 군사(軍師)로 삼고 주공단(周公旦 : 문왕의 아들이며 무왕의 동생)에게 천자를 보좌하는 직책을 주었으며 역시 동생인, 소공(召公)과 필공(畢公) 등은 왕을 보좌하며 문왕의 위업을 본받으면서 닦게 했다.

문왕 9년(문왕이 9년에 죽었지만 무왕은 문왕의 연호를 계속해서 사용했다) 무왕이 필(畢)에서 제사를 올리고 동쪽으로 가서 군대를 점검하고 맹진(盟津)까지 나아갔다. 그때 무왕은 나무로 만든 문왕의 신주를 만들어 수레에 싣고 중군의 군영에 두었으며 자신을 태자 발(發)이라고 칭했다. 문왕의 명을 받들어 정벌하는 것이지 자기의 뜻이 아니라고 말했다. 출발하기 전에 무왕은 사마(司馬), 사도(司徒), 사공(司空)과 여러 군관들을 모아 놓고 말했다.

"나는 무지하지만 선조께서 덕이 있어 미천한 이 몸이 선조의 유업을 이어받게 되었으니, 상벌 제도를 바르게 세워 공적을 정하려 하오."

드디어 출전하게 되자 군사 태공망이 각 제후들에게 명령했다.

"그대들의 장병과 배를 모두 가지고 출전하라. 늦는 자는 참살할 것이다."

무왕이 강을 건너는데 강 중간쯤에 이르렀을 때 물고기가 무왕의 배 안으로 튀어 들어왔기에 무왕은 그것을 잡아 제사를 드렸다. 강을 건너 상륙하니 이번에는 불덩이가 하늘에서 날아와서 떨어져 왕이 머무는 지붕에 이르러서 까마귀로 변했는데, 색이 붉고 울음소리는 낭랑했다. 그때 약속을 하지 않았는데도 맹진으로 달려온 제후들이 8백 명 가까이 되었다. 그들이 모두 말했다.

"지금이야말로 주왕을 칠 때입니다."

그러자 무왕은 말했다.

"그대들은 천명을 모르오. 지금은 정벌할 수 없소."

그리고는 병사를 이끌고 되돌아갔다.

그로부터 2년 후, 주왕의 어리석음과 어지러움 그리고 포학함이 더욱 심해져 작은아버지인 왕자 비간을 죽이고 충신 기자를 감금했다. 때문에 태사 자(疵)와 소사 강(疆)은 그들의 악기를 가슴에 품고서 주나라로 달아났다. 그러자 무왕은 제후들에게 말했다.

"주왕이 무거운 죄를 지었으니 이젠 정벌하지 않을 수가 없소."

무왕은 문왕의 위패를 받들고 전차 3백 대와 용사 3천 명, 갑옷을 입은 병사 4만 5천 명을 이끌고 동쪽으로 출발했다.

그리하여 문왕 11년 12월 무오일에 전군은 맹진을 넘었고 제후들도 다모여 무왕에게 말했다.

"이번에는 꼭 그를 벌하십시오."

무왕은 곧 〈태서(太誓)〉를 지어 많은 사람들에게 말했다.

"지금 은나라의 주왕은 달기에게 빠져 스스로 천명을 끊었고, 천·지·인의 바른 도(三正)를 짓밟았으며, 그의 핏줄을 멀리하기에 이르렀다. 더욱이 선조의 음악을 저버리고 음란한 노래를 만들어 세속을 타락시키면서까지 달기를 기쁘게 해주고 있다. 그래서 나는 이제 하늘의 명을 받들어 천벌을 집행하고자 한다. 그대들의 분투를 빈다. 기회는 두 번 다시 없다는 것을 명심하라."

2월 갑자일 이른 아침에 무왕은 상(商)나라 교외의 목야(牧野)에 이르러 다시 한번 결의를 상기시켰다. 무왕은 왼손에는 황색 도끼를 쥐고 오른손에는 쇠꼬리로 장식한 흰색 깃발을 잡고 말했다.

"친애하는 제후들이여! 창을 높이 들고 방패를 나란히 하라. 내가 엄숙히 선언한다. 옛사람들이 '암탉이 울면 집이 망한다'고 했다. 지금 은나라의 주왕은 오직 달기의 말만 듣고 선조께 지내는 제사를 지내지 않으며 제후들을 무시하고 자신의 친족을 등용하지 않은 채 버려두고 사방에서 죄를 짓고 도망쳐 온 사람들을 등용하여 백성을 포학하게 대하며 온갖 악행을 다 저질렀다. 나는 이제 하늘의 뜻을 받들어 그를 응징한다. 오늘의 싸움에서 그대들은 군령을 지키도록 노력하라. 그대들은 호랑이처럼 용맹하게 싸워야 한다. 투항하는 자는 죽이지 말고, 그들이 우리를 위해 힘쓰도록 만들라. 그렇게 하지 않으면 엄벌이 내려질 것이다."

선서가 끝나자 집결한 제후들의 전차는 4천 대였고 병사들은 목야에 진을 쳤다.

주왕은 무왕이 쳐들어왔다는 소리를 듣자, 70만 대군을 이끌고 나와 대항했다. 무왕은 태공망에게 명하여 백 명의 용사들을 보내 주왕의 군대에 싸움을 걸게 했다. 그리고 대부대가 주왕의 군대를 향해 빠른 속도로 돌격하게 했다. 주왕의 군대는 비록 수는 많았지만 모두 싸울 마음이 없었다. 오히려 무왕이 쳐들어오기를 기다리고 있다가 모두 무왕의 편으로 돌아서서 싸우면서 무왕에게 길을 열어 주었다. 무왕이 돌격하자 은나라의 병사들은 주왕을 버리고 모두 흩어져 버렸다. 왕궁으로 도망친 주왕은 녹대 위로 올라가 보석이 박힌 옷을 뒤집어쓰고 스스로 불 속에 뛰어들어 죽었다.

무왕이 커다란 백기를 들고 제후들을 불러 모았다. 제후들은 모두 신하의 예를 취하며 무왕의 승리를 축하했고 무왕도 그것에 답했다. 무왕이 전군을 거느리고 은나라의 도성에 이르니, 은나라 백성들이 교외에서 기다리고 있었다. 무왕은 신하들을 시켜 은나라 백성들에게 "하늘이 복을

내려주었도다"라고 말하게 했다. 은나라 사람들이 모두 재배하며 머리를 조아리자 무왕도 역시 답례했다.

무왕은 드디어 성으로 들어가 주왕이 죽은 장소에 도착했다. 그리고는 직

접 주의 시신을 향해 화살 세 발을 쏜 후 마차에서 내려 경검(輕劍)으로 시신을 치고 황색 도끼로 주왕의 머리를 벤 뒤 커다란 흰색 기에 매달았다. 그 일을 끝마치고 주의 애첩인 두 여자를 찾았으나, 두 여자는 이미 목을 매어 자살한 뒤였다. 무왕은 그들의 시체에도 화살 세 발을 쏘고 검으로 친 후 이번에는 검은색 도끼로 목을 베어 머리를 작은 흰색 기에 매달았다. 무왕은 그 일이 끝나자 성에서 나와 군영으로 돌아왔다.

다음 날 무왕은 길을 정리하고 은나라의 조묘를 깨끗이 치우고 궁전 안으로 들어갔다. 백 명의 용사들이 기를 메고 앞서 나갔고, 무왕의 동생 숙진탁(叔振鐸)은 위엄을 갖춘 수레를 받들어 늘어세우고, 주공 단은 큰 도끼를 쥐고 필공은 작은 도끼를 쥐고서 무왕의 좌우에 섰다. 산의생(散宜生)과 태전(太顚), 굉요는 모두 검을 들고 무왕을 호위했다. 궁전 안에 들어간 무왕이 사당 남쪽을 향해 대부대의 왼쪽에 서자, 좌우에 있던 사람들이 모두 따랐다. 모숙정(毛叔鄭)은 맑은 물을 받쳐 들고, 위강숙봉(衛康叔封)은 자리를 깔았으며, 소공 석(奭)은 비단을 받치고, 사상보는 제물을 끌고 갔다. 윤일(尹佚)은 축문을 읽었다.

"은나라의 마지막 자손 주는 선왕의 밝은 덕을 모조리 없애 버리고 신령을 모독하고 경멸하여 제사를 지내지 않았으며 백성들을 혼미하게 만들고 난폭하게 다루었으니, 그 죄악을 상제께서 듣도록 명백히 알리나이다."

그러자 무왕이 두 번 절하고 머리를 조아리며 말했다.

"왕조를 바꾸라는 중대한 천명을 받아 은나라를 변혁시켰으니, 하늘의 영명하신 명을 받겠습니다!"

무왕은 또 두 번 절하고 머리를 조아린 후 그곳에서 나왔다.

무왕은 주왕의 아들 녹보(祿父)에게 남은 은나라 백성을 봉해 주었다. 무왕은 은이 막 평정되어 아직 안정되지 못했기 때문에 자신의 동생 관숙선(管叔鮮)과 채숙도(蔡叔度)에게 녹보를 도우며 은나라를 다스리게 했다. 곧 이어 소공에게 명해 감옥에 갇혀 있는 기자를 석방시키게 했으며, 필공에게 명해 감옥에 갇혀 있는 신하들을 석방시켰다. 또한 주왕에게 충고하다가 연금되었던 충신 상용을 고향으로 돌아가게 했고 남궁괄(南宮括)에게 명해 녹대의 재물과 거교(鉅橋)의 곡식을 풀어 가난한 백성들에게 나누어 주게 했다. 그리고 다시 남궁괄과 사일(史佚)에게 명하여 구정(九鼎)과 보옥을 전시하고, 굉요에게 명해 비간의 묘를 수리하게 했다. 그리고 종축(宗祝)에게 명해 죽은 병사들의 제사를 지내도록 했다.

그리하여 전시 태세는 풀어졌다. 무왕은 군대를 물려 서쪽으로 돌아가다가 여러 곳을 순시하며 왕조의 업적을 기록하여 〈무성(武成:「서경」의 편 이름)〉을 지었다. 제후를 봉하고 제기를 나누어 내려주고 〈분은지기물(分殷之器物:「서경」의 편 이름)〉을 지었다.

그리고 선대의 성군들의 치적을 추모하며 보답하는 뜻으로 신농의 후손을 초(焦)에, 황제의 후손을 축(祝)에, 요의 후손을 계에, 순의 후손을 진(陳)에, 우(禹)의 후손을 기(杞)에 각각 봉했다. 그다음에 공신과 모사(謀士)를 봉했는데, 사상보가 가장 먼저 봉해졌다. 먼저 태공망을 영구(營丘)에 봉하고 제(齊)라고 했으며, 동생인 주공 단을 곡부(曲阜)에 봉하고 노(魯)라고 했다. 소공 식을 연(燕)에 봉했으며 동생 숙선을 관(管)에 봉하고, 동생 숙도를 채(蔡)에 봉했다. 나머지도 각기 등급의 순서에 따라 땅을 주고 제후로 봉했다.

그리고는 구주의 군주를 소집하여 빈의 언덕에 올라 은나라의 도읍지를 바라보았다.

그런데 무왕은 주나라에 돌아와서도 밤새 잠들지 못하며 무엇인가를 골똘히 생각했다. 주공 단이 왕의 처소에 가서 물었다.

"어째서 잠들지 못하십니까?"

왕은 말했다.

"들어 보시오. 하늘이 은나라의 제사를 받지 않게 된 것은 내가 태어나기

전의 일이었소. 그 후 60년 동안 사슴들이 교외를 횡행하고 황충 떼가 벌판에 가득했소. 하늘이 은나라를 돌보지 않으시어 마침내 오늘날과 같은 성공이 있게 되었소. 하늘이 은나라를 세웠을 때 어진 신하들 수백 명이 있었으나 그들을 중용하지 않았기에 오늘의 멸망에 이르게 되었소. 따라서 하늘이 나를 보우하시는 것인지 아닌지 아직 확신할 수 없으니, 어찌 잠을 이룰 수 있겠소."

무왕은 또 말했다.

"나는 하늘이 보우하심을 확고한 것으로 하기 위해, 모든 악인을 다 찾아내어 은왕조가 받은 것처럼 벌할 것이오. 밤낮으로 노력해 나의 서토(西土)를 안정시키며 공덕을 드러내어 덕이 사방에 미치어 밝게 빛나도록 하겠소. 낙수만에서 이수만까지는 지세가 평탄하고 험하지 않아서 하나라가 거주했던 곳이오. 그곳에 서면 남쪽으로는 삼도산(三塗山), 북쪽으로는 태행산(太行山)과 그 기슭의 마을까지 바라볼 수 있으며 배를 이용하기도 좋은 유역이요. 그러니 새로운 왕도를 세우기에 적합한 곳이요."

무왕은 낙(洛)에 주나라의 도읍을 정했다. 다시 서쪽으로 돌아간 무왕은 화산(華山) 남쪽에 말을 방목하고 도림(桃林)의 빈터에 소를 방목했다. 무기를 거두어들이고 병사들을 해산시켜 두 번 다시 전쟁을 하지 않을 것임을 천하에 알렸다.

무왕은 은나라를 평정한 지 2년 후에 기자에게 은나라가 망한 까닭을 물었다. 주왕을 섬긴 적이 있었던 기자는 차마 은나라의 죄악에 대해서 말하지 못하고 국가의 존립과 패망에 대해서만 말했고, 무왕도 역시 당황하며 하늘의 이치에 대해 물었다.

얼마 후 무왕이 병들었는데, 천하가 아직 안정되지 않았기에 모든 대신들이 두려워하며 경건히 점을 쳤다. 그때 주공이 목욕재계하고 자신이 무왕을 대신하여 죽거나 병에 걸리겠다고 했으며 무왕의 병세는 잠시 호전되었다. 그 후 무왕이 죽고 태자 송(誦)이 이어 즉위했으니, 이 사람이 성왕(成王)이다.

그때 성왕의 나이가 어렸고 주나라가 천하를 막 평정한 때였으므로, 주공은 제후들이 반란을 일으키지 않을까 두려워했다. 그래서 마침내 섭정하여 국사를 주관하자 관숙과 채숙 등 무왕의 동생들은 주공을 의심하여 무경과 함께 반란을 일으켜 주나라를 배반했다.

주공은 성왕의 명을 받들어 동쪽으로 군대를 보내 무경과 관숙을 쳐서 죽이고 채숙을 먼 곳으로 귀양 보냈다. 그리고 주왕의 배다른 형인 미자개(微子開)에게 은의 뒤를 계승하여 송(宋)에 국가를 세우게 했다. 은에 남아 있던 백성을 모두 모아 무왕의 막냇동생에게 주고 위강숙(衛康叔)에 봉했다.

그때 진당숙(晉唐叔)이 상서로운 곡물(줄기는 2개이나 열매는 1개인 조 이삭과 줄기)을 얻어 성왕에게 바치자, 성왕은 그것을 군영에 있는 주공에게 보냈다. 주공은 동쪽 땅에서 곡물을 받고 그 같은 상서로운 일이 있었다고 천하 사람들에게 알렸다. 예전에 관숙, 채숙이 주나라를 배반하여 주공이 그들을 정벌한 지 3년 후에 완전히 안정되었으므로, 주공은 감격하며 처음에 〈대고(大誥)〉를 짓고, 그다음에 〈미자지명(微子之命)〉을 짓고, 그다음에는 〈귀화(歸禾)〉와 〈가화(嘉禾)〉, 그다음엔 〈강고(康誥)〉와 〈주고(酒誥)〉・〈자재〉를 지었는데, 그 사건의 내용이 주공이 쓴 이 글들에 기록되었으며 무왕에게 올려졌다.

주공이 정무를 집행한 지 7년이 되어 성왕이 성장하자 주공은 정권을 성왕에게 돌려주고 신하의 자리로 갔다.

성왕은 풍습에 머무르며 소공에게 다시 낙읍을 지어 무왕의 뜻과 같이하도록 했다. 주공은 다시 점을 치고 시찰을 마친 후 마침내 도읍을 건설하고서 말했다.

"이곳은 천하의 중심이어서 사방에서 공물을 바치러 오는 거리가 모두 같도다."

그리고 〈소고(召誥)〉와 〈낙고(洛誥)〉를 지었다. 성왕이 남아 있던 은나라의 백성을 그곳으로 옮겨 살게 하자, 주공은 성왕의 명을 알리려고 다시 〈(다사(多士)〉, 〈무일(無逸)〉을 지었다. 소공은 보(保)에 임명되었으며 주공은 사(師)에 임명되어, 동쪽으로 회이(淮夷))를 정벌하고 엄(奄)을 멸망시킨 뒤 그곳의 군주를 박고(薄姑)로 옮겨 살게 했다. 성왕은 엄에서 돌아와 종주(宗周)에 머물며 〈다방(多方)〉을 지었다. 성왕은 은왕조의 명령을 없애고 회이를 습격하고 돌아와 풍에 있으면서 〈주관(周官)〉을 지었다.

그때부터 예의와 음악이 바로잡히고 흥성해졌으며 법령 제도를 바르게 개혁하였으므로, 백성들은 화목해지고 칭송하는 노래가 울려 퍼지게 되었다. 성왕이 동이(東夷)를 정벌하여 식신족(息愼族)이 와서 조현하자, 왕은 영백(榮伯)에게 명을 내려 〈회식신지명(賄息愼之命)〉을 짓게 했다.

성왕은 세상을 떠날 때 태자 교가 제왕의 임무를 다하지 못하지 않을까 걱정되어, 소공과 필공에게 제후들을 거느리고 태자를 도와서 왕위에 옹립할 것을 명령했다. 성왕이 세상을 떠나자 소공과 필공은 제후들을 거느리고 태자 교를 선왕의 묘에 참배하게 하고, 문왕과 무왕이 왕업을 어렵게 이루었음을 알려, 절약과 검소함에 힘쓰고 탐욕을 많이 부리지 말며 진실한 믿음으로 임하게 하고는 고명(顧命)을 지었다. 태자 교가 마침내 즉위하니 이 사람이 강왕(康王)이다.

즉위한 강왕은 제후들에게 문왕과 무왕의 위업을 널리 알리고 선포하여 실행하게 하고 〈강고(康誥)〉를 지었다. 때문에 성왕과 강왕의 시대는 천하가 안정되어 형벌이 40여 년 동안이나 쓰이지 않았다. 강왕은 책명(策命)을 짓고 필공에게 백성의 거주지를 나누어 성주(成周)의 교외에 살도록 하고는 〈필명(畢命)〉을 지었다.

강왕이 죽자 그의 아들 소왕(昭王) 하(蝦)가 즉위했다. 소왕 때는 왕이 행해야 할 정치가 쇠약해졌다. 소왕은 남쪽으로 순행하러 갔다가 돌아오지 못하고 강 위에서 죽었다. 하지만 그가 운명한 사실을 알리지 않았으니, 그 일을 숨기고 싶었기 때문이다.

소왕의 아들 만(滿)이 즉위하니 이 사람이 목왕(穆王)이다. 즉위했을 때 목왕의 나이는 이미 50세가 되어 있었는데 왕도가 더욱 쇠해지자 문왕과 무왕의 도가 없어질 것을 걱정했다. 그리하여 백경을 태복(太僕)으로 임명해 국가의 정사를 조심해서 펼 것을 명하고 〈경명〉을 지었다. 그러자 천하가 다시 안정되었다.

목왕이 견융을 정벌하려고 했더니 신하인 제공(祭公) 모부(謀父)가 간했다.

"안 됩니다. 선왕께서는 덕을 밝혔을 뿐 무력을 과시하지 않으셨습니다. 병력이란 신중하게 보유하고 있다가 적절한 때 움직이는 것이며, 적당한 때 움직이면 위력이 있게 되지만 과시하며 장난삼아 움직이면 위력이 없습니다. 때문에 주문공(周文公)은, '창과 방패를 거두어 쌓고, 활과 화살을 거두어 저장했네. 나는 아름다운 덕을 추구하고, 온 나라에 행하는 왕도로서 천하를 보존하리'라고 노래했습니다. 선왕께서는 백성에게 덕을 바르게 하고 성정을 두텁게 하도록 힘쓰시고, 그들이 재물을 풍족하게 하고 기물을 개량하도록 힘썼습니다. 이로움과 해로움의 소재를 분명히 밝히고 백성들을 교육하여 수양하게 하고, 이익을 도모하고 손해를 피하게 하고, 덕행을 사모하고 형벌을 두려워하게 하셨습니다. 때문에 대대로 천하를 보전하며 날로 강성해질 수 있었던 것입니다. 예전에 우리의 선왕께서는 대대로 후직을 맡아 우(虞)와 하(夏)나라에 봉사하셨습니다. 하나라가 쇠약해져 후직 벼슬을 없애고 농업에 힘쓰지 않게 되자, 우리의 선왕 부줄은 관직을 잃고 스스로 융적이 사는 곳으로 피했습니다. 하지만 그분은 그곳에서도 농업을 행하는 일에 나태하지 않고 때마다 자신의 덕행을 쌓고, 남겨진 사업을 준수하고 닦았으며, 교훈이 되는 성현의 저서를 갈고 닦아 아침저녁으로 애쓰면서, 돈독하고 성실하게 지키고 충성스러운 믿음으로써 받들었습니다. 때문에 여러 대에 걸쳐 미덕이 계승되면서도 선대의 이름을 더럽히지 않았습니다. 더욱이 문왕과 무왕에 이르러 전대의 빛나는 업적을 밝히고 자애와 화목을 더하여 신을 섬기고 백성을 보호하니, 기뻐하지 않은 이들이 없었습니다. 상왕(商王) 신(辛)이 백성에게 큰 죄를 저질러 백성들이 견딜 수가 없었으므로 기꺼이 무왕을 받들어 무왕이 상의 교외에서 상왕과 전투를 했었던 것입니다. 따라서 선왕께서는 무력 증강에 힘쓴 것이 아니라, 백성의 고통을 가엾게 여겨 해로움을 제거한 것이라고 말할 수 있습니다.

선왕의 제도에 의하면 나라 안쪽을 전복(甸服)이라 하고, 전복 바깥을 후복(候服), 제후국의 위성을 빈복(賓服), 이만(夷蠻)이 저주하는 지역을 요복(要服), 융적이 사는 지역을 황복(荒服)이라고 했습니다. 전복에 있는 국가는 제(祭 : 천자의 조부모와 부모의 제사)에 참여하고, 후복에 있는 국가는 사(祀 : 천자의 고조와 증조의 제사)에 참여하며, 빈복에 있는 국가는 향(享 : 제사에 필요한 제수를 바치는 것)하고, 요복에 있는 국가는 공(貢 : 공물을 바치는 것)하며, 황복에 있는 국가는 죽을 때까지 왕을 받들어야 합니다. 선왕께서 제사를 거행함에 있어서 제를 하지 않는 자가 있으면 뜻을 살피셨으며, 사를 하지 않는 자가 있으면 말을 바로잡았으며, 향을 하지 않는 자가 있으면 정령과 교화를 바로잡았으며, 공을 하지 않는 자가 있으면 명성을 바로잡았으며, 왕으로 받들지 않는 국가가 있으면 자신의 덕행을 바로잡았습니다. 그것들을 순서에 맞게 실행하였는데 알현하러 오지 않는 자들 중에 제를 하지 않는 자에겐 형벌을 내리고, 사를 하지 않는 자는 토벌했으며 향을 하지 않는 자는 정벌하고, 공을 하지 않는 자는 꾸짖었으며, 왕으로 받들지 않으면 권유했습니다. 그래서 형벌을 내리는 법이 있고, 공격하고 정벌하는 군대가 있으며, 토벌하는 조처가 있고, 위엄 있게 나무라는 명령이 있으며, 권고하는 글이 있는 것입니다. 그러나 명령을 선포하고 권고해도 오지 않는 자가 있으면 더욱 덕을 수양했으며, 백성을 원정(遠征)에 동원시키지 않았습니다. 이 때문에 가까이서 명을 듣지 않는 자가 없고, 멀리서 복종하지 않는 자들이 없었습니다.

지금 견융족의 두 군주 대필(大畢)과 백사(伯士)가 귀순한 후부터 견융족은 자신들의 직무에 따라 왕을 알현하러 오고 있습니다. 그런데도 폐하께서 '나는 제수를 바치지 않는 죄목으로 그들을 정벌할 것이며, 또한 그들에게 무력을 보여 주리라'라고 말씀하시는 것은 선왕의 훈계를 무너뜨려서 왕업을 혼돈에 빠뜨리는 일이 아니겠습니까? 신은 견융족이 돈독한 풍습을 내세우고, 옛 덕을 따라 줄곧 순박함과 견고함을 지켜 우리를 막을 수 있다고 들었습니다."

그러나 목왕은 끝내 그들을 정벌하여 흰 이리 네 마리와 흰 사슴 네 마리를 얻은 뒤에 돌아왔다. 그때부터 황복 지역 국가의 사람들은 알현하러 오지 않았다.

제후들 중에 화목하지 않은 자들이 있었기에 보후(甫侯 : 재상)가 왕에게 말해 형법을 제정하게 했다. 목왕이 말했다.

"모두들 와서 들으시오, 제후들이여, 그대들에게 훌륭한 형법을 가르쳐 주겠소, 지금 그대들이 백성을 편안하게 하는 데 있어 인재가 아니면 무엇을 선택하겠으며, 형벌이 아니면 무엇을 받들겠으며, 타당함이 아니면 무엇으로 판단할 수 있겠소. 원고와 피고가 오면 옥관은 오사(五辭 : 사건에 대해서 헤아리는 다섯 가지 방법, 문사, 안색, 기색, 귀로 듣기, 눈으로 보기)로 사건을 판단하시오. 오사가 타당하고 믿을 만하면 오형(五刑)으로 판결하시오. 오형으로 판단하기에 타당치 않으면 오벌(五罰)에 따라 처벌하시오. 오벌로 판결한 것에 승복하지 않으면 오과(五過 : 다섯 가지 과실, 위세를 믿거나 자기의 신분을 내세워 행동하거나, 여자를 이용해 이익을 얻으려 하거나, 개인적인 청탁을 하는 잘못)를 적용하시오. 그런데 오과의 병폐는 관리의 권세를 이용하려는 관옥(官獄)과 연줄을 통하려는 내옥(內獄)이니 범죄의 실증을 철저히 조사하여 그 죄를 처벌하시오. 오형을 적용하기에 의문점이 있으면 사면할 것이며, 오벌을 적용하기에 의문점이 있으면 사면하며, 신중히 살펴 판결하시오. 판결에 타당함이 없는데도 의심나는 대로 처리하지 말 것이며, 모두 하늘의 위엄을 엄숙하게 공경해야 하오.

경형(얼굴이나 몸에 먹물을 새겨서 넣는 형벌)의 죄를 지었으나 의문점이 있다면 사면하며 벌금 백 환을 부과하고 그 죄의 실상을 철저히 조사하시오. 의형(코를 베는 형벌)의 죄를 지었으나 의문점이 있으면 사면하며 벌금 2백 환을 부과하고 그 죄의 실상을 철저히 조사하시오. 빈형(정강이뼈를 자르는 형벌)의 죄를 지었으나 의문점이 있으면 사면하고 벌금 3백 환을 부과하고서 그 죄의 실상을 철저히 조사하시오. 궁형(宮刑)의 죄를 지었으나 의문점이 있으면 사면하고 벌금 5백 환을 부과하고서 그 죄의 실상을 철저히 살피시오. 대벽(목을 베는 형벌)의 죄를 지었으나 의문점이 있으면 사면하고 벌금 천 환을 부과하고서 그 죄의 실상을 철저히 조사하시오. 묵형(墨刑)에 해당하는 법 조항은 천 가지이고, 의형도 천 가지이며, 빈형은 5백 가지이고, 궁형의 종류는 3백 가지이며, 대벽형은 2백 가지요. 그러므로 오형에 속하는 법 조항은 모두 3천 가지요."

이것을 〈보형(甫刑)〉이라 이름했다.

목왕이 제위 55년에 죽자 그의 아들 광왕(共王) 예호가 즉위했다.

공왕이 경수가로 사냥하러 갔을 때 밀강공(密康公: 밀나라의 제후)이 그를 따라갔다. 그때 밀강공에게 세 여자가 몸을 의탁하려고 하자 그의 어머니가 말했다.

"반드시 그 여자들을 왕께 바쳐라. 짐승이 세 마리면 군(群)을 이루고, 사람이 셋이면 중(衆)을 이루며, 여자가 셋이면 찬(粲)을 이루게 된다. 왕이 사냥을 할 때도 짐승의 무리를 모두 잡아서는 안 되고, 제후가 행차할 때도 사람들을 모두 수레에서 내리게 할 수는 없으며, 왕이 비빈(妃嬪)을 맞이할 때에도 한 집안에서 세 여자를 취할 수는 없는 일이다. 더욱이 세 여자는 미인이다. 사람들이 미인들을 너에게 바쳤지만, 무슨 덕으로 감당하겠느냐? 왕이라 할지라도 감당하지 못할 것이거늘 하물며 너 같은 소인배가 어떻게 감당하겠느냐? 소인배가 보물을 갖게 되면 결국엔 반드시 망하게 되는 법이다."

하지만 밀강공은 왕에게 그 여자들을 바치지 않았다. 그로부터 1년 후에 공왕이 밀국을 멸망시켰다. 공왕이 세상을 떠나고 아들 의왕(懿王) 간(囏)이 즉위했다. 의왕 시절의 왕실은 매우 쇠약해졌기에 시인들은 시를 지어 그 같은 상황을 풍자했다.

의왕이 죽고 공왕의 동생 벽방(辟方)이 즉위하니, 이 사람이 효왕(孝王)이다. 효왕이 죽자 제후들이 다시 의왕의 태자 섭(燮)을 옹립했는데, 이 사람이 이왕(夷王)이다. 이왕이 죽자 그의 아들 여왕 호(胡)가 즉위했다. 여왕은 30년 동안 제위하면서 이익을 탐냈으며 영이공을 가까이했다. 그러자 대부 예량부(芮良夫)가 여왕에게 간언했다.

"왕실이 장차 쇠퇴해질 것입니다. 영이공은 이익을 독점하면서 큰 재앙이 오게 될 것을 알지 못합니다. 이익은 만물에서 생기는 것이며 천지가 소유한 것이어서 누군가가 독점하게 되면 재해가 많아지게 됩니다. 천지 만물은 모든 사람들이 같이 써야 하는 것이니, 어찌 독점할 수 있겠습니까? 분노가 심해지면 큰 재앙에 대비할 수 없게 됩니다. 그런데 그가 그런 곳으로 폐하를 인도하니, 폐하께서 어찌 오래 유지하실 수 있겠습니까? 왕 노릇을 하는 자는 이익을 이끌어내 위아래의 모든 사람들에게 베풀어야 합니다. 신과 사람, 그리고 만물이 큰 덕과 은혜를 얻게 하시면서 어디선가 원망이 이르게 되지 않을까 하고 날마다 근심하며 두려워해야 하는 것입니다. 그러므로 송(頌)에서 '문덕(文德) 높으신 후직이시여! 저 하늘과 짝이 되실 만한 분이네. 우리 백성들을 스스로 서게 하시니 그분의 은덕이 아님이 없네'라고 했으며 대아(大雅)에서는 '두루 복을 내리시어 주(周)의 천하가 되었도다'라고 했습니다. 그것은 이익을 베풀면서도 재난을 두려워했기 때문이 아니겠습니까? 그러므로 주나라가 오늘에 이를 수 있었던 것입니다. 그러니 지금 폐하께서 재물을 독점하는 것을 배우는 것이 옳은 일이겠습니까? 평범한 사람이 이익을 독점해도 도적이라고 말하는데 왕위에 있으면서 이익을 챙기신다면 폐하를 따르는 사람들이 드물어질 것입니다. 영이공을 등용하신다면 주나라는 반드시 패망할 것입니다."

그러나 여왕은 듣지 않고 마침내 영이공을 경사로 임용해 국사를 맡겼다.

왕이 포악하고 사치하며 오만했기 때문에 백성들은 그를 비난하게 되었다. 그러자 소공이 간언했다.

"백성들이 명령을 감당해내지 못하고 있습니다!"

그러자 왕은 화를 내며 위나라의 무사(巫師)를 불러 자신을 비방하는 자들을 감시하게 하고 보고를 받으면 그들을 살해했다. 때문에 비방하는 사람들은 적어졌고 제후들은 조회하러 오지 않게 되었다. 재위 34년, 왕이 더욱 엄해지자 백성들은 감히 말을 하지 못한 채 길에서 서로 눈짓만 보냈다. 그러자 여왕은 기뻐하며 소공에게 말했다.

"내가 비방하는 자들을 사라지게 하여 감히 말하지 않게 되었노라."

그 말을 들은 소공이 말했다.

"그것은 말을 못 하게 막았기 때문입니다. 백성들의 입을 막는 것은 물을 막는 것보다 더욱 심각한 일입니다. 물이 막혔다가 터지면 분명히 다치는 사람이 많이 생기는 것처럼, 백성들의 입을 막으면 또한 그렇게 됩니다. 때문에 물을 다스리는 자는 물을 터서 인도해야 하고, 백성을 다스리는 자는 그들을 이끌어 말하게 해야 합니다. 그러므로 천자는 정사를 볼 때 공경에서 일반 관원에 이르기까지 시를 바치게 하고, 약관에게는 악곡을 지어 바치게 하며, 사관에게는 역사서를 바치게 하고, 악사들에게는 잠언을 바치게 하며, 수(눈동자가 없는 맹인)에게는 글을 바치게 하고 몽(눈동자가 있는데 실명한 맹인)에게는 음악이 없는 시를 바치게 하며, 백관에게는 간언하게 하고, 백성에게는 왕에게 의견을 전달하게 하며, 가까운 신하에게는 간언을 살피는 책임을 맡기고, 친척에게는 왕의 과실을 살펴 보좌하게 하며, 악사와 사관에게는 악곡과 역사적 사실로 천자를 바르게 인도하게 하고, 늙은 신하에게는 그것들을 모두 정리하여 왕에게 바치도록 하는 것입니다. 왕이 이런 것들을 참작하여 일을 행하면 사리에 어긋나지 않는 것입니다. 백성에게 입이 있는 것은 대지에 산천이 있어 재물이 그곳에서 모두 나오는 것과 같으며, 대지에 평야·습지·옥토가 있어 입을 것과 먹을 것이 이곳에서 나오는 것과 같습니다. 백성들을 말하도록 하면 정치를 잘하고 못함이 반영되어 나오게 됩니다. 선을 실천하여 일의 잘못됨을 예방하는 것은 재물을 생산하여 입는 것과 먹는 것에 쓰는 것입니다. 백성의 마음으로 깊이 사고하여 입으로 말하는 것이니 성숙한 의견으로 받아들여 실행해야 합니다. 그런데 백성의 입을 막는다면 며칠이나 견딜 수 있겠습니까?"

그러나 왕은 그 말을 듣지 않았다. 때문에 나라 안에는 감히 의견을 말하는 자가 없었고 3년이 지나자 백성들은 마침내 서로 힘을 합쳐 배반하여 여왕을 쳤다. 여왕은 체 땅으로 달아났다.

여왕의 태자 정(靜)이 소공의 집에 숨어 있었는데, 백성들이 그 소문을 듣고 드디어 그를 포위했다. 소공은 말했다.

"예전에 내가 여러 번 왕께 간언했지만 왕께서 따르지 않았기에 이 같은 재난을 당하기에 이르렀다. 지금 왕의 태자를 죽인다면 왕은 나를 원수로 생각하면서 원망하고 분노할 것이다. 군주를 모시는 사람은 위험하더라도 탓하거나 적대시하지 않으며, 원망하더라도 화내지 않는 법인데 하물며 왕을 섬김에 있어서야 어떠하겠는가?"

그는 곧 자신의 아들을 태자로 위장시켰고 덕분에 태자는 결국 그곳에서 달아날 수 있었다.

소공과 주공 두 상(相)이 함께 정치를 행한 것을 「공화(共和)」라고 부른다. 여왕은 공화 14년 체 땅에서 죽었다. 태자 정이 소공의 집에서 성장했기에 두 상이 곧 옹립하여 왕으로 삼았으니, 이 사람이 선왕(宣王)이다. 선왕이 즉위하고 두 상이 보좌하여 정사를 돌보며 문왕, 무왕, 성왕, 강왕이 남긴 기풍을 본받게 되자 제후들은 다시 주나라를 받들게 되었으며 선왕 재위 12년에 노나라 무공(武公)이 와서 알현했다.

선왕이 천무(千畝)의 적전(籍田 : 제왕이 친히 경작하는 농경지)을 경작하지 않자 괵문공이 그러면 안 된다고 간언했으나 왕은 듣지 않았다. 선왕 재위 39년에 천무에서 전쟁이 벌어져 왕의 군대가 오랑캐 강씨(姜氏)와 싸웠으나 크게 패했다.

선왕이 남국(南國)에서 군대를 잃은 뒤 태원(太原)에서 백성의 숫자를 조사하려고 했더니 중산보(中山甫 : 선왕을 보좌했던 명신)가 간언했다.

"인구 조사를 하지 마십시오."

하지만 선왕은 듣지 않고 결국 인구 조사를 했다. 재위 46년이던 해에 선왕이 죽고 아들 유왕(幽王) 궁생(宮甥)이 즉위했다. 유왕 2년, 서주의 세 하천에서 모두 지진이 발생하자 백양보(伯陽甫)가 아뢰어 말했다.

"주나라는 장차 망하게 될 것입니다. 천지의 기운은 질서를 잃지 않아야 합니다. 만약 질서를 잃게 되면 백성이 어지러워집니다. 양기가 엎어져 나올 수 없고 음기가 눌러 일어날 수 없으면 지진이 발생하게 됩니다. 지금 삼천에 지진이 일어난 것은 양기가 그 자리를 잃고 음기에 눌렸기 때문입니다. 양기가 자리를 잃고 음기 아래에 있게 되면 근원이 막히게 됩니다. 근원이 막히면 반드시 나라가 망하게 됩니다. 물과 흙이 잘 통해야 백성들에게 소용이 됩니다. 흙이 통하지 않으면 백성들은 재물의 쓰임이 부족하게 되니, 어떻게 망하지 않기를 바라겠습니까? 예전에 이수와 낙수 두 유역이 말라 하나라가 망했고 황하가 고갈되어 상나라가 망했습니다. 지금 주나라의 덕도 하나라, 상나라의 말기처럼 그 하천의 근원이 다시 막혔고, 막혔으니 반드시 마르게 될 것입니다. 나라는 반드시 산천에 의지하는 것이니 산이 붕괴되고 하천이 고갈되는 것은 나라가 망하려는 징조입니다. 하천이 고갈되면 반드시 산이 무너질 것이며 나라는 10년을 넘기지 못하고 망할 것입니다. 10이 숫자들의 끝이 되는 법칙 때문이지요. 그래서 하늘이 버린 나라는 10년을 넘기지 못하게 되는 것입니다."

그 해에 세 하천이 말랐고 기산이 무너졌다.

재위 3년 때 유왕은 포사를 총애했다. 포사가 아들 백복(伯服)을 낳자 유왕은 태자를 폐하려고 했다. 태자의 어머니는 신후국(申侯國) 왕의 딸로 왕후가 되어 있었다. 그런데 유왕은 후에 포사를 얻어 총애하게 되었기에 신후와 태자 의구(宜臼)를 폐하고 포사를 왕후로 삼고 백복을 태자로 삼고자 했다. 그러자 주나라 태사 백양(伯陽)이 역사책을 읽고 말했다.

"주나라는 망할 것이다."

옛날에 하후씨가 쇠락했을 때 신룡(神龍) 두 마리가 하나라 황제의 뜰에 내려와서 말했다.

"우리는 포(褒)의 두 군주이다."

하나라 임금이 점을 치게 했더니 용 두 마리를 죽여도 쫓아버려도 머무르게 해도 모두 불길하다는 점괘가 나왔다. 그래서 다시 점을 치게 했더니, 용의 침을 받아 보관하면 길할 것이라는 점괘가 나왔다. 그래서 제물을 차려놓고 간책(簡策 : 책봉)에 글을 지어 용에게 기원했다. 그랬더니 용은 보이지 않고 침만 남았기에 그것을 상자에 넣어 흔적을 없앴다.

하나라가 망하자 이 상자는 은나라에 전해졌다. 은나라가 망하자 그 상자는 다시 주나라에 전해졌으며 주나라 왕들은 3대에 이르기까지 그 상자를 감히 열어보지 못했다. 여왕의 말년에 이르러서야 상자를 열어서 보게 되었는데 뜰에 흐른 침이 없어지지 않았다. 그래서 여왕이 여인들을 발가벗겨 큰 소리로 떠들게 했더니 침이 검은 자라로 변해 왕의 후궁으로 들어갔다. 그리고 후궁에 있던 예닐곱 살가량 되는 어린 여자애가 자라와 마주치게 되었는데 그 아이는 시집갈 나이가 되었을 때 남자도 없이 아이를 가져 낳았으므로 두려워하며 그 아이를 버렸다. 선왕 때 어린 여자애들이 부르는 동요가 있었다.

"산뽕나무로 만든 활과 기(箕)나무로 만든 화살통이 주나라를 망하게 할 것이다."

당시 선왕은 그 노래를 듣고는 활과 화살통을 파는 부부를 잡아 죽이라고 명했다. 그래서 그들 부부는 도망가다가 후궁의 여자애가 버린 이상한 아기가 길에 나와 있는 것을 발견하였다. 그런데 밤에 아이 우는 소리를 들으니 너무나 슬퍼져 마침내 아이를 거두어 달아나 어떤 포나라 사람의 집에 몸을 의탁했다. 그러던 중 그 포나라 사람이 유왕에게 죄를 짓게 되었으며 후궁의 여자애가 버렸던 여자를 왕께 바치며 죄를 용서해 주길 청했다. 버려진 여자는 포에서 성장하였으므로 포사라는 이름을 얻었다. 유왕 3년에 왕이 후궁에 갔다가 그녀를 보고 총애하게 되었으며 아들 백복을 낳았다. 그리고는 결국 신후와 태자를 폐하고 포사를 왕후로 삼고 백복을 태자로 삼자, 태자 백양은 탄식하며 말했다.

"화가 생겼지만 어쩔 수가 없구나!"

포사가 잘 웃지 않았기에 유왕은 그녀를 웃게 하려고 온갖 방법을 써봤지만 그래도 웃지 않았다. 유왕은 봉화대와 대고를 설치하여 적이 오면 봉화를 들게 했었는데 유왕이 거짓으로 봉화를 올려 제후들이 모두 달려왔지만 적군이 보이지 않아 회를 내는 모습을 보자 포사가 그제서야 크게 웃었다. 때문에 유왕은 기뻐하며 몇 번이나 다시 봉화를 들게 했다. 따라서 제후들은 그 후에는 봉화를 들어도 믿지 않으며 오지 않게 되었다.

유왕이 괵석보를 경(卿)으로 삼아 정치를 맡기자 백성들이 모두 원망했다. 그는 사람 됨됨이가 간사하고 아첨을 잘하며 이익을 탐했는데 유왕이 그를 중용했기 때문이었다. 그런데 유왕이 이어서 왕비를 폐하고 태자를 쫓아내자 화가 난 신후는 증(繒)나라 서이(西夷), 견융(犬戎)의 군대와 함께 유왕을 공격했다. 때문에 유왕은 봉화를 들어 군대를 소집했으나 제후들의 군대는 믿지 않으며 오지 않았다. 결국 신후는 여산 아래에서 유왕을 잡아 죽이고 포사를 포로로 사로잡았으며, 주나라의 재물을 모조리 가지고 갔다. 그래서 제후들은 즉시 신후에게 가서 원래 유왕의 태자였던 의구를 추대했다. 이 사람이 평왕(平王)으로 주나라의 제사를 받들었다.

왕위에 오른 평왕은 동쪽 낙읍(洛邑)으로 도읍을 옮겨 융구를 피했다. 평왕 때 주왕실은 쇠약해졌고 제후들은 강한 나라가 약한 나라를 겸병하게 되었다. 제(齊), 초(楚), 진(秦), 진(晉)이 강대해지자 권력은 방백(方伯 : 제후들 중의 우두머리)에 의해 좌지우지되었다.

평왕 49년에 노은공(魯隱公)이 자리에 올랐다.

51년에 평왕이 죽고 태자 예보가 요절했기에 그의 아들 임(林)이 왕위에 오르니, 이 사람이 환왕(桓王)이다. 환왕은 평왕의 손자다. 환왕 3년에 정장공(鄭莊公)이 알현했으나, 환왕은 예로 대우하지 않았다. 5년에 정장공이 원망하며 주나라의 왕의 허락 없이 노나라와 허전(許田)을 바꾸었다. 허전은 천자가 태산에서 제사 드리는 데 쓰는 밭이었다. 8년에 노나라는 은공을 죽이고 환공(桓公)을 세웠다. 13년에 환왕은 정나라를 정벌하다가 정나라 사람이 쏜 화살에 맞아 상처를 입고 그곳을 떠나 돌아갔다.

23년에 환왕이 죽고 아들 장왕(莊王) 타(朶)가 즉위했다. 장왕 4년에 주공 흑견(黑肩)이 장왕을 죽이고 왕자 극(克)을 세우고자 했다. 그러나 신백(辛伯)이 장왕에게 그 같은 일을 고했기에 장왕은 주공을 죽였고, 왕자 극은 연(燕)나라로 도망쳤다.

15년에 장왕이 죽고 그의 아들 희왕 호제가 즉위했다. 희왕 3년에는 제나라의 환공(桓公)이 처음으로 제후들의 우두머리가 되었다.

5년에 희왕이 죽고 아들 혜왕(惠王) 낭(朗)이 즉위했다. 예전에 장왕의 총희 요(姚)가 아들 퇴(頹)를 낳았는데 퇴도 장왕의 총애를 받았다. 그런데 혜왕이 자리에 오른 지 2년이 지나자 대신의 정원을 빼앗아 짐승을 방사하는 동산을 만들었으므로, 대부 변백(邊伯) 등 다섯 사람이 난을 일으켜 연나라와 위나라의 군대를 소집하여 혜왕을 공격하고자 했다. 그래서 혜왕은 온(溫)나라로 달아났다가 얼마 후 정나라의 역(櫟)으로 옮겼다. 그러자 주나라는 희왕의 동생 퇴를 세워 왕으로 삼고 육대(六代)의 음악과 춤으로 그것을 축하했다. 4년에 정나라와 나라 군주가 주나라 왕 퇴를 공격하여 죽이고 다시 혜왕을 세웠으며, 혜왕 10년 제나라 환공에게 방백의 지위를 내려주었다.

25년, 혜왕이 죽고 그의 아들 양왕(襄王) 정(鄭)이 자리에 올랐다. 양왕은 어머니가 일찍 죽었는데 계모는 혜후(惠后)이다. 혜후가 숙대(叔帶)를 낳아 혜왕의 총애를 받자 양왕은 그를 두려워하게 되었다, 3년에 숙대가 융, 적과 함께 양왕을 공격하려고 일을 꾸몄기에 양왕이 숙대를 죽이려 했으므로 숙대는 제나라로 달아났다.

제나라 환공은 관중(管中 : 이오)에게 시켜 융족과 주나라가 강화를 맺게 했고, 습붕에게 시켜 융족과 진나라가 강화를 맺게 했다. 왕이 상경(上卿)의 예로 관중을 대하자 관중은 사양하며 말했다.

"신은 지위가 낮은 관리일 뿐입니다. 지금 제나라에는 천자께서 임명하신 두 상경 국씨(國氏)와 고씨(高氏)가 있습니다. 만일 그들이 봄, 가을에 왕의 명을 받들러 오면 폐하께서는 어떠한 예로 대하시겠습니까? 제후의 신하로서 신은 사양하겠습니다."

왕은 말했다.

"그대는 외숙 나라의 사신으로 그대의 공적이 가상하니 짐을 명을 거스르지 마시오."

관중은 결국 하경(下卿)의 대우를 받고 돌아갔다. 9년에 제환공이 세상을 떠났다. 12년에 숙대가 다시 주나라로 돌아왔다.

13년, 정나라의 군대가 활(滑)나라를 공격하자 양왕이 유손(游孫)과 백복(伯服)을 보내 활나라를 위해 사정하게 하였으나, 정나라 사람들은 그들을 가두어 버렸다. 정나라의 문공은 혜왕이 복위한 후 여공(勵公)에게 옥 술잔을 주지 않은 것을 원망하고 있었으며, 또 양왕이 위나라 활나라의 편을 든 것을 원망하고 있었기에 백복을 가둔 것이다. 양왕은 화가나 적(翟)나라의 힘을 빌려 정나라를 공격하고자 했다. 그러자 부신(富辰)이 간언했다.

"생각을 바꾸어 주시옵소서, 우리 주왕실이 평왕 때 동쪽으로 옮길 때 진(晉)나라와 정나라의 힘을 빌렸고, 왕자 퇴가 난을 일으켰을 때도 역시 정나라가 평정해 주었는데, 지금 사소한 원한 때문에 정나라를 버리시겠습니까?"

그러나 왕은 듣지 않았다. 15년에 양왕은 적나라 군대를 이끌고 가서 정나라를 공격했다. 양왕은 적나라 사람들에게 고마워하며 적나라 왕의 딸을 왕후로 삼고자 했다. 그러자 부신은 또 간언했다.

"평왕, 환왕, 장왕, 혜왕이 모두 정나라의 은혜를 입었는데, 폐하께서 가까운 나라를 버리고 적나라와 친하려 하시는 것은 옳지 않습니다."

그러나 왕은 듣지 않았다. 16년에 왕이 적후(翟后)를 내쫓자 적나라 사람들이 주살하러 와 담백을 죽였다. 그러자 부신은 말했다.

"내가 몇 번이나 간언했으나 따르지 않았으니 만일 나가서 싸우지 않는다면 왕께서는 내가 원망한다고 생각할 것이다."

그리고는 부하들을 이끌고 나가 싸우다가 전사했다.

이전에 혜후가 왕자 숙대를 세우고자 가까운 사람들과 함께 적나라 사람에게 길을 열어 주었기에 그들은 마침내 주나라로 쳐들어왔다.

양왕이 정나라로 도망쳐 오자 정나라에서는 양왕을 범(氾) 땅에 머무르게 하였다. 왕자 숙대는 왕으로 옹립되자 양왕이 내쫓았던 적후를 취해 온(溫) 땅에서 함께 살았다. 17년에 양왕이 진나라에 급히 도움을 청하자 진나라 문공(文公)은 양왕을 조정으로 돌아가게 하고 숙대를 죽였다. 그러자 양왕은 진나라 문공에게 규(珪), 창, 활과 화살을 내려주고 제후들의 우두머리로 삼았으며, 하내(河內)의 땅을 진나라에게 주었다. 20년에 진나라 문공이 양왕을 부르자 양왕은 하양(河陽)과 천토(踐土)서 그를 만났다. 제후들이 모두 조회하러 왔는데, 역사서에서는 이 일을 꺼려 「천자가 하양에 순행하러 갔다」라고 기록했다.

24년에 진(晉)나라 문공이 죽었다,

31년에 진(秦)나라 목공(穆公)이 죽었다.

32년에 양왕이 죽고 아들 경왕(頃王) 임신(壬臣)이 즉위했다. 경왕은 6년에 죽었으며 아들 광왕(匡王) 반(班)이 즉위했다. 광왕이 6년에 죽자 그의 동생 유(瑜)가 즉위하였으니 이 사람이 정왕(定王)이다.

정왕 원년에 초(楚)나라 장왕(莊王)은 육혼(陸渾) 땅의 오랑캐를 정벌하고 낙읍에 주둔하며 사람을 보내 구정에 대해 물었다. 정왕이 왕손만(王孫滿)을 보내 언변으로 대응하면서 진술하게 했더니 초나라 군대는 즉시 물러갔다. 10년에 초나라 장왕의 군대가 정나라를 포위하자 정나라의 우두머리는 항복했으나, 얼마 후 지위를 되찾았다. 16년에 초나라 장왕이 죽었다.

21년에 정왕이 죽고 아들 간왕(簡王) 이(夷)가 즉위했다. 간왕 13년에 진(晉)나라는 자신들의 군주인 여공을 죽이고 주나라에서 공자 주(周)를 맞이하여 도공(悼公)으로 추대했다.

14년에 간왕이 죽고 아들 영왕(靈王) 설심(泄心)이 즉위했다. 영왕 24년에 제나라의 최서가 그들의 군주인 장공(莊公)을 죽였다.

27년에 영왕이 죽고 그의 아들 경왕(景王) 귀(貴)가 즉위했다. 경왕 18년에 왕후의 태자가 총명했으나 일찍 죽었다. 20년에 경왕은 아들 조(朝)를 총애하여 옹립하려고 하였으나 마침 그 무렵에 경왕이 죽었다. 그러자 자개의 무리가 왕위를 두고 다투었으며, 백성들이 경왕의 큰아들 맹(猛)을 왕으로 삼았으나 왕자 조가 맹을 공격하여 죽였다. 때문에 맹을 도왕(悼王)이라고 하는데 그 후 진(晉)나라 사람들이 왕자 조를 공격하고 왕자 개를 세우니 이 사람이 경왕이다.

경왕 원년에 진나라 사람들이 경왕을 입국시키려고 했지만 왕자 조가 스스로 제위에 올랐으므로 경왕은 입국하지 못하고 택(澤) 땅에 머무르게 되었다. 4년에 진나라가 제후들을 이끌며 경왕을 주나라로 들여보내자 왕자 조는 다시 신하의 신분이 되었고, 제후들은 주나라에 성을 쌓아 주었다. 16년에 왕자 조의 무리가 다시 난을 일으키자 경왕은 진(晉)나라로 달아났다. 17년에 진나라 정공(定公)이 마침내 경왕을 주나라에 입국시켰다.

39년에 제나라의 전상(田常)이 그들의 군주 간공(簡公)을 죽였다.

41년에 초나라가 진(陳)나라를 멸하였고, 공자가 세상을 떠났다.

42년에 경왕이 죽고 아들 원왕(元王) 인(仁)이 즉위했다.

원왕은 재위 8년 만에 죽고 그의 아들 정왕(定王) 개(介)가 즉위했다. 정왕 16년에 삼진(三晉 : 진나라에서 나뉘진 한 · 위 · 조)이 지백(智伯)을 멸망시키고 그의 땅을 나누어 가졌다.

28년에 정왕이 죽고 맏아들 거질(去疾)이 즉위하니 이 사람이 애왕(哀王)이다. 애왕은 석 달 동안 왕의 자리에 있었다. 동생 숙(叔)이 애왕을 기습하여 죽이고 스스로 자리에 오르니, 이 사람이 사왕(思王)이다. 사왕은 5개월 동안 왕의 자리에 있었다. 동생 외(嵬)가 사왕을 공격하여 죽이고 스스로 왕이 된, 이 사람이 고왕(考王)이다. 이들 세 왕은 모두 정왕의 아들이다.

고왕이 왕의 자리에 있은 지 15년 만에 죽자 그의 아들 위열왕(威烈王) 오(午)가 즉위했다.

고왕이 그의 동생을 하남(河南)에 봉하니, 이 사람이 환공으로 주공의 관직을 계승했다. 환공이 죽자 그의 아들 위공(威公)이 뒤를 이어 즉위했다. 위공이 죽자 그의 아들 혜공(惠公)이 이어 즉위했는데 그는 곧 자기의 막내아들을 공(鞏)에 봉하여 주나라 왕을 받들게 하고 동주(東周)의 혜공이라고 했다.

위열왕 23년에 구정이 진동했다. 한(韓), 위(魏), 조(趙)에 명을 내려 제후 국으로 삼았다.

24년에 위열왕이 죽자 그의 아들 안왕(安王) 교(驕)가 즉위했다. 그 해에 도적이 나타나 초나라 성왕(聲王)을 죽였다.

안왕이 재위 26년 만에 죽자 왕자 열왕(烈王) 희(喜)가 즉위했다. 열왕 2년에 주나라의 태사(太史) 담이 진(秦)나라의 헌공(獻公)을 뵙고 예언했다.

"이전에 주나라와 진나라는 하나였으나 나누어지고 나뉜 지 5백 년 만에 다시 합해질 것이며, 합해진 지 17년 후에 패왕(霸王)이 나오게 될 것입니다."

열왕 10년에 열왕이 죽고 동생 편(扁)이 즉위하니 이 사람이 현왕(顯王)이다. 현왕 5년에 그는 진나라 헌공을 경하하고 방백의 칭호를 내렸다. 9년에 현왕은 진나라 효공에게 문왕과 무왕에게 제사를 지낸 고기를 보냈다. 25년에 진나라가 주나라 땅에서 제후를 만나 동맹을 맺었다. 26년에 주나라는 진나라 효공에게 방백의 칭호를 내렸다. 33년에 진나라 혜왕을 경하했다.

35년, 진나라 혜왕에게 문왕과 무왕에게 제사를 지낸 고기를 보냈다. 44년에 진나라 혜왕이 스스로 왕이라 칭했으며 그 후 제후들도 모두 스스로 왕이라 칭했다.

48년에 현왕이 죽고 아들 신정왕(愼靚王) 정(定)이 즉위했다. 신정왕은 재위 6년 만에 죽고 그의 아들 난왕(赧王) 연(延)이 즉위했다. 난왕 때 주나라는 동서로 나뉘어 다스려졌으며 난왕은 도읍을 서주로 옮겼다.

서주 무공(武公)의 태자 공(共)은 죽었고, 다섯 서자가 있었으나 옹립할 적자가 없었다.

사마전이 초나라 왕에게 말했다.

"땅을 떼어 주고 공자 구를 도와 태자가 되도록 청하는 것이 나을 것입니다."

초나라의 신하 좌성(左成)이 말했다.

"안 됩니다. 주나라가 들어주지 않는다면 왕의 계획은 곤경에 처하고 주나라와는 더욱 멀어지게 될 것입니다. 주나라의 군주가 누구를 추대하려는지 잘 살펴서 사마전에게 은밀히 알리고 사마전으로 하여금 초나라가 땅을 주어 그를 도울 것이라고 청하게 하는 것이 낫습니다."

과연 서주는 공자 구를 세워 태자로 삼았다.

8년에 진나라 군대가 한나라 의양 땅을 공격하자 초나라 군대가 의양을 도왔다. 초나라는 주나라가 진나라를 돕는다고 여겼으므로 주나라를 공격하려고 했다. 그러자 소대(蘇代)가 주나라를 위해 초나라 왕을 설득하려고 말했다.

"어째서 주나라가 진나라를 위해 출병했다고 생각하십니까? 주나라가 진나라를 위해 출병한 군대가 초나라를 위해 출병했을 때보다 많다고 말하고 다니는 사람들은 주나라를 진나라의 휘하로 들어가게 하려는 것입니다. 그래서 「주진(周秦)」이라고 말하는 것입니다.

주나라는 문제를 해결할 수 없으면 분명히 진나라에 투항할 것이니 그것이 바로 진나라가 주나라를 취하려는 묘책인 것입니다. 폐하를 위해 기묘한 계책을 내겠으니 주나라가 진나라와 가까이 지내도 잘 대하시고 진나라와 가까이 지내지 않더라도 잘 대해 주어 주나라와 진나라가 소원해지게 하십시오. 주나라는 진나라와의 관계가 끊기면 반드시 영에 투항할 것입니다."

진나라는 동주와 시주 사이의 길을 빌려 한(韓)나라를 공격하려고 했다. 주나라는 길을 빌려주자니 한나라가 두려웠고 빌려주지 않자니 진나라가 두려웠다. 사염(史厭)이 주나라 왕에게 말했다.

"어찌 사람을 보내 한나라의 공숙(公叔)에게 말하지 않으십니까? 그에게

'진나라가 감히 주나라의 땅을 넘어 한나라를 치려는 것은 동주를 믿기 때문입니다. 그대는 어찌 주나라에 땅을 주지 않고 볼모를 초나라에 보내려 하지 않습니까? 그렇게 하면 진나라는 반드시 초나라를 의심하고 주나라를 믿지 않게 될 것이나, 그렇게 되면 한나라는 정벌 되지 않을 것입니다'라고 하십시오. 또 진나라에게는 '한나라가 억지로 주나라에게 땅을 주는 것은 앞으로 진나라가 주나라를 의심하게 하려는 것입니다. 그러나 주나라는 땅을 받지 않을 수 없는 상황입니다'라고 하십시오. 그러면 진나라는 한나라가 주는 땅을 주나라가 받지 못하게 명분을 찾지 못할 것입니다. 그렇게 되면 한나라에게서는 땅을 받을 수 있고 진나라에게서는 양해를 얻을 수 있을 것입니다."

진나라가 서주의 왕을 부르자 서주의 왕은 가기를 꺼려하며 사람을 보내 한나라 왕에게 말했다.

"진나라가 서주의 왕을 부른 것은 장차 왕의 남양(南陽)을 공격하려는 것인데 왕은 어찌하여 남양에 군대를 내보내지 않습니까? 그러면 주나라 왕은 그것을 구실로 진나라에게 가지 않겠다고 거절할 것입니다. 주나라 왕이 진나라에 가지 않으면 진나라는 감히 황하를 넘어 남양을 치지 않을 것입니다."

동주와 서주가 싸우자 한나라는 서주를 도왔다. 그러자 어떤 이가 동주를 위해 한나라 왕을 설득하며 말했다.

"서주는 원래 천자의 나라로 이름난 그릇과 귀한 보물들이 많습니다. 폐하께서 군대를 멈춰 출병하지 않는다면 동주는 폐하가 베푸신 은혜 때문에 감격할 것이며 서주의 보물은 한나라가 모조리 차지할 수 있을 것입니다."

난왕은 명분상으로만 왕이었다. 초나라가 옹지를 포위하자 한나라는 동주에서 갑옷과 곡식을 징발했다. 동주의 왕은 두려워하며 소대를 불러 그같은 사실을 알렸다. 소대가 말했다.

"폐하께서는 이것에 대해 걱정하지 마십시오. 제가 한나라 사람들이 주나라에서 갑옷과 곡식을 징발하지 못하도록 하겠으며 또 폐하께서 고도(高都)를 얻으시도록 하겠습니다."

그러자 주나라 왕이 말했다.

"그대가 정말로 그렇게 할 수 있다면 그대의 말에 따라 나랏일을 처리하겠소"

소대는 하나라의 상국(相國)을 만나 말했다.

"초나라가 옹지를 포위하며 석 달을 기한으로 삼았는데 지금 5개월이 지났는데도 함락시키지 못하고 있으니 그것은 초나라 군대가 쇠약해졌기 때문입니다. 지금 상국께서 주나라에서 갑옷과 식량을 징발하는 것은 초나라에게 한나라 병사들이 쇠약해졌음을 알려 주는 것입니다."

그러자 한나라의 상국이 말했다.

"옳소, 사자의 출발을 멈추게 하겠소."

소대가 물었다.

"어찌하여 주나라에 고도를 주지 않습니까?"

그러자 한나라의 상국은 크게 회를 내며 말했다.

"내가 주나라에서 갑옷과 곡식을 징발하지 않는 것으로도 이미 충분한데 무슨 이유로 주나라에게 고도를 주어야 하오?"

소대가 말했다.

"고도를 주나라에게 주면 주나라는 도리어 한나라에 의탁할 것이고 진나라가 그 소문을 들으면 분명히 주나라에게 크게 분노하여 그 즉시 주나라와 내왕하지 않을 것이니 그렇게 되면 파괴된 고도를 주는 대신 빈틈없이 정돈된 동주를 얻는 것입니다. 그런데도 어째서 주지 않으려 하십니까?"

그러자 상국은 "좋다"고 하면서 고도를 주나라에게 주었다.

34년에 소려가 주나라 왕에게 말했다.

"진나라가 한나라와 위(魏)나라를 격파하고 사무(師武)를 패배시키고 북으로 조나라의 인(藺)과 이석의 땅을 취한 것은 모두 백기(白起)에 의해서입니다. 그는 용병술에 뛰어날 뿐만 아니라 하늘의 명도 가지고 있습니다. 그가 지금 다시 군대를 인솔하여 이관새(伊闕塞)에서 나와 양(梁)나라를 공격하려 하는데 양나라가 무너지면 주나라가 위험해집니다. 폐하께서는 어찌 사람을 보내 백기에게 유세하지 않으십니까? 이렇게 말하게 하십시오. '초나라에 양유기란 자가 있는데 활을 잘 쏘는 사람입니다. 버들잎에서 백 걸음이나 떨어져 쏘아도 백발백중입니다. 좌우에서 지켜보던 사람들 수천 명이 모두 잘 쏜다고 했습니다. 어떤 남자가 그 옆에 서서, '훌륭하다 내가 활쏘기를 가르칠 만하다.'하고 하자 양유기가 화를 내며 활을 놓고 검을 집어 들고서 객(客)인 주제에 어떻게 내게 활쏘기를 가르칠 수 있겠는가?'라고 물었습니다. 그러자 객이 '나는 그대에게 왼손으로 버티고 오른손으로 활시위를 당기는 것을 가르칠 수 있다는 것이 아니오. 버들잎에서 백 걸음 떨어져 활을 쏘아 백발백중한다고 해도 가장 잘 쏠 때 멈추지 않는다면 조금 있다가 기력이 쇠해지고 힘이 달리게 되어 활은 휘고 화살은 구부러질 것이니 단 한 발이라도 적중하지 않는다면 이전에 적중한 백발백중은 다 무효가 되는 것이오.'라고 말했습니다. '지금 한나라와 위나라를 격파하고 사무의 적을 패배시키고 북쪽으로 조나라의 인과 이석 땅을 취했으니 그대의 공적이 큽니다. 지금 또 군대를 이끌고 이관에서 나와 동주와 서주를 지나 한나라를 등지고 양나라를 공격하려 하는데 한 번 공격하여 승리하지 못하면 앞에서 세운 공이 모두 버려질 것입니다. 그러니 그대가 병을 핑계로 출병하지 않는 것이 차라리 낫습니다.'라고 하십시오."

42년에 진나라는 화양(華陽)의 약조를 깨뜨렸다. 마범(馬犯)이 주나라 왕에게 말했다.

"양나라에게 말해 주나라에 성을 쌓도록 하십시오."

그리고 양나라 왕에게 말했다.

"주나라 왕께서 병이 나서 돌아가시면 저는 반드시 죽게 될 것입니다. 제가 구정을 폐하께 바치라고 청할 것이니, 폐하께서 구정을 받게 되면 신을 살려 주십시오."

그러자 양나라 왕은 말했다.

"좋다."

양나라 왕은 마침내 군대를 주어 주나라를 지키게 했다. 그러자 마범은 진나라 왕에게 말했다.

"양나라는 주나라를 지키는 것이 아니라 장차 주나라를 토벌하려는 것입니다. 왕께서 시험 삼아 군대를 국경에 보내 한번 살펴보십시오."

진나라가 군대를 출동시켰더니 마범은 다시 양나라 왕에게 했다.

"주나라 왕의 병이 깊으니 제가 이후에 구정을 보내는 것이 가능한지 청해 회답을 드리겠습니다. 지금 폐하께서 군대를 주나라에 보냈으므로 제후들이 모두 의심하여 후에 어떤 일을 하시더라도 또한 믿지 않을 것입니다. 그러니 차라리 병사들에게 주나라에 성을 쌓게 하여 사건의 실마리를 감추는 것이 낫습니다."

양나라 왕이 말했다.

"좋다."

그리고 마침내 주나라에 성을 쌓도록 말했다.

45년에 주나라 왕이 진나라에 갔더니 빈객이 주나라 공자 주취(周趣)에게 말했다.

"그대는 진나라 왕의 효성을 칭송하여 응(應) 땅을 진나라 태후의 식읍이 되게 하는 것이 좋을 것입니다. 그렇게 하면 진나라 왕은 반드시 기뻐할 것이고, 그대는 진나라와 친분을 갖게 될 것입니다. 친분이 깊어지면 주나라 왕은 필시 그대의 공적이라고 생각하게 될 것입니다. 하지만 친분이 나빠지면 진나라에 기대도록 주나라 왕에게 권유한 사람은 분명히 죄인이 될 것입니다."

진나라 군대가 주나라를 공격하자 주취가 진나라 왕에게 말했다.

"폐하를 위한 계책은 주나라를 공격하지 않는 것입니다. 주나라를 공격하는 것은 실질적인 이익이 되기에 충분하지 않고 천하를 두렵게 하는 명성만을 얻게 될 것입니다. 천하의 제후들이 그 같은 명성으로 인해 진을 두려워하게 되면 틀림없이 동쪽의 제나라와 힘을 합칠 것이며, 병사들은 주나라 때문에 지치게 될 것입니다. 천하의 제후들이 제나라와 힘을 합치면 진나라는 천하에서 왕이라고 불리지 못하게 될 것입니다. 그들이 진나라를 지치게 하려고 폐하께 주나라를 치도록 권유할 것이기 때문입니다. 진나라가 천하의 사람들에 의해 지치면 정치적 명령을 실행할 수 없습니다."

58년에 삼진이 진(秦)나라에 저항했다. 주나라는 상국을 진나라로 보냈으나 진나라가 무시했으므로 도중에 되돌아갔다. 그러자 빈객이 상국에게 말했다.

"진나라가 당신을 무시하는 것인지 중시하는 것인지 아직 알 수 없습니다. 진나라는 지금 세 나라의 일에 대해서 꼭 알고 싶어 합니다. 그러니 그대는 서둘러 진나라 왕을 찾아뵙고 '폐하께 동방의 변화에 대해서 들려드리고자 합니다'라고 말하는 것이 좋을 것 같습니다. 그러면 진나라 왕은 반드시 그대를 중시할 것입니다. 그대를 중시한다는 것은 진나라가 주나라를 중시한다는 것이니 주나라가 진나라의 환심을 얻는 것입니다. 제나라가 주나라를 중시하게 된 것은 원래 주취가 제나라에서 환심을 얻었기 때문입니다. 그렇게 되면 주나라는 항상 강대국과의 친분을 잃지 않을 수 있습니다."

진나라는 주나라를 믿고 군대를 보내 삼진을 공격했다.

59년에 진나라가 한나라의 양성(陽城)과 부서(負黍)를 공격하여 빼앗자 서주는 두려워하며 진나라를 배반하고 제후들과 합종(合從 : 관동의 한·위·조·연·제·초나라가 남북으로 서로 연합하여 강국 진나라를 상대하는 정책)을 맺었다. 천하의 정예부대를 이궐(伊闕)로 보내 진나라를 공격하여 진나라 군대가 양성을 지나갈 수 없도록 했다. 그러자 진나라의 소왕은 화가 나 장군 규(規)에게 군대를 주어 서주를 치게 했다. 서주의 왕은 진나라로 달려가 머리를 조아리고 자기가 지은 죄를 시인하며 주나라의 36개 읍과 주민 3만 명을 모두 바쳤다. 진나라는 그의 헌상품을 받아들이고 왕을 서주로 돌려보냈다.

주나라 왕 난이 죽자 주나라의 백성은 결국 동쪽으로 도망갔다. 진나라는 구정과 귀중한 기물을 취하고 서주공을 탄호(憚狐)로 옮겼다. 그로부터 7년 후에 진나라의 장양왕이 동주를 멸망시켰다. 동주와 서주는 모두 진나라에 영입되었고, 주나라는 멸망하여 이미 제사를 지낼 수 없게 되어 있었다.

태사공은 말한다.

"학자들은 모두 주나라가 주(紂)를 정벌하고 낙읍에 거주했다고 하지만 실제 상황을 종합해 보면 그렇지 않다. 무왕이 낙읍을 짓고 성왕이 소공에게 적당한 곳인지 점치게 한 후 구정을 그곳에 놓았으나 주나라는 다시 풍(豐)과 호(鎬)에 도읍을 정했다. 견융이 유왕을 물리치자 주나라는 곧 동쪽 낙읍으로 옮겼다. 이른바 「주공을 필(畢)에 장사 지내다」에서 말하는 필은 호경(鎬京) 동남쪽의 두중(杜中)에 있다.

진나라가 주나라를 멸망시켰다. 한나라가 부흥하고서 90여 년 후 천자가 태산에 가서 제사를 지내려고 동쪽으로 순수(巡狩)하다가, 하남에 이르러 주나라의 후손을 찾아 그의 후손인 가(嘉)에게 30리의 땅을 봉하고 그를 주자남군(周子南君)이라고 불렀다. 때문에 열후의 지위와 같아져 선조의 제사를 지낼 수 있었던 것이다."

| 5 | 진본기(秦本紀)

　진(秦)나라의 선조는 전욱제의 먼 후손이 되는 여수(女脩)이다. 여수는 베를 짜다가 제비가 떨어뜨린 알을 삼키고 아들 대업(大業)을 낳았다. 대업은 소전(少典)의 딸 여화를 아내로 맞아 대비(大費)를 낳았으며 대비는 우(禹)와 함께 물을 다스렸다. 치수에 성공하자 순임금이 우에게 검은색 옥규(玉圭)를 내려주었다. 우는 그것을 받으며 순임금에게 말했다.

　"대비가 도왔기에 이룰 수 있었습니다."

　순임금이 말했다.

　"아! 비(費)여, 우를 도와 공을 이루었으니 그대에게 검은색 깃발 장식을 내리노라. 그대의 후손은 장차 크게 번창할 것이다."

　그리고는 요(姚)씨 성을 가진 미녀를 그의 아내로 삼게 했다. 대비가 절하며 받은 후 순임금을 도와 새와 짐승을 조련하니, 그것들이 대부분 잘 길들여졌다. 이 사람이 백예이며 순임금은 구에게 영(瀛)씨 성을 내려주었다.

　대비는 아들 둘을 낳았다. 하나는 대렴(大廉)으로 조속씨(鳥俗氏)이며 다른 하나는 약목(若木)으로 비씨(費氏)이다. 약목의 현손(玄孫)은 비창(費昌)인데 그의 자손들은 중원(中原)에 살기도 했고 이적(夷狄) 지역에서 살기도 했다. 비창은 하나라의 걸왕 때 하나라를 떠나 상나라에 와서 탕왕을 위해 수레를 몰며 명조(鳴條)에서 걸왕을 무찔렀다. 대렴의 현손은 맹희(孟戲)와 중연(中衍)인데 새의 몸을 하고서 사람의 말을 했다. 상나라의 태무제가 그 이야기를 듣고 점을 쳐서 그들에게 수레를 몰게 할지를 정하게 되었다. 점

사기 본기　111

괘가 길하게 나오자 마침내 그들에게 수레를 몰게 했으며 아내를 얻어 주었다. 태무 이래로 중연의 후손들은 대대로 공을 세우고 은나라를 도왔으므로 영씨 성은 대부분 귀하게 되었으며 결국은 제후가 되었다.

중휼은 중연의 현손인데 서융(西戎)에서 살면서 서수(西垂)를 지켰다. 그는 비렴(蜚廉)을 낳았고 비렴은 오래(惡來)를 낳았다. 오래는 힘이 세었고 비렴은 달리기를 잘했기에 두 부자는 모두 재주와 힘으로 은나라의 주왕을 섬겼다.

주나라 무왕은 주왕을 정벌하고 오래를 죽였다. 그때 비렴은 주왕을 위해 북방으로 나가 있었는데 돌아왔지만 주왕이 죽어 보고할 곳이 없자 곽태산(霍太山)에 제단을 쌓아 놓고는 보고했다. 그때 석관을 하나 얻었는데 이렇게 새겨져 있었다.

「천제께서는 비렴에게 시켜 은나라가 재난에서 벗어나게 하시고 석관을 하사하시어 씨족을 번창하게 하노라.」

비렴이 죽자 곽태산에 장사 지냈다, 비렴에게는 아들이 또 있었는데 계승(季勝)이라고 했으며 맹증(孟增)을 낳았다. 맹증은 주나라 성왕의 총애를 받았는데 이 사람이 택고랑(宅皋狼)이다. 고랑은 형보를 낳고 형보는 조보를 낳았다. 조보는 말을 잘 다루었기 때문에 주나라 목왕의 총애를 받았다. 목왕은 기(驥)·온려(溫驪)·화류·녹이라는 준마 네 필을 얻어 서쪽으로 순행을 떠났는데 매우 즐거웠기에 돌아오는 것을 잊었다.

서언왕(徐偃王)이 난을 일으키자 조보는 목왕을 위해 하루에 천 리 길을 쉬지 않고 수레를 몰아서 주나라에 돌아와 난을 평정했다. 그리하여 목왕이 조성(趙城)을 조보에게 봉했기에 조보의 가족은 이때부터 조(趙)씨가 되었다. 비렴이 계승을 낳은 이래 5대째인 조보에 이르러 별도로 조성에서 살았다. 조최(趙最)가 그의 후손이며 오래혁(惡來革)은 비렴의 아들인데 이른 나이에 죽었다. 그에게는 아들이 있었는데 여방(女防)이라 불렸다. 여방은 방고(旁皋)를 낳고 방고는 태궤(太櫃)을 낳고 태궤는 대락(大駱)을 낳고 대락은 비자(非子)를 낳았다. 이들은 조보가 목왕의 총애를 받은 덕분에 모두 조성 땅에서 거주할 수 있는 은혜를 입었으며 성은 조씨였다.

비자는 견구(犬丘) 땅에서 살았는데 말과 가축을 좋아했고 사육과 번식시키는 일을 하는 것에도 뛰어났다. 견구 사람들이 주나라 효왕(孝王)에게 그것을 말하자 효왕이 비자를 불러 견수와 위수(渭水)사이에서 말을 기르는 일을 맡아서 하도록 했더니 말이 크게 번식되었다. 효왕은 비자를 대락의 후계자로 삼고자 했다. 그러나 신후(申候)의 딸이 대락의 아내가 되어 아들 성(成)을 낳았기에 성이 후계자였다. 신후는 즉시 효왕에게 말했다.

"옛날 저의 선조가 여산에서 사실 때 낳은 딸이 융족 서헌(胥軒)의 아내가 되어 중휼을 낳았습니다. 그처럼 친척이었기 때문에 주나라에 귀의하여 서수 땅을 지키게 되었으며 그 때문에 서수가 평화롭고 화목해졌습니다. 그리고 제가 다시 대락에게 딸을 출가시켜 적자인 성을 낳게 되었습니다. 저와 대락이 다시 혼사를 맺었기에 서융족이 모두 귀순했으니, 그것이 왕께서 왕이 될 수 있었던 까닭입니다. 그러니 왕께선 신중히 생각해 보십시오."

그러자 효왕이 말했다.

"옛날 백예가 순제를 위해 가축 기르는 일을 관장했으며, 가축이 많이 번식했기에 봉토를 얻었고 영씨 성을 받았다. 지금 그의 후손들도 또한 나를 위해 말을 번식시켰으니 나는 그들에게 땅을 주어 부용국(附庸國)으로 삼고자 하노라."

그리고는 그를 진(秦) 땅에 봉하고 다시 영씨의 제사를 잇게 하여 진영(秦瀛)이라고 불렀다. 또 신후의 딸이 낳은 아들을 폐하지 않고 대락의 적자로 삼았기에 서융과도 평화롭게 되었다.

진영이 진후(秦侯)를 낳았다. 진후는 재위 10년 만에 죽었는데 그는 공백(公伯)을 낳았다. 공백은 재위 3년 만에 죽었는데 그는 진중(秦仲)을 낳았다.

진중이 즉위한 지 3년이 되었을 때 주나라의 여왕이 무도하여 제후들 중에 배반하는 자들이 있었다. 서융도 주나라 왕실에 반기를 들고 견구 땅에 있는 대락의 일족을 멸망시켰다. 주나라의 선왕이 즉위하자 진중을 대부로 삼아 서융을 토벌했다. 그러나 진중은 재위 23년에 서융에서 목숨을 잃었다. 그에게는 아들이 다섯 있었는데 맏아들은 장공(莊公)이라 했다. 주나라 선왕이 장공의 다섯 형제를 불러 병사들을 주고 서융을 치게 했더니 그들이 서융을 무찔렀다. 그래서 선왕은 진중의 후손에게 상을 내리고 그들의 선조인 대락의 봉지 견구까지 아울러 소유하게 하면서 서수(西垂)의 대부로 삼았다.

장공은 그들의 옛 땅인 서견구에 살면서 세 아들을 낳았는데 맏아들은 세보이다.

어느 날, 세보가 말했다.

"서융의 군대가 나의 조부인 진중을 죽였으니 나는 서융의 왕을 죽이지 않고는 봉읍으로 돌아갈 수 없다."

마침내 그는 서융을 치려고 아우 양공(襄公)에게 양위하여 양공이 태자가 되었다. 장공이 재위 44년 만에 죽자 태자인 양공이 이어 즉위했다.

양공 원년에 양공의 여동생 무영(穆瀛)이 풍왕(豐王)의 아내가 되었다. 양공 2년에 서융이 견구를 포위하자 세보가 서융을 공격했다가 서융의 포로가 되었다. 1년이 넘자 서융은 세보를 돌려보냈다.

7년 봄 주나라의 유왕이 포사를 총애하여 태자를 폐하고 포사의 아들을 세워 적자로 삼고 여러 번 제후들을 기만하자 제후들은 반란을 일으켰다. 서융의 견융(犬戎)이 신후와 함께 주나라를 공격하여 유왕을 여산 아래에서 죽였다. 그래서 진나라 양공이 군대를 이끌고 주나라를 구원하였는데 전쟁터에서 온 힘을 다해서 싸워 공을 세웠다. 주나라가 견융의 반란을 피해 동쪽의 낙읍으로 옮기자 양공은 군대를 이끌고 가서 주나라 평왕을 호송했다.

평왕은 양공을 봉해 제후로 삼아 기산의 서쪽 땅을 내려주며 말했다.

"서융이 무도하여 우리의 기산과 풍읍의 땅을 빼앗았으니 진(秦)이 서융을 공격하여 쫓아낼 수 있다면 즉시 그 땅을 소유하게 할 것이다."

평왕은 양공과 맹세하고 봉지와 작위를 내려주었다. 양공은 그때 처음으로 제후가 되어 다른 제후들과 사절을 교환하고 예의를 갖추어 맞아들였다. 곧 유구(검은색 갈기를 가진 몸이 붉은 어린 양)·황우(黃牛)·숫양 세 마리를 제물로 하여 서현의 제터에서 하늘에 제사를 올렸다. 하지만 12년에 양공은 서융을 토벌하기 위해 기산에 갔다가 죽었다. 양공은 문공(文公)을 낳았다.

문공 원년에 그는 서수궁(西垂宮)에서 지냈다. 3년에 문공은 병사들 7백 명을 이끌고 동쪽으로 사냥을 하러 나갔다. 4년에 그는 견수와 위수가 만나는 곳에 이르렀는데 그때 문공이 말했다.

"옛날에 주나라가 이곳을 우리 선조인 진영에게 봉읍으로 내려주었고 그 후 우리는 제후의 신분을 얻었다."

그리고는 그곳이 살기 적합한지 점치게 하였는데 점괘가 길하게 나왔기에 즉시 도읍을 세웠다. 그는 10년에 처음으로 부현에 제터를 만들어 세 가지 가축을 사용해 제사 지냈다. 13년에는 처음으로 사관(史官)을 두어 일을 기록하였는데 교화된 백성들이 많았다.

16년에 문공이 군대를 이끌고 서융을 공격하자 서융의 군대는 패하여 달아났다. 그래서 문공은 주나라의 남은 백성들을 거두어 소유하였고 영토는 기산까지 이르렀으며 기산의 동쪽 지역을 주나라에 바쳤다. 19년에 진귀한 보물을 얻었으며 20년에 처음으로 삼족을 죽이는 형벌을 제정했다. 27년에 남산의 큰 가래나무를 베자 풍수(豊水)에 큰 소가 출현했다.

48년에 문공의 태자가 죽으니 시호를 하사해 정공이라고 했다. 그리하여 정공의 맏아들이 태자가 되었으니 문공의 손자이다. 50년에 문공이 죽자 서산에 장사 지냈다.

정공의 아들이 즉위하니 이 사람이 영공(寧公)이다.

2년에 영공은 평양(平陽)으로 옮기가 살았으며 군대를 파견하여 탕사(蕩社)를 토벌했다. 3년에 박나라 군대와 싸웠으며 박나라 왕이 서융으로 달아나자 드디어 탕사를 멸망시켰다.

4년에 노나라의 공자 휘가 그의 군주 은공(隱公)을 살해했다. 12년에 영공은 탕씨(蕩氏)를 토벌하여 그 땅을 빼앗았다. 영공은 10세에 즉위하여 재위 12년 만에 죽어 서산에 안장되었다. 영공은 아들 3명을 낳았는데 맏아들인 무공(武工)이 태자가 되었다. 무공의 동생 덕공(德公)은 무공과 생모가 같았으니 노희(魯姬)의 아들이었으며 그들 외에 출자(出子)를 낳았다. 영공이 죽자 대서장(大庶長) 불기(弗忌)와 위루(威壘) 삼보(三保)가 태자를 폐위하고 출자를 세워 군주로 삼았다. 하지만 출자 6년에 삼보 등이 다시 함께 사람을 시켜 출자를 살해했다. 출자는 5세에 옹립되어 재위 6년 만에 죽었다. 삼보 등은 즉시 다시 원래의 태자인 무공을 세웠다.

원년에 무공은 팽희씨(彭禧氏)를 토벌하려고 화산(華山) 아래에 이르러 평양성의 봉궁(封宮)에서 거주했다. 그러던 중 3년에 삼보 등을 죽이고 그들의 삼족을 멸했는데 그것은 그들이 출자를 살해하였기 때문이다. 후에 정나라 고거미(高渠昧)가 그들의 군주인 소공(昭公)을 시해했으며 10년에는 구와 기(冀) 지역의 융족을 토벌하고 처음으로 두 지역을 진나라의 현으로 삼았다. 11년에는 처음으로 두(杜)와 정(鄭)을 현으로 삼고 소괵을 멸망시켰다.

13년에 제나라 사람 관지보(管至父)와 연칭(蓮稱) 등이 그들의 군주인 양공(襄公)을 죽이고 공송무지(公孫無知)를 옹립했다. 진(晉)나라는 곽(藿)·위(魏)·경(耿)나라를 멸망시켰고 제나라의 옹름은 무지(無知)와 관지보 등을 죽이고 환공(桓公)을 세웠다. 제나라와 진(晉)나라는 강국이 되었다.

19년에 진(晉)나라의 곡옥(曲沃)이 처음으로 제후가 되었으며 제나라 환공이 견(甄)에서 우두머리가 되었다.

20년에 무공이 죽었으며 옹읍의 평양에 안장했다. 그때 처음으로 사람을 순장(旬葬)했는데 따라서 죽은 사람이 66명이었다. 무공에게는 아들이 하나 있었는데 이름을 백(白)이라 했다. 백은 즉위하지 못하고 평양에 봉해졌으며 무공의 동생 덕공이 즉위했다.

원년에 처음으로 옹성의 대정궁(大鄭宮)에 거주했다. 소·양·돼지를 각각 3백 마리씩 올려 부의 제단에서 천지에 제사 지냈다. 옹성에서 거주하는 것이 적합한가를 점치자 "후대 자손들은 황하에서 말에게 물을 먹이게 될 것이다."라는 점괘가 나왔다. 그 해에 양백(梁伯)과 예백(芮伯)이 와서 조회했다.

2년에 처음으로 복날을 정하여 개를 잡아먹으며 열독(熱毒)과 악기를 막았다. 덕공은 33세에 즉위하여 재위 2년 만에 죽었으며 아들 셋을 낳았다. 맏아들은 선공(宣公), 둘째 아들은 성공(成公), 막내아들은 목공(穆公)이다. 맏아들 선공이 왕위에 올랐다.

원년에 위(衛)나라와 연나라가 주나라를 공격하여 혜왕을 내쫓고 왕자 퇴를 옹립했다. 3년에 정백과 괵숙이 왕자 퇴를 죽이고 혜왕을 맞아들였다. 4년에는 밀치의 제터를 만들었으며 진(晉)나라 군대와 하양에서 싸워 승리했다. 12년에 선공이 죽었다. 선공은 아들을 아홉이나 낳았지만 왕위에 오르지 못하고 선공의 동생인 성공이 왕위에 올랐다.

원년에 양백과 예백이 와서 조회했다. 제나라의 환공은 산융(山戎)을 토벌하고 고죽(孤竹)에 군대를 주둔시켰다.

성공은 재위 4년 만에 죽었다. 성공은 아들 일곱을 두었으나 아무도 왕위에 오르지 못하고 동생인 목공이 왕위에 올랐다.

임호(任好) 원년에 목공은 몸소 군대를 이끌고 모진(茅津) 지방의 야만족인 융을 공격하여 승리를 거두었다. 목공 4년에 진(晉)나라 공주를 아내로 맞아들였는데 진나라 태자 신생(申生)의 누이였다. 그 해에 제나라 환공이 초나라를 토벌하여 소릉(邵陵)에까지 이르는 사건이 벌어졌다. 다음 해인 5년, 진(晉)나라 헌공(獻公)이 우(虞)와 괵 두 나라를 멸망시키고 우나라 왕과 그의 대부 백리해(百里奚)를 사로잡았다.

이것은 진나라의 헌공이 옥과 말을 우나라 왕에게 뇌물로 주었기 때문이다. 그런데 진나라에서는 백리해를 진(晉)나라로 시집간 공주의 하인으로 삼아 진나라에 딸려 보냈다. 하지만 백리해는 진(秦)나라에서 도망쳐 완(宛)으로 갔으나 초나라의 신분이 낮은 사람에게 붙잡혀 억류당했다. 목공은 백리해가 어질다는 말을 듣고 큰돈을 치르고자 하였으나 초나라 사람이 응하지 않을까 걱정하여 초나라에 사람을 보내 "나의 하인 백리해가 여기에 잡혀 있다던데 검은 숫양의 가죽 다섯 장과 바꿔 그를 인도해 주기를 청합니다."라고 전하게 했다. 초나라 사람은 마침내 허락하고 그를 내주었는데 그때 백리해는 나이가 이미 70여 세였다. 목공은 그를 노예의 신분에서 벗어나게 한 뒤에 함께 국사를 논의하고자 했다. 그러자 백리해는 사양하며 말했다.

"저는 망한 나라의 신하이니 그런 자격이 없습니다."

목공은 말했다.

"우나라가 망한 것은 그대의 의견을 따르지 않았기 때문이오. 그대가 책임질 일이 아니오."

그리하여 끈덕지게 설득하며 이야기 나누기를 사흘 동안이나 했다. 목공은 그에게 푹 빠져 나랏일을 맡기고 검은 숫양 다섯 마리와 바꾸어 얻었기 때문에 오고대부(五羖大夫)라 불렀다. 하지만 백리해는 사양하며 말했다.

"저는 친구 건숙(蹇叔)에 미치지 못합니다. 건숙은 현명한데도 세상 사람들이 그를 알지 못합니다. 일찍이 제가 떠돌아다니다가 제나라에서 곤경에 빠져 질 땅의 사람에게 걸식을 하였는데 건숙이 저를 거두어 주었습니다. 저는 그 일로 인해 제나라 왕 무지(無知)를 섬기려고 하였으나 건숙이 만류했기에 제나라의 난리(무지가 살해당하고 제나라의 환공이 왕위에 오른 일)에서 벗어날 수 있었습니다. 마침내 주나라로 가서 왕자 퇴(頹)가 소를 좋아한다기에 소 기르는 품을 팔며 그를 섬기려고 했습니다. 퇴가 신을 임용하려 할 때 건숙이 또 만류하였기에 저는 주나라를 떠나 죽음을 면할 수 있었습니다(정백과 괵숙이 퇴를 죽이고 혜왕을 세운 일). 우나라 왕을 섬기게 되자 건숙이 만류했습니다. 저는 우나라 왕이 저를 임용하지 않을 것을 알면서도 사사로이 녹봉과 관직이 탐나 잠시 머물렀습니다. 두 번은 그의 말을 들어 재난에서 벗어날 수 있었고 한 번은 듣지 않아 우나라 왕의 재난을 당하기에 이르렀습니다. 때문에 저는 그가 현명하다는 것을 압니다."

목공은 곧 사람을 보내 많은 예물을 주고 건숙을 불러들여 상대부로 삼았다.

그 해 가을에 목공은 직접 군대를 이끌고 진(晉)나라로 쳐들어가 하곡(河曲)에서 싸웠다. 그 이유는 진(晉)나라 왕의 애첩인 여희의 음모에 의해 목공의 의제인 태자 신생이 신성(新城)에서 자살했고 중이(重耳)와 이오(夷吾)는 외국으로 망명하는 사건이 일어났기 때문이었다.

목공 9년에 제나라 환공은 규구(葵丘)에서 제후들과 회합했다.

진나라에서는 헌공이 죽고 여희의 아들 해제(奚齊)가 옹립되었으나 그의 신하 이극(里克)의 손에 죽었다. 순식(荀息)이 해제의 아우인 탁자(卓子)를 옹립했으나 이극이 또 탁자와 순식을 죽였다. 이오는 진(秦)나라에 사람을 보내 진(晉)나라에 들어가게 도와 달라고 요청했다. 목공은 그것을 허락하고 백리해에게 군대를 이끌고 이오를 호송하게 했다. 그때 이오는 감사하면서 말했다.

"만약 내가 왕위에 오를 수 있다면 하서(河西) 지역의 성 여덟 개를 떼어

진(秦)나라에 주겠소."

이오는 귀국하여 왕위에 오른 후 진(秦)나라에 비정(조鄭)을 사자로 보내 고마움을 표시했다. 그러나 약속한 하서의 성을 주지 않고 이극을 죽였다. 사자 비정은 그 소식을 듣고 두려워하며 목공과 의논하면서 말했다.

"사실은 이오에 대한 여론이 매우 나쁩니다. 인망이 있는 것은 오히려 중이입니다. 지금 이오가 진(秦)나라와의 약속을 어기고 이극을 죽인 것은 모두 여생(呂甥)과 극예(郤芮)의 계략입니다. 원컨대 왕께서는 재물로 여생과 극예를 급히 불러다가 잡아 두시고 그동안에 중이를 진나라 왕으로 세운다면 만사가 잘 될 것입니다."

목공은 옳다고 여겨 비정이 귀국할 때 사람을 딸려 보내 여생과 극예를 불러오도록 했다. 하지만 여생과 극예의 무리는 비정이 뭔가 일을 꾸몄다고 의심하고 이오와 의논한 뒤에 비정을 죽였다. 비정의 아들 비표(조豹)는 진(秦)나라로 달아나 목공에게 말했다.

"진(晉)나라 왕은 무도하여 백성들이 가까이하지 않으니 정벌해야 합니다."

목공은 말했다.

"백성들의 신임을 받지 못한다면 어떻게 대신을 죽일 수 있겠는가? 대신을 죽일 수 있다는 것은 백성들의 신임을 얻고 있다는 증거가 아닌가?"

그리고는 은밀히 비표를 등용했다.

목공 12년에 제나라 관중과 습붕이 죽었다.

그 해에 진(晉)나라에서는 가뭄이 들자 진(秦)나라에 식량을 빌려 달라고 했다. 비표는 목공에게 식량을 주지 말고 기근을 틈타 정벌할 것을 건의했다. 목공이 공손지(公孫支)에게 물었다. 공손지는 답했다.

"기근과 풍년은 번갈아 일어나니 곡식을 주는 게 좋겠습니다."

백리해에게 묻자 이렇게 말했다.

"이오가 왕께 죄를 지은 것이지 백성들이야 무슨 죄가 있습니까?"

목공은 백리해와 공손지의 의견을 받아들여 결국 그들에게 식량을 원조해 주었다. 배에 실어 나르고 수레로 옮겨 옹성(雍城)에서 강성(絳城)까지 강에는 배들이 육지에는 수레들이 줄줄이 이어졌다.

목공 14년에 이르러 이번에는 진(秦)나라에 기근이 들자 (晉)나라에 식량을 요청했다.

진(晉)나라 왕이 여러 신하들과 이 일을 논의할 때 괵사(□射)가 말했다.

"기근을 틈타 정벌하면 큰 공로를 이룰 수 있을 것입니다."

진(晉)나라 왕은 그의 말을 따랐다. 목공 15년에 진(晉)나라 왕이 군대를 일으켜 진(秦)나라를 공격하자 목공도 군대를 일으켜 비표를 장수로 삼아 직접 가서 싸웠다, 9월 임술일에 진(晉)나라 혜공(惠公) 이오와 한(韓) 땅에서 싸웠다. 혜공은 싸움터에서 돌고 있던 중에 그만 말이 진흙에 빠져 몸을 움직이기가 어렵게 되었다. 때를 놓칠세라 목공과 부하들이 다가갔으나 진(晉)나라 왕을 잡지 못하고 도리어 진군(晉軍)에게 포위당했다. 진(晉)나라 군대들이 목공을 공격하여 목공이 부상을 당했다. 그때 기산 아래에서 목공의 좋은 말을 훔쳐 먹었던 300명의 사람이 위험을 무릅쓰고 진(晉)나라 군대에게 달려들어 진(秦)나라 군대는 포위망에서 벗어날 수 있었다. 마침내 목공은 위험에서 벗어나 오히려 진(晉)나라 왕을 사로잡았다. 이전에 목공이 명마를 잃었는데 기산 기슭에서 살던 무법자들이 그 말을 잡아먹고 말았다. 관리가 추격하여 함께 먹은 자들 3백여 명을 잡아 처벌하고자 했으나 목공은 이렇게 말했다.

"군자는 짐승 때문에 사람을 해치지 않는다. 그리고 나는 명마의 고기를 먹고 술을 마시지 않으면 몸이 해롭다고 들었다."

그리고는 도리어 술을 내려주고 그들을 사면해 주었다. 이 무법자들은 진

(秦)나라가 진(晉)나라를 공격한다는 소식을 듣자 모두 따라가기를 원하였다. 그러다가 목공이 포위당한 것을 보고 다들 무기를 들고 필사적으로 싸워 명마를 잡아먹고도 사면된 은덕에 보답했다. 그리하여 목공은 혜공을 포로로 잡아 돌아와서는 나라에 선포했다.

"온 백성들은 몸을 깨끗이 하라. 나는 진나라 왕을 제물로 상제께 제사 드릴 것이다."

주나라 천자가 그 소식을 듣고 말했다.

"진(晉)나라 왕은 나와 성(姓)이 같소."

그리고는 진나라 왕의 사면을 청했다. 또한 목공의 부인이 이오의 누이였으므로 그 소식을 듣자 상복을 입고 맨발로 달려와 말했다.

"소첩이 동생의 잘못을 바로잡아 주지 못해 군주의 명령을 욕되게 했습니다."

목공이 말했다.

"나는 진나라 왕을 잡아 공을 이루었다고 생각했는데 지금 천자께서는 사면을 요청하고 아내는 애걸하고 있지 않은가"

목공은 진(晉)나라 왕과 맹약을 한 뒤 그를 풀어주기로 했다. 그리고는 가장 훌륭한 숙소로 바꿔 머물게 하고 소·양·돼지를 각각 일곱 마리씩 보냈다. 11월에 진(晉)나라 왕 이오를 귀국시키자 이오는 하서 땅을 바치고 태자 어를 진(秦)나라에 인질로 보냈다.

목공은 자기 집안의 처녀를 그의 아내로 삼아 주었다. 이때 진(秦)나라의 영토는 동쪽으로 황하에까지 이르렀다.

목공 18년에 제나라의 환공이 죽었다. 20년에는 진(秦)나라가 양(梁)나라와 예(芮) 두 나라를 멸망시켰다.

목공 22년에 볼모로 가 있던 진(晉)나라의 공자 어는 그의 아버지 혜공이 병이 났다는 소식을 듣고 말했다.

"양(梁)나라는 우리 어머니의 나라인데 진(秦)나라가 멸망시켰다. 나는 형제가 많으니 만약 왕께서 돌아가셔도 진(秦)나라는 나를 억류할 것이며 진(晉)나라도 나를 무시하고 다른 왕자로 바꾸어 세울 것이다."

태자 어는 즉시 도망쳐 진(晉)나라로 돌아갔다.

다음 해인 목공 23년에 진(晉)나라 혜공이 죽자 태자 어가 즉위하여 왕이 되었다. 목공은 어가 도망친 것 때문에 그를 미워하고 있었다. 그 후 공자 중이를 망명해 있던 초나라에서 불러다가 전에 어의 아내였던 여자와 결혼시켰다. 중이는 처음에는 사양하였으나 후에 승낙하고 맞았다. 그때부터 목공은 더욱 후한 예우로 중이를 대접했다. 다음 해 봄, 진(秦)나라 사람을 보내 진(晉)나라의 대신들에게 중이를 맞이하여 왕으로 세우라고 통고했다. 진(晉)나라가 허락했기에 군대를 딸려 중이를 진(晉)나라로 보냈다. 그 해 2월 중이가 즉위하여 진(晉)나라 왕이 되니, 이 사람이 문공(文公)이다. 문공은 사람을 시켜 태자 어를 죽였다. 태자 어가 바로 회공(懷公)이다.

그 해 가을 주나라 양왕의 동생 대(帶)가 적(翟)나라의 무력을 빌려 반란을 일으켰다. 때문에 양왕은 도망쳐 정나라에 거주했다. 다음 해인 목공 25년에 주나라 양왕이 진(秦)나라와 진(晉)나라에 사람을 보내 주나라에 난이 일어났음을 알렸다. 진(秦)나라 목공은 손수 군대를 이끌고 진(晉)나라 문공과 협력하여 양왕을 입국시키고 양왕의 동생 대를 죽였다.

목공 28년에 문공은 성복에서 초나라 군대를 무찔렀다. 30년에는 목공이 문공과 협력하여 정나라를 포위했다. 그러자 정나라 왕이 몰래 사람을 보내 목공에게 말했다.

"정나라가 망하면 진(晉)나라가 강대해지므로 진(晉)나라에게는 이로움이 되지만 진(秦)나라에게는 이익이 없습니다. 진(晉)나라가 강대해지면 진

(秦)나라에 있어서는 화를 당하는 원인이 될 것입니다."

목공은 군대를 거두어 돌아왔다. 그러자 진(晉)나라 또한 어쩔 수 없이 싸움을 중지하고 말았다.

목공 32년 겨울에 진나라 문공이 죽었다.

그런데 정나라 사람이면서 자기 나라를 진(秦)나라에 팔아넘기려는 자가 나타났다.

"내가 정나라의 성문을 관리하니 내가 도우면 정나라를 쉽사리 습격할 수 있다."

목공이 건숙과 백리해를 불러 의견을 물었더니 그들이 대답했다.

"여러 나라를 거치는 천 리 길을 가서 다른 나라를 습격하여 승리한 예가 없습니다. 더욱이 누군가가 정나라를 팔았다면 우리나라에서도 그와 닮은 자가 나타날지 모릅니다."

목공이 말했다.

"그대들은 잘 모르오. 나는 이미 결정하였소."

그리고는 백리해의 아들 맹명시(孟明視)와 건숙의 아들 서걸술(西乞術) 및 백을병(白乙丙) 등을 원정군의 장수로 임명했다. 이윽고 그들이 출전하는 날 백리해와 건숙은 통곡했다. 목공이 그 소리를 듣고 화를 내며 말했다.

"내가 출병하는데 그대들은 통곡하며 우리 군대를 가로막으니 무엇 때문이오?"

그러자 두 노인은 말했다.

"신들은 감히 군왕의 군대를 가로막으려는 것이 아닙니다. 군대가 떠나면 신들의 자식도 함께 가야 합니다. 신들은 늙었는데 자식들이 늦게 돌아온다면 서로 만날 수 없을 것 같아 걱정이 되어 통곡하는 것입니다."

두 노인은 물러나 자식들에게 말했다.

"너희 군대가 만일 패배한다면 그곳은 반드시 효산(殽山)의 험난한 지역일 것이다."

목공 33년 봄, 진(秦)나라 군대는 동쪽으로 나아갔다. 진(晉)나라 땅을 지나 주나라의 북문(北門)을 거쳤다. 그러자 주나라의 왕손만(王孫滿)이 말했다.

"진(秦)나라 군대는 무례하기 짝이 없으니 반드시 패할 것이다."

병사들이 작은 나라인 활(滑)에 이르렀다. 그때 우연히 정나라 상인 현고(弦高)가 소 열두 마리를 팔려고 주나라로 가다가 진나라 군대를 만나자 죽거나 포로가 될까 두려운 나머지 소를 바치면서 말했다.

"들으니 큰 나라가 정나라를 치러 온다는 말을 듣고 정나라 왕께서는 조심스럽게 방어할 준비를 갖추고 계십니다. 그리고 신에게는 소 열두 마리를 가지고 가서 진나라의 병사들을 위로하라고 명하셨습니다."

진(秦)나라의 세 장군은 서로에게 말했다.

"기습하려는 것을 정나라가 이미 알아차렸으니 간다 해도 성공하지 못할 것이다."

그리고는 활을 멸망시켰다. 활은 진(晉)나라의 변경에 있었다.

그때 진문공이 죽었으나 아직 장사를 지내지 못하고 있었다. 태자 양공이 버럭 화를 내며 말했다.

"진(秦)나라 놈들이 부친을 잃은 나를 무시했다. 상중인 때를 틈타 우리 속국을 공격하다니!"

마침내 양공은 상복을 검게 물들여 입고 군대를 출동시켜 효산에서 진(秦)나라 군대를 가로막고 공격하여 크게 무찌르니 살아남은 자가 하나도 없었고 세 장수는 모두 생포되었다. 문공의 부인이 진(秦)나라 여자였으므로 진(秦)의 세 장군의 목숨을 구하려고 양공에게 말했다.

"명령을 어기고 활나라를 친 이 세 사람을 저의 부친께서는 크게 원망하고 계실 것입니다. 이 세 사람을 돌려보내면 진(秦)나라 왕이 삶아 죽일 것입니다."

진(晉)나라 왕은 그 같은 청을 받아들여 세 장수를 진(秦)나라로 돌려보냈다. 세 장수가 돌아오자 목공은 소복을 입고 교외까지 나와 맞이하고는 울면서 말했다.

"내가 백리해와 건숙의 의견을 따르지 않아 세 사람을 욕되게 하였으니 그대 세 사람에게 무슨 죄가 있겠소? 그대들은 이 치욕을 씻기 위해 마음을 다하며 나태해지지 마시오."

세 사람은 다시금 자기의 자리에 앉혀졌고 더욱 후한 대접을 받았다.

목공 34년, 초나라 태자 상신(商臣)이 아버지인 성왕(成王)을 시해하고 왕위에 올랐다.

목공은 이때 다시 맹명시 등을 장군으로 임명하여 진(晉)나라를 치게 했다. 두 나라 군대는 팽아(彭衙)에서 싸웠는데 오히려 진(秦)나라 쪽이 큰 타격을 입고 철수했다.

어느 때 인가 야만족인 융나라 왕이 유여(由余)를 진(秦)나라에 사신으로 보냈다. 유여는 그의 선조가 진(晉)나라 사람으로 융 지역으로 도망친 망명자였기에 진(晉)나라 말을 할 줄 알았다. 융왕은 목공이 현명하다는 소문을 들었으므로 유여를 보내 진(秦)나라를 살펴보도록 한 것이다.

진나라 목공은 쌓아 놓은 재물을 보여 주었다. 그러자 유여가 말했다.

"이것들을 귀신이 만들었다면 귀신도 지쳤을 것인데 사람들이 만들었다면 백성들이 얼마나 고통을 겪었겠습니까?"

목공은 그의 말을 괴이하게 여기며 물었다.

"중원은 시·서·예·악·법도로 나라를 다스리는데도 소란이 그치지 않소. 융족은 그런 것이 없으니 무엇을 기준으로 나라를 다스리오? 기준이 없으면 어렵지 않겠소?"

유여는 웃으며 대답했다.

"그것이 바로 중원 지역에 난리가 일어나는 원인입니다. 상고시대의 성인 황제께서 예악과 법도를 만드시고 몸소 솔선수범하시어 겨우 작은 다스림이 이루어졌습니다. 그런데 후대에 이르러서는 위정자들이 날로 교만하고 음란해졌습니다. 그들은 법률과 제도의 위엄을 믿고 아랫사람을 문책하고 감독했는데 아랫사람들은 극도로 피폐해지면 베풀지 못한다며 윗사람을 원망하게 됩니다. 윗사람과 아랫사람이 서로 다투고 원망하며 서로 찬탈하고 죽여 멸족에 이르게 되는 것은 이러한 이유에서 생기는 일입니다. 하지만 융족은 그렇지 않습니다. 위정자는 유순한 덕을 품고 아랫사람을 대우하고 아랫사람은 충성과 믿음으로 윗사람을 섬기니 한나라를 다스리는 것이 마치 자기의 몸을 키워나가는 것 같아 잘 다스려지는 원인을 모릅니다. 그것이 진정한 성인의 다스림입니다."

목공은 내전으로 들어가 내사(內史) 왕료(王廖)에게 물었다.

"나는 이웃 나라에 성인이 있다는 것은 이쪽의 걱정거리라고 들었소. 지금 유여의 현명함이 나의 해가 되니 장차 어찌했으면 좋겠소?"

그러자 왕료가 대답했다.

"융왕은 궁벽한 곳에 살고 있어 아직까지 중원의 음악을 들어보지 못했을 것입니다. 우선 시험 삼아 그에게 미색이 뛰어난 악사를 보내 그의 뜻을 꺾어 놓으십시오. 그러면서 유여가 여기에 머물고 싶어 하는 것처럼 꾸며 그의 귀국 시기를 지연시켜야 합니다. 그러면 그들의 관계는 멀어질 것입니다. 그를 붙잡아 두고 돌아갈 때를 놓치게 하십시오. 그러면 융왕이 괴이하게 여겨 틀림없이 유여를 의심할 것입니다. 군주와 신하 사이에 틈이 생기면 포로로 삼을 수 있습니다. 또 융왕이 음악을 좋아하게 되면 분명 정치를 게을리하게 될 것입니다."

그러자 목공은 말했다.

"과연 묘안이요.'"

목공은 유여를 위해 큰 잔치를 베풀었다. 그리고 자리를 잇대어 앉아 손수 음식을 권하는 친근함을 보이며 융족의 지형과 병력에 대해 물어보았다. 그 후 내사 왕료로 하여금 16명으로 구성된 여자 가무단을 융왕에게 보내도록 했다. 그랬더니 융왕은 받고 매우 기뻐하며 그 해가 다 가도록 돌려보내지 않았다. 진나라에서는 이때 비로소 유여를 돌려보냈다. 예상했던 것처럼 유여가 여러 차례 간언하였으나 융왕은 듣지 않았다. 또 목공이 여러 번 사람을 보내 몰래 유여를 청했더니 유여는 마침내 진나라로 와서 몸을 맡겼다. 목공은 빈객의 예로서 대접하고 융족을 정벌할 형세에 대해 물었다.

재위 36년에 목공은 또다시 맹명시 등을 더욱 후대하면서 군대를 일으켜 진(晉)나라를 치게 했다. 그들은 황하를 건넌 뒤 타고 온 배를 태워 버리고 진(晉)나라 군대를 크게 무찔러 왕관(王官)과 교를 빼앗고 효산에서의 패전에 보복했다. 진(晉)나라 사람들은 모두 성안에 틀어박혀 누구 하나 싸우려고 나서지 않았다. 목공은 모진(茅津)에서 황하를 건너 그동안 효산 골짜기에 버려져 있었던 병사들의 묘지를 만들어 장사 지내고 3일 동안에 걸쳐 슬피 울게 한 뒤에 말했다.

"아! 장병들이여! 조용히 하고 잘 들어라. 내 너희에게 맹세하여 알리노라. 옛사람들은 일을 도모함에 있어서 항상 노인들의 의견을 따랐으므로 과오가 없었다. 건숙과 백리해의 계책을 받아들이지 않은 것을 거듭 생각하여 통탄하며 맹세를 하는 것이니 후대로 하여금 나의 과오를 새기도록 하라."

군자들은 이 소문을 듣고 모두 눈물을 흘리며 말했다.

"아! 진나라 목공의 사람을 대하는 처신이 크도록 용의주도했기에 결국 맹명시가 승리의 기쁨을 얻을 수 있었던 것이다."

재위 37년에 목공은 유여의 계책을 받아들여 융왕을 공격하여 그가 지배하던 12개의 나라를 병합하여 영토를 천 리나 넓히며 마침내 서융 지역의 패자가 되었다. 천자는 소공과(召公過)를 시켜 목공에게 금으로 만든 징과 북을 하사하고 그의 공을 축하했다. 목공은 재위 39년에 죽어 옹(雍)땅에 묻혔다. 그때, 따라 죽은 사람이 177명이었는데 그중에는 진나라의 충신인 자여씨(子輿氏) 세 명도 있었다. 진나라 사람들은 그들을 애도하여 〈황조(黃鳥)〉라는 시를 지어 읊으며 그들의 죽음을 슬퍼했다.

군자들은 말했다.

"진나라의 목공은 영토를 넓히고 나라를 번영시켰다. 동쪽으로는 강력한 진(晉)나라를 제압했고 서쪽으로는 융족을 다스렸으나 제후들의 우두머리가 되지는 못했다. 죽어서 후사를 잊고 어진 신하들을 따라 죽게 했기 때문이다. 또한 선왕은 죽더라도 오히려 여전히 덕을 남기고 법도를 시행하도록 했는데 하물며 선량한 사람과 어진 신하를 빼앗았으니 백성들이 슬퍼하는 것은 당연한 일이 아닌가? 이로써 진(秦)나라가 더 이상 동쪽을 정벌할 수 없을 것임을 알겠다."

목공은 아들이 40명이었는데 태자 앵이 이어 즉위하니 이 사람이 강공(康公)이다.

강공 원년이 되었다. 지난해에 목공이 죽었을 때 진(晉)나라의 양공도 또한 죽었다. 양공의 동생 옹(雍)은 진(秦)나라 여자의 자식으로 진(秦)나라에 살았다. 진(晉)나라의 조순(趙盾)이 그를 옹립하려고 수회(隨會)를 보내 맞이하자 진(晉)나라는 군대를 파견하여 영호(令狐)까지 호송했다. 그러나 진(晉)나라에서 양공의 아들을 왕으로 세우고 도리어 진(秦)나라 군대를 치자, 진(秦)나라 군대는 패배하고 수회는 도망쳐 왔다.

강공 2년에 진(秦)나라가 진(晉)나라를 공격하여 무성(武成)을 얻고 영호에서 당했던 패배를 보복했다.

4년에는 진(晉)나라가 진(秦)나라를 공격하여 소량(少梁)을 탈취했고 6년에는 진(秦)나라가 진(晉)나라를 공격하여 기마(羈馬) 땅을 얻고, 하곡(河曲)에서 싸워 진군(晉軍)을 크게 패배시켰다. 진(晉)나라 사람들은 수회가 진(秦)나라에서 난을 일으키자 두려워하며, 위수여(魏讎餘)를 진(秦)나라로 보내 거짓으로 투항하게 했다. 그는 수회를 만나 속임수로 유인해 마침내 함께 진(晉)나라로 돌아갔다. 강공은 즉위한 지 12년 만에 죽고 아들 공공(共公)이 즉위했다.

공공 2년에 진(晉)나라의 조천(趙穿)이 자신의 군주인 영공(靈公)을 죽였다. 3년에는 초나라 장왕이 강대해져 북쪽으로 출병하여 낙읍에 이르렀으며 주나라의 구정에 대하여 물었다. 공공이 즉위한 지 5년 만에 죽자 아들 환공(桓公)이 즉위했다.

환공 3년에 진(秦)나라의 한 장수가 진(晉)나라와의 싸움에서 패해 생포되었다. 10년에는 초나라 장왕이 정나라를 정복하고 북쪽으로 황하 가에서 진(晉)나라 군대를 무찔렀는데 그 당시 초나라가 우두머리가 되어서 제후들을 모아 동맹을 맺었다.

24년에는 진(晉)나라 여공이 막 즉위하여 진나라 환공과 황하를 사이에 두고 만나 동맹을 맺었다. 그러나 환공은 돌아와 맹약을 어기고 적(翟)과 계략을 꾸며 진(晉)나라를 공격했다. 26년에는 진(晉)나라가 제후들을 이끌고 진(秦)나라를 쳤다. 진(秦)나라 군대가 패배해 달아나자 경수(涇水)까지 쫓아갔다가 돌아왔다. 환공이 즉위한 지 27년 만에 죽자, 아들 경공(景公)이 즉위했다.

경공 4년에 진(晉)나라의 난서가 그의 군주인 여공을 시해했다. 15년에 진(秦)나라가 정나라를 구원하고 역에서 진(晉)나라 군대를 패배시켰다. 이때 진(晉)나라 도공(悼公)이 제후들의 우두머리가 되었다. 18년에 진나라

도공의 힘이 강력해져 제후들을 여러 번 만나고 그들을 이끌고 진(秦)나라를 쳐 그들의 군대를 무찔렀다. 진(秦)나라 군대가 도망치자 진(晉)나라 군대들이 경수를 건너 쫓아가 역림에까지 이른 뒤에야 돌아왔다. 27년, 경공이 진(晉)나라에 가서 평공(平公)을 만나 동맹을 맺었으나 얼마 후 다시 배신했다. 36년에 초나라의 공자 위(圍)가 그의 군주를 죽이고 스스로 즉위하니 이 사람이 초나라 영왕(靈王)이다. 경공의 친동생 후자침(后子鍼)은 총애를 받았으며 부유했다. 어떤 사람이 그를 모함하자 죽임을 당할까 두려워하여 진(晉)나라로 달아났는데 재물을 실은 수레가 1천 대나 되었다. 진(晉)나라의 평공이 물었다.

"그대는 이처럼 부유한데 어찌하여 스스로 도망쳤소?"

후자침이 대답했다.

"진나라 왕이 무도하여 저를 죽일까 두려우니 그가 죽을 때까지 머물다가 돌아가고자 합니다."

39년에 초나라 영왕의 힘이 강대해져 신(申)에서 제후들과 회합하고 우두머리가 되어 제나라의 경봉(慶封)을 죽였다. 경공은 재위 40년 만에 죽고 이들 애공(哀公)이 즉위했다. 때문에 후자침은 다시 진(秦)나라로 돌아왔다.

애공 8년에 초나라의 공자 기질(棄疾)이 영왕을 살해하고 스스로 즉위하니, 이 사람이 평왕(平王)이다. 11년에 초나라 평왕이 진(秦)나라에서 여자를 구해 태자 건(建)의 아내로 삼고자 했다. 그러나 도착한 여자가 아름다웠으므로 자신의 아내로 삼았다. 15년에 초나라 평왕이 건을 죽이려 하자 건은 도망치고 오자서(伍子胥 : 춘추시대 오나라의 대부로 이름은 원)는 오(吳)나라로 달아났다. 그 후 진(晉)나라 왕실은 쇠약해지고 육경(六卿)의 세력이 강해져 자기네들끼리 서로 다투었기 때문에 진(秦)과 진(晉) 두 나라는 오랫동안 서로 싸우지 않았다. 31년에 오나라 왕 합려(闔)와 오자서가 초나라를 치자, 초나라 왕 애공은 수(隨)로 달아나고 오나라 군대는 마침내 영으로 들어갔다. 그러자 초나라 대부 신포서(申包胥)가 진(秦)나라에 위급함을 알리러 와서 7일 동안 먹지 않으며 밤낮으로 울었다. 때문에 진(秦)나라는 전차 5백 대를 보내 초나라를 구원하고 오나라 군대를 물리쳤다. 오나라 군대가 회군하자 초나라 소왕(昭王)은 다시 영으로 입국할 수 있었다. 애공은 재위 36년 만에 죽었다. 태자 이공(夷公)은 일찍 죽어 즉위할 수 없었기 때문에 이공의 아들이 즉위하니, 이 사람이 혜공(惠公)이다.

혜공 원년에는 공자가 노나라 상(相)의 일을 맡아서 했다. 혜공 5년에 진(晉)나라의 경(卿)인 중항씨(中行氏)와 범씨(范氏)가 진(晉)나라를 배반했다. 혜공이 지씨(智氏)와 조간자(趙簡子)로 하여금 그들을 공격하게 하자, 범씨와 중항씨는 제나라로 달아났다. 혜공이 재위 10년 만에 죽자, 그의 아들 도공(悼公)이 즉위했다.

도공 2년에 제나라의 신하인 진기가 그의 군주 유자(孺子)를 살해하고, 그의 형 양생(陽生)을 세우니 이 사람이 제나라의 도공(悼公)이다. 도공 6년에 오나라가 제나라 군대를 물리쳤으며 제나라 사람이 도공을 죽이고 그의 아들 간공(簡公)을 왕으로 세웠다. 도공 9년, 진(晉)나라 정공(定公)과 오나라 왕 부차(夫差)가 회맹(會盟) 하여 황지(黃地)에서 누가 우두머리가 될 것인가 하는 문제를 가지고 다투었는데 결국 오나라 왕이 우두머리가 되었다. 오나라는 강성해지자 중원의 나라들을 위압했다. 도공 12년에 제나라 전상(田常)이 간공을 시해하고 그의 아우 평공(平公)을 왕으로 세웠다. 전상은 상(相)이 되었다. 도공 13년에는 초나라가 진(陳)나라를 멸망시켰다. 진(秦)나라의 도공은 재위 14년 만에 죽고 아들 여공공(餘共公)이 즉위했다. 공자는 도공 12년에 죽었다.

여공공 2년에 촉나라 사람이 재물을 바치러 왔다. 16년에는 황하 주변에 참호를 팠으며 그 후 2만의 병력으로 대려(大勵)를 토벌하고 왕성(王城)을 빼앗았다. 21년에는 처음으로 빈양(頻陽)을 현(縣)으로 삼았으며, 진(晉)나라가 무성(武成)을 손에 넣었다. 24년에는 진(晉)나라에서 내란이 일어나 지백(智伯)을 죽이고 그의 영토를 나누어 조(趙)·한(韓)·위(魏)씨에게 주었다. 25

년에는 지개(智開 : 지백의 아들)가 읍 사람들과 함께 도망쳐 왔다. 33년에는 의거(義渠 : 서융족의 한 부족)를 정벌하여 그들의 왕을 생포했다. 34년에는 일식이 있었으며 여공공이 죽고 그의 아들 조공(躁公)이 즉위했다.

조공 2년에 남정(南鄭)이 반란을 일으켰으며 13년에는 의거가 쳐들어와 위남(渭南)에 이르렀다. 14년에 조공이 죽고 그의 아우 회공(懷公)이 즉위했다.

회공 4년에 서장(庶長) 조가 대신들과 함께 회공의 거처를 포위하자, 회공은 자살했다. 회공의 태자 소자(昭子)가 요절했기 때문에 대신들이 소자의 아들을 왕으로 세웠는데, 이 사람이 영공(靈公)이다. 영공은 회공의 손자이다.

영공 6년에 진(晉)나라가 소량(小梁)에 성을 쌓았더니 진(秦)나라 군대가 공격했다. 13년에는 적고(籍姑)에 성을 쌓았다. 영공이 죽었으나 아들 헌공(獻公)이 즉위하지 못하고 영공의 막내 숙부인 도자(悼子)가 즉위하니, 이 사람이 간공(簡公)이다. 간공은 소자의 동생이자 회공(懷公)의 아들이 되는 사람이다.

간공 6년에 처음으로 관리들이 칼을 차게 했다. 낙수(洛水)에 참호를 파고 중천(重泉)에 성을 쌓았다. 16년에 간공이 죽자 아들 혜공(惠公)이 즉위했다.

혜공 12년에 아들 출자(出子)가 태어났으며 13년에는 촉나라를 공격하여 남정(南鄭)을 빼앗았다. 혜공이 죽고 출자가 즉위했다.

출자 2년, 서장 개(改)가 하서에서 영공의 아들 헌공을 맞이하여 즉위시키고 출자와 그의 어머니를 잡아다가 호수에 던져서 죽였다. 진(秦)나라는 전부터 여러 번 왕을 바꿔 왕과 신하의 관계가 어그러지고 혼란스러워졌기 때문에 진(晉)나라가 다시 강성해져 (秦)나라의 하서 땅을 빼앗기에 이르렀다.

헌공 원년에 순장을 폐지했으며 2년에는 역양에 성을 쌓았다. 4년 정월 경인일에 효공(孝公)이 태어났다.

11년에 주나라 태사(太史) 감이 헌공을 뵙고 말했다.

"주나라는 원래 진(秦)나라와 합쳐졌다가 나누어졌는데 나누어진 지 5백 년 만에 다시 합쳐지고, 합쳐진 지 17년 후에 패왕이 나타날 것입니다."

헌공 16년에 복숭아나무가 겨울에 꽃을 피웠고 18년에는 역양에 황금이 떨어져 내렸다. 21년에 석문(石門)에서 진(晉)나라 군대와 싸워 6만 명의 머리를 베자 천자가 수놓은 예복을 보내 축하했다. 23년에는 위(魏)나라, 진(晉)나라의 군대와 소량(少梁)에서 싸워 그들의 장수 공손좌(公孫座)를 생포했다. 24년에 헌공이 죽고 아들 효공이 즉위했는데 나이가 이미 21세였다.

효공 원년에 황하와 효산 동쪽에는 여섯 개의 강대국이 있었는데 효공의 세력은 제나라 위왕(威王)·초나라 선왕(宣王)·위나라 혜왕(惠王)·연나라 도후(悼侯)·한나라 애후(哀侯)·조나라 성후(成侯)에 버금갔다. 회하(淮河)와 사수(泗水) 사이에는 10여 개의 작은 나라가 있었으며 초나라와 위나라는 진(秦)나라와 국경이 이어졌다. 위나라는 장성을 쌓았는데, 정현(鄭縣)에서부터 낙수(洛水)를 따라 북쪽으로 쌓았으며 상군(上郡)이 포함된다. 초나라의 영토는 한중(漢中)에서부터 남쪽으로 파(巴)와 검중(黔中)까지 포함되었다. 주나라 왕실의 힘이 약해지자 제후들은 무력으로 정벌하고 다투며 서로 합병하기도 했다. 진(秦)나라는 편벽한 옹주(雍州)에 위치하고 있어 중원 지역 제후들과의 회맹에 참여하지 않았으므로 이적처럼 대우받았다. 그래서 효공은 은혜를 베풀고 고아와 과부를 구제하며, 전사를 모집하고 공적과 포상을 명확히 하며 나라 안에 명을 내려 말했다.

"옛날에 우리 목공께서는 기산과 옹읍 지역에서 덕을 닦고 무예를 펼치시어 동쪽으로는 진(晉)나라의 반란을 평정하시고 황하를 경계로 삼게 되었으며 서쪽으로는 유적의 우두머리가 되어 영토를 천 리나 넓히셨다. 천자가 우두머리라는 호칭을 내리고 제후들이 모두 축하했으며, 후세를 위한 대업을 여셨기에 매우 빛나고 아름다웠다. 하지만 이전의 여공공·조공·간공·출자의 시대에는 편안하지 않았고 나라 안에 근심거리가 있어 미처 나라 밖의 일을 돌볼 겨를이 없었기에 삼진이 우리 선왕께서 확장하신 하서의 땅을 빼앗고 제후들은 진(秦)나라를 천시했기에 부끄럽기가 그보다 더 큰 것이 없었다. 그러던 중 헌공께서 즉위하시어 변방 지역을 안심시키고 위로하고 역양으로 옮겨 다스렸으며 또 동쪽으로 정벌하여 목공 때의 옛 땅을 회복하고 목공의 정치 강령으로 다스리고자 하셨다. 선왕의 뜻을 되새겨 생각하면 나는 항상 마음이 아프다. 빈객과 여러 신하들 중에 진(秦)나라를 강성하게 만들어 줄 뛰어난 계책을 낼 수 있는 사람이 있다면 내가 관직을 높여 주고 토지를 나누어 줄 것이다."

그리고는 군대를 내보내 동쪽으로 섬성(陝城)을 포위하고, 서쪽으로는 융족의 원왕을 잡아서 죽였다. 위앙(위나라의 공자 공손앙)이 그러한 명이 내려졌다는 소식을 듣고 서쪽에 있는 진(秦)나라에 들어가 경감(景監)에게 부탁하여 효공을 알현할 것을 청했다.

효공 2년에 천자가 제사에 올린 고기를 보내왔다.

효공 3년에 위앙이 효공에게 법령을 바꾸고 형벌 제도를 정비하며 안으로는 농사에 힘쓰고 밖으로는 싸움에서 죽음을 무릅쓰고 싸운 자들에 대한 상벌을 명확히 해야 한다고 유세하자, 효공은 좋다고 했다. 그러나 감룡(甘龍)과 두지(杜摯) 등은 의견이 달라 위앙과 다투었다. 결국 위앙이 건의한 법령을 펴게 되자 백성들은 한동안 고통스러워했으나 3년이 지나자 편리하게 이겼다. 때문에 효공은 위앙을 좌서장(左庶長)으로 삼았다.

효공 7년에 효공은 위나라 혜왕과 두평(杜平)에서 만나 동맹을 맺었다. 8년에는 위나라와 원리(元里)에서 싸워 공적을 얻었으며 10년에는 위앙이 대량조(大良造)가 되어 군대를 이끌고 출전해 위나라의 안읍(安邑)을 포위하여 항복을 받았다. 효공 12년에 진나라는 함양성을 건설하고 기궐(冀闕)을 지어 수도를 옮겼다. 여러 작은 마을을 합병하여 큰 현을 만들고 현마다 현령 한 사람을 두니 41개의 현이 이루어졌다. 가로 세로로 난 논밭 길을 없애고 밭을 개간했는데, 동쪽의 영토는 낙수를 넘어섰으며 14년에는 처음으로 부세를 내는 법을 제정했다. 19년에 천자가 패주(覇主)라는 호칭을 내렸으며 제후들이 모두 축하해 주었다. 진(秦)나라는 이윽고 공자 소관(少官)으로 하여금 군대를 이끌고가 봉택(逢澤)에서 제후들과 회맹하고 천자를 뵙게 했다.

21년에 제나라 군대는 마릉(馬陵)에서 위나라 군대를 무찔렀다.

22년에는 위앙이 위나라를 공격하여 위나라 공자 앙(仰)을 생포했다. 효공은 위앙을 봉하여 열후(列侯)로 삼고 상군(商君)이라고 호칭했다.

효공 24년에는 진(晉)나라 군대와 안문(雁門)에서 싸워 장수 위착(魏錯)을 생포했다.

효공이 죽자 그의 아들 혜문군(惠文君)이 즉위했는데 그 해에 위앙을 죽였다. 위앙이 진나라를 위해 처음으로 법령을 펼 때 법이 제대로 실행되지 않았는데 태자가 금령(禁令)을 어기게 되었다. 그러자 위앙은 효공에게 말했다.

"법이 제대로 시행되지 않는 까닭은 귀족의 친족에서 비롯되어서입니다. 왕께서 진실로 법령을 시행하고자 하신다면 본보기를 보여야 합니다. 그러나 태자가 경형을 받을 수 없으니 그 외 스승이 대신 경형을 받아야 합니다."

그리하여 법령이 널리 쓰여 진나라 사람들이 잘 다스려졌다. 그러던 중에 효공이 죽어 태자가 즉위했는데 종실 사람들 중에 위앙을 원망하는 이가 많았다. 위앙은 도망쳤다가 반역죄로 몰려 결국 거열형(車裂刑 : 수레에 사지를 묶어 찢어 죽이는 형벌)에 처해지고 진나라를 순행하며 많은 사람들에게 보여졌다.

혜문군 원년에 초·한·조·촉나라 사람들이 와서 그를 알현했다. 2년에는 천자가 축하해 주었으며 3년에는 왕이 관례(冠禮)를 치렀다. 4년에는 천자가 문왕과 무왕의 제사에 올린 고기를 보내왔으며 제나라와 위나라에서도 그를 왕이라고 칭했다.

5년에 음진(陰晉) 사람 서수(犀首 : 공손연)가 대량조(大良造)가 되었다. 6년에 위나라가 음진을 바쳐 왔으므로 영진(寧秦)으로 이름을 바꾸었다. 7년에는 공자 앙(仰)이 위나라 군대와 싸워 장수 용고(龍賈)를 생포하고 8만 명의 머리를 베었다. 8년에는 위나라가 하서의 땅을 바쳐 왔다. 9년에는 황하를 건너가 분음(汾陰)과 피지(皮池)를 얻었으며 위나라 왕과 응(應)에서 만났다. 또한 초(焦)를 포위하여 항복시켰다.

10년에는 장의(張儀 : 연횡설을 주장한 위나라 사람)가 진(秦)나라의 상(相)이 되었으며 위나라가 상군의 15개 현을 바쳤다. 11년에는 의거를 현으로 삼았으며, 위나라에 초와 곡옥을 돌려주었다. 그 해에 의거의 왕이 신하가 되었으며, 소량(少梁)의 이름을 바꾸어 하양(夏陽)이라 했다. 12년에는 처음으로 12월에 납제(臘祭 : 한 해의 끝에 금수를 사냥하여 조상에게 올리는 제사)를 거행했다. 13년 4월 무오일에 위나라 군주가 스스로 왕이라 칭하고 한나라의 군주도 왕이라고 칭했다. 혜문군은 장의를 보내 섬(陝)을 쳐 빼앗고, 그곳의 사람들을 내쫓아 위나라로 보냈다.

혜문군 14년을 혜문왕 원년으로 바꾸었다. 혜문왕 2년에 장의가 제나라와 초나라의 대신과 설상(齧桑)에서 만났다. 3년에는 한나라와 위나라의 태자가 와서 알현했으며 장의가 위나라의 상이 되었다. 5년에는 혜문왕이 순행하다가 북하(北河)에 이르렀다. 7년에 악지(樂地)가 진(秦)나라의 상이 되었으며 한·위·연·제나라가 흉노의 군대를 거느리고 함께 진나라를 공격했다. 진나라는 서장 질(疾)을 보내 수어(修魚)에서 싸우게 하여 장수 신차(申差)를 생포하고 조나라 공자 갈(渴)과 한나라 태자 환(喚)을 무찔러 8만 2천 명의 머리를 베었다. 8년에 장의가 다시 진나라의 상이 되었으며, 9년에는 사마조(司馬錯)가 촉을 정벌하여 멸망시켰다. 또한 조나라의 중도(中都)와 서양(西陽)을 공격하여 빼앗았다. 10년에 한나라 태자 창(蒼)이 인질로 왔다. 그 해에 한나라의 석장(石章)을 공격하여 빼앗았으며 조나라 장수 이(泥)가 이끄는 군대를 쳐서 무찔렀다. 또한 의거의 25개 성을 공격해 빼앗았다.

11년에는 저리질(樗里疾)이 위나라의 초(焦)를 공격하여 항복시켰다. 안문(岸門)에서 한나라 군대를 무찔러 1만 명의 머리를 베자 한나라 장수 서수가 도망쳤으며 공자 통(通)이 촉 땅에 봉해졌다. 그 해에 연나라 군주가 그의 신하 자지(子之)에게 양위했다. 12년에 진나라 왕이 양나라 왕과 임진(臨晉)에서 만나 동맹을 맺었다. 그 해에 서장 질이 조나라를 공격하여 조나라 장수 장(莊)을 생포했으며 장의가 초나라의 상(相)이 되었다. 13년에는 서장 장(章)이 단양(丹陽)에서 초나라를 쳐서 초나라 장수 굴개를 포로로 잡고 8만 명의 머리를 베었다. 한중에서도 초나라를 공격하여 땅 6백 리를 빼앗고 한중군(漢中君)을 설치했다. 초나라가 옹지(雍池)를 포위하자 진나라는 시장 질을 시켜 한나라를 도와 동쪽으로 제나라를 공격하게 했으며 도만(到滿)에게는 위나라를 도와 연나라를 침공하게 했다. 14년에는 초나라를 쳐서 소릉(召陵)을 얻었다. 융족인 단(丹)과 여가 신하가 되었고 촉나라의 상인 장(莊)이 촉의 후를 죽이고 항복해 왔다.

혜문왕이 죽고 아들 무(武)가 즉위하자 한·위·제·초·월나라가 모두 진나라에 복종했다.

무왕 원년에 무왕은 위나라 임진에서 혜왕과 만나 동맹을 맺었으며 촉나라의 상장을 죽였다. 장의와 위장(魏章)이 동쪽으로 떠나 위나라로 가서 의거·단·여를 토벌했다. 무왕 2년에 처음으로 승상(丞相)을 두었는데, 저리질과 감무(甘茂)가 좌승상과 우승상이 되었다. 그리고 장의가 위나라에서 죽었다. 3년에 한나라 양왕을 임진의 성 밖에서 만나 동맹을 맺었다. 그로부터 얼마 후 남공게(南公揭)가 죽고 저리질이 한나라의 상이 되었는데 무왕이 감무에게 "나는 채색된 수레를 타고 삼천(三川)을 지나 주나라의 왕실을 살펴볼 수만 있다면 죽는다 해도 한이 없다"라고 말했다.

그 해 가을에 무왕은 감무와 서장 봉(封)을 시켜 의양을 토벌하게 했다. 4년에는 의양을 정벌하고 6만 명의 머리를 베었으며 황하를 건너가 무수(武遂)에 성을 쌓게 했다. 위나라 태자가 와서 조회했다. 무왕은 힘이 세고 놀이를 좋아했기에 역사 임비(任鄙), 오획(烏獲), 맹열(孟說)이 모두 높은 관직을 얻었는데 무왕이 맹열과 정(鼎 : 고대 중국에서 음식을 익히는 데 썼던 청동으로 만든 발이 셋 귀가 둘 달린 솥)을 들어 올리는 내기를 하다 정강이뼈가 부러졌다. 8월에 무왕이 죽자 맹열을 멸족시켰다. 무왕은 위나라의 여자를 얻어 왕후로 삼았는데 자식이 없었다. 그래서 이복동생을 즉위시켰는데, 이 사람이 소양왕(昭襄王)이다. 소양왕의 모친은 초나라 사람으로 성이 미씨이며 선태후(宣太后)라고 불렀다. 무왕이 죽었을 때 소양왕은 연나라에 인질로 가 있었으나 연나라 사람이 돌려보내 주었기에 즉위할 수 있었다.

소양왕 원년에 엄군질(嚴君疾)이 승상이 되었으며 감무가 떠나 위나라로 갔다. 2년에 혜성이 나타났는데 서장 장(壯)이 대신, 제후, 공자와 함께 반역하여 모두 주살되었고 혜문왕의 부인 혜문후(惠文后)도 연루되어 제명에 죽지 못했다. 무왕의 부인 도무왕후(悼武王后)는 떠나서 위나라로 돌아갔다. 3년에 소양왕이 관례를 거행했으며 초나라 왕과 황극(黃棘)에서 회맹하고 상용을 초나라에 돌려주었다. 4년에는 포판(浦阪)을 빼앗았는데 혜성이 또 나타났다. 5년에 위나라 왕이 응정(應亭)에 와서 조회했기에 위나라에 포판을 다시 돌려주었다. 6년에 촉나라의 제후 휘(輝)가 반란을 일으키자, 사마조가 군대를 이끌고 가서 평정했다. 또한 서장 환(奐)이 초나라를 토벌하고 2만 명의 머리를 베었다.

그 해에 경양군(涇陽君 : 소양왕과 어머니가 같은 동생)이 제나라에서 인질이 되었는데, 일식이 일어나 낮이 어두웠다. 7년에 신성(新城)을 점령했으며 저리질이 죽었다. 8년에는 장군 미융을 시켜 초나라를 침공하고 신시(新市)를 빼앗았다. 제나라에서는 장자(章子), 위나라에서는 공손희(公孫喜), 한나라에서는 포연(暴鳶)을 보내 함께 초나라의 방성(方城)을 공격하고 당매(唐昧)를 생포했다. 조나라가 중산(中山)을 치자, 중산의 왕은 달아나다가 결국 제나라 땅에서 죽었으며 위나라 공자 경(勁)과 한나라 공자 장(長)이 제후가 되었다.

소양왕 9년에 맹상군(孟嘗君 : 설 땅에 봉해졌기에 설문이라고도 한다) 설문(薛文)이 진나라에 와서 승상이 되었다. 환(奐)이 초나라를 공격하여 성여덟 개를 빼앗고 초나라의 장수 경쾌(景快)를 죽였다.

10년에 초나라 회왕(懷王)이 진나라에 들어와 조회했는데 진나라는 그를 억류했다. 그 해에 설문이 금을 뇌물로 받아서 면직되었으며 누완(樓緩)이 승상이 되었다. 11년에 제·한·위·조·송·중산나라들이 함께 진나라를 공격하여 염지(鹽地)에까지 이르렀다가 돌아갔다. 진나라는 한나라와 위나라에 황하 이북과 봉릉(封陵)을 주고 강화를 맺었다. 혜성이 또 나타났다. 초나라 회왕은 탈출하여 조나라로 갔지만 조나라가 받아 주지 않자, 다시 진나라로 갔다가 바로 죽었다. 그래서 돌려보내 장사 지내게 했다. 12년에 누완이 면직되자 양후(穰侯) 위염(선태후의 동생)이 승상이 되었다. 그 해에 식량 5만 석을 초나라에 주었다.

13년에 상수가 한나라에 침입하여 무시(武始)를 빼앗았다. 좌경(左更) 백기가 신성(新城)을 함락시켰고 오대부 여례(呂禮)는 위나라로 도망쳤으며 임비가 한중의 태수(太守)가 되었다. 14년에는 좌경 백기가 이궐(伊闕)에서 한나라와 위나라를 공격하여 24만 명의 머리를 베고 공손희(公孫喜)를 생포했으며, 다섯 성을 점령했다.

15년에 대량조 백기가 위나라를 공격하여 원(垣) 땅을 빼앗았으나 다시 돌려주었으며, 초나라를 침공하여 완(宛)을 빼앗았다. 16년에는 좌경 착(錯)이 지(枳)와 등(鄧)을 빼앗았다. 그 해에 위염을 면직시켰으며 공자 불을 완(宛)에, 공자 회를 등에, 위염을 도(陶)에 봉해 제후들로 삼았다.

17년에 한나라의 성양군(城陽君)이 들어와 조회했고 동주(東周)의 군주도 와서 조회했으며, 진나라는 원(垣) 땅을 나누어 이름을 포판(蒲版)과 피지(皮地)로 바꾸었다. 그 해에 진나라 왕이 의양으로 갔다.

18년에 착(錯)이 원과 하옹(河雍)을 침공하여 교량을 끊어 버리고 두 땅을 빼앗았다. 19년에 소왕이 서제(西帝)라 칭하고, 제나라 민왕(閔王)은 동제(東帝)라 칭했다가 모두 취소했으며 여례가 스스로 투항해 왔다. 제나라가 송나라를 공격했을 때 송나라 왕은 위나라에 있다가 온(溫)에서 죽었으며, 임비도 죽었다. 20년에 진나라 왕은 한중에 갔다가 다시 상군과 북하(北河)로 갔다.

21년에 착이 위나라 하내를 침공했다. 위나라가 안읍을 바치자, 진나라는 그곳의 사람들을 내쫓고 진나라 사람들을 모아 하동으로 이주시키고 작위를 주었으며 사면받은 죄인들도 옮기도록 했다. 그리고 경양군을 완 땅에 봉했다.

22년에 몽무(蒙武)가 제나라를 공격했으며 하동에 아홉 개 현을 설치했다. 초나라 왕과 완에서 만나 동맹을 맺고 조나라 왕과도 중양에서 만나 동맹을 맺었다.

23년에 도위 사리(斯離)가 삼진, 연나라와 함께 제나라를 쳐 제수의 서쪽 땅에서 무찔렀다. 진나라 왕은 위나라 왕과 의양에서 만나 동맹을 맺었으며, 한나라 왕과는 신성에서 만나 동맹을 맺었다.

24년에는 초나라 왕과 언과 양(穰)에서 만나 동맹을 맺었다. 진나라가 위나라 안성을 빼앗고 대량에 이르렀는데, 연나라와 조나라가 구원하였으므로 진나라 군대는 철수했다. 그 해에 위염이 승상에서 면직되었다. 25년에는 조나라의 성 두 개를 빼앗았으며 한나라 왕과 신성에서 만나 동맹을 맺고 위나라 왕과는 신명읍(新明邑)에서 만나 동맹을 맺었다. 26년에는 죄인들을 사면하여 양(穰)으로 이주시켰으며, 후(侯) 위염이 다시 승상이 되었다. 27년에는 착이 초나라를 침공했다. 그 해에도 죄인들을 사면하여 남양으로 이주시켰는데, 백기가 조나라를 침공하여 대(代)의 광랑성(光狼城)을 빼앗은 사건이 있었다. 또 사마조는 농서(□西)에서 출발하여 촉을 지나 촉나라의 검중(黔中)을 공격하여 점령했다.

28년에 대량조 백기가 초나라를 침공하여 언과 등을 빼앗고 죄인들을 사면하여 이곳에 이주시켰다. 29년에 대량조 백기가 초나라를 침공하여 영을 빼앗아 남군(南郡)을 만들자 초왕은 달아나고 주나라 군주가 왔다. 진나라 왕은 초나라 왕과 양릉(襄陵)에서 만나 동맹을 맺었으며 백기가 무안군(武安君)이 되었다. 30년에는 촉나라의 수(守)인 장약(張若)이 초나라를 공격하여 무군(巫郡)과 강남(江南)을 빼앗고 검중군(黔中郡)으로 삼았다.

31년에 백기가 위나라를 공격하여 성 두 개를 빼앗았으며 초나라 사람들이 강남에서 반란을 일으켰다. 32년에 승상 양후가 위나라를 침공하여 대량에 이르러 포연(暴鳶)의 군대를 격파하고 4만 명의 머리를 베자 포연은 달아나고 위나라는 세 현을 바치면서 강화를 청했다. 33년에는 객경 호양(胡陽)이 위나라의 권성(券城)·채양(蔡陽)·장사(長社) 땅을 침공하여 빼앗았다. 화양에서는 망묘의 군대를 공격하여 승리하고 15만 명의 머리를 베었더니, 위나라가 남양을 바치며 강화를 청했다.

34년에 진나라는 위나라와 한나라에 상용 땅을 주어 군 하나를 만들고, 항복한 남양의 백성들을 그곳으로 이주시켜 살게 했다. 35년에는 한·위·초나라와 함께 연나라를 공격하여 승리한 뒤 처음으로 남양군을 설치했다. 36년에는 객경 조가 제나라를 침공하여 강(剛)과 수(壽)를 빼앗아 양후에게 주었다. 38년에는 중경(中更) 호양이 조나라의 연여를 공격했으나 빼앗지 못했다. 40년에 도태자(悼太子)가 위나라에서 죽었으므로 지양(芷陽)에 안장했다.

41년 여름, 진나라의 군대가 위나라를 침공하여 형구(形丘)와 회(懷)를 빼앗았다. 42년에 안국군(安國君)이 태자가 되었는데 10월에 선태후가 죽어 지양의 여산에 안장했다. 9월에 양후가 떠나서 도(陶)로 갔다. 43년에 무안 군 백기가 한나라를 공격하여 성 아홉 개를 함락시키고 5만 명의 머리를 베 었다. 44년에 한나라의 남양을 공격하여 빼앗았다.

45년에는 오대 분(賁)이 한나라를 침공하여 성 열 개를 빼앗았는데 섭양 군(葉陽君) 회(悔)가 도성을 떠나 봉지로 가다가 미처 도착하지 못하고 죽었 다. 47년에 진나라 군대가 한나라의 상당을 공격하자 상당은 조나라에 항복 했다. 진나라는 그 일을 문제 삼아 조나라를 공격했고, 조나라도 군대를 보 내 진나라를 쳤으므로 서로 대치하게 되었다. 그러던 중 진나라의 무안군 백기가 장평에서 조나라를 크게 무찌르고 40여만 명을 모조리 죽였다.

48년 10월, 한나라가 원옹을 바쳤다. 진나라는 군대를 세 개 군(軍)으로 만들었다. 무안군이 돌아온 뒤 왕흘이 군대를 이끌고 가서 조나라의 피뢰 (皮牢)를 공격하여 점령했다. 사마경(司馬梗)은 북쪽으로 태원을 평정하고 한나라의 상당 땅을 모두 소유했다. 정월에 군대는 전투를 멈추고 상당을 수비했다. 그 해 10월에 오대부 능(陵)이 조나라의 한단을 침공했다. 49년 정월에 병사들을 증원하여 충돌시켜 능을 돕게 했는데 능이 전투에 뛰어나 지 못해 면직시키고 왕흘이 대신 맡아 통솔하게 했다. 그 해 10월, 장군 장 당(張唐)이 위나라를 공격했는데 채위(蔡尉)가 지키지 못했으므로 돌아오 게 하여 죽였다.

50년 10월, 무안군 배기가 죄를 지어 사병이 되었고 음밀(陰密)로 유배되 었으며 장당이 정(鄭)을 공격하여 점령했다. 12월에 병사들을 증원하여 출 동시켜 분성(汾城) 부근에 주둔하게 했는데 무안군 백기는 죄로 인해 죽었 다. 왕흘은 한단을 공격했으나 점령하지 못하고 철수하여 분성에 주둔해 있는 군대로 달아났다. 두 달쯤 후에 적의 군대를 공격하여 6천 명의 머리 를 베자 강에 떠다니는 시체들이 2만 명이나 되었다. 왕을은 계속해서 분 성을 공격하고 즉시 장당을 따라 영신중(寧新中)을 점령했으며 영신중은 안양(安陽)으로 이름을 바꾸었다. 그리고 처음으로 강을 건너는 다리를 만들었다.

51년에는 장군 규가 한나라를 공격하여 양성(陽城)과 부서(負黍)를 빼앗고 4만 명의 머리를 베었다. 조나라를 침공하여 20여 개의 현을 빼앗고 9만 명의 머리를 베거나 포로로 잡았다. 그러자 서주의 왕이 진나라를 배반하고 제후들과 협약을 맺어 천하의 정예 군대를 이끌고 이궐을 나와 진나라를 공격하여 양성과 통행할 수 없게 했다. 때문에 진나라는 장군 규를 시켜 서주를 공격하게 했다. 그러자 서주의 왕이 달려와 항복하고 머리를 조아리며 자기의 죄를 인정하고 성읍 36개와 백성들 3만여 명을 모조리 바쳤다. 진나라 왕은 헌상을 받아들이고 주나라로 왕을 돌려보냈다.

52년에 주나라 백성들은 동쪽을 도망쳤고, 주나라의 기물인 구정은 진나라로 들어갔으며 주나라는 쇠망하기 시작했다. 그리하여 53년에 천하의 제후들이 와서 복종했다. 위나라가 가장 늦자, 진나라는 규를 시켜 위나라를 공격하여 오성(吳城)을 빼앗았다. 한나라 왕이 입국하여 조회했으며, 위나라 왕도 나라를 위탁하여 진나라의 명령을 따랐다. 54년에 진왕은 옹성에서 하늘에 제사를 지냈다. 56년 가을, 소양왕이 죽고 아들 효문왕(孝文王)이 즉위했다. 효문왕은 어머니인 당팔자(唐八子)를 받들어 당태후로 삼고 신왕과 합장했다. 한나라 왕이 소복을 입고 입국하여 조문했고 제후들은 모두 장군과 승상을 시켜 조문하고 상례를 보았다.

효문왕은 원년에 죄인들을 사면하고 선왕 때 공적이 있는 신하들을 밝혔으며 친척들을 칭찬하고 후대하고 백성들에게 임금의 동산을 개방했다. 효문왕은 상복을 벗고 10월 기해일에 즉위했으나, 3일 만인 신축일에 죽어 아들 장양왕(莊襄王)이 즉위했다.

장양왕은 원년에 죄인들을 크게 사면하고 선왕 때의 공신들을 표창했으며, 덕을 널리 베풀어 친족을 후대하고 백성들에게 은혜를 베풀었다. 동주의 왕이 제후들과 함께 진을 공격할 것을 도모한다는 것을 알게 되자 장양왕은 상국 여불위(呂不韋 : 원래 한나라의 거상으로 장양왕을 도와 왕이 되게 했다)를 시켜 그들을 죽이고 동주의 국토를 모두 편입시켰다.

진나라는 주나라의 제사를 끊지 않고 양인(陽人) 땅을 주나라 왕에게 내려주어 그들의 제사를 받들게 했다. 장양왕이 몽오(蒙悟)에게 한나라를 토벌하게 했더니 한나라는 성고와 공을 바쳤다. 때문에 진나라 국경은 대량에까지 이르렀고 처음으로 삼천군(三川郡)을 설치했다.

2년에는 몽오로 하여금 조나라를 침공하게 하여 태원을 평정했다. 3년에 몽오는 위나라의 고도(高都)와 급(級)을 침공하여 점령했으며 조나라의 유차(楡次) · 신성(新城) · 낭맹(狼孟)을 공격하여 37개의 성을 빼앗았다. 4월에 일식이 있었으며 왕흘이 상당을 공격하여 처음으로 태원군을 설치했다. 그 해 초 위나라 장수 무기(無忌)가 다섯 나라의 군대를 이끌고 와서 진나라를 공격하다가 하외(河外)로 퇴각했으며 몽오는 패전해 해산하여 철수했다. 그러던 중 5월 병오일에 장양왕이 죽고 아들 정(政)이 즉위하니, 이 사람이 진시황제(秦始皇帝)이다.

진나라 왕 정은 즉위 26년 만에 처음으로 천하를 합병하여 36군을 만들었으며 호칭을 시황제라고 했다. 시황제가 51세에 죽자 아들 호해(胡亥)가 즉위하니 이 사람이 이세황제(二世皇帝)이다. 3년에 제후들이 일제 일어나 진나라를 배반하자 조고(趙高)가 이세를 죽이고 자영(子嬰)을 옹립했다. 자영이 즉위하고 한 달이 지났을 때 제후가 그를 죽이고 진나라를 멸망시켰다.

태사공은 말한다.

"진나라 선조는 영(瀛)씨 성을 가지고 있다. 그의 후손이 나누어 봉해져 봉국의 이름을 성씨로 삼아 서씨(徐氏) · 담씨 · 거씨 · 종려씨(終黎氏) · 운

엄씨(運奄氏)·도구씨·장량씨(將梁氏)·황씨(黃氏)·강씨(江氏)·수어씨(修魚氏)·백명씨(白冥氏)·비렴씨(蜚廉氏)·진씨(秦氏)가 있게 되었다. 하지만 진나라는 그의 선조 조보가 조성에 봉해졌기 때문에 조씨(趙氏)가 되었다."

| 6 | 진시황본기(秦始皇本紀)

진시황제(秦始皇帝)는 진나라 장양왕의 아들이다.

장양왕이 조나라에서 볼모로 있을 때, 여불위의 첩을 보고 반해 그녀를 얻어 시황을 낳았다. 진나라 소왕 48년(기원전 259년) 정월에 조나라의 도읍인 한단에서 태어났는데 이름은 정(政)이고 성은 조(趙)이다. 장양왕이 죽자 정은 나이 13세 때 그의 뒤를 이어 진나라 왕이 되었다.

당시 진나라의 영토는 이미 서쪽으로 파, 촉, 한중을 합치고 남쪽으로는 완(宛)을 넘어 영까지 차지하여 그곳에 남군을 두었다. 북쪽으로는 상군의 동쪽 일대를 소유하여 하동, 태원, 상당 등의 군을 설치했고, 동쪽으로는 형양에까지 땅을 넓혔으며 동주와 서주를 멸망시키고 그 지방에 삼천군을 두었다.

여불위는 상(相)이 되어 10만 호를 봉하여 받고 문신후(文信侯)라는 작위도 받았다. 그는 또한 빈객과 유세객들을 불러 모아 기회만 있으면 천하를 손에 넣으려는 야심을 품고 있었다.

이사(李斯)는 그 무렵만 해도 여불위의 식객에 지나지 않았다. 그리고 여불위의 식객이던 몽오, 왕의, 표공 등은 장군이 되었다.

왕은 나이가 어린 데다 막 즉위한 터라 정치를 대신들에게 맡겼다. 정왕이 즉위한 원년에 진양(晉陽)이 반란을 일으키자 장군 몽오가 군대를 이끌고 가서 반란을 평정했다. 2년에는 표공이 군대를 거느리고 가서 위나라의 권(券)을 공격하여 적의 머리 3만을 베었다. 3년에는 몽오가 한나라를 공격하여 성 13개를 빼앗았다. 그러는 중에 왕기가 죽었다. 10월에는 장군 몽오가 위나라의 창(暢)과 유궤(有詭)를 공격했는데 그 해에 큰 기근이 들었다.

4년에 읍과 유궤를 빼앗았다. 그 해 3월에 군대가 진군을 멈추었다. 진나라의 볼모가 조나라에서 돌아왔고, 조나라의 태자도 진나라를 떠나 본국으로 돌아갔다. 10월 경인일에 메뚜기 떼가 동쪽에서 날아와 하늘을 덮었으며, 천하에 역병이 들었다. 백성이 곡식 천 석을 바치면 작위 1등급을 수여했다.

5년에 장군 몽오가 위나라를 공격하여 산조(酸棗)·연(燕)·허(虛)·장평(長平)·옹구(雍丘)·산양성(山陽城)을 전부 점령했으며 20개의 성을 탈취했다. 처음으로 동군(東郡)을 설치했다. 그 해 겨울에 천둥이 쳤다.

6년에 한·위(魏)·조·위(衛)·초나라가 함께 진나라로 쳐들어가 수릉(壽陵)을 빼앗았다. 진나라가 군대를 내보내자 다섯 나라 군대가 공격을 중지했다. 위(衛)나라를 점령하고 동군까지 압박을 가해 진군하자, 위나라의 군주 각(角)은 그의 가솔들을 데리고 야왕(野王)으로 옮겨 거주하면서 산세에 의지하며 하내(河內)를 지켰다.

7년에 혜성이 동쪽에서 먼저 나타났다가 북쪽에 나타났고, 5월에는 서쪽에 나타났으며 장군 몽오가 죽었다. 때문에 진나라는 용(龍), 고(孤), 경도(慶都)를 공격하다가 군대를 되돌려 급(汲)을 공격했다. 혜성이 다시 서쪽으로 나타났는데 16일 동안 나타났다. 그로부터 얼마 후 장양왕의 생모인 하태후(夏太后)가 죽었다.

8년에 진나라 왕의 동생 장안군(長安君) 성교가 군대를 이끌고 조나라를 치러 갔으나 도리어 반란을 일으켰다가 둔류(屯留)에서 죽었고, 그를 따르던 군관들도 모두 참살당했다. 둔류의 백성들을 임조로 옮겨 살게 하였다. 그 해에 장군 벽(壁)이 죽었고 그를 따르던 둔류 사람 포고가 다시 반란을 일으켰다가 죽었다. 그래서 진나라에서는 그의 시신을 갈기갈기 찢었다. 강의 물고기가 대량의 뭍으로 올라왔으며 백성들은 살 곳을 잃고 날렵한 수레와 살찐 말을 몰고 동쪽으로 나아가 먹을 것을 구했다.

노애(여불위가 후궁에 들여보내 진시황의 어머니 조태후와 사통하게 한 환관)가 장신후(長信侯)에 봉해졌다. 노애에게 산양(山陽)의 땅을 주어 그곳에 살게 하고 궁실·수레·말·옷·동산·사냥을 마음대로 하게 했다. 크고 작은 일이 모두 노애에 의해 결정되었으며 하서의 태원군을 노애의 봉국으로 바꿨다.

9년에 혜성이 나타나 이따금 하늘에 가로로 뻗쳤다. 진나라 군대가 위나라의 원과 포양을 공격했으며 4월에 진나라 왕이 옹(雍) 땅에서 유숙했다. 기유일에 진왕은 관례(冠禮)를 치르고 검을 찼다. 장신후 노애가 반란을 일으키려다 발각되자, 왕의 옥새와 태후의 인장을 위조하고 현의 군대 및 호위군대, 관아의 기병, 융적의 제후, 궁중에서 기거하는 신하들을 선동하여 기년궁을 공격하려고 했다. 진나라 왕이 그것을 알고는 상국 창평군(昌平君)과 창문군(昌文君)에게 군대를 이끌고 가서 노애를 치게 했다. 그들이 함양에서 싸워 수백 명의 머리를 베자 모두 작위를 내려주었으며 전쟁에 참여한 환관까지도 작위를 한 등급씩 올려 주었다. 노애의 무리가 싸움에 져 달아나니 즉시 전국에 영을 내려 노애를 산 채로 잡아 오는 자에게 백만 전을 주고 죽인 자에게는 5십만 전을 준다고 했다.

노애의 일당이 모두 잡히자 위위(衛尉)·갈(竭)·내사(內史)·사(肆)·좌익·중대부령(中大夫令)·제(齊) 등 20명의 머리를 베어 나무 위에 매달고 사지는 수레로 찢어 사람들에게 보였으며 그 일족을 멸했다. 가신과 죄가 가벼운 자는 귀신(鬼薪 : 종묘에서 필요한 땔감을 3년 동안 해오는 형벌)의 벌을 받았다. 작위를 박탈하고 촉으로 옮긴 자들이 4천여 가구였으며, 방릉(房陵)에서 살게 했는데, 그달은 춥고 얼음이 얼어 죽은 자들이 있었다. 양단화(楊端和)의 군대가 연지(衍地)를 공격했다. 혜성이 서쪽에 나타났다가 또 북쪽에 나타났는데 북두성을 따라서 남쪽으로 80일 동안이나 나타났다.

10년에 상국 여불위가 노애의 사건에 연루되어 자리에서 물러나게 되었다. 환의가 장군이 되었으며, 제나라와 조나라의 사신들이 와서 주연을 베풀었다. 그때 제나라 사람 모초(茅焦)가 진나라 왕을 설득하며 말했다.

"진나라가 바야흐로 천하 통일을 대업으로 삼고자 하나 대왕께서 모태후(母太后)를 옹 땅에 유배시켰다는 죄명이 있기에 제후들이 그 소문을 빌미로 삼아 진나라를 배반할까 두렵습니다."

때문에 진나라 왕은 곧 옹에서 태후를 맞아들여 함양에서 모셨다가, 다시 감천궁에서 살게 했다.

진나라 왕이 대규모로 빈객들을 색출하여 추방하려고 했다. 하지만 이사가 글을 올려 설득하자 명을 취소했다. 이사가 진나라 왕에게 유세하며 먼저 한나라를 빼앗아 다른 나라들이 두려워하게 할 것을 요청하자 곧 이사에게 명해 한나라를 공격하도록 했다. 한나라 왕이 걱정하며 한비(韓非)와 함께 진나라의 힘을 약화시킬 계획을 세웠다. 대향 사람 국위(國尉) 요가 와서 진나라 왕에게 말했다.

"진나라의 강대함에 비하면 제후들은 한낱 군현의 우두머리 정도에 지나지 않습니다. 다만 경계할 것이 있다면 제후들이 합종하여 군대를 모아 뜻하지 않게 허를 찌르는 것입니다. 이것이 바로 지백·부차·민왕이 망하게된 까닭입니다. 그러니 대왕께서는 재물을 아끼지 마시고 제후의 중신들에게 주어서 그들을 혼란시켜 놓으십시오. 아마 30만 금 정도면 충분할 것이라고 생각합니다."

진나라 왕은 그의 계략에 따르기로 했다. 그리하여 요를 만날 때는 동등한 예절로 대우하며 옷과 음식도 그와 같게 했다. 그러자 요는 말했다.

"진나라 왕은 사람됨이 눈이 가늘고 코는 사나운 새의 부리 같고 가슴은 새처럼 튀어나왔으며 목소리는 늑대를 닮았다. 곤궁한 상황에 처하면 쉽게 다른 사람의 아래에 있지만 일단 뜻을 얻으면 역시 쉽게 사람을 잡아먹을 것이다. 지금은 한낱 떠돌이에 불과한 나에게도 겸손한 태도를 보이지만 천하에서 뜻을 얻으면 천하 사람들이 모두 그의 노예가 될 것이다. 옆에서 오래 일할 상대는 아니다."

그리고는 도망쳐 떠나려 했다. 진나라 왕이 그것을 알아차리고 한사코 만류하며 진나라의 국위로 삼아 결국 그의 계책을 썼다. 그리고 이사가 실행에 옮겼다.

11년에 왕전과 환의, 양단화가 군대를 이끌고 가서 업을 공격하여 성 아홉 개를 빼앗았다. 이어서 왕전이 연여·요양의 적을 공격하고 모두 합쳐 하나의 군대로 만들었다. 왕전이 18일 동안 군대를 거느렸는데 군대 중에서 녹봉이 백 식 이하면 돌려보내고 10명 가운데 2명을 뽑아 종군시켰다. 업과 안양도 빼앗아 환의가 군대를 이끌었다.

12년에 문신후 여불위가 죽어 남몰래 매장했다. 그의 가신 중 장례식에 참석한 사람은 진(晉)나라 사람이면 내쫓았고, 진(秦)나라 사람이면 녹봉이 6백 섬 이상인 자는 관직을 빼앗아 추방시켰다. 녹봉이 5백 섬 이하이면서 장례식에 가지 않은 사람은 옮겨 살게 하고 관직은 빼앗지 않았다. 그 시점부터 나랏일을 처리하면서 노애나 여불위처럼 도를 지키지 않은 자는 일족을 노비로 삼는 관례를 따랐다. 가을에 노애의 가신들 중에서 촉으로 이주시켰던 사람들의 죄를 사면해 주었다. 그때 천하에 가뭄이 크게 들었는데 6월부터 내리지 않다가 8월에야 비가 내렸다.

13년에 환의가 조나라의 평양을 공격하여 조나라 장군 호첩(扈輒)을 죽이고 십만여 명의 머리를 베었다. 진나라 왕이 하남에 행차했으며 정월에 혜성이 동쪽에 출현했다. 10월에 환의가 조나라를 공격했다.

14년에 평양에서 조나라 군대를 공격하여 의안(宜安)을 빼앗고 조나라 군대를 격파시켰으며 조나라의 장군을 죽였다. 또한 환의가 평양과 무성(武城)을 평정했다. 한비가 진나라에 사신으로 파견되자 이사가 계략을 내어 한비를 붙잡아 놓았더니, 운양(雲陽)에서 죽었다. 한나라 왕이 신하가 되기를 청했다.

15년에 진나라는 크게 군대를 일으켜 한 부대는 업에 이르고 한 부대는 태원에 이르러 낭맹(狼孟)을 빼앗았다. 그 해에 지진이 발생했다.

16년 9월에 진나라는 군대를 보내 한나라의 남양을 점령하고 등(騰)에게 군수를 대신하게 했다. 그 해에 처음으로 남자는 나이를 신고하도록 명령했으며, 위나라가 진나라에 땅을 바쳤다. 진나라가 여읍(麗邑)을 두었다.

17년에 내사 등(騰)이 한나라를 공격하여 한나라 왕 안(安)을 잡고, 그의 영토를 전부 빼앗아 군으로 만들어 영천(潁川)이라고 이름을 붙였다. 그 해에 지진이 발생했으며 장양왕의 양모인 화양태후가 죽었다. 또한 백성들에게 큰 기근이 닥쳤다.

18년에 진나라는 군대를 크게 일으켜 조나라를 공격했다. 왕전이 상지(上地)의 군대를 거느리고 가서 정경을 공격하고, 양단화는 하내의 군대를 거느렸다. 강외가 조나라를 정벌하고 양단화가 한단성을 포위했다.

19년에 왕전과 강외가 조나라 땅 동양(東陽)을 모조리 평정하여 빼앗고 조나라 왕을 사로잡고 군대를 이끌고 연나라를 공격하기 위해 중산에 진을 쳤다. 그는 한단에 가서 일찍이 자신이 조나라에서 태어났을 때 외가와 원한을 맺은 사람들을 모두 산 채로 묻어서 죽였다. 진나라 왕은 태원과 상군을 거쳐 돌아왔고 얼마 후에 시황제의 모태후가 세상을 떠났다. 그 해에 조나라 공자 가(嘉)가 그의 종족 수백 명을 이끌고 대(代)로 가 스스로 대 땅의 왕으로 즉위하고 동쪽으로 연나라 군대와 연합하여 상곡(上谷)에 주둔했다. 그 해에 큰 기근이 있었다.

20년에 연나라 태자 단(丹)은 진나라 군대가 연나라로 쳐들어올 것을 두려워하여 형가(荊軻)를 시켜 진나라 왕을 찔러 죽이려 했다. 진나라 왕이 그것을 알아채고는 형가의 사지를 절단하여 사람들에게 보여 주고 왕전과 신승(辛勝)에게 연나라를 공격하게 했다. 연나라와 대나라가 군대를 보내 진나라 군대를 쳤으나, 진나라 군대가 역수(易水) 서쪽에서 그들을 격파했다.

21년에 왕문(王賁)이 이끄는 군대가 형(荊)나라를 공격했다. 군대를 늘려 왕전의 군대로 보내 마침내 연나라 태자의 군대를 무찌르고 연나라의 계성을 빼앗았으며, 태자 단의 머리를 얻었다. 연나라 왕이 동쪽으로 가 요동을 차지하고서 그곳에서 왕이라고 했다. 왕전이 병들고 늙어 관직을 그만두고 귀향했으며 신정(新鄭)에서 반란이 일어났다. 창평군을 영으로 옮겨 살게 했다. 그 해 겨울에 눈이 많이 내려 쌓인 것이 2자 5치나 되었다.

22년에 왕분이 위나라를 공격하면서 하구의 물을 끌어다 대량(大梁)으로 흘러가게 하자 대량성이 무너졌다. 위나라 왕이 항복하겠다고 요청하자 그의 땅을 모두 빼앗았다.

23년에 진나라 왕이 왕전을 다시 불러 억지로 임명하고 그를 시켜서 병사들을 이끌고 형나라를 치도록 했다. 그리하여 진(陳)의 남쪽에서 평여(平輿)에 이르는 땅을 얻고 형나라 왕을 사로잡았다. 진나라 왕이 순행하다가 영도와 진현에 이르렀다. 형나라의 장수 항연(項燕)이 창평군을 옹립하여 형나라 왕으로 삼고, 회하의 남쪽에서 진나라에 대항했다. 24년에 왕전과 몽무가 형나라 군대를 공격하여 무찔렀다. 창평군이 죽자 항연도 마침내 스스로 목숨을 끊었다.

25년에 진나라는 군대를 크게 일으켜 왕분에게 거느리게 하여 연나라의 요동을 공격하고 연나라 왕 희(喜)를 사로잡았다. 돌아오면서 대(代)를 공격하여 대나라 왕 가(嘉)를 사로잡았다. 왕전은 마침내 형나라의 강남 땅을 평정하여 월나라의 군주를 항복시키고 회계군을 설치했다. 5월에 마음껏 즐기고 마시는 큰 잔치를 열었다.

26년에 제나라 왕 건(建)이 그의 상(相) 후승(后勝)과 군대를 일으켜 서쪽 변경을 지키며 진나라와 왕래하지 않았다. 진나라는 장군 왕분을 시켜 연나라로부터 남쪽으로 제나라를 공격하게 하이 제나라 왕 건을 생포했다.

진나라 왕은 마악 천하를 통일하고 난 뒤에 승상과 어사에게 명을 내려 말했다.

"전에 한나라 왕이 땅과 옥새를 바치면서 신하가 되겠다고 약속했는데 얼마 안 되어 약속을 어기고 조나라·위나라와 연합하여 반란을 일으켰다. 그래서 군대를 일으켜 그들을 토벌하고 한나라 왕을 사로잡았다. 과인은 그것으로 만족하며 전쟁을 끝내려고 했다. 조나라 왕이 상국 이목을 사신으로 보내 맹약을 맺었을 때 그의 볼모를 돌려준 것도 그 때문이다. 그런데 얼마 후에 맹약을 위반하고 태원에서 반란을 일으켰기 때문에 할 수 없이 그를 토벌하고 왕을 사로잡았다. 조나라 공자 가가 스스로 제멋대로 대나라 왕이 되었기에 그것도 쳐부쉈다. 그리고 위나라 왕도 진나라에 복종하기로 약속했으나 얼마 안 되어 한나라·조나라와 함께 진나라를 습격하려고 모의했기에 그도 역시 죽여서 무찔렀다.

형나라 왕은 청양(靑陽) 서쪽 땅을 바쳤으나 얼마 안 되어 약속을 어기고 우리의 남군을 쳤기 때문에 군대를 보내 쳐부수고 왕을 잡아 형나라 땅을 평정했다. 연나라 왕은 아둔하고 혼비했기에 그의 태자 단이 몰래 형가를 시켜 나를 죽이려 하였으므로 군대를 보내 단을 죽이고 연나라를 멸망시켰다. 제나라 왕은 재상 후승의 계책을 써서 진나라와의 사신 왕래를 끊고 반란을 기도했으므로 군대를 보내 치고 왕을 포로로 잡아 제나라 땅을 평정했다. 과인이 격렬한 난을 토벌하고 태평천하를 이룩하게 된 것은 모두 조상의 혼령이 돌보아 주셨기 때문이다. 이 일을 후세에 전하기 위해 제왕이라는 호칭을 바꿀 필요가 있다. 그러니 그대들은 새로운 호칭에 대해서 논의하라."

승상 왕관(王綰), 어사대부 풍겁(馮劫), 정위(廷尉 : 법무장관) 이사 등이 모두 말했다.

"옛날에 오제(五帝)는 천하의 주인이라고는 하지만 그의 영토는 사방 천리였는데 그 바깥의 후복·이복의 제후들 중에서 어떤 자는 조회에 들기도

하고 어떤 자는 듣지 않았지만 천자는 그들을 통제할 수 없었습니다. 하지만 폐하께서는 의로운 군대를 일으켜 남아 있는 적을 베고 천하를 통일하여 전국에 군현을 만들고 법령을 통일시키셨습니다. 그것은 오랜 옛날 이래로 일찍이 없었던 일로 오제라 할지라도 성취하지 못할 일입니다. 신들이 삼가 박사들과 함께 논의하니 '고대에는 천황(天皇)과 지황(地皇), 태황(泰皇)이 있었는데 태황이 가장 존엄한 존재였다'고 했습니다. 그러므로 왕을 「태황」이라는 존칭으로 바꾸고 명(命)을 「제(制)」라고 고치고 영(令)을 「조(詔)」라고 고치고 천자가 스스로를 부를 때는 「짐(朕)」이라고 하시는 것이 어떨까 합니다."

그러자 진나라 왕이 말했다.

"그러면 「태(泰)」자는 없애고 「황(皇)」자를 내버려 두고 상고시대의 「제(帝)」라는 호칭을 받아들여 「황제(皇帝)」라고 부를 것이다. 다른 것은 의논한바 대로하라."

그리고는 명을 내렸다.

"재가하노라."

시황은 장양왕을 추존하여 태상황(太上皇)이라고 하는 다음과 같은 명을 내렸다.

"짐이 듣건대 태고에는 호는 있었으나 추서되는 이름이 없었고 중고에는 호 외에 추서되는 이름을 두는 제도가 있어 사람이 죽으면 행적에 의거해 시호를 삼았다고 한다. 이와 같다면 자식이 아버지를 평가하고 신하가 군주를 평가하는 것이어서 말이 되지 않으니, 짐은 받아들이지 않겠다. 따라서 지금부터 이 제도는 없애며 짐은 최초로 황제가 되었기에 시황제(始皇帝)라 칭한다. 후세에는 순차에 따라 이세(二世), 삼세(三世)에서 만세(萬世)에 이르기까지 길이 전하도록 하라."

시황제는 오덕(五德)의 처음과 끝이 번갈아 이어지는 순서를 연구하여,

주나라는 화덕(火德)을 얻었는데 진나라가 주나라의 덕을 대신했으니, 화덕이 이기지 못하는 것을 따라야 한다고 생각했다. 바야흐로 이제부터 수덕(水德)이 시작된다고 하여 한 해의 시작을 바꾸고 조정의 하례식도 모두 10월 초하루에 거행했다. 옷·깃발·부절의 색은 모두 검은색을 숭상했다. 수는 6을 기준으로 하였으니 부절·법관을 모두 6치로 하고 수레의 너비도 6자로 했으며, 6자를 1보(步)라 하고 수레 한 대를 여섯 마리의 말이 끌게 했다. 황하의 이름을 바꾸어 덕수(德水)라 함으로써 수덕(水德)의 시작으로 삼았다. 강하고 엄하며 사납고 깊이 있게 모든 일을 법에 따라 결정하고 각박하고 날카롭게 하여 인의·은혜·화평·도의가 없어야 오덕의 수에 부합된다고 생각했다. 그래서 법을 엄하게 시행하여 법을 어긴 자는 오랫동안 용서받지 못했다.

승상 왕관 등이 아뢰었다.

"이제 막 제후들을 평정하고 천하 통일을 이루었지만 연·제·초 땅은 너무나 멀기 때문에 왕을 세우지 않으면 그들을 장악할 수 없을 것 같습니다. 황제의 자제들을 왕으로 봉해 임무를 맡기는 것을 허락해 주십시오."

시황제가 신하들에게 그 의견을 논의하게 하자 신하들이 모두 이롭다고 여겼다. 하지만 단 한 사람인 정위 이사가 이의를 제기했다.

"주나라의 문왕과 무왕이 책봉한 자제들은 성이 같은 이들이 매우 많았으나 대를 거듭할수록 혈연이라는 의식이 희박해지고 마침내 서로 원수처럼 싸우게 되었습니다. 더욱이 제후들은 서로 죽이고 쳤는데도 주나라의 천자는 손을 댈 수가 없었습니다. 그래서 주나라의 권위가 땅에 떨어진 것입니다. 다행하게도 지금 천하가 폐하의 신령에 힘입어서 통일되어 모두 군현으로 삼았으니 황제의 자제들이나 공신들에게 국가의 부세로서 후한 상을 내리신다면 통제하기에 매우 충분합니다. 천하에 다른 마음을 품는 이가 없게 하는 것이 천하를 태평하게 하는 방법입니다. 제후들을 두는 것은 이롭지 않습니다."

그러자 진시황이 말했다.

"천하의 만민이 전쟁이 멈추지 않아 고통을 받았다. 대부분의 원인은 제후들 때문이었다. 다행히 조상의 신령에 의지하여 천하가 막 평정되었는데, 다시금 제후를 봉한다면 그것은 전쟁의 조짐을 싹틔우는 것이니, 안녕과 평정을 추구하는 것이 헛일로 그치고 말 것이다. 정위의 의견이 옳다."

그리하여 천하를 나누어 36개 군으로 만들고 군마다 수(守), 위(尉), 감(監)을 두었다. 백성을 일컫는 말을 바꾸어 검수(黔首)라 했다. 진나라는 천하 통일이라는 업적을 기리기 위해 큰 잔치를 베풀었다. 천하의 모든 무기를 거두어 함양에 모아서 녹여 종과 12개의 동인상(銅人像)을 만들었는데 무게가 각각 천 석(23톤)이었으며 궁궐 안에 두었다. 그리고 법률과 도량의 무게와 길이를 통일했다. 수레의 바퀴 폭을 동일하게 하고 문자를 통일했다.

영토는 동쪽으로는 대해(大海)와 조선에 이르렀고 서쪽으로는 임조와 강중(羌中)에 이르렀으며 남쪽으로는 북향호(北嚮戶)에 이르렀고, 북쪽으로는 황하를 근거로 하여 요새를 만들어 음산(陰山)을 감싸며 요동까지 이르게 했다. 전국의 부호들을 함양으로 이주시켰는데 12만 호였다. 조묘(祖廟), 장대궁(章臺宮), 상림원(上林苑)이 모두 위수의 남쪽 언덕에 자리 잡고 있었다. 진나라가 제후들을 무찌를 때마다 그 궁실을 모방하여 함양의 북쪽 산기슭에 지은 것인데, 남쪽으로는 위수에 닿아 있고 옹문(雍門) 동쪽에서부터 경수·위수까지 이르며 궁전 사이는 구름다리와 주각(周閣)이 서로 연결되어 있었다. 제후들에게서 얻은 미인과 종고(鐘鼓)가 꽉 들어차 있었다.

27년에 진시황은 농서와 북지를 순행하고 계두산(鷄頭山)에 올랐다가 내려와 회중궁(回中宮)을 지났으며, 위수 남쪽에 신궁(信宮)을 지었다. 얼마 후에 신궁의 이름을 극묘(極廟)라고 바꾸었는데, 북극성을 상징하는 뜻을 가지고 있다. 극묘에서 여산까지 길을 뚫고, 감천궁의 전전(前殿)을 지었으며 용도(甬道 : 양쪽에 담이 있는 도로)를 쌓아 함양까지 이어지게 했다.

또한 그 해에 작위를 한 등급씩 내려주었으며 치도(馳道: 넓은 도로)를 닦았다.

28년에 진시황이 동쪽으로 군현을 순행하다가 추역산(鄒譯山)에 올랐다. 그리하여 비석을 세우고는 노 땅의 유생들과 상의하여 진나라의 공덕을 노래하는 비문을 새겼으며 봉선(封禪)과 산천에 지내는 망제(望祭)의 일에 대해서 의논했다. 그러고 나서 마침내 태산(泰山)에 올라 비석을 세우고 제단을 쌓아 하늘에 제사를 지냈는데, 산에서 내려오다가 비바람이 거세게 몰아치자 나무 아래에서 쉬었다. 때문에 그 나무를 봉하여 오대부로 삼았다.

양보산(梁保山)에서 땅에 제사를 지내고 비석을 세워 글을 새겼는데 그 글의 내용은 다음과 같다.

「황제께서 제위에 올라 제도를 만들고 법을 밝혔기에 신하들은 몸을 닦고 엄격히 지켰다. 26년에 처음으로 천하를 통일하시니 조공하지 않는 자가 없었다. 직접 먼 곳의 백성들에게까지 순행하시다가 이 태산에 올라 동쪽 끝을 두루 바라보셨다. 따라온 신하들이 공적을 기리고 사업의 근원을 생각하면서 공경스럽게 공덕을 기렸다. 치국의 도가 행해지자 천하의 모든 일들이 마땅함을 얻고 모든 법식이 생겨났다. 큰 뜻이 아름답게 밝혀져 후세에 드리우며 순조롭게 변함없이 계승될 것이다. 황제께서는 몸소 성덕을 베푸시어 이미 천하를 평정하시고 다스림에 게을리하지 않으신다. 아침 일찍 일어나 밤늦게 주무시면서 꽤 오래된 이로움을 세우시고 가르치는 일과 깨우치는 일에 전념하셨다. 경전의 통달한 이치를 가르치시니 가까운 곳이나 먼 곳이나 전부 다스려지며 백성들이 성스러운 뜻을 모두 받들었다. 귀하고 천함이 분명하게 나뉘고 남녀가 예의를 지키고 직분을 삼가하며 따랐다. 안과 바깥이 뚜렷이 구분되고 깨끗하지 않음이 없으니 후세에까지 베풀어질 것이다. 교화가 미치는 것이 무궁할 것이며 백성들은 황제의 유조(遺詔)를 받들어 중요한 훈계를 영원히 이어갈 것이다.」

그리고는 곧바로 발해를 끼고 동쪽으로 가 황현(黃縣), 추현(鄒縣)을 지나 성산(成山) 정상에 오르고 지부산(之俯山)에 올라 비석을 세우고 진나라의 공덕을 노래한 후에 떠났다. 남쪽으로 가다가 낭야산에 올라 기뻐하며 3개월 동안 머물렀다. 그때 백성 3만 호를 낭야산 기슭으로 이주시키고 12년 동안 용역을 면제시켜 주었으며 낭야대를 지어 비문을 새겨 비석을 세우고, 진나라의 공덕을 기리고 뜻을 얻은 심정을 이렇게 밝혔다.

　「28년에 처음으로 황제의 자리에 올라서 법도를 바로잡으니 만물의 기강이 생겨났다. 인사(人事)를 밝히니 아버지와 아들이 화목해지고 성스러운 지혜와 인의가 도리를 분명히 드러내셨다. 동쪽 땅을 위로하고 군대들을 살펴보셨다. 대사(大事)가 이미 완성되었기에 해안 지역까지 왕림하셨다. 황제의 공은 근본적인 일에 부지런히 노력하신 것이다. 농업을 숭상하고 말단을 없앴기에 백성들이 부유해졌다. 널리 천하의 백성들이 마음을 모아 뜻을 받들었다. 기물과 기계의 도량(度量)을 통일하고 책의 문자를 같게 하셨다. 해와 달이 비치는 곳과 배와 수레가 다니는 곳 모두가 황제의 명을 시행했기에 뜻을 얻지 못함이 없었다. 사시(四時)에 순응하여 일을 하는 것은 오직 황제뿐이셨다. 다른 풍속을 부지런히 바로잡고자 물을 건너 땅을 지났고 백성들을 가엾게 여겨 아침저녁으로 게을리하지 않으셨다. 의혹을 제거하고 법령을 제정하셨기에 모두 금지해야 할 일을 알게 되었다. 지방 장관의 직무를 나누었기에 모든 정무가 쉽게 다스려졌다. 모든 조치가 합당하여 계획과 같지 않은 것이 없었다. 황제의 명철함으로 사방을 널리 살피시니 신분이 높은 사람이나 낮은 사람이나 부귀한 사람이나 가난한 사람이나 분수를 넘어서지 않았다. 간교하고 사악함이 받아들여지지 않았기에 모두 충정과 선량함에 힘썼다. 세세한 일이나 큰일이나 힘을 다했기에 감히 게으르거나 소홀하지 않았으며 멀거나 가깝거나 외진 곳이라도 오로지 엄숙함과 장중함에 힘썼다. 바르고 정직하며, 돈독하고 충성되어 일이 지속적으로 유지될 수 있었다. 황제의 덕이 사방의 끝까지 안정시켰다. 난리를 일으킨 자들을 토벌하여 폐해를 제거하고 이로움을 일으켜 복을 이루셨다. 절도를 세워 일을 일으키고 때에 맞게 하니 모든 생산물이 번식했다. 백성들이 편안해지니 무기를 사용하지 않게 되었다. 육친(六親)이 서로 보살피니 마침내 도둑과 적이 없어졌다. 백성들이 기쁘게 교화를 받들며 법령과 제도를 다 알게 되었다. 천지사방이 황제의 땅이었다. 서쪽으로는 유사(流沙)를 건너고 남쪽으로는 북호(北戶) 끝까지 이르렀다. 동쪽으로는 동해를 소유하고 북쪽으로는 대하(大夏)를 지났다. 사람의 발자취가 이르는 곳에는 신하가 아닌 자가 없었다. 황제의 공적은 오제(五帝)를 뒤덮고 은택은 소나 말에게까지 미쳤다. 은덕을 받지 않은 자가 없기에 각자 평안한 생활을 누렸다. 오직 진나라 왕께서 천하를 합쳐 소유하여 이름을 세워 황제라 하고, 동쪽 땅으로는 낭야에 이르렀다. 열후(列侯) 무성후(武城侯) 왕리(王離), 열후 통무후(通武侯) 왕분(王賁), 윤후(倫侯) 건성후(建成侯) 조해(趙亥), 윤후 창무후(昌武侯) 성(成), 윤후 무신후(武信侯) 풍무택, 승상 외림(隗林), 승상 왕관, 경(卿) 이사(李斯), 경 왕무(王戊), 오대부 조영(趙嬰), 오대부 양규(楊樛)가 따르며 바다 위에서 의논했다. '옛 제왕들은 영토가 사방 천 리에 불과했고, 제후들은 각기 그들의 봉토를 지키면서 어떤 이는 조회에 들고 어떤 이는 들지 않았으며, 서로 침략하여 폭동과 난동을 부리며 잔혹한 토벌이 멈추지 않았는데도 오히려 금석(金石)에 글을 새겨 자신을 기념했다. 옛 오제 삼왕(三王)은 지식과 교화가 같지 않고 법도가 뚜렷하지 않아 귀신에게서 위력을 빌려 먼 곳을 속이고 실제가 이름에 걸맞지 않았기 때문에 오래 가지 못했다. 몸이 미처 죽기도 전에 제후들이 배반하고 반란을 일으켰기에 법령이 제대로 실행되지 않았다. 하지만 지금 황제가 천하를 합하고 통일하시어 군현을 만드니 천하가 평화로워졌다. 종묘를 밝히고 도를 나타내며 덕을 실행하여 존경스런 호칭이 크게 이루어졌다' 이에 군신들이 서로 함께 황제의 공덕을 노래하며 금석에 새겨 본보기로 삼고자 한다.」

일을 마치자 제나라 사람 서불(徐市) 등이 글을 올려 말했다.

"바닷속에 신산(神山) 세 개가 있는데 이름을 봉래산(蓬萊山), 방장산(方丈山), 영주산(瀛洲山)이라고 합니다. 거기에는 신선들이 살고 있으니 청컨대 재계하고 어린 남녀와 함께 신선을 찾으시기를 바랍니다."

그래서 서불을 보내 어린 남녀 수천 명과 함께 바다로 들어가 신선을 찾도록 했다.

진시황이 돌아오다가 팽성(彭城)을 지날 때 재계한 후 사당에서 기도하고 사수(泗水)에 빠진 주정(周鼎)을 꺼내려고 했다. 어린 남녀 천 명에게 시켜 물에 들어가 찾도록 하였으나 얻지 못했다. 그래서 곧 서남쪽으로 회하(淮河)를 건너 형산(衡山)・남군(南群)으로 갔다. 장강(長江)을 타고 상산(湘山)에서 제사를 지냈는데 큰바람을 만났기에 도저히 강을 건널 수 없었다. 그래서 박사들에게 물었다.

"상군(湘君)은 어떤 신인가?"

박사들이 대답했다.

"들으니 요임금의 딸이며 순임금의 아내였는데 이곳에 묻혔다고 합니다."

그러자 진시황은 크게 화를 내며 죄수들 3천 명을 시켜 상산의 나무들을 모두 베게 하여 그 산을 벌거숭이로 만들었다. 그리고 남군에서부터 무관(武關)을 거쳐 돌아왔다.

29년에 시황제가 동쪽으로 순행했다. 양무현(陽武縣)의 박랑사(博狼沙)에 이르렀는데 강도 때문에 크게 놀랐다. 그를 찾으려 했으나 붙잡지 못하자 천하에 10일 동안 대대적으로 수색하도록 명했다.

지부에 올라 비석에 글을 새겼는데 그 글의 내용은 다음과 같다.

「29년 음력 2월 봄, 봄기운이 바야흐로 일어나려 할 때 황제가 동쪽으로 행차하시어 순행하다가 지부에 올라 큰 바다를 바라보셨다. 따라온 신하들이 경관을 찬미하며 위대한 업적에 대해서 생각하고 창업의 근본과 시작을 기리며 노래했다. 위대한 성군께서 다스림의 도를 만드시고 법도를 세우시고 기강을 분명히 밝히셨다. 밖으로는 제후들을 교화하여 빛이 문치(文治)의 은덕이 베풀어지고 대의와 도리를 밝히셨다. 하지만 여섯 나라의 군주들이 교화를 회피하여 탐욕과 잔악을 싫어할 줄 모르고 잔혹한 살해는 그치지 않았다. 황제께서 백성들을 어여삐 여기시어 드디어 군대를 일으켜 토벌하시니 무력의 은덕을 떨치신 것이다. 정의로 죽이고 신의로 행동하시니 위엄이 사방 먼 곳까지 이르러 신하가 아닌 자가 없었으며 강제와 폭력을 없애시고 백성들을 구제하시어 천하를 두루 안정되게 하셨다. 밝은 법도를 널리 베푸시어 천하를 다스리시니 영원한 법칙이 되었다.

성대하시다. 우주와 군현이 성스러운 뜻을 이어받아 따랐노라. 여러 신하들이 공덕을 노래하며 비석에 새겨 변하지 않는 본보기로 드리워 나타내노라.」

동쪽을 둘러보고 지은 동관(東觀)의 비문 내용은 다음과 같다.

「29년 황제께서 봄에 유람하시어 먼 곳까지 두루 살펴보셨다. 바다 끝에 이르시어 마침내 지부에 올라 아침의 태양을 바라보셨다. 광활하고 아름다운 경치를 바라보다 따르던 신하들이 모두 다스림의 도가 지극히 밝음을 생각했다. 성스러운 법령이 막 일어나 국가의 내정을 깔끔하게 다스리시고 밖으로는 억세고 난폭한 자들을 베셨다. 무예와 위엄을 두루 떨치시어 사방을 진동시키고 여섯 나라의 군주를 사로잡아 없애셨으며 천하통일을 여시어 재해를 멈추고 전쟁을 영원히 중지시키셨다. 황제께서 덕을 밝히시어 천하를 다스림에 있어 보고 듣는 일을 게을리하지 않으셨다. 큰 뜻을 세우고 각종 기물을 설치하시니, 신분에 따라 장식과 지표가 모두 생겨났다. 신하들은 본분을 준수하고 각기 행해야 할 것을 알아 일하는 데 있어서 생겼던 의혹이 사라졌다. 백성들이 풍습을 고쳐 가까운 곳이나 먼 곳이나 법도를 같게 하게 되니 옛날의 치세에 비해 매우 뛰어났다. 일상적인 직무가 이미 정해졌기에 후손들은 일을 따라 이어가 오래도록 성스러운 다스림을 계승할 것이다. 여러 신하들이 성스러운 공적을 공경스럽게 노래하며 지부에 비석을 새기기를 간청하였던 것이다.」

얼마 후 진시황은 마침내 낭야에 갔다가 상당의 길을 통해 함양으로 돌아왔다.

30년에는 특기할 만한 일이 없었다.

31년 12월, 납월(臘月)을 가평(嘉平)이라고 이름을 바꿨으며 각 리마다 백성들에게 쌀 여섯 석과 양 두 마리씩을 내려주었다. 진시황이 함양에서 신분을 숨기고 둘러보려고 무사 네 사람과 밤에 외출했다가 난지(蘭池)에서 강도를 만나 위험에 처했으나 무사들이 강도를 쳐 죽였다. 그 일로 인해 관중(關中)을 20여 일 동안이나 대대적으로 뒤졌다. 그 해의 쌀값은 한 석에 천 6백 전이었다.

32년에 진시황이 갈석산(碣石山)에 가서 연나라 사람 노생(盧生)에게 시켜 신선들인 선문(羨門)과 고서(古誓)를 찾도록 했다. 갈석산의 문에 비문을 새겼으며 성곽을 허물고 제방을 터서 통하게 했다. 그 비문의 내용은 다음과 같다.

「마침내 군대를 일으켜 무도한 자들을 베어 죽이고 반역한 자를 없애셨다. 무력으로 포악하고 반역하는 자들을 없애고 문치와 법으로 죄 없는 자들을 보호하셨기에 백성들의 마음이 모두 복종했다. 은혜로 공로를 헤아려 상이 소나 말에게까지 미치니 황제의 은택이 토지를 기름지게 했다. 황제께서 위엄을 떨치시고 덕으로 제후들을 합해 처음으로 통일하여 크게 태평하게 하셨다. 성곽을 허물고 하천의 제방을 터서 통하게 하셨으며 험난하고 막힌 길을 없애셨다. 땅의 형세가 이미 평탄해져 백성들의 요역이 없게 되었기에 천하가 두루 편안했다. 사내는 밭에서 즐거워하고 아낙은 집안일을 정돈하며, 일에는 각기 순서가 있게 되었다. 은혜가 모든 생산에까지 미쳐 오래도록 떠돌며 유랑하던 사람들도 함께 와서 밭을 경작하게 되니 편안하지 않은 이가 없게 되었다. 때문에 여러 신하들이 빛나는 공적을 노래하고 이 비석에 새겨 후세에 전하여 모범으로 드러내기를 청한다.」

그리고는 한종(韓終), 후공(侯公), 석생(石生)에게 시켜 영원히 죽지 않고 살게 하는 신선의 약을 구하도록 했다. 진시황은 북쪽 변경을 순행하며 상군을 따라 돌아왔다. 그때 파견되어 바다에 들어갔다가 돌아온 연나라 사람 노생이 귀신에 관한 일로 참위(讖緯)의 글을 올려 말했다.

"진나라를 망하게 할 자는 호(胡)이다."

때문에 진시황은 장군 몽염(蒙恬 : 만리장성을 쌓은 진나라의 개국 공신)에게 군대 30만 명을 일으켜 북쪽의 호인(胡人)들을 치게 했으며, 몽염은 하남 땅을 공격하여 점령했다.

33년에 진시황은 일찍이 죄를 짓고 도망간 사람, 데릴사위, 장사꾼 등을 징발하여 육량(陸梁)의 땅을 쳐서 계림(桂林)·상군(象郡)·남해(南海)를 군으로 삼고 범죄자들을 보내 지키도록 했다. 서북쪽의 흉노를 가려내어 쫓아버렸다. 유중(楡中)에서부터 황하를 끼고 동쪽으로 음산(陰山)에 연이어 44개 현을 만들고 황하 가에 성을 쌓아 요새로 삼았다. 또 몽염에게 황하를 건너가 고궐(高闕)·양산(陽山)·북가(北假) 일대의 땅을 빼앗게 하고, 요새를 쌓아 막음으로써 융인(戎人)을 몰아냈다. 유배자들을 이주시켜 새로 설치한 현을 가득 채웠으며 제사를 금지시켰다. 그 해에 서쪽에서 혜성이 나타났다.

34년에 시황제는 감옥을 관리하는 관리들 중에서 정직하지 못한 자들을 보내 장성을 쌓거나 남월 땅을 지키도록 했다.

시황제가 함양궁에서 주연을 베풀자 박사들 7십 명이 앞에 나와 그의 장수를 기원했다. 복야 주청신(周靑臣)이 앞으로 나와 기리며 말했다.

"예전의 진나라 땅은 사방 천 리에 불과했으나, 지금은 폐하의 신비한 영기와 성덕에 힘입어 온 세상이 평정되고 만이를 쫓아냈기에 해와 달이 비추는 곳의 사람들 중에 복종하지 않는 자가 없게 되었습니다. 제후국들을 군현으로 삼으셨기에 사람마다 절로 안락하고 전쟁에 대한 근심이 없어져 만세에까지 전하게 되었습니다. 고대부터의 어떤 군주들도 폐하의 위엄과 덕망에는 미치지 못했습니다."

시황제가 기뻐하자 이어서 제나라 사람인 박사 순우월(淳于越)이 나아가 말했다.

"신이 들으니 은나라와 주나라의 왕조가 천여 년 동안 이어질 수 있었던 까닭은 자제와 공신들을 제후로 봉하여 왕실을 돕는 버팀목으로 삼았기 때문입니다. 지금 폐하께서는 천하를 소유하고 계시지만 자제들은 평범한 사람에 지나지 않습니다. 그러니 만일 전상이나 육경(六卿)과 같은 간악한 신하가 갑자기 나타나면 곁에서 돕는 신하가 없으니 어떻게 구해 줄 수가 있겠습니까? 옛일을 본받지 않고도 오랫동안 왕조가 유지된 예는 없습니다. 지금 주청신이 또 눈앞에서 아첨하며 폐하의 과오를 무겁게 만드니 그는 충성스러운 신하가 아니옵니다."

그러자 시황제는 대신들에게 그 의견에 대해서 논의하도록 했다. 승상 이사가 말했다.

"오제가 나라를 다스리는 방법들이 서로 중복되지 않았고, 하·은·주 삼대가 서로 이어받지 않고 각자 서로 다른 방법으로 다스린 이유는 그들이 서로를 반대해서가 아니라 시대가 변해 달라졌기 때문입니다. 이제 폐하께서 대업을 창시하여 만세의 공덕을 세웠으니 진실로 아둔한 유생들은 그것을 알 수 없습니다. 하물며 순우월이 말한 것은 삼대의 일이니 어찌 본받을 수 있겠습니까? 이전에는 제후들이 나란히 다투었으므로 후하게 대접하며 유사들을 초빙했습니다. 하지만 지금은 천하가 이미 안정되어 법령이 통일되었고, 백성들은 가정에서 농사에 힘쓰고, 선비들은 법령과 형법을 익히고 있습니다. 그런데도 유생들은 지금의 것을 본받으려고 하지 않고 옛것을 배워 이 시대를 비난하며 백성들을 미혹시키며 어지럽게 만들고 있습니다. 신 승상 이사가 죽음을 각오하고 아뢰옵니다. 옛날에는 천하가 분산되고 혼란 스러워 천하를 통일할 수 있는 사람이 없었습니다. 때문에 일제히 일어난 제후들이 모두 옛것을 말하며 현재의 것을 비난하고 허망한 말을 꾸며 사실 을 어지럽게 만들었기에 사람마다 자기가 사사롭게 배운 것을 좋다고 하며 위정자를 비난했던 것입니다. 하지만 오늘날은 황제께서 천하를 통일해 소 유하시고 흑백을 구별하여 지존한 분에 의해 결정되도록 했습니다. 그런데 도 사람들은 법령과 교화를 비난하고 법령을 들으면 각자 자기의 학문으로 상의하고, 조정에 들어오면 마음속으로 비난하며 조정 밖으로 나가면 길거 리에서 논의합니다. 그리하여 군주에게 과시하여 명예를 만들고 기이한 것 을 취해 고귀함으로 만들며 아랫사람들을 이끌어 비방을 조성합니다. 그러 니 이와 같은 것들을 금지하지 않으신다면, 위로는 군주의 위세가 떨어지고 아래에서는 붕당이 만들어질 것이니, 이를 금지시켜야 할 것입니다. 신이 사관에게 명해 진나라의 기록이 아니라면 모두 태워 버리라고 청하겠습니 다. 박사관(博士官)의 직무를 하는 사람도 아닌데 감히 《시(詩)》와 《서 (書)》 및 제자 백가의 저작들을 소장하고 있으면, 지방관인 수(守)와 위(尉) 에 보내 모두 태우게 하십시오. 감히 짝을 지어 《시》와 《서》를 말하는 자가 있으면 저잣거리에서 처형시키게 하십시오. 옛것을 내세워 지금의 것 을 비난하는 자는 일족을 멸하십시오. 그런 자를 보아 알면서도 잡아내지 않는 관리는 같은 죄로 다스리옵소서. 명령이 내려진 지 3십 일이 되었는데 도 서적을 태우지 않으면 경형을 내리시어 매일 아침에 일찍 일어나 성벽을 쌓는 죄수로 삼으십시오. 없애지 않아도 될 서적은 의약·점복·종수(種樹) 에 관계된 책에 국한해야 합니다. 그리고 법령을 배우고자 하는 자의 스승 은 관리가 대행하게 하옵소서,"

그 말을 들은 진시황이 영을 내려 말했다.

"그렇게 하도록 하라!"

나라에서는 곧 사서·백가의 저서들을 몰수하여 불태워 우민 정책을 추진하면서 비판하는 자들은 구덩이를 파고 묻어 버렸다.

35년에 도로를 넓혔는데, 구원(九原)으로 길을 내 운양(雲陽)까지 이르러 산을 깎고 골짜기를 메워 곧바로 통하게 했다. 이때 진시황은 함양의 인구는 많은데 선왕의 궁전은 너무 작다고 생각하며 말했다.

"나는 주나라의 문왕은 풍(豊)에 도읍하고 무왕은 호(鎬)에 도읍했다고 들었다. 그러니 풍과 호 사이가 제왕의 도읍지일 것이다."

그리고는 위수의 남쪽 상림원(上林苑) 일대에 궁전을 지었다. 먼저 아방(阿房)에 전전(前殿)을 만들었는데 동서로 5백 보이며 남북으로 50장(丈)으로, 위쪽에는 1만 명이 앉을 수 있고 아래쪽에는 5장 높이의 깃발을 세울 수 있었다. 사방으로 통하는 구름다리도 만들어 궁전 아래에서부터 곧장 남산까지 이르게 했다. 남산 봉우리에 궁궐 문을 세워 지표로 삼았으며, 다시 길을 만들어 아방에서 위수를 건너 함양까지 이어지게 하여 북극성·각도성(閣道星)이 은하수를 건너 영실성(營室星)에 이르는 것을 상징했다. 아방궁은 완성되지 않았다. 완성되면 이름을 골라 붙이려고 했으나, 아방에 궁전을 지었기 때문에 천하 사람들이 그것을 아방궁이라고 불렀다. 궁형(宮刑)·도형(徒刑)을 받은 70여만 명을 나누어 아방궁을 짓게 하거나 혹은 여산에 능묘를 짓게 했는데, 북산(北山)에서 석재를 채취해내고 촉·형 땅에서 목재를 운반하여 모두 관중에 이르게 했다. 관중에는 궁전 3백여 채를 지었으며 함곡관 바깥에는 4백여 채의 궁전을 지었다. 또한 동해 바닷가의 구산에 비석을 세우고 진나라의 동문으로 삼았으며, 3만 가구를 여읍(驪邑)으로 이주시키고 5만 가구를 운양(雲陽)으로 이주시켜 모두 10년 동안 요역을 면제해 주었다.

어느 날 방사(方士 : 신선의 술법을 닦는 사람)인 노생이 진시황에게 말했다.

"신들이 오늘날까지 먹기만 하면 신선이 된다는 영지(靈芝)와 불로장수할 수 있는 선약(仙藥) 그리고 신선 세 가지를 찾아보았으나 아직까지 만나지 못했습니다. 아마도 방해하는 것이 있는 것 같사옵니다. 선인의 방술에 의하면 '임금이 된 자는 때때로 신분을 숨기고 다니며 악귀를 피하라. 악귀를 피하면 비로소 진인(眞人)이 될 수 있다'라는 말이 있습니다.

진인은 물에 들어가도 젖지 않고 불에 들어가도 타지 않으며 구름을 타고 다니며 천지와 더불어 영원히 살아 있게 되는 존재입니다. 지금 황제께서 천하를 다스리고 계시지만 아직은 모든 것을 초월한 무심한 경지에 이르시지 않았습니다. 원하건대 머무시는 궁궐을 다른 사람들이 알지 못하게 하십시오. 그렇게 하면 불사약을 얻을 수 있을 것입니다."

그 말을 듣자 진시황이 말했다.

"나는 진인을 흠모하니 스스로 「진인」이라고 칭하며 짐이라고 부르지 않겠다."

이어서 곧 명을 내려 함양 부근 2백 리 안의 궁관 2백 7십 곳을 구름다리와 용도(甬道)로 서로 연결시키고 그 안을 휘장·종고·여인들로 채웠으며, 각각 등록된 부서에서 옮기지 못하게 했다. 진시황이 그곳에 행차하여 머무를 때 황제의 거처를 말하는 자가 있으면 사형에 처했다.

진시황이 양산궁에 행차했을 때, 산 위에서 승상 이사의 행렬이 많이 몰려 있는 것을 보고 눈살을 찌푸렸다. 그것을 곁에서 눈치챈 어떤 환관이 이사에게 그 사실을 알려 주었다. 그러자 이사는 그 후의 행차 때부터 따르는 수레의 수를 줄였다. 그러자 그것을 눈치챈 진시황이 화를 내며 말했다.

"궁 안의 사람이 내 말을 누설했기 때문이다."

그래서 궁궐 사람들을 심문했으나 죄를 인정하는 자가 없었다. 그렇게 되자 진시황은 당시의 측근들을 모조리 잡아다 죽이도록 명했다. 그 후로는 진시황이 행차해도 궁 안의 사람들이 그가 있는 곳을 알지 못했다. 또한 시황이 정사를 듣고 여러 신하들이 결정된 일을 받아들이는 것은 함양에서 이루어졌다.

어느 날 후생(侯生)과 노생이 함께 모여 모의하여 말했다.

"진시황은 고집이 세고 사나워 자기만 내세우며, 제후에서 일어나 천하를 통일하여 마음 내키는 대로 행함으로써, 아무도 자신을 능가할 자가 없다고 여기고 있소. 박사는 비록 70명이지만 인원만 갖췄을 뿐 중용하지는 않았고, 승상과 모든 대신들은 이미 결정된 일들을 수용하기만 하고 있소. 황제는 기꺼이 형벌과 살육으로 위엄을 삼는데, 천하의 사람들은 죄를 두려워하며 녹봉을 유지할 뿐 아무도 충성을 다하려고 하지 않소. 황제는 자신의 허물에 대해서 듣지 않아 날마다 교만해지고, 신하들은 해를 입을까 두려워하며 엎드려 속이고 기만하여 안락함만을 취하고 있소. 진나라의 법에 의하면 한 사람이 두 가지 방법과 기술을 쓸 수 없으며, 효험이 없으면 즉시 사형이오. 성상(星象)과 운기(雲氣)를 관측하는 자는 3백 명으로 모두 훌륭한 선비이지만 두려워하고 꺼리며 아첨할 뿐 감히 황제의 과실을 직언하지 않소. 천하의 일은 크고 작은 것을 막론하고 모두 황제가 결정하니 황제가 읽어야 할 문서의 중량을 저울질해야 하고 밤낮으로 정해진 분량이 있어서 그 분량에 맞지 않으면 쉴 수도 없소. 권세를 탐하는 것이 이와 같은 데까지 이르렀으니 그를 위해 선을 찾아서는 안 될 것이오."

그리고는 바로 도망쳐 버렸다. 진시황은 그들이 도망쳤다는 소식을 듣고 크게 화내며 말했다.

"내가 전에 천하의 쓸모없는 책들을 거두어 모두 없애 버렸지만 한편으로는 문학과 방술을 하는 선비의 무리를 대우했다. 그것은 태평 성세를 일으키기 위해서요. 방사(方士)들을 통해 불로장수의 약을 구하기 위해서였다. 그런데 지금 방사 한중(韓衆)은 떠난 지 오래되었는데 응답을 하지 않고, 서불 등은 엄청난 돈을 썼는데도 불사약을 얻지 못하고 그 일을 미끼로 자기의 이익만 챙긴다는 보고가 들려오고 있다. 특히 노생에게는 최고의 대우를 해주었는데도 불구하고 나를 비방함으로써 내가 덕이 없음을 더하고 있다.

내가 사람을 시켜 함양에 있는 유생들에 대해 조사해서 물어보았더니 어떤 자는 요사스러운 말로서 백성들을 현혹시키고 있었다."

그렇게 말한 진시황은 어사에게 명해 유생들을 조사하게 했다. 유생들은 서로를 고발하여 자신만 피하려고 했다. 결국 4백여 명에게 법을 위반했다는 죄명을 씌워 그들을 모두 함양에 생매장하고 천하에 알려 본보기로 삼았다. 그 후에도 명령을 범한 자들을 잡아 변경으로 유배 보냈다. 그러자 보다 못한 진시황의 맏아들 부소(扶蘇)가 말했다.

"천하가 가까스로 평정되었으나 먼 곳의 백성들은 아직 따르지 않고 있습니다. 이러한 때에 공자의 가르침을 믿고 받드는 학자들을 옛부터의 관행을 말한다고 하여 법으로 규제하시면 사회의 불안을 불러일으키는 결과만 만들 뿐입니다. 황상께서는 이 점을 살펴 주십시오."

그러자 진시황은 노여워하며 부소에게 북방 사령관 몽염의 감독관이라는 이름을 붙여 상군으로 쫓아버렸다.

시황제 36년에, 화성이 전갈자리에 멈춘 채 움직이지 않았다. 그것은 흉조였다. 그리고 유성이 동군에 떨어졌는데 땅에 닿자 돌덩이가 되었다. 그런데 백성들 중의 누군가가 그 돌에 「진시황이 죽고 땅이 다시 분열되리라」라고 새겼다. 진시황이 그 사실을 듣고 어사를 파견하여 엄하게 조사했지만 범인을 찾아낼 수 없었다. 그러자 진시황은 그 부근에 사는 사람들을 모두 잡아 죽이고 그 돌을 불살랐다.

이런 일 저런 일들이 원인이 되어 진시황은 즐거움을 모르게 되었다. 그래서 박사들에게 명해 〈선진인시(仙眞人詩)〉를 짓게 하고, 천하를 순행하면서 악사들에게 명하여 연주하고 노래하게 했다.

가을에 사자가 왔다. 그런데 그가 오는 중에 화음(華陰)의 평서(平舒) 길을 지나고 있을 때였다. 어떤 사람이 벽옥(璧玉)을 쥐고 있다가 밤길에 사자를 불러 세우고는 말했다.

"나를 위하여 함양에 있는 호지군(好池君 : 수신의 이름으로 진시황을 가리킨다)에게 전해 주시오."

그리고 계속해서 말했다.

"올해 안에 조룡(祖龍)이 죽을 거요."

사자가 그렇게 되는 까닭을 물으려 했지만, 사나이는 홀연히 사라졌기에 보이지 않았다. 사자는 도읍에 도착하여 그 벽옥을 진시황에게 바치고 일의 전말을 들려주었다. 진시황은 잠시 동안 침묵하고 있다가 말했다.

"산귀신(山鬼神)은 본래 1년간의 일을 알 뿐이다."

그리고 조정을 물러나면서 또 말했다.

"조룡은 사람의 조상이라는 뜻을 가지고 있겠지?"

진시황이 어부(御府)에게 벽옥을 조사하게 했더니 그것은 바로 28년에 순행하다가 장강을 건너면서 빠뜨린 벽옥이었다. 그래서 진시황이 점을 치게 하니 이사하는 것이 길하다는 점괘가 나왔기에 북하(北河)ㆍ유중(楡中)의 3만 가구를 이주시키고 작위 한 등급씩을 제수했다.

37년 10월 계축일에 시황제가 다시 순행하러 나섰다. 좌승상 이사가 따르고 우승상 풍거질은 함양을 지켰다. 막내아들 호해(胡亥)가 부러워하며 따르기를 청하자 황제가 허락했다. 11월에 순행하다 운몽(雲夢)에 이른 진시황은 구의산에서 우순에게 제사 지냈다. 장강의 물살을 타고 내려가며 적가(籍柯)를 바라보고 해저(海渚)를 건넜으며 단양(丹陽)을 지나 전당(錢唐)에 도착했다. 절강(浙江)에 이르니 물살이 거세졌기에 서쪽으로 백 2십 리 더 가 강폭이 좁아지는 곳에서 건넜다. 회계산에 올라 대우(大禹)에게 제사 지내고 남해를 바라보다가 비석을 세워 진나라의 공덕을 노래했다. 그 문장은 다음과 같다.

「황제의 빛나는 공은 천하를 하나로 통일한 것이며 그가 베푼 은덕과 혜택이 오래되었다. 37년에 몸소 천하를 순행하시며 먼 곳까지 두루 유람하셨다. 드디어 회계산에 올라 풍속과 습관을 널리 살펴보시니 백성들은 단정하게 공경했다. 여러 신하들이 공덕을 노래하고 일의 자취를 근본으로 추구하며 황제의 고명하심을 되짚었다. 진왕조의 성왕(聖王)이 나라에 임하셔서 처음으로 형벌의 명칭을 정하시고 옛날의 전장 제도를 뚜렷이 펼치셨다. 법과 의식을 지음으로 공평하게 하고 맡은 직책을 깊이 생각하여 영구불변한 기초를 세우셨다. 육국의 왕들이 제멋대로 배반하고, 탐욕스럽고 포악하며, 오만하고 사나워졌기에 무리를 거느리고 가시어 강력함을 과시했다. 그들은 또 포악하고 방자하여 무력을 등에 지고 군대를 자주 동원했다. 또 몰래 첩자를 파견하여 합종하고, 편벽되고 사악하게 행동했다. 안으로는 간사한 모략을 꾸미고 밖으로는 변경을 침략하여 마침내 재앙을 일으켰다. 때문에 정의로운 위엄으로 그들을 토벌하여 반역을 없애고 사그라뜨리니 천하를 어지럽힌 도적들이 멸망했다. 성스러운 덕이 넓고도 깊어 천하 사람들이 은혜를 입음에 경계가 없었다. 황제께서 천하를 하나로 합치고 모든 일을 두루 들으시니 먼 곳이나 가까운 곳이나 모두 맑아졌다. 만물을 운용하여 다스리고 사실을 고찰하여 증험하니 각기 명분이 세워졌다. 법을 어기면 귀천을 막론하고 적용했기에 선하든 선하지 않든 명백히 드러나게 되니 숨길 일이 없게 되었다. 삼가 스스로 성찰하여 되돌아볼 것을 규정하고 정의를 펴니, 자식이 있는데도 다시 시집가면 죽은 남편을 배신하는 것이며 정조가 없는 것이라고 여겼다. 내외를 구별하고 음탕함을 금지시키자 남녀가 순결하고 진실해졌다. 지아비가 다른 여자와 간통하면 그를 죽여도 죄가 되지 않게 하니, 남자는 정의의 규정을 지키게 되었다. 아내가 달아나 다른 사람에게 시집가면 자식들이 어머니로 인정하지 않게 하니, 모두 정숙하고 맑게 교화되었다. 큰 다스림으로 풍속을 깨끗하게 하니, 천하가 교화를 이어받아 아름다운 덕을 입게 되었다. 법도와 규범을 모두 따르고 평화롭게 안정되며 돈독해지기에 힘쓰니, 명령에 따르지 않는 자가 없었다. 백성들은 깨끗하게 수양하여 사람마다 법도를 기꺼이 따르며 태평함을 기쁘게 지켰다. 후세 사람들이 공경으로 법령을 받들고 훌륭한 다스림이 끝이 없으니, 수레와 배가 기울어지지 않듯 나라가 전복되지 않았다. 따르던 신하들이 공적을 노래하며 이 비석에 새겨 광명이 아름다운 비문에 드리우기를 청하노라.」

시황은 돌아오다가 오현(吳縣)을 지나 강승현(江乘縣)에서 강을 건너 해안가를 따라 북쪽으로 행하다가 낭야에 이르렀다.

그때 방사 서불 등이 바다로 들어가 신선의 약을 찾았으나 몇 년이 지나도록 얻지 못하고 비용만 많이 썼기에 문책을 받을 것이 두려워 거짓으로 말했다.

"봉래 땅으로 가기만 하면 약을 구할 수 있으나 항상 커다란 상어가 길을 막기 때문에 도달할 수 없사옵니다. 그러하오니 활을 잘 쏘는 사람과 동행하게 해 주십시오. 그러면 그 상어를 물리치고 뜻을 이루겠습니다."

진시황이 그 후에 바다의 신과 싸우는 꿈을 꾸었는데, 그 신은 사람의 형상과 같았다. 꿈을 풀이하는 박사에게 물었더니 그가 말했다.

"물의 신은 자기의 모습을 보이지 않고 큰 물고기나 교룡(蛟龍)으로 변신하여 자기의 뜻을 펼칩니다. 지금 황상께서 공경함을 갖추고 제사를 지내셨으나, 그러한 사악한 귀신이 나타난 것은 그 물의 신이 복수하고 있기 때문이라고 생각합니다. 그러니 즉시 물리쳐야 선한 신이 올 수 있습니다."

그래서 어사에게 명해 커다란 물고기를 잡는 기구를 준비하게 했다. 그리고 연달아 화살을 쏘는 활을 가지고 커다란 물고기가 나타나기를 기다렸다. 하지만 낭야에서부터 북쪽의 영성산(榮成山)까지 가도 대어는 나타나지 않았다. 지부에 이르러서야 커다란 물고기가 나타나자 화살을 쏘아 한 마리를 죽였다. 그 후 진시황은 바다를 따라 서쪽으로 갔는데 평원진(平原津)에 이르렀을 때 병이 났다. 시황은 죽음이란 말을 싫어했기 때문에 여러 신하들은 감히 죽음이라는 말을 입 밖에 내지 못했다. 하지만 그러는 동안에도 병이 더욱 깊어지자 시황제는 결국 황자인 부소에게 보낼 조서에 옥새를 찍고 「함양으로 돌아와 나의 장례를 주관하라」 라고 쓴 뒤 편지를 밀봉하여 중거부령(中車府令) 조고(趙高)의 관부(官府)에 놓아둔 채, 사자에게 주지는 않았다.

7월 병인일에 진시황이 사구(沙丘)의 평대(平臺)에서 세상을 떠났다. 승상 이사는 황제가 외지에서 죽었기에 여러 공자들이 황위를 놓고 싸우는 변란이 생길까 두려워 비밀로 하고 발상하지 않았다. 관을 온량거(凉車) 속에 안치하고 예전에 총애받던 환관이 수레에 탔다. 시황제가 살아 있는 것처럼 꾸미기 위해 도착하는 곳에서마다 황제에게 음식을 올리고, 모든 신하들이 예전과 다름없이 나랏일을 아뢰었다. 환관이 즉시 온량거 안에서 황제의 판단을 듣고 전하는 형식으로 결재했다. 오직 황자 호해와 조고 및 총애받던 환관 대여섯 명만이 황제가 죽은 것을 알고 있었다. 조고는 일찍이 호해에게 서법 및 형법과 법령을 가르친 적이 있었기에 호해는 그를 개인적으로 총애하고 있었다. 조고는 곧 황자 호해, 승상 이사 등과 은밀히 모의하여 진시황이 공자 부소에게 내린 밀봉한 서찰을 뜯고, 승상 이사가 사구에서 유조(遺詔)를 받았다고 거짓으로 꾸며 공자 호해를 세워 태자로 삼았다. 다시 서찰을 꾸며 공자 부소와 몽염에게 보내 그들의 죄를 탓하고 낱낱이 지적하면서 자살하라는 명을 내렸다.

순행하던 일행은 드디어 정경(井經)을 거쳐 구원(久原)에 도착하게 되었다. 때마침 여름이라 황제의 온량거에서 악취가 나자, 즉시 수행하던 관원에게 소금에 절여 말린 고기 한 석을 싣도록 하여 악취를 구분하지 못하게 했다.

순행하며 직선 도로(直道)를 따라 함양에 도착한 후 그들은 비로소 초상을 알렸다. 태자 호해가 제위를 이어 이세(二世)황제가 되었으며, 9월에 진시황의 시신을 여산에 안장했다. 진시황은 막 즉위했을 때 여산을 뚫어 다스렸는데, 천하를 통일하자 전국에서 7십여만 명을 이주시켜 그곳을 깊이 파게 하고 구리 물을 부어 틈새를 메워 외관을 설치하였으며, 별관·모든 관원·기이한 기물·진귀하고 특이한 형상의 물건들을 만들어 운반하여 가득 보관했다. 기술자에게 명해 자동으로 발사되는 활과 화살을 만들어 장치하게 하여 그곳에 접근하여 파내려는 자가 있으며 즉시 발사되도록 했다. 수은으로 온갖 내와 큰 강·넓은 바다를 만들고, 기계로 수은을 집어넣어 흘러가게 했다. 위로는 천문(天文 : 하늘의 형상)을 갖추었고 아래로는 지리 (地理 : 땅의 형상)를 갖추었다. 도롱뇽의 기름으로 양초를 만들어 오랫동안 꺼지지 않도록 미리 계획했다. 그때, 이세황제가 말했다.

"선왕의 후궁이었는데 자식이 없는 자라 하여 밖으로 내보내는 것은 마땅하지 않다."

그리고는 모두 따라 죽으라고 명했기에 죽은 여인들이 매우 많았다. 매장이 끝나자 어떤 사람이 말했다.

"기술자들은 기계를 만들었고, 보물들을 매장했습니다. 이처럼 중대한 사실이 세상에 알려지면 큰일 납니다. 때문에 상례가 끝나고 묘로 통하는 길의 가운데 문을 닫을 때 바깥문도 닫아 버려 기술자와 노예들이 그 속에 갇혀 생죽음을 당하게 만들었고 묘지에는 풀과 나무를 심어 겉으로는 산처럼 보이게 만들었습니다."

이세황제 원년, 그때 황제의 나이는 스물한 살이었다. 조고는 낭중령(郎中令) 황제의 신임을 독차지하며 나라의 모든 권력을 손에 넣었다. 이세황제는 명을 내려 시황의 침묘에 바치는 제물과 산천에 드리는 온갖 제사의 예물을 늘렸다. 여러 신하들에게 시황제의 묘를 만드는 문제에 대해서 상의하도록 했다. 여러 신하들은 모두 머리를 조아리며 말했다.

"옛날에 천자는 칠묘(七廟), 제후는 오묘(五廟), 대부는 삼묘(三廟)를 두어, 비록 만 년이 지나더라도 헐어 없애지 않았습니다. 지금 시황제는 가장 숭고한 묘라서 전국이 모두 공물을 바치고 제물을 늘리고 예를 다 갖추고 있으니, 더할 것이 없습니다. 선왕들의 묘는 어떤 것은 서옹(西雍)에 있고, 어떤 것은 함양에 있습니다. 천자께서는 예법에 따라 마땅히 시황의 묘만 잔을 받들어 올려 제사를 드려야 합니다. 양공 이하의 묘는 모두 헐어 없애야 합니다. 설치되어 있는 것은 모두 일곱 개입니다. 여러 신하들이 예로서 제사를 드리고 시황의 묘를 높여 황제의 시조 묘로 삼으십시오. 황제께서는 다시 스스로 「짐」이라고 부르십시오."

이세황제는 조고와 의논하여 말했다.

"짐이 나이가 어리고 이제 막 즉위하여 백성들이 아직 복종하지 않소. 선제께서는 군현을 순행함으로써 국력의 강대함을 과시하며 위엄으로 천하를 복종시켰소. 그런데 짐이 편안히 지내면서 순행하지 않는다면 나약하게 보여져 천하를 다스릴 방도가 없게 될 것이오."

봄에 이세황제가 동쪽으로 군현을 수행하는 길에 나서자 이사가 수행했다. 갈석산에 이르렀다가 바다를 따라 나아가 남쪽 회계산에 도착해, 시황제가 세운 글이 새겨진 비석에 모두 글자를 새겼는데, 비석의 측면에 수행한 신하들의 이름을 새기고 신왕이 이룬 공적과 성대한 덕을 밝혔다. 황제가 말했다.

"금석에 새긴 내용은 모두 시황제께서 행하신 것이오. 이제 내가 호칭을 이어받아 금석에 새긴 글귀를 통해 「시황제」라고 부르지 않는다면 세월이 오래 흐르고 멀어지면 후대에 계승한 자가 행한 것처럼 되니, 시황제가 이룬 공적과 성스러운 덕에 걸맞지 않게 될 것이오."

그러자 승상 이사, 신하 풍거질(馮去疾), 어사대부 덕(德)이 죽음을 각오하고 말했다.

"신들이 황제의 조서를 이 비석에 모두 새겨, 이것으로 명백히 밝히게 해 주십시오. 신들이 죽음을 각오하고 청하옵니다."

그러자 황제가 명을 내려 말했다.

"재가하노라."

그리고는 이세는 요동으로 순행을 갔다가 돌아왔다.

그때 이세황제는 조고의 의견을 받아들여 법령을 공표했다. 그리고는 은밀히 조고와 의논하며 말했다.

"대신들이 나를 우습게 보는 모양이고 관리들은 아직도 세력이 강력하며, 더구나 여러 공자들이 제위를 넘보고 있으니 어찌해야 하오?"

조고는 말했다.

"신이 진작부터 말씀드리려고 했으나 송구스러워서 감히 하지 못했습니다. 선제의 대신들은 모두 여러 대에 걸쳐 공적을 쌓은 사람들입니다. 그리고 신 조고는 본래 보잘것없고 비천하지만 다행히 폐하께서 등용해 지금 높은 자리에 두신 덕분에 궁중의 일을 관장하게 되었습니다. 때문에 대신들은 겉으로는 신을 따르지만 마음속으로는 복종하지 않습니다. 지금 폐하께서 순행하고 오셨으니 이때를 틈타 군현의 수(守)나 위(尉) 중에서 죄지은 자들을 심문하여 죽인다면, 위로는 천하에 위엄을 떨치고 아래로는 평소에 못마땅하게 여기던 자들을 없앨 수 있습니다. 지금의 시국에서는 무력으로 판결을 내려야 합니다. 바라건대 폐하께서는 여러 신하들이 모의할 틈조차 주지 마십시오. 현명한 군주는 남아 있는 백성을 거두어 등용함으로써, 비천한 자는 귀하게 만들고, 빈곤한 자는 부유하게 만들며, 멀리 있는 자는 가까이 오게 합니다. 그러면 위아래가 한 덩어리로 뭉쳐지고 나라는 안정을 얻게 됩니다."

이세황제는 말했다.

"옳다."

이세황제는 곧 그의 건의를 실행에 옮겼다. 죄를 뒤집어씌워 대신과 여러 왕자들을 차례차례로 죽였다. 더욱이 그들의 죄에 연좌시켜 선왕의 측근 관원인 삼랑(三郞)까지 모두 채포했기 때문에 조정 안에는 죄를 벗어날 수 있는 자가 없었다. 6명의 왕자는 두현(杜縣)에서 죽었지만 왕자 장려(將閭)의 형제 세 사람은 내궁에 갇혔는데, 그 죄를 논의하느라고 체형이 늦어졌다. 그러자 이세황제는 사자를 보내 장려에게 말했다.

"그대는 신하의 도리를 다하지 않았으니 그 죄는 사형에 해당된다. 형리를 보내 형을 집행하겠다."

그러나 장려는 승복하지 않았다.

"나는 이제까지 조정의 의식이 있을 때는 언제나 빈찬(賓贊 : 예의나 의식에 관한 일을 맡아서 다루는 관원)의 지시를 따르지 않은 적이 없었다. 종묘의 의식 때도 감히 순위를 다툰 적이 없었다. 명을 받들어 대답할 때도 나는 이제껏 감히 실언을 한 적이 없었다. 그런데 어찌하여 신하 된 도리를 다하지 못했다고 하는가? 죄명을 듣고 나서 죽기를 원한다."

그러자 사자가 말했다.

"신은 죄를 논의하는 데 함께할 수 없으며, 조서를 받들어 일을 처리할 뿐입니다."

장려는 하늘을 우러러 크게 세 번이나 부르짖었다.

"하늘이시여! 나는 죄가 없습니다."

형제 세 사람은 모두 눈물을 흘리며 칼을 뽑아 자살했다. 그 사건은 황족들을 두려워하며 떨게 만들었다. 신하들이 간언하는 것은 비방죄에 적용되었기 때문에 고관들은 녹봉을 유지하기 위해 구차스럽게 아첨하였고, 백성들은 누구나 벌벌 떨었다.

그 해 4월에 나라 안을 순행하던 이세황제가 함양에 돌아와 말했다.

"선제께서는 함양의 대궐이 작다고 여기셨기 때문에 아방궁을 지어 궁전으로 삼으려고 하셨소. 하지만 미처 다 짓기 전에 돌아가셨소. 그래서 나는 공사를 일시 중지하고 여산의 묘지부터 완공시켰소, 여산의 능이 완성된 지금 아방궁을 버려두고 완공하지 않는다면, 이는 선제께서 거행한 일을 비판하는 것처럼 보일 수 있소."

그리고는 아방궁을 짓는 공사를 다시 시작했다. 또한 밖으로는 사방의 오랑캐를 공격하여 시황의 정책과 같게 했다. 힘센 병사 5만 명을 징발하여 함양에 주둔시켜 지키게 하였으며, 그들에게 활쏘기와 개, 말, 날짐승과 길짐승의 조련을 가르쳤다. 그들이 먹는 것이 많아 곡식이 부족하다고 판단되자, 각 군현에 곡식과 사료를 조달하라는 명을 내리고 운반하는 사람들은 모두 자기가 먹을 식량을 휴대하게 했다. 그 결과 함양을 중심으로 한 3백리 안의 백성들은 심각한 식량난에 빠졌다. 그런데도 불구하고 법을 운용하는 방법은 더욱 각박하고 심해졌다.

그러던 중 7월에 들어서서 마침내 초나라 지방에서 반란이 일어났다. 변경 수비군에 동원된 진승(陳勝) 등이 반란을 일으켜 국호를 초나라를 넓힌다는 의미를 가진 「장초」라고 했다. 진승은 스스로 초나라 왕으로 즉위하여 진현(陣縣)에 머물면서 여러 장수들을 파견하여 세력을 넓혀 갔다. 그러자 진나라의 학정에 시달리던 산동 군현의 젊은이들이 그들 지방의 군수·군위·현령·현승을 죽이고 반란을 일으켜 진승에게 호응하면서 제각기 즉위하여 제후나 왕이 되어 힘을 합쳤다. 서쪽으로 진군하는 그들의 명분은 진나라를 토벌한다는 것이었는데, 그 수는 이루 헤아릴 수가 없었을 정도로 많았다.

알자(謁者 : 궁중에서 빈객을 접대하거나 사자로 파견되는 관리) 한 사람이 동쪽으로부터 와서 반란의 실정을 이세황제에게 보고했다. 하지만 이세황제는 그의 말을 믿지 않고 화를 내며 그를 옥리에게 넘겨 치죄하도록 했다. 그 후 다른 사자가 도착했는데, 이세가 그곳의 실정을 묻자 대답했다.

"한낱 떼도둑에 지나지 않습니다. 각 군의 수(守)나 위(尉)가 모조리 잡아들이고 있으니 지금쯤은 소탕되었을 겁니다. 걱정할 것이 못 됩니다."

황제는 기뻐했다. 하지만 현실은 그것과 정반대였다. 조에서 일어난 무신(武臣)은 스스로 즉위하여 조나라 왕이 되었고, 위구(魏咎)는 위나라 왕이 전담(田儋)은 제나라 왕이 되었다. 또한 패공(沛公 : 유방)은 패현(沛縣)에서 일어났으며, 항량(項梁 : 항우의 숙부)은 회계군에서 군대를 일으켰다.

호해황제 2년 겨울에 진승의 부하 주장(周章) 등이 이끄는 반란군이 서쪽으로 나아가 희정(戲亭)에 이르렀는데 병사들이 십여만 명에 이르렀다. 이세황제는 크게 놀라 여러 신하들과 상의하며 말했다.

"어떻게 해야 하오?"

그러자 소부(少府) 장한(章邯)이 말했다.

"적도들이 벌써 도착하여 수가 매우 많으니, 지금 가까운 고을에서 군대를 징발해도 때가 늦습니다. 여산에 죄수들이 많으니 그들을 사면하고 무기를 주어 싸우게 하심이 어떻겠습니까?"

이세황제는 즉시 천하에 대사면을 내리고, 장한에게 죄수 부대의 지휘를 맡겼다. 장한은 그들을 거느리고 주장의 군대를 맞아서 싸워 무찔렀으며 도망가는 주장을 추격하여 조양(曹陽)에서 잡아 죽였다. 이세황제는 장사 사마흔(司馬欣)과 동예(董翳)를 더 파견해 장한을 도와 반란군을 무찌르게 했다. 그리하여 그들은 성보(城保)에서 진승을 죽이고, 정도(定陶)에서 항량을 무찔렀으며, 임제(臨濟)에서 위구를 죽였다. 초나라 땅에서 일어난 반란군이 지도자들과 함께 패하자 장한은 곧바로 북쪽으로 진군해 황하를 건너 거록에서 조나라 왕 헐(歇)의 군대를 공격했다.

그때 조고가 이세황제에게 건의했다.

"선제께서는 천하에 군림해 제후들을 제압한 지 오래되셨기 때문에 여러 신하들이 감히 그릇된 짓을 하거나 사악한 말을 진언하지 못했습니다. 하지만 폐하께서는 나이가 한참 젊으신 데다 이제 막 즉위하셨으니 공경들과 함께 국사를 결정하시는 것이 좋은 방법인지 모르겠습니다. 일에 잘못이 있으면 신하들에게 단점을 보이는 결과가 됩니다. 천자가 짐이라 부르는 것은 다른 사람의 소리를 듣지 않고 단독으로 결정하기 위해서입니다."

그로부터 이세황제는 늘 깊은 궁중에 머물며 오직 조고만을 상대하여 모든 국사를 결정했다. 공경들이 천지를 알현할 수 있는 기회가 드물었으며, 도적은 더욱 많아져 관중의 병사들이 징발되어 동쪽으로 도적을 공격하는 일이 그치질 않았다. 때문에 우승상 풍기질, 좌승상 이사, 장군 풍겁(馮劫)이 간언하여 말했다.

"관동 지방에서 도적 떼가 일제히 일어나 진나라가 군대를 일으켜 공격하여 토벌하니, 죽거나 다친 자가 매우 많습니다. 그러나 여전히 멈추게 하지는 못했습니다. 도적이 많아지는 것은 전부 수자리 살거나 수송하는 일이 고달프고, 세금도 또한 많기 때문입니다. 그러니 아방궁 짓는 공사를 잠시 멈추시고 사방 변방의 군역과 물자 운송 요역을 줄여 주십시오."

그러자 이세황제가 말했다.

"내가 듣건대 한비자가 말하기를 '요순은 나무를 베어다 깎아내지 않고 서까래를 만들고 띠풀로 지붕을 이어 처마 끝을 잘라내지 않았으며, 질그릇에 밥을 먹고, 토기에 물을 담아 마셨으니, 비록 문지기의 봉양이라 해도 이보다 누추하지는 않을 것이다. 우(禹)는 용문을 뚫어 대하를 소통시키고, 황하의 막힌 물길을 터서 바다로 흐르게 하였으며, 직접 자신이 가래를 쥐고 흙을 다듬어 정강이의 털이 닳아 없어졌으니, 노예의 수고로움도 이보다 대단하지는 않다'고 했소. 무릇 천하를 소유하고 귀하게 된 자는 뜻대로 하고 싶은 것을 다 할 수 있으며, 군주가 엄중히 법을 밝히면 아랫사람들이 감히 그릇된 행동을 하지 않기에 천하를 제어할 수 있는 것이오, 우(虞)·하(夏)의 군주는 고귀하게 천자가 되었는데도, 몸소 곤궁하고 수고로운 고단한 현실에 처하여 백성들을 위해 희생하였으니, 오히려 무엇 하러 본받겠소? 짐은 지존한 만승(萬乘)의 천자이지만 실속은 없으니, 천 승의 수레, 만 승의 무리를 만들어 나의 이름과 칭호를 충족시키려 하오. 또한 선제께서는 제후 출신으로 일어나 천하를 겸병하시고, 천하가 이미 안정되자 밖으로 사방의 오랑캐들을 물리쳐 변방을 안정시켰으며, 궁실을 지어 뜻을 얻었음을 밝히셨으니, 그대들도 선제가 남기신 업적들을 보았을 것이오. 지금 짐이 즉위하고 2년 동안 도적 떼가 일제히 일어나는데도 그대들은 막을 수 없고 또 선제께서 시작한 사업을 버리려 하니, 이것은 위로는 선제께 보답하지 못하고 아래로는 짐에게 충성을 다하지 않는 것인데 무엇 때문에 자리에 있는 것이오?"

그리고는 옥리에게 명해 풍거질과 이사·풍겁의 죄를 심문하게 했다.

풍거질과 풍겁은 말했다.

"장상(將相)이란 모욕을 당하지 않는다."

그리고는 자살했다. 이사는 마침내 옥에 갇혔다가 오형(五刑)을 받았다.

이세황제 3년에 장한의 무리가 그들의 군대를 거느리고 거록을 포위하자, 초나라의 상장군 항우(項羽)가 군대를 이끌고 거록으로 구원하러 갔다. 조고는 겨울에 승상이 되었으며 마침내 이사를 심판하여 처형했다. 그 해 여름에 장한의 군대가 싸우다가 여러 차례 퇴각하자, 이세황제는 사신을 보내 장한을 호되게 꾸짖었다 장한은 두려워하며 장사 사마흔을 보내 지원을 요청했다. 하지만 조고는 그를 만나 주지 않았다. 사마흔은 두려워하며 몰래 도성에서 빠져나왔다. 조고가 사람을 시켜 체포하게 하였으나 따라잡지는 못했다. 사마흔은 장한을 만나 말했다.

"조고가 궁중에서 정사를 장악하고 있으니 장군께서는 공이 있어도 죽을 것이요, 공이 없어도 죽음을 당할 것입니다."

항우가 진나라의 군대를 기습하여 왕리를 사로잡자 장한은 마침내 병사들을 이끌고 제후들에게 항복했다.

8월 기해일에 조고가 반란을 일으키려 했으나 신하들이 따르지 않을까 걱정되어 먼저 시험해 보려고 사슴을 끌고 가서 이세에게 바치며 말했다.

"폐하 이것은 말입니다."

이세가 웃으며 말했다.

"승상이 틀리지 않았소? 사슴을 보고 말이라니 말이오."

그리고 좌우의 사람들에게 물었더니 반응은 세 가지로 나누어졌다. 어떤 이는 침묵하고, 어떤 이는 조고에게 아첨하려고 말이라고 말했으며, 어떤 이는 사슴이라고 말했다. 그러자 조고는 사슴이라고 말한 자들을 은밀하게 법을 걸어 처벌했다. 그때부터 신하들은 모두 조고를 두려워했다.

조고는 전에 여러 번 말했다.

"관동의 도적들 따위는 두려워할 필요가 없다."

그런데 항우가 진나라 장수 왕리 등을 거록에서 사로잡고서 진격해 오고, 장한의 군대는 여러 번 퇴각하면서 상소하여 지원군을 요청한 것이다. 연·조·제·초·헌·위의 제후들이 모두 즉위하여 왕이라고 자칭했다. 함곡관 동쪽 백성들이 곳곳에서 제후들에게 호응하여 진나라에 반기를 들고 일어섰다. 그중에서도 패공은 수만 명의 군대를 이끌고 이미 무관(武關)을 함락시킨 뒤 사람을 조고에게 보내 협상을 제의했다.

사태가 그쯤 되자 조고는 이세황제가 화가 나 자신에게 벌을 내릴 것이 두려워지지 않을 수 없었다. 때문에 병을 핑계 삼아 조회에 가지 않았다.

그 무렵에 이세황제는 호랑이가 자신의 수레 왼쪽을 끄는 말을 물어뜯어 죽이는 꿈을 꾸었다. 그래서 마음이 언짢아져 점쟁이에게 꿈에 대해 물었더니, 점친 사람이 말했다.

"경수(涇水)의 수신(水神)이 수작을 부리는 것이옵니다."

그래서 이세황제는 망이궁에서 목욕재계하고 경수의 신에게 제사를 지내면서 흰말 네 필을 물에 빠뜨렸다. 그리고는 사신을 보내 조고에게 반란군을 토벌하지 못한 책임을 추궁했다. 그러자 조고는 사태가 심상치 않다고 생각하며 몰래 사위 함양령 염락(閻樂), 아우 조성(趙成)과 만나 모의하며 말했다.

"황제가 나의 간언을 듣지 않다가 사태가 위급해지자 책임을 우리 가문에 돌리려고 하는 모양이다. 그래서 나는 천자를 바꿔 공자 영으로 세우려 한다. 공자 영은 어질고 검소하니 그가 제위에 오르면 민심도 그를 따를 것이다."

그들은 세밀한 계획을 세웠다. 우선 낭중령을 포섭하여 궁 안에서 호응하게 한 뒤에 거짓으로 반란군이 궁 안에 침입했다고 소동을 벌이게 하고 이어서 그들을 뒤쫓아 왔다고 속여 염락이 군대를 이끌고 궁 안으로 들어가게 한다는 계획이었다. 조고는 혹시 염락이 변심할 경우에 대비하여 그의 어머니를 볼모로 자기 집에 잡아 두었다. 거사하는 날이 되자, 염락은 포리(捕吏)와 군대 천여 명을 이끌고 망이궁의 전문(殿門)으로 가서 위령(衛令 : 수문장)과 복야(僕耶 : 근위대장)를 결박하고 말했다.

"도적 떼가 이곳까지 들어왔는데 어째서 저지하지 않았느냐?"

그러자 위령은 대답했다.

"궁궐 주위에 군대들을 매우 삼엄하게 배치했는데 어떻게 도적 떼가 감히 궁 안에 들어올 수 있겠습니까?"

염락은 드디어 위령을 베고는, 곧장 장수들을 거느리고 궁궐 안으로 들어가 활을 쏘아댔다. 그러자 낭관과 환관들은 매우 놀라 도망치기도 하고 맞서기도 했는데 대항하다가 죽은 자들이 수십 명에 달했다.

낭중령과 염락은 함께 안으로 들어가 휘장으로 가려진 이세황제의 침실 안으로 활을 쏘았다. 황제가 놀라며 가까이서 그를 모시는 신하를 불렀으나, 측근들은 모두 두려워하며 나서서 싸우려 하지 않았다. 곁에는 오직 환관 한 사람이 있었는데, 그는 감히 달아나지 않았다. 이세황제가 그에게 물었다.

"그대는 어찌하여 진작 짐에게 진실을 말해 주지 않았는가? 이 지경에 이르게 하다니."

환관이 대답했다.

"신이 감히 아뢰지 않았기에 오늘까지 목숨을 부지할 수 있었습니다. 만약 신이 일찍 아뢰었더라면 저는 그 자리에서 폐하의 노여움을 사게 되어 처형되었을 것입니다."

염락이 이세황제의 앞으로 나아가 그의 죄상을 열거하며 말했다.

"당신은 교만하고 방자하며 무도하게 사람들을 많이 죽였소. 그래서 천하 사람들이 모두 당신을 배반하였으니, 당신 스스로 죽을 방법을 생각해 보시오."

이세황제가 말했다.

"승상을 만나게 해주게."

염락이 대답했다.

"안 되오."

이세황제가 다시 말했다.

"군(郡) 하나의 왕이라도 시켜 준다면 물러나겠다. 그러니……."

그러나 허락되지 않자 또 말했다.

"그럼 호후(戶侯)라도 될 테니………."

그러나 허락되지 않자 또 말했다.

"아내와 자식이 함께 서민이 되어도 좋아. 그러니 제발."

그러자 염락은 말했다.

"신은 승상에게서 명을 받들어 천하를 위하여 당신을 처단하러 온 거요. 당신이 비록 말을 더 하더라도 나는 감히 보고할 수 없소."

그리고는 그의 병졸들로 하여금 이세황제를 협박하게 하자 그는 마침내 자살했다.

염락이 돌아가 조고에게 보고하자 조고는 곧 여러 대신과 동자들을 모두 불러 이세황제를 처단한 상황을 알린 뒤에 말했다.

"진나라는 원래 작은 나라였으나, 시황이 천하를 통일한 뒤로 「제국」이 되었소. 그런데 이제 여섯 나라가 되살아나 독립하여 진나라의 영토가 침식되고 있소. 따라서 실체가 없어졌으니, 헛되이 「제왕」이라고 칭해서는 안 될 것이오. 예전처럼 「왕」이라고 해야 합당하오."

조고는 이세황제의 형의 아들인 공자 자영(子嬰)을 진나라 왕으로 삼았다. 또한 이세황제는 평민의 예로써 두남(杜南)의 의춘원(宜春苑)에 장사지냈다. 그리고는 자영으로 하여금 목욕재계하고 종묘에 나가 의식을 갖추고 옥새를 인수하게 했다. 닷새 후에 자영은 그의 두 아들을 불러 의논했다.

"승상 조고가 호해 황제를 망이궁에서 죽이고 신하들이 자신을 죽일까 두려워 거짓으로 대의를 내세워 나를 세운 것이다. 내가 들으니 그놈은 초나라와 조약을 맺어 진나라를 없애고 자기가 관중의 왕이 되려 한다고 한다. 그놈이 나에게 종묘에 알현하라고 하니, 이것은 종묘 안에서 나를 죽이려는 것이다. 내가 병을 핑계 삼아 가지 않으면 그놈이 반드시 직접 나를 데리러 올 것이니, 오면 그를 죽여라."

조고가 사람을 보내 자영을 몇 번 불러도 자영이 가지 않았더니 과연 조고가 직접 와서 말했다.

"종묘에서의 중대한 일인데 왕께서는 어찌하여 오지 않으십니까?"

자영은 마침내 재궁(齋宮)에서 조고를 찔러 죽이고 조고의 삼족을 처형하여 함양 저잣거리에 머리를 매달았다.

자영이 진왕이 된 지 46일 후에 초나라 장수 패공이 진나라 군대를 무찌르고 무관으로 진입하여 이윽고 패상에까지 이르렀다. 그리고 사자를 보내 자영에게 항복을 요구했다. 자영은 즉시 인장 매는 끈을 목에 걸고, 흰 말이 끄는 수레를 타고, 옥새를 받드는 모습으로 지도 근처에서 투항했다. 패공은 마침내 함양에 들어와 궁실의 창고를 봉하고, 패상으로 군대를 철수시켜 주둔했다.

한 달 남짓 후에 제후들의 병력이 도착하였는데, 그들의 맹주는 항우였다. 항우는 자영과 진나라의 여러 공자와 왕족을 살해했으며 온갖 나쁜 짓을 저질렀다. 궁실을 불태우고 후궁의 궁녀들을 잡아들이고 진귀한 보물과 재물을 약탈하여 제후들과 함께 나누었다.

진나라는 멸망한 국토가 셋으로 나누어졌으며 옹왕(雍王)·새왕(塞王)·적왕(翟王)이 세워졌고 그것을 「삼진(三秦)」이라고 불렀다. 항우는 서초(西楚)의 패왕(霸王)이 되어 명(命)을 주관하고 천하를 나누어 제후들을 각지의 왕으로 봉했다. 진나라는 결국 그렇게 멸망했으며 5년 후 천하는 한(漢)나라에 의해 평정되었다.

태사공은 말한다.

"진나라의 선조 배에는 일찍이 당요·우순 시대에 공적이 있어 봉토를 받고 성을 내려받았다. 하지만 하대·은대의 사이에 이르러 미약해지면서 흩어졌다. 주나라가 쇠퇴해지면서 진나라가 일어나 서쪽변경 지역에 도읍을 정했다. 목공 이래로 차츰 제후들을 잠식하더니 마침내 시황이 되었다. 시황은 스스로 자기의 공적이 오제를 뛰어넘고 영토도 삼왕보다 넓다고 여겼기에 그들과 같아지는 것을 수치스러워했다. 훌륭하다, 가생(賈生 : 전한 시대의 문학가이며 정론가)이 추앙한 말이여!"

그는 말한다.

'진나라는 산동 제후들의 30여 개 군(郡)을 하나로 합쳤고 나루터와 관문을 수리하고 험준한 요새에 의거하여 무장한 군대를 정비하여 수비했다. 그러나 진섭이 어지럽게 흩어져 있는 국경을 지키는 군대들 수백 명을 데리고 팔을 걷어붙이고 크게 소리쳐, 활과 창 대신 호미·서까래·몽둥이를 들고 민가에서 밥을 얻어먹으며 거리낌 없이 천하를 마구 돌아다녔다. 진나라 사람들은 험난한 요새에 의지해, 방비하지 않고 관문과 다리도 닫지 않았으며, 긴 창으로 찌르지 않고 강한 활로 쏘지도 않았다. 초나라의 군대가 깊숙이 들어가 홍문에서 싸웠지만 일찍이 가로막는 장애물도 없었다. 그래서 산동 땅이 크게 소란스러워지면서 제후들이 일제히 일어나고 호걸들도 서로 일어났다. 진나라는 장한에게 군대를 주어 동쪽을 정벌하게 했으나, 장한은 그 기회에 삼군(三軍)의 대병력으로 바깥에서 거래를 하여 그의 왕을 도모했다. 대신들은 믿을 수 없다는 사실을 여기에서 볼 수 있다. 자영은 즉위해서도 끝내 사태가 심각하다는 것을 깨닫지 못했다. 만약 자영이 평범한 군주의 재능을 지니고 중급 정도의 재능을 지닌 참모의 보좌를 얻을 수 있었다면 산동 땅이 비록 혼란스럽다 해도 진나라 땅은 온전히 보전할 수 있었을 것이며, 종묘의 제사는 당연히 끊어지지 않았을 것이다.

진나라는 산을 등지고 강에 둘러싸여 있기 때문에 견고하고 사방이 요새인 나라였다. 목공 이래로 진왕(시황)에 이르기까지 20여 명의 왕은 늘 제후들의 우두머리가 되었지만 그것이 어찌 대대로 군주가 현명했기 때문이었겠는가? 진나라의 형세가 그러했기 때문이다. 더욱이 천하 사람들이 일찍이 마음을 같이하고 힘을 합쳐서 진나라를 공격했지만 그 시대의 현명하고 지혜로운 자들이 일제히 모여들고, 훌륭한 장수가 자신의 군대를 출동시키고 현명한 상(相)이 자신의 계책을 나누었지만 험준한 지세에 막혀 진격할 수 없었다. 그런데 진나라는 군대를 끌어들이기 위해 관문을 열었으며 백만의 무리는 두려워하며 북쪽으로 가다가 결국에는 무너지고 말았다. 그것이 어찌 용기와 힘, 지혜가 부족하기 때문이겠는가? 지형이 불리하고, 형세가 유리하지 않기 때문이었다. 진나라는 작은 고을을 큰 성에 합치고, 험준한 요새를 지키며 주둔하여 보루를 높이 쌓고 싸우지 않으면서 관문을 닫아걸고 요새를 지켰다. 제후들은 보통 사람에서 일어나 이익으로 연합한 것이었기에 제왕의 덕을 갖춘 사람의 행동이 있었던 것은 아니었다. 그들의 교분은 친밀하지 못했고 그들의 부하들도 제대로 따르지 않았으며 진나라를 멸망시키기 위해서라는 것을 명분을 삼았으나 실제로는 저마다의 이익을 위해서 행동했다. 때문에 진나라의 수비는 뚫기 어렵다는 것을 알게 되자 군대를 퇴각시켰을 것이다. 국토를 안정시키고 백성들을 쉬게 하여 다른 나라가 피폐하기를 기다렸다가 약소한 나라를 거두고 피폐한 나라를 도움으로써 대국의 군주로 호령했다면, 천하에서 뜻을 얻지 못하는 것을 근심하게 되지는 않았을 기서이다. 고귀하게 친자가 되어 천하를 소유했는데도 사로잡히는 처지가 된 것은 패망에서 벗어나고자 하는 방법이 잘못되었기 때문이다.

진나라 왕은 자기 자신에게 도취되어 자문하지 않았고, 잘못하고서도 끝내 변하지 않았다. 이세황제는 그것을 이어받아 잘못을 고치지 않았으며, 포악했기에 화를 가중시켰다. 자영은 가까운 피붙이가 없는 외톨이였고, 위태롭고 약했으며 보필해 주는 신하도 없었다. 이 세 군주는 미혹되었으면서도 죽는 날까지 깨닫지 못했으니 패망한 것 또한 당연한 일이 아니겠는가? 그 당시의 세상에 생각이 깊고 변화를 아는 인사가 없었던 것은 아니었으나 과감하게 충성을 다하여 황제에게 지적하지 않은 까닭은, 진나라의 풍속에 꺼리고 피해야 할 금기들이 많아서 충성스러운 말이 입에서 미처 끝나기 전에 몸이 죽어 없어지기 때문이었다. 그러므로 천하의 선비들은 귀를 기울여 듣기만 하고 발을 포개고 서서 입을 다문 채 말하지 않게 되었다. 이 때문에 세 군주가 도를 잃어도 충성스러운 신하는 감히 간언하지 않았고 지혜로운 인사는 감히 계책을 내지 않았으며, 천하가 이미 어지러워졌는데도 간악한 일이 임금에게 알려지지 않았으니, 어찌 슬프지 아니한가? 선왕은 언론을 막는 것이 나라를 망치는 길임을 알았기 때문에, 공경과 사대부를 두어 법령을 정비하고 형벌을 설치했으므로 천하가 다스려졌다. 나라가 강할 때는 포악함을 금지시키고 난을 일으킨 자를 죽였기에 천하가 복종했다. 나라가 약할 때는 오패(五覇)가 나와 정벌을 하니 제후들이 순종했다. 영토가 줄어들면 안으로는 지키고 밖으로는 의지했기에 사직이 보존되었다. 그러므로 진나라가 강성하면 법을 복잡하게 하고 형벌을 엄격하게 했으므로 천하가 두려워했지만 진나라가 쇠약해지자 백성들이 원망하더니 천하 사람들이 배반하게 되었다. 주나라의 왕은 차례대로 도를 얻었기에 천여 년 동안 멸망하지 않았지만, 진나라는 처음과 끝을 일제히 잃었기 때문에 오래 가지 못했다. 이런 것으로 본다면 안정과 위태로움의 통치 방법은 서로 멀리 떨어져 있다. 옛말에 "지난 일을 잊지 않으면 후일의 스승이 된다"고 했다. 이 때문에 군자가 나라를 다스릴 때는 고대의 일을 자세히 살펴 그 시대에 증험해 보고 세상일을 참조하여 성쇠의 이치를 관찰하며 권세의 적합함을 세심하게 살펴 물러남과 나섬에 순서가 있고 변화에 때가 있었기 때문에 세월을 오래 보내고 사직이 안정된 것이다.

진나라의 효공은 효산과 함곡관의 견고함에 의거하여 옹주 땅을 지키며, 군주와 신하가 굳게 방비하여 주나라 왕실을 엿보았다. 자리를 마는 것처럼 천하를 소유하고 온 천하를 싸서 주머니에 넣어 천하의 모든 땅을 삼킬 마음을 가지고 있었다. 그때 상앙이 그를 보좌하여 안으로는 법과 제도를 세우고 농사일과 베 짜기에 힘쓰게 하며 방어 준비를 갖추고 밖으로는 연횡(連橫) 책을 써서 제후국들끼리 다투게 했다. 때문에 진나라 사람들은 팔짱을 끼고서 서하(西河) 바깥 땅을 얻었던 것이다.

효공이 죽자 혜왕과 무왕이 옛 업적을 잇고 요공이 남긴 정책에 따라 남쪽으로는 한중을 합치고 서쪽으로 파와 촉을 취했으며 동쪽으로 기름진 땅을 떼어 받아 지세가 험준한 군(郡)을 거둬들였다. 그러자 제후들은 두려워하며 동맹을 맺고 진나라를 약화시킬 방법을 논의했으며, 기물과 중요한 보물, 기름진 땅을 아끼지 않고 써서 천하의 훌륭한 선비들을 불러모아 합종책을 써서 하나로 뭉쳤다. 그때 제나라에는 맹상군이 있었고, 조나라에는 평원군(平原君 : 조나라의 공자 조승)이 있었으며, 초나라에는 춘신군(春申君)이 있었고, 위나라에는 신릉군(信陵君 : 4공자 중에서 가장 어질고 능력이 있었던 인물)이 있었다. 이 네 공자는 모두 지혜로우며 충성스럽고 믿음직스러웠으며, 너그럽고 온후하며 다른 사람을 사랑할 줄 알았고, 현인을 존경하고 선비를 중시했다. 그들은 합종책을 맺고 연횡책을 깨뜨렸으며 한·위(魏)·연·초·제·조·송·위(衛)·중산의 무리를 하나로 합쳤다. 따라서 여섯 나라에서는 영월·서상(徐尙)·소진(蘇秦: 정치가이며 언변에 매우 뛰어났다) 두혁(杜赫) 같은 이들이 있어 계략을 세웠고, 제명(濟明)·주최(周最)·진진(陳軫)·소활(召滑)·누완(樓緩)·책경·소려·악의(樂毅)의 무리가 그 뜻을 알렸으며, 오기(吳起)·손빈·대타 아량(兒良)·왕료(王廖)·전기(田忌)·염파(廉頗)·조사(趙奢)의 무리가 군대를 지휘했다. 진나라의 열 배가 되는 땅과 백만의 무리를 동원하여 함곡관을 공략하고 진나라를 공격했다. 그런데 진나라 사람들이 관문을 열고 적을 유인하자 아홉 나라의 병사들은 뒷걸음치다 도망치며 감히 앞으로 나아가지 못했다. 진나라는 화살을 잃지도 화살촉을 허비하지도 않았으나 천하의 제후들은 이미 곤경에 빠졌다. 그래서 합종은 흩어지고 맹약은 깨졌으며 다투어 땅을 나누어 진나라에 바쳤다. 진나라 군대가 남아 있는 힘을 가지고 쇠약해진 아홉 나라를 제압하고 도망간 자들을 추격하여 북쪽으로 쫓으니 엎어진 시체들이 백만이 넘었고 흐르는 피 위로 큰 방패가 떠다녔다. 따라서 진나라가 그들의 이익을 따라 편리하게 천하를 마음대로 나누어 강과 산을 갈기갈기 찢자 강한 나라는 항복을 청하고 약한 나라는 와서 조회했다. 이어 효문왕과 장양왕에 이르러서는 재위 기간이 짧았으며, 나라에 큰일은 일어나지 않았다.

시황제에 이르러 6대(효공·혜문왕·무왕·소양왕·효문왕·장양왕)가 남긴 공직을 이어받아 긴 채찍을 휘두르며 천하를 제압하고 동주와 서주를 삼켜서 제후들을 멸망시켰다. 시황제가 천자의 자리에 올라 천하를 다스리며 온 세상에 채찍질을 하니 위세가 천하에 떨쳤다. 남쪽으로 백월(百越)의 땅을 빼앗아 계림과 상군으로 삼으니, 백월의 임금은 머리를 떨구고 목에 줄을 매고 진나라의 하급 관리에게 목숨을 맡기게 되었다. 그리하여 장수 몽염에게 명해 북쪽에 만리장성을 쌓아 변방을 지키게 하고, 흉노를 7백여 리 밖으로 몰아내니 오랑캐들이 감히 남쪽으로 내려와 말을 내놓고 기르지 못했으며, 육국의 병사들은 활을 당겨 진나라에게 복수하려고 하지 못했다. 때문에 진시황은 선왕의 법도를 없애고 백가의 책을 불살라 백성들을 어리석게 만들었다. 이름 있는 성을 무너뜨리고 덕망 있는 뛰어난 인물들을 죽였으며, 천하의 무기들을 거두어 함양에 모아 녹여 종을 만들고, 사람의 모양을 한 동상 열두 개를 만들어 백성들의 힘을 약화시켰다. 그런 뒤에 화산을 깎아 성루를 만들었으며 황하에 나루터를 만들고 까마득히 높은 성과 깊이를 헤아릴 수 없는 골짜기에서 방비를 굳게 했다. 훌륭한 장수와 강한 쇠뇌로 지세가 험해 수비하기 좋은 그곳을 지키게 하고 믿을 만한 신하와 정예 병사들이 날카로운 무기를 늘어세우니 누가 어떻게 할 수 있을 것인가? 천하는 이미 평정되었다. 진시황은 마음속으로 관중의 견고함은 천 리에 이르는 철벽 성곽과 같으니, 자손들이 만대 후까지 제왕이 되게 할 위업을 이룬 것이라고 여겼다.

시황제가 이미 죽었는데도 남은 위세는 풍속을 달리하는 변방에까지 떨쳤다.

진승은 깨진 단지 주둥이로 창문을 삼고 새끼줄을 엮어 문으로 삼은 가난한 집의 자식으로, 변방을 지키기 위해 징발되어 온 미천한 무리였다. 재능은 보통 사람에게도 미치지 못했고, 공자나 묵적(墨翟)의 현명함이나 도주(陶朱)나 의돈의 부유함 같은 것도 없었다. 그런데 사졸의 대열에 끼어서 행군하다가 반란을 일으켜, 지칠 대로 지쳐 흩어졌던 병사들을 거느리고 사람들 수백 명을 통솔하여 가던 길을 바꾸어 진나라를 공격했다. 나무를 베어 무기를 만들고 장대를 높이 세워 깃발을 들었더니, 천하의 사람들이 구름처럼 모여들어 호응했으며, 양식을 짊어지고 그림자처럼 그를 따랐다. 때를 맞추어 산동의 뛰어난 인재들이 일제히 일어나 진나라의 왕족을 멸망시켰다.

무릇 진나라의 천하는 작거나 약해지지 않았고, 옹주의 땅도 효산과 함곡관의 견고함도 예전과 같았다. 진승의 지위는 제·초·연·조·한·위(魏)·송·위(衛)·중산의 군주들보다 존귀하지 않았다. 호미와 고무래 창과 창 자루는 갈고리 창이나 긴 창보다 예리하지 않았다. 변방을 지키는 병졸로 유배된 무리들은 진나라에 대항했던 아홉 나라의 군대들보다 강하지 못했으며, 심오한 계책과 병사들을 부리는 방법도 예전의 모사들을 따르지 못했다. 그러나 그들의 성공과 실패는 달랐으며, 공적은 완전히 상반되었다. 산동의 나라들과 진승을 함께 놓고 영토의 크고 작음을 재보고 권세와 병력을 비교해 보면 너무나 큰 차이가 있다.

진나라는 작은 땅과 천승 제후의 권력을 가지고서 팔주(八州)의 제후를 불러들여 같은 서열로부터 백 년 동안이나 조회를 받은 것이다. 그 후 온 천하를 집으로 삼고 효산과 함곡관을 궁전을 삼았지만 진승 한 사람이 난을 일으키자 칠묘(七廟 : 효공에서 진시황까지의 묘)가 무너지고 천자의 몸으로 남의 손에 죽음을 당해 천하의 웃음거리가 된 것은 무엇 때문인가? 인의를 베풀지 않았고 공격하고 수비하는 형세가 달랐기 때문이다.

진나라가 천하를 아우르고 제후들을 합해 황제가 되어 「제(帝)」라고 불리며 온 천하를 돌보니 천하의 선비들이 교화를 향해 복종했다. 그것은 무엇 때문인가? 그 답은 이렇다. 가까운 옛날 아래로 왕자(王者)가 없는지가 오래되었다. 주나라 왕실은 지위가 낮아지고 오패는 이미 죽었기에 명령이 천하에 실행되지 않았다. 때문에 제후들은 무력으로 다른 나라를 정벌하여 강국은 약국을 침략하고 대국은 소국을 괴롭히니, 전쟁이 끊이지 않았으며 군대들과 백성들은 지치고 피폐해졌다. 그런데 지금 진나라가 황제가 되어 천하의 왕 노릇을 하니 그것은 그들 위에 천자가 존재하게 된 것이었다. 창생의 근원인 백성들은 그들의 목숨이 안전할 수 있게 되기를 바랐기에 청빈한 마음으로 황상을 우러러보지 않는 자가 없었다. 그때 위엄을 지키고 공적을 굳건히 해야 하는 안전과 위태로움의 관건이 여기에 달려 있었다.

진시황은 탐욕스럽고 비루한 마음을 품고 독단적인 지모를 행했으며, 공신들을 믿지 않고 선비들과 백성들을 가까이하지도 않았다. 왕도를 없애고 사사로운 권위를 세워 문서를 금하고 형법을 가혹하게 만들었으며 기만과 술수와 폭력을 앞세우고 인의를 뒤로하며 포학함을 천하 통치의 시작으로 삼았다. 대체로 천하를 하나로 합칠 때는 기만과 술수와 폭력을 높이 여기고 안정시킬 때는 권력에 순응하는 것을 귀하게 여긴다. 그것은 얻는 방법과 지키는 방법이 다르기 때문이다. 그런데 진나라는 전국시대를 거쳐 왕노릇을 하면서도 방법을 바꾸지 않고 정치를 개혁하지도 않았으니 천하를 얻는 방법과 천하를 지키는 방법의 차이가 없었다고 말할 수 있다. 외로이 홀로 천하를 소유하였으므로, 그의 멸망은 서서 기다리는 것처럼 쉽게 다가왔던 것이다. 만일 진시황이 이전 시대의 일들을 헤아리고 은나라와 주나라의 자취를 아울러 살피면서 정치를 펼쳤다면 설령 후에 음란하고 교만한 임금이 있었다고 해도 기울고 위태로워지는 근심이 생기지는 않았을 것이다. 그러므로 천하를 세운 삼왕의 명성은 아름답게 드러나고 공적이 꽤 오래 간 것이다.

진나라의 이세황제가 즉위하자 천하에서 목을 빼고 그의 정치를 지켜보지 않는 이가 없었다. 추운 자에게는 해어진 짧은 옷도 이롭고 굶주린 사람에게는 술지게미도 달게 여겨진다. 따라서 천하의 백성들이 이러쿵저러쿵하는 얘기는 새로운 군주에게 있어서는 밑거름이 되는 것이니, 그것은 고달픈 백성에게는 인(仁)을 행하기가 쉽다는 말이 된다. 만약 이세황제가 평범한 임금의 덕행을 지녔으며, 충신과 현인을 임용하여 신하와 임금이 한마음으로 세상의 걱정에 대해서 근심하고, 소복을 입고서 선제의 잘못을 바로잡고, 봉토를 가르고 백성들을 나누어 고신들의 후예에게 봉해 주고, 제후국을 세우고 군주를 옹립하여 천하를 예로써 다스리고, 사면령을 내려 감옥을 비우고 사형을 면제해 주고 죄인의 처와 딸을 노비로 삼는 악한 죄를 없애 그들을 각기 고향으로 돌아가게 하고, 창고와 곳간을 열어 재물과 화폐를 나누어주어 궁핍하고 곤란한 선비들의 세금을 가벼워지게 하고, 일을 적게 하도록 하여 백성들의 긴급함을 도와주고, 법령을 간략히 하고 형벌을 줄여 그들의 후손을 유지하게 하고, 천하의 백성들에게 모두 스스로 새로이 몸가짐을 고치고 행동을 닦으며 각자 몸을 삼가게 하여 모든 사람의 소망을 만족시켜 위엄 있는 인덕으로 천하와 함께했다면 천하의 사람들이 모여들었을 것이다. 설령 천하 안이 모두 기뻐하며 각자 자기의 처지를 편안히 즐기고 오직 변란이 생길까만을 걱정하는 교활한 백성들이 있었다고 해도 군주를 배반할 마음이 없다면 정도에서 벗어난 신하도 그의 지략을 꾸밀 수 없을 것이며 사납고 어지러운 간악함도 멈추어졌을 것이다.

그런데 이세황제는 그런 일들을 행하지 않고 오히려 무도한 짓을 가중시켜 종묘와 백성들을 훼손시키면서 다시 아방궁을 짓기 시작했고, 형벌을 번잡하게 만들어 엄하게 벌했고, 관리를 다스리는 방법도 가혹해지고 상벌은 합당하지 않았으며, 세금의 징수에 한도가 없고 천하에 일이 많아 관리들이 다스릴 수 없었으며, 백성들은 곤궁한데도 임금은 구휼하지 않았다. 그런 상황에서 간사한 행위들이 한꺼번에 일어나서 위아래 사람들이 서로 속이고, 죄를 지은 자가 많아져 형벌을 받은 사람들이 거리에서 서로를 볼 수 있을 정도로 천하는 고통을 당하고 있었다. 군후(君侯)와 공경(公卿)으로부터 서민에 이르기까지 사람들은 스스로 위험하다는 마음을 품게 되었으며, 몸이 고달프고 고통스러운 현실에 처해져 모두가 자기의 위치를 불안해했기에 쉽게 동요되었다. 따라서 진승이 탕왕·무왕의 현명함을 가지지 못했고 공후의 존귀한 신분이 아니었는데도 대택(大澤)에서 팔을 걷어붙이자 천하가 호응한 것은 백성들이 위태로웠기 때문이다. 그러므로 선왕은 시작과 끝의 변화를 보고 존망의 기미를 알아, 백성들을 다스리는 방법은 다만 백성들을 편안하게 해주는 데 있다고 생각하며 거기에 힘썼을 뿐이었다. 그렇게 하면 천하에 비록 바른 길에 어긋나는 행동을 하는 신하가 있더라도 동조하는 사람은 없을 것이다. 그러므로 "안정되어 있는 백성들은 함께 의를 행할 만하나 위험에 처한 백성들은 함께 그릇됨을 행하기가 쉽다."라고 한 것은 바로 이점을 말한 것이다. 천자가 된 귀한 신분으로 천하를 소유하고서도 몸은 죽음에서 벗어나지 못한 것은 기울이진 것을 바로잡으려는 방법이 잘못되어서였다. 그것이 이세황제의 잘못인 것이다.'

양공은 즉위하여 12년 동안 재위했으며, 처음으로 서치(천자와 오제에게 제사를 드린 곳)를 지었다. 서수(西垂)에 안장했으며 문공을 낳았다.

문공은 즉위하자 서수궁에 거처했으며, 재위 50년 만에 죽어 서수에 안장했다. 그는 정공을 낳았다.

정공을 즉위하지 못하고 죽었으며 헌공을 낳았다.

헌공은 12년 동안 재위했으며, 서신읍(西新邑)에 거처했다. 죽어서 아(衙)에 안장했으며 무공·덕공·출자를 낳았다.

출자는 6년 동안 재위했으며 서릉(西陵)에 거처했는데, 서장 불기·위루·삼보 세 사람이 역적을 이끌고 비연에서 출자를 죽였다. 아(衙)에 안장했으며 뒤를 이어 무공이 즉위했다.

무공은 12년 동안 재위했으며 평양의 봉궁(封宮)에 거처했다. 선양취(宣陽聚) 동남쪽에 안장했다. 3명의 서장이 징벌을 받았으며, 덕공이 즉위했다.

덕공은 2년 동안 재위했으며, 옹읍의 대정궁(大鄭宮)에 거처했다. 선공·성공·목공을 낳았으며 양(陽)에 안장했다. 처음으로 복일(伏日)을 정하여 독기를 다스렸다.

선공은 12년 동안 재위하면서 양궁(陽宮)에 거처했다. 양에 안장했으며, 처음으로 윤달을 기록했다.

성공은 4년 동안 재위했으며, 옹읍의 궁전에 거처했다. 양에 안장했다. 제나라가 산융과 고죽(孤竹)을 쳤다.

목공은 39년 동안 재위했다. 주나라의 천자가 그를 패주로 승인했다. 죽이시 옹에 묻혔으며 저인(著人)에게 배웠다. 강공을 낳았다.

강공은 12년 동안 재위했으며, 옹습의 고침(高寢)에 거처했다. 구사에 묻혔으며 공공을 낳았다.

공공은 5년 동안 재위했으며, 옹읍의 고침에 거처했다. 강공이 묻힌 곳의 남쪽에 안장했으며 환공을 낳았다.

환공은 27년 동안 재위했으며, 옹읍의 태침(太寢)에 거처했다. 의리(義里)의 언덕 북쪽에 안장했으며 경공을 낳았다.

경공은 40년 동안 재위했으며, 옹읍의 고침에 거처했다. 구리(丘里)의 남쪽에 묻혔으며, 필공을 낳았다.

필공은 36년 동안 재위했으며, 거리(車里)의 북쪽에 묻혔다. 이공을 낳았다.

이공은 즉위하지 못했다. 죽어서 좌궁(左宮)에 묻혔으며 혜공을 낳았다.

혜공은 10년 동안 재위했다. 거리에 묻혔으며 도공을 낳았다.

도공은 15년 동안 재위했으며, 희공이 묻힌 곳의 서쪽에 묻혔다. 옹읍에 성을 쌓았으며 자공공을 낳았다.

자공공은 34년 동안 재위했으며, 입리(入里)에 묻혔다. 조공·회공을 낳았다. 즉위 10년째 되던 해에 혜성이 나타났다.

조공은 14년 동안 재위했으며, 수침(受寢)에 거처했다. 도공이 묻힌 곳의 남쪽에 묻혔다. 원년에 혜성이 나타났다.

희공은 진(晉)나라에서 돌아와 즉위했으며, 4년 동안 재위했다. 역의 어지에 묻혔으며, 영공을 낳았다. 여러 신하들이 희공을 포위하자 그는 자살했다.

숙령공은 소자(昭子 : 회공의 태자)의 아들이며, 경양(涇陽)에 거처했다. 10년 동안 재위했으며, 도공이 묻힌 곳의 서쪽에 묻혔다. 간공을 낳았다. 간공이 진(晉)나라에서 돌아와 즉위하여, 15년 동안 재위했다. 희공이 묻힌 곳의 서쪽에 묻혔으며 혜공을 낳았다. 7년째 되던 해 백성들이 처음으로 칼을 찼다.

혜공은 13년 동안 재위했으며, 능어에 묻혔다. 출공을 낳았다.

출공은 2년 동안 재위했다, 출공은 자살하였으며 옹읍에 묻혔다.

헌공은 23년 동안 재위했으며, 효어에 묻혔다. 효공을 낳았다.

효공은 24년 동안 재위했으며, 제어에 묻혔다. 혜문왕을 낳았다.

13년째 되던 해에 처음으로 함양에 도읍했다.

혜문왕은 27년 동안 재위했으며, 공릉(公陵)에 묻혔다. 도무왕을 낳았다.

도무왕은 4년 동안 재위했으며, 영릉(永陵)에 묻혔다.

소양왕은 56년 동안 재위했으며, 채양(菜陽)에 묻혔다. 효문왕을 낳았다.

효문왕은 1년 동안 재위했으며, 수릉(壽陵)에 묻혔다. 장양왕을 낳았다.

장양왕은 3년 동안 재위했으며, 채양에 묻혔다. 시황제를 낳았다. 여불위가 상국이 되었다.

효공 즉위 16년에 복숭아와 오얏이 겨울에 꽃을 피웠다.

혜문왕은 태어난 지 19년 되던 해에 즉위했다. 즉위 2년에 처음으로 화폐를 발행했다. 막 태어나 갓난아기가 말했다.

"진나라가 장차 천하의 왕 노릇을 할 것이다."

도무왕은 태어난 지 19년 되던 해에 즉위했다. 즉위 3년 때 위수가 3일 동안 붉어졌다.

소양왕은 태어난 지 19년 되던 해에 즉위했다. 즉위 4년 처음으로 논밭 사이로 길을 텄다.

효문왕은 태어난 지 53년 되던 해에 즉위했다.

장양왕은 태어난 지 32년 되던 해에 즉위했다. 즉위 2년 때 태원 땅을 빼앗았다. 장양왕은 원년에 대사면을 내리고 선왕의 공신들을 표창하여 덕을 베풀고 가까운 친족을 후대하며 백성들에게 은혜를 베풀었다. 동주가 제후들과 함께 진나라를 도모하니 진나라는 상국 여불위를 시켜 그들을 토벌하고, 그 나라를 모두 거둬들였다. 진나라는 동주의 제사를 끊지 않고 양인(陽人)의 땅을 주나라 군주에게 주어 제사를 받들게 했다.

시황은 37년 동안 재위했으며, 역습에 묻혔다. 이세황제를 낳았다. 시황은 태어난 지 13년 되던 해 즉위했다.

이세황제는 3년 동안 재위했으며, 의춘(宜春)에 묻혔다. 조고는 승상이 되었고 안무후에 봉해졌다. 이세황제는 태어난 지 12년 되던 해 즉위했다.

이상이 진나라 양공에서 이세황제에 이르기까지의 610년에 대한 내용이다.

효명황제(孝明皇帝)는 17년 10월 15일 을축일에, 다음과 같이 말하고 있다.

'주나라의 운세는 이미 옮겨갔고, 한(漢)나라의 인(仁)은 아직 어머니(주나라)를 대신하지 못했으므로, 여정(呂政 : 진시황)이 자리를 맡게 되었는데 잔인하고 포악했다. 그러나 열세 살 된 제후의 몸으로 천하를 하나로 합하여, 하고 싶은 것을 마음대로 하며 종친들을 길러 자라게 했다. 37년 동안 무력을 행사하지 않은 곳이 없었고, 정치상의 명령을 만들어 후대의 제왕에게 주었다. 아마도 그가 성인의 위엄을 얻고, 하신(河神)으로부터 도문(圖文)을 받아 낭성(狼星)과 호성(弧星)에 의지하며 삼성(參星)과 벌성(伐星)을 본받았으니, 이 내 별들이 여정을 도와 적을 몰아내 제거하여 시황제라 부르기에 이른 것이리라.'

진시황이 죽고 나자 호해가 지극히 어리석어 여산의 공사가 미처 끝나지 않았는데, 다시 아방궁을 지어서 이전의 계획을 마쳤다. 그리고는 말했다.

'천하를 소유한 것을 귀하게 여기는 것은 뜻대로 하고 싶은 것을 마음껏 다 할 수 있어서인데, 대신들은 선왕이 했던 사업을 폐기해 버리려 하는구나.'

그리고는 이사와 풍거질을 죽이고 조고를 임용했다. 가슴 아프다. 이 말이여! 사람의 머리를 가지고 짐승처럼 우는 꼴이구나! 그가 횡포하지 않았다면 자신의 죄악으로 인해 토벌되지는 않았을 것이고, 죄악이 심하지 않았다면 허망하게 파멸하지는 않았을 것이다. 황제의 자리에 이르러서도 오래 머무르지 못하고 잔인하고 포악하여 때를 재촉했기에 지형이 유리한 나라를 차지하고 있으면서도 국토조차 보전할 수 없었던 것이다.

자영은 순서를 뛰어넘어 계승하여, 옥관(玉冠)을 쓰고 화불(아름다운 인수)을 차고, 황색 지붕을 갖춘 수레를 타고, 모든 관리들을 따르게 하여 칠묘(七廟)를 찾아뵈었다. 천한 사람이 적당하지 않은 지위에 올라 직무를 감당하지 못하고 눈앞의 안일함만을 날마다 꾀하니, 자영은 홀로 오래 생각하다가 과감히 옮겨 아버지와 아들이 사태를 저울질하고는, 가까운 방 출입구와 들창 사이에서 마침내 교활한 신하 조고를 죽여, 역적을 토벌했다. 조고가 죽은 다음 빈객과 친지들이 서로의 노고를 미처 위로하지도 못하고, 음식이 미처 목구멍으로 내려가지도 못하고, 술이 미처 입술을 적시지도 못했는데, 초나라 병사들이 이미 관중을 무찔러 유방이 패상(霸上)에 날아드니, 수레에 인수를 매고서 황제의 부절과 옥새를 받들어 새로운 친자에게 넘겨주었다. 그것은 정백(鄭伯)이 두 손에 종묘의 제기인 모정(茅旌)과 희생을 가르는 데 쓰는 난도(鸞刀)를 들고 항복하자, 초나라 장왕이 군대를 뒤로 물리고 그것을 받은 것과 같다. 강물은 일단 터지면 다시 막을 수 없고, 물고기는 한 번 썩으면 다시 온전하게 할 수 없다. 가의와 사마천은 말했다. '만약 자영에게 평범한 군주의 재능만 있고 중급의 재능을 지닌 참모가 보좌할 수 있게 했다면, 산동이 비록 어지러웠다고 해도 진나라의 국토는 온전히 보존하여 소유할 수 있었을 것이며, 종묘의 제사가 끊기게 되지는 않았을 것이다.'

진나라가 쇠퇴한 지 오래되자 천하는 흙이 무너지듯이, 기왓장이 부서지듯이 하였다. 비록 주공 단의 재주가 있었다 하더라도 더 이상 그의 교묘함을 펼칠 곳이 없었을 것이니, 가의와 사마천이 자영을 책망한 것은 잘못이다. 속세에 전하기로는, 진시황은 죄악을 일으키고 호해는 죄악이 극에 이르렀다 하니, 일리가 있다. 그런데도 자영을 책망하며 진나라의 국토를 보존할 수 있었다고 말하니, 이른바 시세의 변화를 통찰하지 못한 것이다. 기국(紀國)의 기계(紀季)가 휴읍을 제나라에 바친 것에 대하여 《춘추(春秋)》는 이름을 지적하지 않았다. 나는 〈진시황본기〉를 읽다가 자영이 조고를 거열형에 처하는 데 이르면, 일찍이 그의 결단력에 탄복했으며, 그의 의지에 대해 애석해하지 않은 적이 없다. 자영은 삶과 죽음의 의(義)가 갖추어진 인간이었다.

| 7 | 항우본기(項羽本紀)

항우는 하상(河相) 사람으로 본명은 적(籍), 자는 우(羽)이다. 그가 처음으로 군대를 일으켰을 때 나이는 24세였다. 그의 작은아버지는 항량이다. 항량의 아버지는 초나라의 장수 항연으로, 진나라의 장수 왕전에게 죽임을 당했다. 항씨는 대대로 초나라의 장수가 되어 항(項) 땅에 봉해졌으므로 영지의 이름을 따서 항씨로 살아왔다.

항적은 어렸을 때 글을 배웠으나 신통치가 못해 포기하고, 검술을 배웠으나 그것도 또한 이루지 못했다. 항량이 꾸중을 하자 항우는 태연하게 말했다.

"글은 이름과 성을 적기에 족하면 그만이고, 검술은 한 사람만을 대적하는 것이니 배워 봤자 뭘 하겠습니까? 이왕 배우려면 1만 사람을 상대로 싸우는 방법을 배우겠습니다."

그래서 항량이 항우에게 병법을 가르쳤더니 항적은 열심히 배우려고 했으나, 대략 그 뜻을 알게 되자 또다시 끝까지 배우려고 하지 않았다.

항량은 일찍이 역양에서 어떤 사건에 연루되어 체포된 적이 있었는데, 그때 기현의 옥리인 조구(曹咎)에게 부탁하여 역양의 옥연인 사마흔의 도움을 받아 일이 무사히 해결될 수 있었다.

항량은 그 후에도 또 사람을 죽이고 항우와 함께 오중(吳中)으로 피했는데, 그곳의 어진 선비와 대부들이 모두 항량의 사람됨과 능력에 감복하여 그를 지도자로 받들었다. 그래서 그 고을에 대규모의 공사나 상사(喪事)가 있으면 항상 항량이 주도하여 처리했는데, 그때마다 은밀한 병법으로 빈객과 젊은이들을 나누어 배치하고 지휘하여 그들의 능력을 알아 두었다.

진시황이 회계를 유람하고 절강을 건널 때의 일이다. 항량과 항적이 함께 가서 구경했는데, 항우가 불쑥 말했다.

"머지않아 내가 저 자리를 빼앗을 것이다."

그러자 놀란 항량이 그의 입을 틀어막으며 말했다.

"함부로 말하지 마라. 삼족이 몰살당하게 된다."

항량은 그 일로 인해 조카 항우를 특출한 인물이라고 여겼다. 항우는 키가 8척이 넘고 힘은 정(鼎 : 청동으로 만든 큰 솥)을 들어 올릴 수 있었으며, 재주와 기량이 다른 사람을 능가해 오중의 젊은이들은 모두 두려워하고 있었다.

진나라의 이세황제 원년 7월, 진섭의 무리가 대택에서 군대를 일으켰다. 그로부터 두 달 뒤인 9월 회계의 군수 은통(殷通)이 항량을 불러 말했다.

"강서에서 모두 반란을 꾀했으니, 하늘이 진나라를 멸망시키려는 때가 온 거요. 내가 듣건대 선수를 치면 남을 제압하고 뒤처지면 남에게 제압당한다고 하오. 나도 군대를 일으킬 생각이오. 그대와 환초(桓楚)가 내 휘하에 들어와 주었으면 하는데 어떻소?"

그때 환초는 도망가 택중(澤中)에 있었다. 항량은 문득 한 가지 계략을 생각해 내며 말했다.

"환초는 도망갔는데 다행스럽게도 그가 있는 곳을 제 조가가 알고 있습니다."

항량은 즉시 그곳에서 나와 항우에게 검을 지니고 처소 밖에서 기다리라고 말했다. 항량은 다시 들어가 군수와 앉아서 말했다.

"항우를 불러 그에게 환초를 데려오라는 명을 내리십시오."

군수가 말했다.

"좋소."

항량이 항우를 불러들였다. 잠시 후 항량이 항우에게 눈짓을 하며 말했다.

"없애 버려라."

항우는 즉시 검을 뽑아 군수의 머리를 베었다. 항량은 군수의 머리를 잡고 그의 인수를 차고서 관리들 앞에 나타났다. 군수의 부하들은 크게 놀라 소란을 떨었는데, 항우가 쳐 죽인 사람이 수십 명이나 되었다. 때문에 그들은 크게 놀라 땅에 머리를 대며 감히 일어나지 못했다. 항량은 곧 마을의 유력자들을 불러 자기가 큰일을 일으킨 까닭을 일러 주고 마침내 군대를 일으켰다. 각지에 사람을 보내 관할 현의 병력을 거두어 정예군 8천 명을 얻었다. 이어서 전부터 눈여겨봐 두었던 오중의 호걸들을 교위(校尉)·후(侯)·사마(司馬)로 삼았다. 그런데 그때 등용되지 못한 한 사람이 이유를 묻자 항량이 말했다.

"내가 전에 어떤 상사 때 그대에게 일을 맡겨 보았는데, 제대로 처리하지 못했으므로 임용하지 않았다."

그로부터 사람들이 모두 항량에게 복종했다. 그래서 항량은 회계의 수령이 되었고, 항우는 부장이 되어 예하의 현들을 장악했다.

그때 광릉 사람 소평(김平)이 진왕(陣王) 진섭을 위해 광릉을 공격하였으나 함락시키지 못했다. 그는 진왕이 패하여 달아나고 있으며 진나라 군대가 장차 공격해올 것이라는 소문을 듣자, 곧바로 강을 건너가 진왕의 명이라고 사칭하여 항량을 초나라 왕의 상주국(上柱國 : 재상)으로 제수하며 말했다.

"강동(江東)은 이미 평정되었으니 속히 병력을 이끌고 서쪽으로 가서 진나라 군대를 공격하시오."

항량은 즉시 8천 명을 거느리고 강을 건너 서쪽으로 나아갔다. 그런데 가는 중에 들으니 진영을 지도자로 하는 젊은이들이 이미 동양(東陽)을 함락시켰다는 것이었다. 그래서 곧 사자를 보내 힘을 합쳐 함께 서쪽으로 나아가자고 제의했다. 진영은 옛날에 동양의 말단 관리인 영사(令史)로 현(縣)에 살았는데, 평소 신의가 있고 신중하여 덕 있는 자로 불렸다. 동양의 젊은이들이 그곳의 현령을 죽이고 수천 명을 모아 우두머리를 모시려고 하였으나 적당한 사람이 없자 진영에게 부탁했다. 진영은 사양하였으나 결국 억지로 진영을 세워 우두머리로 삼았으며 그를 따르는 자가 2만 명이나 되었다. 젊은이들은 진영을 왕으로 삼고자 하여 따로 창두군(蒼頭軍)이라는 이름을 붙이고, 특별히 봉기한 뜻을 나타냈다. 그러자 진영의 어머니가 달려와 진영에게 말했다.

"내가 너의 집안에 시집와 일찍이 너의 조상 중에 귀한 사람이 있었다는 말은 들어보지 못했다. 지금 갑자기 큰 명성을 얻는 것은 상서롭지 않으니, 남의 밑에 있는 것이 낫다. 일이 성공하면 후(侯)에 봉해질 수 있고, 일이 실패해도 책임을 면할 수 있으니, 그것은 네가 세상이 주목하는 사람이 아니기 때문이다."

진영은 감히 왕이 되지 않고, 추종자들에게 말했다.

"항씨는 대대로 장수의 가문이며 초나라에서 명성이 있소. 지금 큰일을 일으키려 하지만 그 사람이 아니면 불가할 것이오. 우리가 그에게 기댄다면 진나라는 분명히 멸망할 거요."

사람들이 그 말에 따랐기에 그의 군대는 모두 항량에게 소속되었다. 항량의 군대가 회수를 건너자 경포와 포장군(蒲將軍)이 또한 군대를 이끌고 자청하여 소속되었다. 그리하여 대체로 6~7만 명으로 늘어난 대군이 하비에 포진했다.

그때 역시 진나라에 반기를 든 진가(秦嘉)가 이미 진나라의 장군 경구(景駒)를 세워 초왕으로 삼고, 팽성 동쪽에 진을 치고는 항량을 막으려고 했다.

항량이 군관에게 말했다.

"진왕이 가장 먼저 봉기했으나 전세가 불리해져 지금은 있는 곳도 알지 못한다. 그런데 지금 진가가 진왕을 배반하고 경구를 세웠으니 대역무도한 일이다."

향량은 즉시 군대를 진격시켜 진가를 쳤다. 진가의 군대가 패해 달아나자 호릉까지 추격했다. 진가가 싸움을 계속하다가 하루 만에 죽자 그의 군대는 항복했다. 경구는 용케 도망치기는 했지만 결국 양(梁)나라에서 죽었다. 항량은 진가의 군대를 합친 후 호릉에 진을 치고서 다시 서쪽으로 가려고 했다. 장한의 군대가 율현(栗縣)에 도착하자, 항량은 별장 주계석(朱鷄石)과 여번군(餘樊君)으로 하여금 맞아서 싸우도록 했다. 그런데 여번군은 죽고 주계석의 군대도 패해 호릉으로 달아났다. 항량은 즉시 군대를 이끌고 설현(薛縣)에 들어가 주계석을 죽였다.

항량은 그 전에 항우에게 따로 양성을 치도록 했는데, 양성은 수비가 견고하여 쉽사리 함락되지 않았다. 때문에 가까스로 양성을 함락시킨 항우는 적병들을 모두 산 채로 땅에 묻고 돌아와 항량에게 보고했다. 그 후에 항량은 진왕이 분명히 죽었다는 소식을 듣게 되자 여러 명의 별장들을 설현에 모아 놓고 대책을 협의했다. 그때 패(沛)에서 군대를 일으킨 패공도 왔다.

거소 출신인 범증(范增)은 나이가 70으로 한 번도 벼슬을 하지 않으면서 평소에 기묘한 계책을 만드는 것을 좋아하는 사람이었는데, 항량에게 가서 말했다.

"진승의 패배는 실로 당연한 것입니다. 진나라가 여섯 나라를 멸망시켰으나, 초나라는 전혀 죄가 없었습니다. 그런데도 회왕이 진나라에 들어가 객사하여 돌아오지 못했기에 초나라 사람들이 지금까지 애석히 여기므로 초남공(楚南公)이 말하기를, '초나라가 비록 세 집뿐이라 해도 진나라를 멸망시킬 나라는 분명히 초나라이다'라고 했습니다. 지금 진승이 가장 먼저 봉기했으나, 초나라의 후손을 세우지 않고 스스로 즉위했으니 그 세력이 오래

가지 않을 것입니다. 지금 당신께서 강동에서 군대를 일으키자 초나라 사람들이 벌 떼처럼 달려와 모두 다투어 달라붙는 것은 당신의 집안이 대대로 초나라의 장수였으므로 다시 초나라의 후손을 왕으로 세울 수 있을 것이라고 생각하기 때문입니다."

항량은 그 말이 옳다고 여기고는 다른 사람의 집에서 양을 치는 일을 하고 있던 회왕의 손자 웅심(熊心)을 백성들 사이에서 찾아서 즉위시켜 초회왕(楚懷王)이라고 했으니 그것은 백성들이 바라던 것에 따르는 행위였다. 진영은 초나라의 상주국이 되어 다섯 개 현을 봉해 받고, 화왕과 함께 우이에 도읍했다. 항량은 자신을 스스로 무신군(武信君)이라고 불렀다.

항량은 몇 개월 후 군대를 이끌고 항보(亢保)현을 쳐 제나라의 전영(田榮)과 사마용저(司馬龍沮)의 군대와 함께 동아(東阿)를 구원하고 동아에서 진나라 군대에 큰 타격을 입혔다. 전영은 곧바로 군대를 이끌고 돌아가 그의 왕인 전가(田假)를 쫓아냈다. 그리하여 전가는 초나라로 달아나고 전가의 상국인 전각(田角)은 조나라로 달아났다. 전각의 동생 전간(田間)은 원래 제나라의 장수였으나 조나라에 머물면서 감히 돌아가지 못했다. 그러자 전영은 전담의 아들 전불을 세워 제나라 왕으로 삼았다. 그때 항량은 동아성 아래에서 승리하고 나서 마침내 진나라 군대를 추격하기 시작했다. 그때 여러 번 사자를 보내 제나라 군대를 재촉하며 함께 서쪽으로 가자고 했더니 전영이 말했다.

"초나라가 전가를 죽이고, 조나라가 전각과 전간을 죽인 뒤에 군대를 움직이겠다."

그러자 항량이 말했다.

"전가는 우호국의 왕으로 곤궁해져 나를 찾아왔으니 차마 죽이지 못하겠다."

조나라도 역시 전각과 전간을 죽여 제나라와 흥정하려고 하지 않았기에 제나라는 결국 군대를 보내지 않았다. 항량은 패공과 항우에게 별도로 성양(城陽)을 치게 하여 많은 사람을 죽였다. 서쪽으로 진군해 진나라 군대를 복양의 동쪽 지대에서 격파하자 진나라 군대는 병사들을 거두어 복양으로 들어갔다. 패공과 항우는 정도(定陶)를 공격했으나 뜻대로 함락되지 않자 그곳을 떠나 서쪽을 공략하여 옹구(雍丘)에 이르렀다. 그곳에서 진나라 군대를 크게 무찌르고 이사의 아들인 이유(李由)를 죽인 뒤 군대를 돌려 외황(外黃)을 공격했지만 외황은 함락되지 않았다.

항량은 동아에서 군대를 일으켜 서쪽으로 진군하여 정도에 이르러 기다렸다가 다시 진나라 군대를 무찔렀는데 항우의 군대가 이유를 죽였다는 보고를 받자 더욱 진나라를 경시하는 안색을 보였다. 그러자 송의(宋義)가 항량에게 말했다.

"싸움에서 이겼다고 해서 장수로서 교만해지고 병졸로서 게을러지면 패하게 될 것입니다. 지금 병사들이 다소 게으른데 진나라 병사들은 날로 증대되니 저는 당신을 대신해 두려움을 느낍니다."

하지만 항량은 그의 간언에 귀를 기울이지 않았다. 그리고는 송의를 제나라에 사신으로 보냈다. 길에서 제나라 사신 고릉군(高陵君) 현(顯)을 만난 송의는 물었다.

"그대는 무신군을 만나실 겁니까?"

현이 대답했다.

"그렇소."

송의가 말했다.

"신이 생각하기에 무신군의 군대는 반드시 패할 것입니다. 그대가 천천히 가신다면 죽음을 면하겠지만 서둘러 가신다면 화를 당할 것입니다."

과연 그의 말대로 진나라가 군대를 일으켜 전부 장한에게 증원해 주고 그 병력으로 초나라 군대를 공격하여, 정도에서 크게 무찌르자 항량은 죽고 말왔다. 패공과 항우는 외황을 떠나 진류(陳留)를 공격했지만 진류가 견고하게 지켰기에 함락시킬 수 없었다. 때문에 패공과 항우는 서로 모의하며 말했다.

"지금 항량의 군대가 격파되었기에 병졸들이 두려워한다."

그리하여 두 사람은 여신(呂臣)의 군대와 함께 군대를 모두 이끌고 동쪽으로 갔다. 여의 군대는 팽성 동쪽에 주둔하였고, 항우의 군대는 팽성 서쪽에 주둔했으며, 패공의 군대는 탕현에 주둔했다.

장한은 항량의 군대를 무찔렀으니 초나라 땅의 군대는 이제 근심할 만하지 않다고 생각하며 황하를 건너가 조나라 군대를 공격해 크게 무찔렀다.

그때 조나라의 왕은 조헐이었고, 진여(陳餘)가 장수였으며, 장이(□耳)는 상(相)이었는데, 모두 기록성으로 도망쳐 들어갔다. 장한은 왕리와 섭간(涉間)에게 기록을 포위하게 하고 자기는 그 남쪽에 주둔하면서 용도(甬道)를 만들어서 군량을 운반했다. 한편 진여는 병졸들 수만 명을 통솔하여 거록의 북쪽에 포진하고 있었다. 이른바 그들은 「하북의 군대」였다.

초나라 군대가 정도 싸움에서 패하자, 회왕은 두려워하며 우이를 떠나 패성으로 가서 항우와 여신의 군대를 합쳐 몸소 지휘하기로 했다. 여신을 사도(司徒)로 삼고 그의 아버지 여청(呂靑)은 영윤(令尹 : 재상)으로 삼았다. 패공은 탕의 군장(郡長)으로 삼고, 관직을 주어 무안후(武安侯)로 삼아 탕군의 군대를 거느리게 했다.

전에 송의가 만났던 제나라의 사자 고릉군 현이 마침 초나라의 진중에 있었는데 초나라 왕을 만나서 말했다.

"송의가 무신군의 군대는 반드시 패할 것이라고 말했는데 과연 며칠 후에 그의 군대가 패했습니다. 군대가 미처 싸우지도 않았는데 앞서서 패배할 것이라는 조짐을 알았으니, 그는 병법을 안다고 말할 수 있습니다."

때문에 초나라 왕은 송의를 불러 함께 일을 계획했으며 그로 인해서 그를 상장군으로 삼았다. 항우는 노공(魯公)에 봉해져 차장(次將)이 되었고, 범증은 말장(末將)이 되어 조나라를 구원하기로 했다. 여러 별장들이 모두 송의의 휘하에 속하게 되자 그들을 경자관군(卿子冠軍 : 잘난 상장군이 거느리는 최고의 군대)이라고 불렀다.

그는 행군하다가 안양(安陽)에 이르자 46일 동안 머물면서 앞으로 나아가지 않았다. 그래서 항우가 말했다.

"진나라 군대가 거록에서 조나라 왕을 포위하고 있다고 하니, 서둘러 군대를 이끌고 강을 건너가야 합니다. 우리가 밖에서 치고 조나라는 안에서 호응한다면 진나라 군대는 분명히 무너집니다."

그러자 송의가 말했다.

"그렇지 않소이다. 소를 물어뜯는 등에는 손바닥으로 쳐서 죽일 수 있지만 털 속에 숨어 있는 벼룩이나 이까지 잡을 수는 없소. 지금 진나라가 조나라를 공격하고 있으나 싸움에 이긴다고 해도 병졸들은 많이 지칠 것이오. 우리는 그들이 피폐해진 틈을 노려야 하오. 승리하지 못한다면 일은 다 된 거요. 우리는 군대를 이끌고 북을 치며 서쪽으로 나아갈 뿐이오. 그렇게 되면 진나라 군대가 반드시 손을 들겠지. 그러니 진나라와 조나라가 싸우도록 내버려 두는 것이 최선의 술책이오. 견고한 갑옷을 입고 무기를 잡는 것은 내가 그대보다 못하겠지만 계책을 운용하는 것은 그대가 나보다 못할 것이오."

그리고는 진영에 다음과 같이 포고했다.

"사납기가 호랑이 같고, 제멋대로 하는 짓이 양 같거나, 탐욕스럽기가 승냥이 같고, 고집이 세어 부릴 수 없는 자는 모두 목을 벨 것이다."

그리고 그날 제나라에 보내 상(相)이 되게 한 자기의 아들 송양(宋襄)을 무염(無鹽)까지 직접 전송하고 주연을 성대하게 베풀었다. 그날따라 큰비가 내렸기에 날씨가 차가워 병졸들은 추위와 굶주림에 시달리고 있었다. 항우는 그들의 불만에 불을 질렀다.

"죽을힘을 다해 진나라를 공격해야 하는데 상장군 송의는 오랫동안 머물며 진격하지 않았다. 지금 흉년이 들어 백성들은 가난하고 병졸들은 토란과 콩으로 연명하며 군영에는 보이는 군량이 없는데도 상장군은 연회를 성대하게 벌이고 있다. 군대를 이끌고 강을 건너가 조나라의 군량을 먹으며 조나라 군대와 힘을 합쳐 진나라 군대를 공격해야 하는데도 '그들이 지친 틈을 이용할 것'이라면서 망설이고 있다. 강대한 진나라의 군대가 새로 세워진 조나라를 계속해서 공격한다면 반드시 조나라를 빼앗을 수 있을 것이다. 진나라 군대가 조나라를 점령하면 더욱 강성해질 것이 뻔한데 무슨 지친 틈을 이용하겠다는 것인가? 더욱이 우리 군대가 얼마 전에 패배하였기에 왕께서는 앉아도 불안해하시며 온 나라의 병사들을 모두 상장군에게 맡겼으니 국가의 안정과 위태로움은 이 거사에 달려 있다. 그런데도 지금 병졸을 구휼하지 않고 자기 자식의 일에만 몰두하고 있으니 그는 사직을 보존하려는 신하가 아니다."

항우는 다음 날 새벽에 잠자고 있는 상장군 송의의 막사로 들어가 그의 머리를 베고 나와 군영에 명을 내려 말했다.

"송의는 제나라와 함께 초나라를 모반할 일을 꾸몄다. 나는 은밀한 왕의 명령에 의해 그를 죽였다."

그때 여러 장수들은 모두 두려워하며 감히 저항하지 못했다. 오히려 이렇게들 말했다.

"가장 먼저 초나라를 세운 사람은 장군의 가문입니다. 지금 장군께서 난신을 처단하셨습니다."

그리고는 모두 함께 항우를 세워 상장군으로 삼았다. 또한 사람을 시켜 송의의 아들을 뒤쫓게 하여 제나라까지 가서 그를 죽였다. 아울러 환초를 보내 회왕께 보고하도록 했다. 그리하여 회왕은 정식으로 항우를 상장군으로 삼고 당양군(當陽君)과 포장군을 모두 항우의 밑에 속하게 했다.

항우가 송의를 죽이자 그의 위세는 빠르게 높아지고 명성은 제후들 사이에 크게 떨쳐졌다.

당양군과 포장군은 이윽고 병사 2만을 이끌고 황하를 건너 거록을 구원하러 나섰다. 그런데 싸움은 했으나 성과가 적어 조나라 장군 진여는 지원군을 요청했다. 그러자 항우는 군대를 모조리 이끌고 황하를 건넌 후 배를 모두 가라앉히고 솥과 시루를 깨뜨리고 막사를 불태워 버렸다. 군량도 3일분만 준비했다. 병졸들에게 승리가 아니면 죽음뿐이라는 각오를 보인 것이다. 그리하여 거록에 도착하자마자 왕리의 군대를 포위하고 진나라의 군대와 교전했는데, 아홉 번 싸워 그들의 용도를 끊어 크게 무찔렀고, 소각(蘇角)을 죽이고 왕리를 포로로 잡았다. 섭간은 초나라 군대에게 항복하지 않고 스스로 타 죽었다.

초나라 군대는 제후의 군대들 중에서 으뜸이었다. 거록을 구하고자 온 제후들의 군대는 열 개가 넘는 진영이었으나 감히 군대를 출전시키지 못했다. 초나라가 진나라를 치자 여러 장수들은 모두 진영에서 보고만 있었다. 그럼에도 불구하고 초나라 병사들은 용감히 싸웠다. 초나라 병사들의 함성이 하늘을 진동시켰기에 제후들의 군대들 중에 두려워하지 않는 자가 없었다.

항우가 진나라 군대를 무찌르고 나서 제후군의 장수들을 불러 진영의 문에 들어오게 하자, 모두 무릎걸음으로 걸어 앞으로 나오며 감히 쳐다보지 못했다. 항우는 이때부터 비로소 제후들을 완전히 손안에 넣었다.

장한은 극원(棘原)에 주둔하고 항우는 장하 남쪽에 주둔하여 서로 대치한 채 싸우지 않았다. 진나라 군대가 여러 번 물러나자, 이세황제는 사람을 보내 장한을 나무랐다. 장한은 두려워하며 장사 사마흔을 보내 지시를 요청하게 했다. 그런데 함양에 도착해 사마문(司馬門 : 황궁의 바깥문) 앞에서 3일을 머물렀는데도 조고는 만나 주지 않았으니, 믿지 않는 마음이 있었던 것이다. 장사 사마흔은 두려워 자신의 부대로 돌아가면서도 감히 왔던 길로 가지 못했는데, 조고가 과연 사람을 시켜 그를 뒤쫓게 했지만 잡지는 못했다. 사마흔은 군중에 도착하여 보고했다.

"조고가 궁궐 안에서 정권을 장악하여 아래에 있는 자들은 할 수 있는 일이 없습니다. 지금 전쟁에서 이기면 조고는 반드시 우리의 공로를 시샘할 것이며, 전쟁에서 이기지 못하면 죽음을 면하지 못할 것입니다. 장군께서는 곰곰이 생각하시기 바랍니다."

진여도 또한 장한에게 서신을 보내 다음과 같이 말했다.

"일찍이 백기는 진나라의 장수가 되어 남쪽으로는 언영을 정벌하고, 북쪽으로는 마복(馬服 : 조나라의 장수 조괄)을 땅에 묻었으며, 성을 공격하고 땅을 빼앗은 것이 이루 다 셀 수 없는데도 끝내 죽임을 당했습니다. 몽염은 진나라의 장수로서 북쪽의 융인(戎人)을 쫓아내고, 유중 땅 수천 리를 개척하였으나 끝내 양주에서 참살당했습니다. 무엇 때문이겠습니까? 공이 너무 많아서 진나라가 전부 봉해 줄 수 없어 법을 핑계 삼아 그들을 죽인 것입니다. 지금 장군께서 진나라의 장수가 되신 지 3년이 되었는데, 잃은 병력이 10만이고 제후들의 봉기는 점점 더 많아지고 있습니다. 조고는 평소에 아첨을 일삼은 지 오래되어 지금 일이 급하고, 또한 이세황제가 자신을 죽이지 않을까 두렵기 때문에 법을 핑계 삼아 장군을 죽여 자신의 책망을 막고, 사람을 보내 장군을 대신하도록 하여 그 화에서 벗어나고자 하는 것입니다. 장군께서는 밖에서 머문 지가 오래되니 조정과 틈이 많아져 공이 있다고 해도 또한 죽임을 당할 것이요, 공이 없다고 해도 역시 죽임을 당할 것입니다. 더욱이 하늘이 진나라를 멸망시키고자 하는 것은 어리석은 자나 지혜로운 자나 할 것 없이 모두 아는 일입니다. 지금 장군께서 안으로는 직언을 아뢸 수 없고, 밖으로는 망해 가는 나라의 장수로서 홀로 외로이 서서 오래도록 버티려고 하시니 어찌 슬프지 않겠습니까! 장군께서는 어째서 창끝을 돌려 제후들과 연합하여 맹세하고 함께 진나라를 쳐 그 땅을 나누어 가진 뒤 왕이 되려고 하지 않습니까? 그렇게 되는 것과 몸이 부질에 엎드리고 아내와 자식이 처형당하는 것 중 어느 것이 낫겠습니까?"

장한은 머뭇거리다가 몰래 군후(軍侯) 시성(始成)을 시켜 항우와 협상하고자 했다. 하지만 협상이 이루어지기 전에 항우는 포장군에게 밤낮으로 병사를 이끌고 삼호(三戶)를 건너 장하 남쪽에 주둔하고 진나라 군대와 싸워다시 무찌르도록 했다. 항우는 모든 병사를 이끌고 오수 가에서 진나라 군대를 쳐 크게 타격을 주었다.

장한이 사람을 시켜 항우를 만나 협상하기를 청하자 항우가 군관을 불러의논하며 말했다.

"군량이 모자라니 협상에 응해야겠다."

군관들이 모두 말했다.

"좋습니다."

항우는 곧 원수(洹水)의 남쪽 은허(殷墟)에서 함께 만나기로 했다. 협상하고 나서 장한은 항우를 바라보며 눈물을 흘리면서 조고에 대해 말했다. 그러자 항우는 장한을 세워 옹왕(雍王)으로 삼고 초나라 진영에 있게 했다. 또한 장사 사마흔은 상장군으로 삼아 진나라 군대를 거느리고 앞에서 행군하게 했다. 그리하여 얼마 후 신인(新安)에 도착했다.

제후국의 관병들이 전에 요역과 변경 수비를 하러 가느라고 진나라를 지나갔는데, 진나라의 관병들이 그들을 매우 가혹하게 대우했다. 그런데 진나라 군대가 제후에게 항복하게 되자 제후국의 관병들은 대부분 승리를 빌미로 그들을 노예처럼 부려먹었을 뿐만 아니라 경멸하고 모욕했다. 때문에 진나라의 관병들은 대부분 몰래 말했다.

"장장군 등이 우리들을 속여 제후들에게 투항하도록 했는데, 지금 관내에들어가 진나라를 무찌를 수 있으면 매우 좋겠지만 만일 그렇게 되지 않는다면 제후군은 우리를 포로로 하여 동쪽으로 물러나고, 진나라는 분명히 우리의 부모와 처자식을 모조리 죽일 것이다."

제후군의 장수 하나가 은밀히 그 소리를 듣고서 항우에게 보고했다.

항우는 즉시 경포와 포장군을 불러 계책을 말했다.

"진나라의 관군과 병졸들이 여전히 수가 많은 데다 진심으로 복종하지 않으니, 관중에 이르러서도 말을 듣지 않으면 일이 분명히 위태롭게 될 것이오. 차라리 그들을 쳐 죽이고 단지 장한·장사·사마흔·도위 동예만 함께 진나라에 들어가는 것이 낫겠소."

그래서 초나라 군대들은 밤에 기습하여 진나라 병졸 20여만 명을 끌어다가 신안성 남쪽에 산 채로 묻었다.

항우는 진나라의 땅을 공략하면서 함곡관에 이르렀지만 유방의 군대가 지키고 있었기에 앞길이 막혔다. 더욱이 패공이 이미 함양을 무너뜨렸다는 소식을 듣자 항우는 매우 화가 나 당양군 등을 시켜 함곡관을 치게 하고는 자신은 단숨에 희수 서쪽까지 나아갔다. 그때 패공은 패상에 머물며 항우와 만나지 못하고 있었다. 그 무렵 패공의 좌사마 조무상(曹無傷)이 항우에게 밀사를 보내 패공을 헐뜯는 말을 전했다.

"패공이 관중의 왕위를 노려 자영을 상(相)으로 삼고 귀한 보물을 송두리째 손에 넣었습니다."

그 말을 들은 항우가 매우 화가 나 말했다.

"내일 패공의 군대를 무너뜨리리라."

그때 항우의 군대는 40만으로 신풍(新豊)의 홍문(鴻門: 지금의 섬서성 임동현 신풍의 언덕 이름)에 포진해 있었고, 패공의 군대는 10만으로 패상에 주둔하고 있었다. 그날 범증이 항우에게 권하여 말했다.

"패공은 산동에 있을 때 재물을 탐하고 미녀들을 좋아했습니다. 그런데 지금 관내에 들어가서는 재물을 취하지 않고 여자들을 총애하지 않는다고 하니 그것은 그의 뜻이 작은 데에 있지 않다는 의미입니다. 제가 점쟁이에게 시켜 그의 기운을 살펴보니 오색으로 꾸며진 용과 범의 상을 가지고 있다는 것입니다. 그것은 천자의 기운입니다. 서둘러 치셔서 잡아 죽여야 합니다."

초나라의 좌윤 항백(項伯)은 항우의 작은아버지로, 일찍이 유후(留后) 장량(張良 : 유방의 책사로 자는 자방)과 사이가 좋았다. 그때 장량이 패공을 따랐으므로 항백은 밤중에 패공의 진영으로 급히 말을 달려, 은밀히 장량을 만나 사태를 다 알리고 위험을 피하라고 충고했다.

"패공과 함께 죽지 마십시오."

그러자 장량이 말했다.

"저는 한왕(韓王)을 위해 패공을 따르는 사람인데, 패공이 지금 위기를 맞았다고 해서 도망가는 것은 의롭지 않은 짓이오."

장량은 즉시 패공의 침실로 들어가 방금 들은 이야기를 모두 알렸다. 패공이 그게 놀라며 물었다.

"어떻게 해야 하오?"

장량이 말했다.

"항우가 들어오는 곳을 막자는 계책을 누가 세웠습니까?"

패공이 대답했다.

"이름 없는 서생이 나에게 '함곡관을 막고서 제후들을 안으로 들이지 않으면 진나라 땅에서 왕 노릇을 할 수 있을 것입니다.'라고 권하였소. 때문에 그만……."

"대왕의 군대가 항왕(項王)의 군대를 당할 수 있다고 예상하십니까?"

그러자 패공이 잠시 동안 잠자코 있다가 말했다.

"물론 그렇지 않소. 장차 이를 어찌해야 하오?"

장량이 말했다.

"그렇다면 항백에게 패공께서는 항왕을 배신할 생각이 조금도 없다고 말하십시오."

"그대와는 어떤 사이요?"

"진나라 있을 때 친하게 지냈는데, 그가 사람을 죽이고 잡혔을 때 제가 나서서 구해 준 적이 있습니다."

패공이 물었다.

"두 사람 중 누가 나이가 많은가?"

장량이 대답했다.

"항백이 신보다 많습니다."

그러자 패공이 말했다.

"그대가 나를 위해 그를 불러들이면, 내가 그를 형으로 섬기겠소."

장량이 나가서 항백을 다시 만났다. 그리고 패왕과의 만남을 주선했다.

패공은 술잔을 들어 항백의 장수를 기원하고 사돈을 맺기로 약조하면서 말했다.

"나는 관내에 먼저 들어오기는 했지만 한 터럭도 감히 보물을 가까이하지 않았고, 관리와 백성들의 명부를 정리하고 궁중 창고를 봉인하고서 항장군이 오시기만을 기다리고 있었습니다. 장수를 파견하여 관을 지키게 한 까닭도 도적의 침입을 막고 만일의 사태에 대비하기 위해서였습니다. 밤낮으로 장군이 오시기만을 바란 제가 어찌 감히 모반을 하겠습니까? 당신이 제 뜻을 항장군께 잘 전해 주십시오."

항백은 그렇게 하겠다고 대답하고는 패공에게 말했다.

"내일 아침 일찍 직접 항왕께 사죄하러 오십시오."

"알겠습니다."

항백은 그날 밤으로 진지로 돌아가 패공의 말을 모두 항왕에게 전했다. 이어서 말했다.

"패공이 먼저 관중을 무찌르지 않았다면 공께서 어찌 쉽게 관중에 들어올 수 있었겠소. 큰 공이 있는 그를 치는 것은 의롭지 않은 일이니 그를 잘 대우하는 것이 마땅한 도리일까 하오."

그러자 항왕은 그 의견을 받아들였다.

패공은 다음 날 아침 백여 기 정도의 기병을 데리고 항왕을 만나러 와서 홍문에 이르러 사죄하며 말했다.

"신은 장군과 함께 진나라를 무찌르는 일에 협력하여 장군께서는 하북에서, 신은 하남에서 싸웠습니다. 그런데 뜻밖에도 제가 먼저 함곡관에 들어가 진나라를 무찔렀고, 이곳에서 다시 장군을 뵈올 수 있게 되었습니다. 그런데 하찮은 사람의 말이 장군과 신의 사이에 틈이 생기게 했습니다."

그러자 항왕이 말했다.

"그것은 패공의 좌사마 조무상이 말한 것이오. 그렇지 않았다면 내가 무엇 때문에 귀공을 의심했겠소?"

항왕은 패공을 위해 주연을 마련했다. 항왕과 항백은 동쪽을 향해 앉고 범증은 남쪽을 향해 앉았다. 패공은 북쪽을 향해 아랫자리에 앉고 장량은 서쪽을 향해 항왕을 모시고 앉았다. 주연이 진행되는 동안 범증은 항왕에게 여러 번 눈짓을 하며 허리에 차고 있던 옥고리를 세 번이나 들어 '유방을 죽이라'고 신호했다. 하지만 항왕은 잠자코 바라보기만 했다. 범증은 자리에서 일어나 빠져나가 항장(項莊)을 불러 말했다.

"군왕은 사람 됨됨이가 모질지 못하니, 그대가 대신해 주어야겠다. 먼저 패공의 장수(長壽)를 기원하고 칼춤을 추다가 기회를 틈타 패공의 자리로 다가가서 그를 죽여라. 만일 실패하면 장차 우리들 모두 그의 포로가 될 것이다."

항장은 즉시 들어가 패공에게 술을 올리고는 항왕에게 말했다.

"군왕과 패공께서 주연을 여시는데 군영에 즐거움이 될 만한 것이 없으니 칼춤을 추겠다고 청하옵니다."

항왕이 말했다.

"좋다."

항장이 칼을 뽑아 들고 일어나 춤을 추기 시작했다. 그러자 항백 역시 칼을 뽑아 들고 일어나 춤을 추며 항상 몸으로 패공을 감싸며 틈을 주지 않았기에 항장은 유방을 공격할 수가 없었다. 그러자 사태를 파악한 장량은 자리에서 빠져나가 군문 밖에 있는 번쾌를 만났다. 번쾌가 말했다.

"오늘 상황이 어떠합니까?"

장량이 말했다.

"매우 위태롭소, 지금 항장이 칼춤을 추는데 노리는 것은 패공이요."

번쾌가 말했다.

"그래요? 신이 들어가 패공과 목숨을 같이하기를 청합니다."

번쾌는 즉시 칼과 방패를 갖추고는 군문 안으로 들어갔다. 창을 엇갈리게 들고 있던 위병들이 막으며 들여보내려 하지 않았으나 번쾌의 방패에 밀려 나자빠졌다. 번쾌는 마침내 안으로 들어가 장막을 들추며 항왕을 노려보았는데 그의 머리카락은 위로 치솟고 눈꼬리는 당장이라도 찢어질 것 같은 무서운 모습이었다. 항왕이 얼결에 칼을 움켜쥐고 무릎을 세우며 물었다.

"웬 놈이냐?"

장량이 대신 대답했다.

"패공을 따라온 번쾌라는 자입니다."

항왕이 말했다.

"대단한 사나이로군! 그에게 술잔을 주어라."

그리고는 즉시 한 말이나 되는 술을 주었다. 번쾌는 감사의 인사를 하고는 일어나 서서 다 마셔 버렸다. 그러자 항왕이 말했다.

"그에게 돼지 다리를 주어라."

즉시 다 익지도 않은 돼지 다리 하나를 주었더니 번쾌는 방패를 땅에 엎어놓고 그 위에 돼지 다리를 올려놓고는 칼을 뽑아 썰어서 먹었다.

항왕이 말했다.

"과연 장사로다. 더 마실 수 있겠는가?"

번쾌가 말했다.

"신은 죽음도 피하지 않는데, 술을 어찌 사양하겠습니까! 진나라 왕은 호랑이와 승냥이의 마음이 있어, 다 죽이지 못할까 염려하듯 사람들을 죽이고, 다 사용하지 못할까 두려워하듯 형벌을 내려 천하가 모두 그를 배반했습니다. 회왕께서 여러 장수와 협약하여 '먼저 진나라를 무찌르고 함양에 들어가는 자가 왕이 되리라'라고 하셨는데, 지금 패공께서는 먼저 진나라를 무찌르고 함양에 들어가셨지만 진나라의 재물에는 손도 대지 않으셨고, 궁실을 봉하고 잠그고는 돌아와 패상에서 주둔하며 대왕께서 오시기를 기다리고 있었습니다. 일부러 장수를 보내 함곡관의 수비를 굳게 하도록 한 것은 도적들의 침입과 비상사태에 대비하기 위해서였습니다. 애써 고생하여 공로가 이처럼 높으니 상을 내려야 할 것인데 소인배들의 말을 듣고 도리어 패공을 죽이려 하신다고 들었습니다. 그것은 진나라가 했던 짓과 다를 것이 없습니다. 대왕께서 취하실 행동이 아니라고 생각합니다."

항왕은 미처 답변하지 못하며 말했다.

"앉게."

번쾌는 장량을 따라 앉았다. 잠시 후 패공이 일어나 측간에 가겠다고 했다. 번쾌도 그를 따라 자리를 떴는데 좀처럼 돌아오지 않았다. 때문에 항왕은 도위 진평(陳平)에게 패공을 불러오도록 했다.

"지금 작별 인사도 하지 않고 나왔으니 어찌하면 좋겠소?"

패공이 말하자 번쾌가 대답했다.

"큰일을 할 때는 사소한 일에 구애될 수 없습니다. 지금 저들은 한참 칼과 도마가 되고 우리는 물고기가 되었습니다. 목숨이 위태로워진 때에 예의를 어찌 갖추겠습니까?"

"패공은 마침내 떠나면서 항왕에게는 장량이 남아 사과해 달라고 부탁했다. 장량이 패공에게 물었다.

"대왕께서는 무엇을 가져오셨습니까?"

"흰 옥 한 쌍을 가져왔으니 항왕에게 바칠 것이며, 옥으로 만든 큰 술잔 한 쌍은 범증에게 주려고 하였는데, 그들이 화가 나 있기에 감히 바치지 못했소. 그대가 나를 위해 대신 바쳐 주시오."

그때 항왕의 군대는 홍문 아래에 포진해 있었고 패공의 군대는 패상에 있어 서로 40리나 떨어져 있었다. 패공은 자신의 수레와 호위병들을 그곳에 놓아둔 채 몸만 빠져나와 말을 탔고, 번쾌·하후영(夏侯嬰)·근강(靳疆)·기신(紀信) 등 네 사람은 칼과 방패만 들고 뒤따랐다. 그들은 여산에서 내려와 지양(芷陽)의 샛길로 갔다. 그러면서 패공이 장량에게 말했다.

"이 길로 곧장 가면 우리 군영까지 불과 20리요. 내가 군영에 도착했다고 생각되면 그대는 항우의 연회석으로 되돌아가시오."

패공이 무사히 패상에 도착했을 무렵 장량은 연회석으로 돌아가 항우에게 사죄하며 말했다.

"패공께서는 원래 술에 약해 하직 인사조차 드릴 수가 없었습니다. 삼가 신 장량에게 흰 옥 한 쌍을 받들어 대왕께 재배하며 바치게 하고, 옥으로 만든 큰 술잔 한 쌍은 대장군께 재배하며 바치게 했습니다. 거두어 주십시오."

항왕이 말했다.

"패공은 지금 어디에 있소?"

장량이 대답했다.

"대왕에게서 꾸지람을 듣지 않을까 염려하시며 혼자 가셨는데 이미 패상의 군영에 도착하셨을 겁니다."

항왕은 옥을 받아 자리 위에 놓았다. 하지만 범증은 옥으로 만든 술잔을 받아 땅에 놓고는 칼을 뽑아 쳐서 부숴 버리고 말했다.

"소인배와 함께 무슨 일을 도모한단 말인가, 항왕의 천하를 빼앗을 자는 분명 패공일 테니 우리는 머지않아 그의 포로가 될 것이다."

패공은 진영에 도착하자마자 곧 조무상을 베어 버렸다.

그로부터 며칠 후 항우는 군대를 이끌고 서쪽으로 가 함양을 무찌르고 대학살을 감행했다. 뿐만 아니라 항복한 진나라 왕 자영을 죽이고 진나라 궁전에 불을 질렀는데 그 불은 3개월 동안 타고도 꺼지지 않았다. 항우는 그곳의 재화와 보물과 여인들을 거두어 동쪽으로 돌아가기로 했다. 그것을 본 어떤 사람이 항왕에게 권하며 말했다.

"관중은 산과 강으로 둘러싸여 사방이 막혀 있는 요새이며 땅이 기름집니다. 도읍으로 삼고 천하를 호령하기에 더없이 좋은 곳인데 왜 돌아가려고 하십니까?"

하지만 그는 진나라의 궁실이 불에 모두 다 타버렸고 또 대업을 이룬 탓인지 고향에 돌아가고 싶은 생각뿐이었다.

"부유하고 귀해졌는데도 고향에 돌아가지 않는 것은 비단옷을 입고 밤길을 가는 것과 같으니 누가 그것을 알아주겠는가!"

그러자 권유했던 자는 이렇게 중얼거렸다.

"사람들이 '초나라 사람은 원숭이가 갓을 쓴 꼴'이라고 말했는데, 과연 그렇구나."

항왕이 그 말을 듣고는 크게 화를 내며 그를 가마솥에 넣어 삶아 죽이게 했다.

항왕이 회원에게 사람을 보내 관중을 평정했다고 보고하자 회왕이 말했다.

"약속대로 하라."

항우는 우선 회왕을 높여 의제(義帝)라 칭하게 했다. 다음에는 자기가 왕이 될 차례였다. 하지만 그렇게 되기 위해서는 다른 장군과 대신들을 동시에 왕으로 봉할 필요가 있었다. 그래서 그들을 모두 불러 모은 자리에서 이렇게 말했다.

"천하에 막 난이 발생했을 때 우리는 진나라에 반기를 든 대의명분이 필요했기에 제후의 후예들을 잠시 즉위시켰소. 하지만 실제로 전쟁터에 뛰어들어 싸운 것은 여기에 있는 여러 장군과 대신들이었소. 몸에는 견고한 갑옷을 입고 날카로운 무기를 잡고 먼저 봉기하여 들에서 이슬을 맞고 자면서 3년 만에 진나라를 멸망시키고 천하를 평정한 것은 모두 그대들과 나의 힘이었소. 의제께서는 비록 공은 세우지 못했으나 그 땅을 나누어서 왕으로 삼는 것이 좋겠소. 그 대신 우리도 왕으로 임명받아야 마땅하다고 생각하는데, 여러분의 의견은 어떻소?"

"옳습니다."

그들은 모두 찬성했다. 그러자 항우는 즉시 천하를 나누어 여러 장수들을 세워 후(侯)와 왕으로 삼았다. 항왕과 범증에게 있어서 가장 큰 걱정거리는 장차 패공이 천하를 차지하지 않을까 하는 것이었다. 하지만 이미 화해를 했고, 또 약조를 어기면 제후들이 등을 돌릴 것이 염려되어 몰래 계획하여 말했다.

"파·촉은 길이 험하고 진나라의 유배자들이 옮겨 들어와 모두 촉에 살고 있다."

그리고 이어서 말했다.

"하지만 피와 촉 역시 관중의 땅이다."

항은 패공을 세워 한왕(漢王)으로 삼고, 파·촉·한중의 왕이 되어 남정(南鄭)에 도읍하게 했다. 그리고 관중을 셋으로 나누어 진나라에서 항복한 장수들을 왕으로 세워 한나라 왕을 견제하게 만들었다.

항왕은 곧 장한을 세워 옹왕(雍王)으로 삼아 함양 서쪽의 왕을 봉하고 폐구(廢丘)에 도읍하게 했다. 장사 사마흔은 원래 역양의 옥관으로 일찍이 항량에게 은덕을 베푼 적이 있었다. 그리고 도위 동예는 본래 장한에게 초나라에 투항하라고 권유한 사람이었다. 때문에 사마흔을 세워 새왕(塞王)으로 삼아 함양의 동쪽에서 황하에 이르는 곳까지의 왕으로 봉하고 역양에 도읍하게 했으며, 동예를 세워 적왕(翟王)으로 삼아 상군(上郡)의 왕으로 봉하고 고노(高奴)에 도읍하게 했다.

위왕 표(豹)는 옮겨서 서위왕(西魏王)으로 삼고 하동의 왕으로 봉해 평양(平陽)에 도읍하게 했다. 하구(瑕丘)의 신양(申陽)은 장이가 총애하던 신하로 전에 하남을 함락시키고 초나라 군대를 황하 강변에서 맞아들였으므로, 신양을 세워 하남왕(河南王)으로 삼고 낙양에 도읍하게 했다. 한왕(韓王) 성(成)은 옛 도읍을 그대로 하여 양적(陽翟)에 도읍하게 했다. 조나라 장수 사마앙(司馬□)은 하내(河內)를 평정하고 여러 번 공을 세웠기 때문에 그를 세워 은왕(殷王)으로 삼아 하내의 왕으로 봉하고 조가(朝歌)에 도읍하게 했다. 조왕 헐(歇)은 옮겨 대왕(代王)으로 삼았다. 조나라의 재상 장이는 본래 현명하고 또 관중에 들어올 때 따라왔으므로 그를 세워 상산왕(常山王)으로 삼아 조 땅의 왕으로 봉하고 양국(襄國)에 도읍하게 했다. 당양군 경포는 초나라 장수로서 항상 군영에서 으뜸이었으므로 그를 세워 구강왕(九江王)으로 삼고 육(六)에 도읍하게 했다. 파군 오예(吳芮)는 백월(百越)을 이끌고 제후군을 도왔고, 또 관중에 들어올 때 따라왔으므로 그를 세워 형산왕(衡山王)으로 삼고 주에 도읍하게 했다. 의제의 주국(柱國) 공오(共敖)는 군대를 이끌고 남군을 쳐 공이 많았기에 그를 세워 임강왕(臨江王)으로 삼고 강릉(江陵)에 도읍하게 했다. 연왕(燕王) 한광(韓廣)은 옮겨서 요동왕(遼東王)으로 삼았다. 연나라 장수 장도는 초나라에 협력해 조나라를 구원하였고 관중에 들어올 때 따라왔으므로 그를 세워 연왕으로 삼고 계에 도읍하게 했다. 제왕(齊王) 전불을 옮겨 교동왕(膠東王)으로 삼았으며 제나라 장수 전도(田都)는 함께 조나라를 구원하고 관중에 들어올 때 따라왔으므로 그를 세워 제왕으로 삼고 임치에 도읍하게 했다. 옛날에 진나라에게 멸망당한 제왕 전건(田建)의 손자 전안(田安)은 항우가 황하를 건너가 조나라를 구원할 때 제북(濟北)의 여러 성을 함락시킨 뒤에 휘하의 군대를 이끌고 항우에게 투항하였으므로, 그를 세워 제북왕(濟北王)으로 삼고 박양(博陽)에 도읍하게 했다. 전영은 여러 번 항량을 배반했으며, 군대를 이끌고 초나라를 따라 진나라를 치려고 하지 않았기 때문에 봉하지 않았다. 성안군(成安君) 진여는 장수의 도장을 버리고 관중에 들어올 때 따르지 않았지만, 평소에 현명하다고 들었고 조나라에서도 공이 있었다. 또한 그가 남피(南皮)에 있다는 소식을 들었기 때문에 주변 세 현을 봉했다. 파군의 장수 매현은 공이 많았기 때문에 10만 호의 후(侯)에 봉했다. 항우는 스스로 즉위하여 서초패왕(西楚霸王)이라고 일컬으며 구군(九郡)의 왕으로 봉해 팽성(彭城)에 도읍했다.

한(漢)나라 원년 4월, 제후들은 희수에 있는 진영을 떠나 각자의 영지로 떠났다. 항왕은 함곡관에서 나와 본국으로 가서 사람을 보내 의제에게 다음과 같은 말을 전하게 했다.

"예로부터 황제의 영지는 사방 천 리이며 반드시 하천의 상류에 머물렀습니다."

사자는 그런 구실을 내세워 의제를 장사(長沙)의 침현으로 옮기도록 했다. 그리고 의제의 행차를 재촉하자 신하들이 하나둘씩 떠나 의제는 더욱

처량한 신세가 되고 말았다. 그러자 항우는 형산과 임강의 왕에게 장강 위에서 몰래 그를 쳐 죽이도록 했다. 한왕 성은 전쟁에서 세운 공적이 없었으므로, 항왕은 그가 봉국으로 가지 못하게 하고 함께 팽성으로 가서 폐위시키고 후(侯)로 삼았다가 얼마 후에 죽였다. 장도는 자신의 본국으로 가서 한광을 요동으로 쫓아버리려고 했으나 한광이 따르지 않자, 무종(無終)에서 쳐 죽이고 그의 땅을 합쳐 자신의 봉지로 삼았다.

전영은 항우가 제왕 전불을 교동으로 옮기게 하고 제나라 장수 전도를 세워 제왕으로 삼았다는 소식을 듣고는 매우 화가 나서 제왕을 교동으로 보내려 하지 않고 제나라 영토에서 반란을 일으켜 즉위하는 일을 방해했다. 때문에 전도는 초나라로 달아났다. 제왕 전불은 항왕이 두려워 교동으로 도망쳐 왕위에 올랐다. 그러자 전영이 화가 나 그를 추격하여 즉묵(卽墨)으로 가서 쳐 죽였다. 전영은 스스로 즉위하여 제왕이 되어 서쪽에 있는 제북왕 전안을 공격하여 죽이고 삼제(三齊)를 합쳐 봉지로 삼았다. 전영은 팽월(彭越)에게 장군의 도장을 주고 그에게 양 땅에서 반란을 일으키도록 했다. 조나라의 장군이었던 진여도 움직였다. 그는 제나라의 중신인 장동(張同)과 하열(夏說)을 몰래 보내 제왕 전영에게 이렇게 말하게 했다.

"항우가 천하의 우두머리가 된 것은 공평하지 않습니다. 지금 본래의 왕들에게는 쓸모없는 땅을 주고 그의 신하들과 장수들은 좋은 땅의 왕으로 삼아 그곳에 있던 군주들을 내쫓는 횡포를 지질렀습니다. 저의 군주인 조왕(趙王)도 역시 내쫓아 북쪽의 대(代)에 머물게 했는데, 저는 그럴 수는 없는 일이라고 생각합니다. 이런 판국에 대왕께서는 군대를 일으키셨고 또한 의롭지 않은 것을 따르지 않으신다고 들었습니다. 그러니 대왕께서 저에게 군대를 빌려주시어 상산(常山)을 공격하여 조왕의 원래 땅을 회복하도록 해주십시오. 그것이 이루어지면 우리 조나라는 귀국의 훌륭한 방벽이 될 것입니다."

제왕은 그의 청을 받아들여 군대를 조나라로 보냈다. 진여는 세 현의 군대를 모두 모집하여 제나라 군대와 연합하여 상산왕을 쳐 크게 무찔렀다. 그렇게 되자 장이는 달아나 한(漢)나라로 갔다. 진여는 원래의 조왕 헐을 대에서 맞이하여 조나라로 돌아갔다. 조왕은 그 일로 진여를 세워 대왕(代王)으로 삼았다.

그때 한왕(漢王)은 군대를 돌려 삼진을 평정했다. 항우는 한왕이 이미 관중을 모두 합치고 동쪽으로 가고 있으며, 제나라와 조나라가 그를 배반했다는 소식을 듣고 매우 화가 났다. 곧바로 옛 오령(吳令) 정창(鄭昌)을 한왕(韓王)으로 삼아 한나라 군대를 저지하고, 소공(蕭公) 각(角) 등에게 팽월을 공격하게 했다. 팽월은 소공 각 등의 무리를 물리쳤다. 한왕은 장량에게 한(韓)나라를 돌아보게 하고 항왕에게 편지를 보내 말했다.

"한왕은 직책을 잃어 관중을 얻고자 하니, 약조대로만 해준다면 즉시 멈추어 감히 동쪽으로 진격하지 않을 것이다."

다시 제나라와 조나라가 모반하여 항왕에게 편지를 보내 말했다.

"제나라가 조나라와 함께 초나라를 멸망시켜 합병하고자 한다."

초나라 군대는 그래서 서쪽을 치려던 뜻을 없애고 북쪽으로 나아가 제나라를 쳤다. 항왕은 그때 구강왕 경포에게 군대를 출병시키게 했다. 하지만 경포는 병을 핑계로 나오지 않고 부하 장수에게 수천 명을 거느리고 출동하도록 했다. 항왕은 그 일 때문에 경포를 원망하게 되었다.

한(漢)나라 2년 겨울, 항우가 마침내 북쪽으로 가 성양에 도착하였고 전영 역시 군대를 거느리고 와 격전을 벌였다. 전영은 이기지 못하고 평원으로 달아났으나, 평원의 백성들이 그를 죽여버렸다. 항우는 북으로 진군하며 제나라의 성곽과 집을 불사르고, 항복한 전영의 병졸들을 잡아 모두 생매장했으며, 늙고 약한 이들과 여자들을 포로로 잡았다. 제나라의 북해까지 공격하니 부서지고 파괴된 것들이 많았다. 때문에 전영의 동생 전횡(田橫)이 흩어져 없어졌던 제나라의 병졸들 수만 명을 거두어 성양에서 반란을 일으켰다. 그래서 항왕이 진을 치고서 연달아서 싸움을 했으나 무너뜨리지 못했다.

봄에 한왕이 다섯 제후들의 군대 56만 명을 이끌고 동쪽으로 나아가 초나라를 쳤다. 그 소식을 들은 항왕은 즉시 여러 장수에게 제나라를 치게 하고 자신은 정예 군대 3만을 이끌고 남쪽으로 진격하여 노현(魯縣)을 따라서 호릉(胡陵)으로 나아갔다.

4월에 한왕은 팽성에 들어가 그곳의 재화, 보물, 미녀들을 빼앗은 뒤에 날마다 성대한 주연을 베풀며 승리감에 도취되어 있었다. 적의 허점을 파악한 항왕은 군대를 서쪽으로 옮겨 소현(蕭縣)을 거점으로 삼아 새벽에 한나라 군대를 공격했다 그것이 성공했다. 성안에서의 싸움은 후에 승세가 결정되어 한나라 군대는 단번에 무너지고 말았다. 한나라 군사들은 모두 줄지어 달아나다가 곡수(穀水)와 사수(泗水)에 빠졌는데 죽은 한나라 병졸이 10여만 명이나 되었다. 나머지 한나라 병졸들이 모두 남쪽 산으로 달아나자 초나라 군대가 다시 뒤쫓아 갔기에 그들은 영벽(靈壁)의 동쪽 수수 부근에서 갇힌 꼴이 되었다. 특히 강가로 물러간 자들은 초나라 군대에게 공격을 당해 엄청난 전사자들을 냈다. 병졸 십여만 명이 한꺼번에 물속에 뛰어들었기 때문에 강물이 한동안 흐르지 못했다.

초나라 군대는 겹겹이 포위했다. 그런데 그때 큰 바람이 서북쪽에서 일어나 나무를 부러뜨리고 집을 날려버리며 모래와 돌을 날리더니 칠흑처럼 어두워지고 낮이 컴컴해지는 이상한 일이 일어났다. 초나라 군대가 크게 혼란에 빠지고 무너져 흩어졌기에 한왕은 곧 수십 명의 기병과 함께 도망칠 수 있었다.

한왕은 패현에 들러 가족들을 한데 모아서 서쪽을 가려고 했다. 초나라 군대 또한 사람을 보내 패현까지 뒤쫓아가서 한왕의 가족을 잡도록 했다.

가족들은 모두 도망갔기에 한왕과 만나지 못했다. 한왕은 길에서 효혜와 노원을 만나 수레에 태우고 갔다. 초나라 기병들이 한왕을 쫓아오자 다급해진 한왕은 효혜와 노원을 수레 아래로 밀어 떨어뜨렸으나 등공(滕公)이 내려가 그들을 수레에 태웠다. 그렇게 한 것이 세 번이나 되풀이되었다. 마침 내 등공은 화를 내면서 한왕에게 소리쳤다.

"비록 위급하고 말을 빨리 몰 수 없긴 하지만, 어찌 그들을 버리십니까?"

그러면서 마침내 추격에서 벗어날 수 있었다. 그 후 한왕이 아버지 태공 (太公)과 여후(呂后)의 행방을 수소문했지만 찾지 못했다. 그들은 심이기 (審食其)라는 경호원과 함께 샛길로 가며 한왕을 찾다가 도리어 초나라 군 대에게 발각되었다. 초나라 병사들은 그들을 데리고 돌아와 항왕에게 보고 했다. 항왕은 그들을 인질로 오랫동안 잡아 두었다.

그때 여후의 오빠 주여후(周呂侯 : 이택)는 한(漢)나라를 위해 군대들을 거느리고 하읍(下邑)에 머물러 있었는데, 한왕이 샛길로 와 조금씩 한나라 의 병사들을 한데 거두자, 형양에 이르렀을 때 모든 패잔병이 다 모이게 되 었다. 소하(蕭何 : 한나라의 개국 공신)도 또한 관중의 노약자와 20세가 안 된 자들을 징발하여 형양으로 왔기에 한왕은 다시 위세를 크게 떨쳤다.

초나라 군대는 팽성 싸움에서부터 항상 승세를 타고 패주하는 한나라 군 대를 몰아내다가 형양 남쪽의 경읍(京邑)과 색읍(索邑) 사이에서 싸웠는데, 한나라 군대가 초나라 군대를 이겨 물러나게 했으므로 초나라 군대는 형양 을 거쳐 서쪽으로 진격할 수 없게 되었다.

항왕이 팽성을 구원하러 갔다가 한왕을 뒤쫓아 형양에 이르러서 보니 전 횡 또한 제나라를 거둬 취하고 전영의 아들 전광(田廣)을 제왕으로 세웠다. 그런데 한왕이 팽성에서 싸움에 지자, 제후들은 모두 다시 초나라에 달라붙 으며 한나라를 배반했다. 한나라 군대는 형양에 주둔하면서 용도를 쌓아 황 하로 잇게 하여 오창(敖倉)의 곡식을 빼앗았다.

한(漢)나라 3년, 항왕이 여러 번 한나라 군대의 용도를 침략하자, 한왕은 먹을 것이 부족해질까 두려워 강화를 요청하고 형양 서쪽을 한(漢)의 영토 로 하겠다고 제안했다.

항왕이 그것을 따르려고 하자 역양후(歷陽侯) 범증이 말했다.

"한나라 군대는 상대하기 쉬운데 지금 버려두고 취하지 않으면 나중에 분명히 후회하실 것입니다."

그러자 항왕은 범증과 함께 서둘러 형양을 포위했다. 한왕은 그것을 걱정하다가 진평의 계책을 받아들여 범증과 항왕을 이간질시켰다.

항왕의 사지가 오자 훌륭한 음식을 준비하여 그에게 내놓으려고 하다가 사자를 보고는 거짓으로 놀란 체하며 말했다.

"나는 범증의 사자라고 생각했는데 이제 보니 항왕의 사자였구나!"

그리고는 그 음식을 다시 가지고 가게 하더니 형편없는 음식을 가지고 오게 하여 항왕의 사자에게 먹게 했다. 사자가 돌아와 항왕에게 보고하자, 항왕은 범증과 한왕이 사사로운 관계를 가지고 있다고 의심하고는 그의 권력을 빼앗게 되었다. 그러자 범증이 크게 화를 내며 말했다.

"천하의 일이 대체로 정해져, 군왕 스스로 모든 일을 처리하실 수 있게 되었습니다. 늙은 몸은 평민으로 돌아가게 해 주십시오."

항왕은 그렇게 하도록 했다. 하지만 길을 떠난 범증은 미처 팽성에 도착하기도 전에 등에 종기가 나서 죽었다.

그즈음 한나라 장수 기신(紀信)이 한왕을 설득시키려고 하며 말했다.

"일이 이미 다급해졌습니다. 제가 왕의 모습으로 꾸며 초나라 군대를 속일 테니 왕께서는 그 틈을 타서 빠져나가십시오."

그래서 한왕이 밤에 형양의 동쪽 문으로 갑옷을 입힌 여인 2천 명을 내보냈더니 초나라 병사들이 사방에서 공격했다. 기신은 황색 지붕에 깃털 휘장을 장식한 수레에 타고나서며 말했다.

"성안에 양식이 떨어져 한왕이 항복한다."

초나라 군대들은 모두 만세를 불렀다. 하지만 한왕은 그때 수십 기병과 함께 성의 서쪽 문으로 나와 성고(成皐)로 달아났다.

항왕이 끌려온 기신을 내려다보며 물었다.

"한왕은 어디에 있느냐?"

기신이 대답했다.

"한왕께선 이미 떠나셨습니다."

항은 기신을 불에 태워 죽였다.

한왕은 어사대부 주가(周苛)·종공·위표로 하여금 형양을 지키도록 했다. 그런데 주가와 종공이 상의하여 말했다.

"나라를 배반한 왕과는 함께 성을 지키기가 어렵다."

그리고는 둘이서 함께 위표를 죽였다.

초나라 군대가 형양성을 함락시키고 주가를 생포하자 항왕이 주가에게 말했다.

"나의 장수가 되면 나는 그대를 상장군으로 삼고 3만 호를 봉해 주겠다."

그러자 주가가 욕하며 말했다.

"그대가 빨리 한나라에 항복하지 않으면, 한나라 군사들이 그대를 사로잡을 것이다. 그대는 한왕의 적수가 되지 못한다."

항왕은 노여워하며 주가를 삶아 죽이고 종공도 죽였다.

한왕은 형양을 벗어나서 남쪽의 완(完)과 섭(葉)으로 가서 구강왕 경포를 만나 행군했다. 병사들은 한데 모아, 다시 성고로 들어가 수비했다.

한(漢)나라 4년에 항왕이 진군하여 성고를 포위했다. 한왕은 등공만 데리고 혼자서 성고의 북쪽 문으로 나와 황하를 건너 수무(修武)로 달아나 장이와 한신(韓信: 전한 초기의 제후)의 군대에 몸을 맡겼다. 여러 장수들도 조금씩 성고에서 나와 한왕에게로 갔다. 초나라 군대는 마침내 성고를 빼앗고 서쪽으로 진군하려고 했다. 그러자 한나라는 군대를 보내 공(鞏)에서 초나라 군대를 저지하며 그들이 서쪽으로 올 수 없게 했다.

그때 팽월이 황하를 건너가 초나라 군대를 동아에서 공격하여 초나라 장군 설공을 죽였다. 그러자 항왕이 직접 동쪽을 진격하여 팽월을 쳤다. 한왕은 한신의 군대를 얻어 황하를 건너 남쪽으로 진격하려고 했다. 하지만 정충(鄭忠)이 한왕을 설득하자 진격을 멈추고 하내에 방벽을 쌓게 했으며 유고(劉賈)에게 명해 군대를 거느리고 가서 팽월을 도와 초나라 군대의 물자를 불태우도록 했다. 항왕이 동쪽으로 공격하여 그들을 무찌르자 팽월은 달아났다. 한왕은 군대를 이끌고 황하를 건너 다시 성고를 빼앗고, 광무(廣武)에 주둔하며 오창의 양식을 차지했다. 항왕은 동해 지역을 평정하고 서쪽으로 진군하여 한나라 군대에 맞서 광무에서 진을 치고는 몇 개월 동안 서로 대치했다.

그때, 팽월이 여러 번 양 땅에서 반란을 일으켜 초군의 식량을 불태웠기에 항왕은 이것을 두려워했다. 그는 높은 도마를 만들어 태공을 그 위에 올려놓고 한왕에게 말했다.

"지금 서둘러 항복하지 않으면 너의 아버지 태공을 삶아 죽일 것이다."

그러자 한왕이 말했다.

"나와 항우 그대는 모두 신하 된 자로서 회왕에게서 '형제가 되기로 약속한다'는 명을 받았소. 그러니 나의 아버지가 곧 그대의 아버지이기도 하오. 아버지를 기어이 삶겠다면 내게도 고깃국 한 그릇을 나누어주기 바라오."

항왕이 화가 나 태공을 죽이려고 하자 항백이 말했다.

"천하의 일은 아직까지 알 수 없으며, 또한 천하를 위하는 자는 집안을 돌보지 않는 법이니, 비록 그를 죽여도 이익은 없고 단지 화근만 더해질 뿐입니다."

그러자 항왕이 그를 놓아주었다.

초나라 군대와 한나라 군대가 오랫동안 서로 대치하며 승부를 내지 못하자 장정들은 장기전으로 인해 고달파지고 노약자들은 물길로 물자를 운반하는 일에 지치게 되었다. 항왕이 한왕에게 말했다.

"천하가 여러 해 동안 흉흉한 것은 한갓 우리 두 사람 때문이니, 그대에게 도전하여 자웅을 겨룸으로써 천하의 백성들과 아버지와 아들을 헛되이 고달프게 하지 않게 되기를 원하오."

그러자 한왕이 웃으면서 말했다.

"나는 지혜를 다툴지언정 힘으로 겨루기는 싫소."

그러자 항왕이 장사(壯士)에게 시켜 싸움을 돋우도록 했다. 한나라 군대에 말을 타면서 활을 잘 쏘는 누번(樓煩)이라는 자가 있었고 초나라 쪽에서 싸움을 걸어온 것이 세 번이었는데 그때마다 누번이 활을 쏘아 상대편 장사들을 죽여버렸다. 때문에 항왕이 매우 노여워하며 직접 갑옷을 입고 창을 집어 들고는 싸움을 돋우게 되었다. 그래서 누번이 전처럼 그를 쏘려고 하자 항왕이 눈을 부릅뜨고 그를 꾸짖었다. 그러자 누 번은 감히 쳐다보지 못하고 활도 쏘지 못하다가 마침내 달아나 진지로 들어가 다시 나오지 못했다. 한왕이 사람을 시켜 몰래 누번에게 물 보게 했더니 그는 바로 항왕이었다. 때문에 한왕은 크게 놀랐다. 결국 항왕은 한왕에게 접근하여 서로 골짜기를 사이에 두고 말을 하게 되었는데 한왕이 그의 죄목을 열거하자 항왕은 화를 내며 한번 겨뤄보자고 다시 요구했다. 한왕이 따르지 않자 항왕은 숨겨 두었던 연발용 활을 쏘아 한왕을 맞혔다. 한왕은 부상을 입고 달아났다.

항왕은 회음후 한신이 이미 하북을 함락시키고 제나라와 조나라를 무찔렀으며, 또 초나라를 공격할 것이라는 소식을 듣자 즉시 용저에게 명해 군대를 이끌고 가서 한신의 군대를 공격하도록 했다. 그리하여 한신이 용저와 싸우게 되었는데, 한군의 기장 관영이 초나라 군대를 공격하여 크게 무찌르고 용저를 죽였다. 한신은 그 직후에 스스로 제나라 왕위에 올랐다. 항왕은 용저의 군대가 패했다는 소식을 듣고 두려워하며 우이 사람인 무섭(武涉)을 시켜 한신을 회유하도록 하였으나 한신은 듣지 않았다. 그때 팽월이 다시 군대를 이끌고 나타나 양 땅을 함락시키고 초나라 군대의 양도를 끊어 버렸다. 그러자 항왕은 해춘후(海春侯) 대사마 조구(曹咎) 등에게 말했다.

"성고를 경계하며 지키고 한나라 군대가 싸움을 걸어도 싸우지 말고 한나라 군대가 동쪽으로 오지 못하게만 하면 되오. 나는 15일 안에 반드시 팽월을 죽이고 양 땅을 평정하고 나서 다시 이곳에 오겠소."

그리고는 즉시 동쪽으로 행군하여 진류(陳留)와 외황(外黃)을 공격했다. 하지만 외황은 쉽사리 함락되지 않았다. 며칠 후에야 그곳 사람들이 항복하였으나 항왕은 화를 내며 15세 이상의 남자들은 전부 성의 동쪽으로 끌어다가 생매장하려고 했다. 그때 외황 현령 지사의 열세 살 된 아들이 항왕에게 가서 권했다.

"팽월이 협박했기에 외황 사람들은 두려워하며 우선 항복하고 대왕이 오시기를 기다렸습니다. 그런데 대왕께서 우리를 모두 생매장시키려고 하시니 백성들이 어찌 의탁하려는 마음이 생기겠습니까? 이곳의 동쪽에 있는 양 땅의 10여 개 성 백성들이 모두 두려워하며 귀의하려고 하지 않을 것입니다."

항왕은 그 아이의 말이 옳다고 여겨 생매장시키려 했던 외항 사람들을 용서해 주었다. 동쪽으로 수양에 이르기까지 있는 여러 성의 사람들이 그 소식을 듣고는 모두 다투듯이 항왕에게 항복했다.

한나라 군대가 여러 번 싸움을 걸어왔지만 성고 성안의 초나라 군대는 과연 밖으로 나오지 않았다. 사람을 시켜 그들을 욕한 지 닷새가 되자, 대사마가 노하여 병사들에게 사수를 건너게 했다. 병졸들이 반쯤 건너고 있는데 한나라 군대가 그들을 쳐 초나라 병사를 크게 무찌르고 초나라의 재물을 모조리 차지했다. 대사마 조구, 장사 동예, 새왕 사마흔은 모두 스스로 사수가에서 목을 찔러 죽었다. 대사마 조구는 본래 기현에서 옥리를 지냈고, 장사 사마흔도 본래 역양의 옥리였는데, 두 사람은 일찍이 항량에게 은덕을 베푼 적이 있었다. 때문에 항왕은 그들을 임용했다. 그때 항왕은 수양에 있다가 해춘후의 군대가 졌다는 소식을 듣고 군대를 이끌고 되돌아왔다. 한나라 군대는 형양의 동쪽에서 종리매(鍾離昧)를 포위하고 있다가 항왕이 도착하자 초나라 군대가 두려워 모두 험준한 곳으로 달아나 버렸다.

그즈음 한나라 군대는 식량이 풍족했으나, 항왕의 군대는 지치고 식량도 떨어진 상태였다. 한나라가 육고(陸賈)를 보내 항왕을 설득하여 태공을 보내 달라고 요청하였으나 항왕은 응해 주지 않았다.

한왕이 다시 후공(侯公)에게 가서 항왕을 설득하게 했더니 항왕이 한나라와 협상하여 천하를 반으로 갈라서 홍구(鴻溝) 서쪽은 한나라 땅으로 하고, 홍구 동쪽 땅은 초나라로 하기로 했다. 그리고는 태공을 풀어줄 것을 허락하고는 즉시 한왕의 아버지, 어머니, 아내, 자식을 돌려보냈다. 군사들은 모두 만세를 외쳤다.

한왕이 후공을 봉해 평국군(平國君)으로 삼았지만, 후공은 몸을 숨기고는 다시는 한왕을 만나지 않았다. 한왕이 말했다.

"이 사람은 천하의 능변가로, 그가 거처하는 곳은 나라가 기울게 될 것이기에 호칭을 평국군이라고 했다."

항왕은 협약을 끝내자 군대를 거느리고 동쪽으로 돌아갔다. 한왕이 서쪽으로 돌아가려고 하자 장량과 진평이 권유했다.

"한(漢)나라가 거의 천하의 반을 소유했고 제후들도 모두 귀의했습니다. 그런데 초나라 군사들은 지치고 식량도 떨어졌으니, 지금이 바로 하늘이 초나라를 망하게 하려는 때입니다. 이 기회를 틈타 빼앗는 것이 낫습니다. 지금 놓아 주고 공격하지 않는다면 그것은 이른바 '호랑이를 길러 스스로 화를 남기는 꼴'이 되는 것입니다."

한왕은 그 말에 따랐다.

한(漢)나라 5년, 한왕은 항왕의 군대를 추격하여 양하(陽夏) 남쪽에 이르러서 멈추어 진을 쳤고, 회음후 한신, 건성후 팽월과 연락하여 함께 초나라 군대를 공격하기로 약속했다. 그런데 고릉(固陵)에 이르렀는데도 한신과 팽월의 군대가 오지 않았고 초나라 군대가 한나라 군대를 공격하여 크게 무찔렀다. 한왕은 다시 진지로 들어가 참호를 깊게 파고서 수비하며 장자방(張子房)에게 물었다.

"제후들이 약속을 지키지 않았으니 어떻게 해야 하는가?"

장자방이 대답하며 말했다.

"초나라 군대가 바야흐로 무너지려고 하는데, 한신과 팽월은 아직까지 봉지를 나누어 받지 못했으니 그들이 오지 않는 것은 당연한 일입니다. 군왕께서 그들과 함께 천하를 나눌 생각만 있다면 지금이라도 당장 오게 할 수 있을 것입니다. 만일 할 수 없으시다면 사태는 알 수 없게 됩니다. 군왕께서 진현 동쪽에서부터 해안 지역까지를 모두 한신에게 주시고, 수양 이북에서 곡성까지를 팽월에게 주셔서 각자 스스로 싸우게 한다면 초나라를 패배시키는 것은 쉬운 일입니다."

한왕이 말했다.

"좋소."

그래서 사신을 보내 한신과 팽월에게 다음과 같이 말하게 했다.

"힘을 합쳐서 초나라 군대를 치도록 하시오. 초나라 군대가 패하면 진현 동쪽에서 해안에 이르는 지역은 한신에게 줄 것이며, 수양 이북에서 곡성까지는 팽상국에게 주겠소."

사신이 도착해 그 말을 전하자 한신과 팽월은 모두 말했다.

"즉시 출병하겠습니다."

그리하여 한신은 즉시 제나라에서 출병하고, 유고의 군대도 수춘(壽春)에서 나란히 출병하여 성보(城保)를 무찌르고 해하(垓下)에 이르렀다. 대사마

주은(周殷)은 초나라를 배반하여 서현(舒縣)의 군대로 육현(六縣)을 무찌르고, 구강의 병사들을 동원하여 유고와 팽월을 따라 모두 해하에 모여 항왕을 향해 진군했다.

항왕은 해하에 진지를 구축하며 주둔하고 있었는데, 군대들의 수는 적고 군량은 다 떨어진 상황에서 한나라 군대와 세후들의 군대들에 의해 여러 겹으로 포위를 당했다. 그런 중에 밤마다 한나라 군대가 사방에서 모두 초나라의 노래를 부르자 항왕이 크게 놀라며 말했다.

"한나라 군대가 이미 초나라를 빼앗았단 말인가? 어째서 초나라 사람이 이다지도 많단 말인가?"

항왕은 밤에 일어나 막사 안에서 술을 마셨다. 그에게는 우(虞)라는 이름의 미인이 있었는데, 총애하였기에 항상 데리고 다녔다. 그리고 또 추라는 이름의 준마가 있었는데, 항상 타고 다녔다. 때문에 항왕은 비분의 심정으로 비통함을 노래하며 직접 시를 지어 읊었다.

힘은 산을 뽑을 수 있고 기개는 세상을 덮을 만한데,

때가 불리하여 추가 나아가지 않는구나.

추가 나가지 않으니 어찌해야 하는가,

우여, 우여, 그대를 어찌해야 하는가!

여러 번 노래 부르니 우미인도 따라 불렀다. 항왕이 울어 몇 줄기 눈물이 얼굴에 흘러내리자 좌우에 있던 신하들도 모두 울며 쳐다보지도 못했다.

항왕이 드디어 말에 올라타자, 부하 장사들 중에 말에 올라 따르는 자가 8백여 명이나 되었다. 그날 밤 포위망을 뚫고 남쪽을 향해 말을 급히 몰았다. 날이 밝자 한나라 군대는 비로소 그 같은 사실을 알았다. 기병대장인 관영에게 5천의 기병을 이끌고 그를 추격하도록 했다. 항왕이 회수를 건넜을 때까지 그를 따라온 기병은 백여 명뿐이었다. 항왕이 음릉(陰陵)에 이르러 길을 잃어 한 농부에게 물으니 농부가 그를 속이며 말했다.

"왼쪽입니다."

그래서 왼쪽으로 가다가 큰 늪지대에 빠지게 되었다. 때문에 한나라 군대가 그를 바짝 뒤쫓아 왔다. 항왕은 다시 군대를 이끌고 동쪽으로 달아나 동성(東城)에 이르렀는데 따르는 자는 겨우 기병 28명에 불과했다. 추격하는 한나라 군대의 기병은 수천 명이었다. 항왕은 벗어날 수가 없음을 깨닫고, 자신의 기병들에게 말했다.

"내가 군대를 일으킨 이래 지금까지 8년이 되었으며 70여 차례나 싸우면서 맞선 자는 무찌르고 공격한 자는 굴복시켜 이제까지 패배한 적이 없었다. 그래서 천하의 패권을 소유하게 되었다. 하지만 지금 결국 이곳에서 곤경에 처하게 되었으니, 이것은 하늘이 나를 망하게 하려는 탓이지 내가 싸움을 잘하지 못한 탓이 아니다. 오늘 죽기를 각오하고 최후의 결전을 치를 생각이다. 기필코 세 번 승리하고, 그대들을 위해 포위를 뚫고 적장을 베어 죽이고 적군의 깃발을 찢어 버림으로써 하늘이 나를 망하게 하는 것이지 싸움을 잘못한 죄가 아니라는 것을 그대들에게 보여 주고자 한다."

그리고는 병력을 넷으로 나누어 사방으로 동시에 쳐들어간다는 작전이 정해졌다. 한나라 군사들이 겹겹이 그들을 포위했다. 항왕은 기병들에게 말했다.

"내가 그대들을 위해 저 장수를 베리라."

기병들은 말을 급히 달려 내려가도록 하고 산의 동쪽 세 곳에서 나누어졌다가 만나기로 약조했다. 그리하여 항왕이 크게 소리치며 아래로 말을 달려가니, 한나라 군사들이 모두 바람에 불려 흔들리듯 거꾸러지고 순식간에 한나라 장수 1명을 베었다. 그때 적천후(赤泉侯)가 기병을 지휘하는 장수로서 항왕을 추격했다. 하지만 항왕이 눈을 부릅뜨고 호령하자 적천후와 말이 모두 놀라 달아나 버렸다.

항왕은 산의 동쪽 세 군데에서 그의 기병들을 만났다. 한나라 군대는 항왕이 있는 곳을 알기 위해 군대를 셋으로 나누어 다시 포위했다.

항왕이 다시 말을 달려 다시 한나라 도위 1명을 베고 백여 명을 죽이고 나서 다시 기병들을 한데 모아서 보니 그의 기병은 단지 2명이 죽었을 뿐이었다. 이에 그가 기병들에게 물었다.

"어떠한가?"

기병들이 모두 엎드려 말했다.

"대왕의 말씀이 맞습니다."

그때 항왕은 오강을 건너 동쪽으로 가려고 했다. 오강의 정장(亭長)이 배를 강 언덕에 대고 기다리다가 항왕에게 말했다.

"강동이 비록 작지만 그래도 땅이 사방 천 리이며 백성들의 인구가 수십만이니 거기에 가시면 왕이 되기에 족합니다. 대왕께서는 서둘러 건너십시오. 지금 오직 신에게만 배가 있으니 한나라 군대가 도착해도 건널 수 없습니다."

그러자 항왕이 웃으며 말했다.

"하늘의 버림을 받은 내가 무엇 때문에 건너겠는가! 또한 항적이 강동의 젊은이 팔천 명과 함께 강을 건너 서쪽을 갔다가 한 사람도 돌아오지 못하게 했으니 설사 강동의 부모와 형제들이 불쌍히 여겨 나를 왕으로 삼아 준다고 해도 내가 무슨 낯으로 그들을 보겠는가? 그들이 말하지 않는다 해도 나 자신이 마음에 부끄러움이 있지 않겠는가?"

그리고 또 정장에게 말했다.

"나는 그대가 덕망 있는 사람이라는 것을 안다. 내가 이 말을 탄 지 5년인데, 이놈이 내닫는 곳에 맞설 만한 적이 없었으며 하루에도 천 리를 달렸다.

차마 이 말을 죽일 수 없으니 그대에게 주겠다."

그리고는 기병들에게 모두 말에서 내리게 하고 짧은 무기만을 들고 싸움을 벌였다. 항우 혼자서 죽인 한나라 기병들이 수백 명이었다. 항왕의 몸 또한 십여 군데 부상을 입었다. 항왕이 싸우다가 보니 한나라 기병 사마 여마동(呂馬童)이 서 있었다. 항왕이 그를 보며 말했다.

"너는 나의 옛 친구가 아니었더냐?"

여마동이 입장이 거북했기에 항왕을 가리키며 왕예에게 말했다.

"저 사람이 항왕입니다."

그러자 항왕이 말했다.

"한왕이 나의 머리를 천금과 만호의 읍이라는 큰 상금을 걸어 사려 한다고 들었다. 그러니 그대를 위해 덕을 베풀겠다."

그리고는 스스로 목을 찔러 죽었다. 그러자 왕예가 그의 목을 가졌고 나머지 기병들이 서로 짓밟으며 항우의 몸뚱이를 차지하려 싸우다가 서로 죽인 자가 수십 명이나 되었다. 결국 마지막에는 낭중기 양희, 기병사마 여마동, 낭중 여승(呂勝)과 양무(楊武)가 각각 사지를 한쪽씩 차지했다. 다섯 사람이 차지한 몸을 모두 맞춰 보니 과연 틀림없는 항우였다. 한왕은 항왕의 땅을 다섯으로 나누어, 여마동을 봉해 중수후(中水侯)로 삼고, 왕예를 봉해 두연후(杜衍侯)로 삼고, 양희를 봉해 적천후(赤泉侯))로 삼고, 양무를 봉해 오방후(吳防侯)로 삼고, 여승을 봉해 열양후(涅陽侯)로 삼았다.

항왕이 죽자 초나라 땅의 사람들이 모두 한나라에 항복하였는데, 유독 노현만이 항복하지 않았다. 때문에 한왕이 군대를 이끌고 가서 노현을 쳐부수려고 하였으나, 노현은 항왕을 위해 예의를 지키고 군주를 위해 목숨을 바쳐 절개를 지키려고 했다. 그래서 항왕의 머리를 노현에게 보여 주었더니 그제야 노현의 부형들이 비로소 항복했다. 처음에 초나라 회왕이 항우를 봉하여 노공(魯公)으로 삼았고, 그가 죽자 노현이 가장 마지막으로 항복하였으므로 노공의 예로서 항왕을 곡성에 안장했다. 한왕은 항왕을 위해 장례식에 참석했으며 울면서 떠나갔다.

한왕은 항씨 일족들을 죽이지 않고, 항백을 봉해 사양후(射陽侯)로 삼았다. 도후(桃侯) · 평고후(平皋侯) · 현무후(玄武侯)는 모두 항씨였으나, 유(劉)씨 성을 내려주었다.

태사공은 말한다.

"나는 언젠가 주생(周生)에게서 '순(舜) 임금의 눈은 아마도 눈동자가 두 개일 것이다'라고 들었는데 항우도 또한 눈동자가 두 개라고 들었다. 항우가 어찌 순의 후예이겠는가? 하지만 어떻게 그렇게 갑작스럽게 일어날 수 있었는가! 진나라가 정치의 도를 잃자, 진승이 가장 먼저 난을 일으키고 호걸들이 벌 떼처럼 일어나 서로 더불어 다툰 것은 일일이 열거할 수 없을 정도였다. 그러나 항우는 세력을 전혀 가지고 있지 않으면서도 시세를 타고 농민 봉기의 와중에서 3년 만에 마침내 다섯 제후를 거느리고 진나라를 멸망시키고 천하를 나누어 찢어서 왕과 제후들을 봉하고 스스로 「패왕」이라고 칭했다. 비록 왕위는 끝까지 지키지 못했으나 가까운 옛날 이래 일찍이 없었던 일이다. 그러나 그에게는 치명적인 잘못이 있었다. 항우는 초나라를 그리워하여 관중을 버리고 의제를 쫓아내고 스스로 왕이 되었는데, 왕후들이 자신을 배반한 것을 원망했지만 그렇게 보기는 어렵다. 스스로 공로를 자랑하고 자신의 사사로운 지혜만을 앞세우며 옛것을 본받지 않고, 패왕의 공업이라고 말하면서 힘으로 천하를 정복하고 다스리려 하다가 5년 만에 결국 자신의 나라를 망하게 했으며, 몸은 동성(東城)에서 죽으면서도 여전히 깨닫지 못하고 자책하지 않았으니 과오인 것이다. 그리고는 '하늘이 나를 망하게 하는 것이지, 병사를 잘 쓰지 못한 죄가 아니다'라고 끌어댔으니, 어찌 황당한 일이 아니라고 말할 수 있겠는가."

| 8 | 고조본기(高祖本紀)

고조(高祖) 유방은 패현(沛縣) 풍읍(豊邑) 중양리(中陽里)에서 태어났으며 성은 유(劉)씨이고 자(字)는 계(季)이다. 아버지는 태공(太公 : 나이 먹은 사람의 존칭), 어머니는 유오(劉媼 : 유씨 집안의 부인이라는 뜻)라고 불렀다. 어느 날 유오가 큰 연못 옆에서 쉬고 있었는데, 꿈속에서 신과 만나 정을 통했다. 그때 천둥과 번개가 치고 어두컴컴해져, 태공이 가서 보니 교룡(蛟龍)이 부인의 몸 위에서 꿈틀거리고 있었다. 그렇게 하여 잉태된 것이 유방이었다.

유방의 생김새는 코가 우뚝 솟았고, 얼굴은 용을 닮았고, 멋진 수염을 길렀으며 왼쪽 넓적다리에는 72개의 사마귀가 있었다. 성품이 어질어 친구들을 사랑하고 베풀기를 좋아하였으며, 여유 있는 마음을 가지고 있었다. 또한 큰 뜻이 있어 일반 사람들처럼 생산하는 일에 종사하려고 하지 않았다. 서른 살 때 관리가 되어 사수정(四水亭)의 정장(亭長)이 되었는데 관아의 관리들을 모두 업신여겼다. 술과 여색을 좋아하며 항상 왕오(王媼)와 무부(武負)의 술집에서 외상을 술을 마셨으며, 술에 취하면 드러누웠는데, 그러면 그의 몸 위에 으레 용이 나타났기에 왕오와 무부는 기이하게 여겼다. 뿐만 아니라 유방이 매번 술을 마시면서 머물면 술이 몇 배나 더 팔렸다. 두 주점에서는 한 해가 끝나면 외상값을 독촉하지 않고 오히려 외상 장부를 찢어 버렸다.

유방은 일찍이 노무 감독으로 함양에 갔다가 우연히 시황제의 행차를 보고는 크게 탄식하며 말했다.

"아! 대장부란 모름지기 저래야 하는데."

선보 사람 여공(呂公)은 패현 현령과 사이가 좋았는데 원수를 피해 현령의 식객이 되어 패현에 머물고 있었다. 패현의 뛰어난 인재와 관리들은 현령의 귀한 손님이었기 때문에 모두 그에게 가서 하례했다. 소하가 주리(主吏)로서 진상품을 관리하면서 여러 대부들에게 말했다.

"진상품이 천 냥에 이르지 않는 분은 당 아래에 앉으시오."

유방은 정장이었지만 평소에 관리들을 우습게 보았기에 명함에 「하례금 1만 냥」이라고 써서 내밀었지만 사실은 한 냥도 지참하지 않았다. 그 명함을 받은 여공은 크게 놀라며 일어나 몸소 문 앞으로 가서 유방을 맞이했다. 여공은 관상 보기를 좋아했는데, 유방의 생김새를 보고서 그를 매우 정중하게 대하며 자리에 앉도록 인도했다.

그때 소하가 옆에서 귀띔했다.

"유계는 본래 큰소리만 치지 끝마치는 일은 드문 사람입니다."

그러나 유방은 모든 손님들을 무시하고 결국 윗자리에 앉고는 사양하는 기색을 보이지 않았다. 이윽고 술자리가 끝나갈 무렵, 여공은 눈짓을 하여 유방이 자리에 남아 있도록 했다. 유방이 혼자 술을 마시고 있었더니 손님들을 배웅하고 돌아온 여공이 말했다.

"저는 젊어서부터 관상 보기를 좋아하여 오늘날까지 많은 사람의 관상을 보았지만, 당신 같은 관상을 보기는 처음입니다. 당신은 귀한 몸이니 스스로 몸을 아끼시길 바랍니다. 그리고 저에게 딸이 하나 있는데 데려다가 청소나 하는 첩으로 삼아 주십시오."

술자리가 끝나자 여공의 아내가 화를 내며 말했다.

"당신은 전부터 언제나 우리 딸을 비범하게 여겨 귀인에게 주겠다고 하셨지요. 패현 현령이 당신과 사이가 좋아 딸을 요구했는데도 주지 않으시더니, 어째서 그런 사내에게 주시겠다는 겁니까?"

그러자 여공이 말했다.

"그건 아녀자가 알 바가 아니오."

마침내 그는 유방에게 딸을 주었다. 여공의 딸은 바로 훗날의 여후(呂后)로서, 효혜제(孝惠帝)와 노원공주(魯元公主)를 낳았다.

유방이 정장으로 있을 때, 휴가를 내고 귀향하여 시골집에 돌아온 적이 있었다. 여후는 두 아이와 함께 밭에서 김을 매고 있었다. 그때 한 노인이 지나가다 마실 물을 청하자 여후가 딱하게 여기며 먹을 것을 주었다. 그러자 노인은 여후의 관상을 보고 말했다.

"부인은 천하의 귀인이 되실 것입니다."

여후가 두 아이의 관상도 봐 달라고 청했더니 노인이 효혜를 보고 말했다.

"부인이 귀하게 되는 까닭은 바로 이 아드님 때문입니다."

노원의 관상을 보더니 역시 귀인이 될 상이라고 했다. 노인이 떠나간 뒤 고조가 마침 사랑채에서 나왔다. 여후는 길손이 자기와 아이들의 관상을 보고 모두 크게 귀해질 거라고 말했다는 사실을 소상히 말했다. 고조가 그 노인의 행방을 묻자 여후가 말했다.

"멀리 가지 못했을 것입니다."

그러자 고조는 쫓아가 노인에게 자기의 관상을 봐 달라고 청했다. 그랬더니 노인은 말했다.

"조금 전의 부인과 아이들은 모두 당신의 그늘이었군요. 당신의 상은 말할 수 없을 만큼 귀합니다."

고조는 감사하며 말했다.

"정녕 노인장의 말씀대로 된다면 은덕을 잊지 않겠습니다."

그 후 고조가 귀하게 되어 그 노인의 행방을 수소문했으나 끝내 노인의 행방은 알지 못했다.

유방은 정장이 되었을 때, 도적을 잡는 부하를 설현(薛縣)을 보내 대나무 껍질로 모자를 만들어 오게 하여 항상 그것을 머리에 썼고, 천하를 얻은 뒤에도 늘 그 모자를 썼다. 이른바 「유씨의 관(劉氏冠)」이라는 것이 바로 그것이다.

진나라가 능을 만드는 대규모의 공사를 하게 되자 유방은 현령의 명령을 받아 죄수들을 여산까지 호송하게 되었다. 그런데 몇몇 죄수들이 도중에 달아나 버리자 여산에 도착할 때쯤엔 죄수들이 전부 도망쳐 버릴 것이라는 생각이 들었기에 풍읍 서쪽 늪지대에 이르렀을 때 그곳에 앉아 술을 마셨다. 그러다가 밤이 되자 호송하던 죄수들을 풀어주며 말했다.

"너희들은 모두 떠나라. 나 또한 여기서 도망칠 것이다."

죄수들 중에서 유방을 따르기를 원하며 남은 자들이 10명이 넘었다. 유방은 술을 더 마신 후, 한밤에 늪지의 좁은 길을 가며 한 사람에게 앞서가며 길을 살피게 했다. 그런데 그 사람이 얼마 후에 돌아와 말했다.

"앞에 큰 뱀이 길을 막고 있으니 되돌아가야겠습니다."

그러자 술에 취한 유방이 말했다.

"장사가 길을 가는데 무엇이 두려운가!"

그리고는 앞으로 가더니 칼을 뽑아 뱀을 쳐 베어 죽였다. 뱀은 마침내 두 동강이 되었고 길은 열렸기에 다시 몇 리 길을 걷다가 누워 버렸다. 그런데 뒤처져 오던 사람이 뱀이 죽은 곳에 도착했을 때, 한 노파가 통곡하고 있기에 이상하게 생각하며 물었더니 노파가 대답했다.

"어떤 사람이 내 아들을 죽였기 때문이오."

그 사람이 다시,

"노파의 아드님이 무엇 때문에 피살되었나요?"

하고 물었더니 노파가 말했다.

"내 아들은 백제(白帝 : 전설 속의 5제 중의 하나)의 아들인데, 뱀으로 변해 길을 막고 있다가 방금 적제(赤帝)의 아들에게 죽었기 때문에 통곡하는 것입니다."

그 사람이 노파가 자기를 놀리는 것이라고 생각하며 채찍으로 치려고 하자 노파는 갑자기 사라져 버렸다. 뒤에 오던 사람이 도착했을 때 유방은 술이 깨어 있었다. 그 사람이 유방에게 그 이야기를 해주었더니 유방은 내심으로 기뻐하며 스스로 자신을 비범한 인물이라고 여겼다. 또한 그는 따르던 여러 사람들은 날로 유방을 경외하게 되었다.

진시황제는 항상 말했다.

"동남쪽에 천자의 기운이 있다."

그래서 동쪽으로 순행하여 그 기운을 눌러야겠다고 생각했다. 따라서 유방은 혹시 자기와 관계된 일이 아닐까 하는 생각이 들어 망산(芒山)과 탕산 사이의 골짜기로 도망쳐 암석 사이에 은둔했다. 때문에 여후는 사람들과 함께 고조를 찾아 나섰는데 항상 그를 찾아냈다. 고조가 기이하게 여기며 물어보았더니 여후가 말했다.

"당신이 머무는 곳 위에는 언제나 구름의 기운이 있기 때문에 따라가면 항상 당신을 찾을 수 있습니다."

고조는 내심으로 기뻐했다. 패현의 젊은이 중에 그 이야기를 듣고 유방을 따르고자 하는 자들이 많았다.

진나라의 이세황제 원년 가을, 진승의 무리가 기현에서 봉기하더니, 진현을 점령한 뒤에 스스로 왕이라고 칭하며 국호를 「장초(張楚)」라고 했다. 그렇게 되자 여러 군현에서도 백성들이 들고일어나 그들의 지방 장관을 죽이고 앞을 다투며 진승에게 호응했다.

패현의 현령도 역시 패현 백성들을 데리고 진승에게 호응하려고 했다. 그러자 주리(옥리) 소하와 조참(曹參)이 현령에게 말했다.

"당신은 진나라의 관리입니다. 당신이 진나라를 배반하고 패현의 젊은이들을 거느리려 한다면, 아마 따르지 않을 것입니다. 원컨대 당신께서 현 밖으로 쫓아냈던 자들을 부른다면 수백 명을 모을 수 있을 것이니, 그들을 이용해 백성들을 위협한다면 감히 따르지 않을 수 없을 것입니다."

그러자 현령은 번쾌에게 유방을 불러오도록 시켰다. 유방의 무리는 이미 그 수가 수천 명에 이르고 있었다.

그래서 번쾌가 유방을 데려오자 패현의 현령은 그들이 변고를 일으킬까 두려워하며 후회하고 문을 굳게 닫고 지키면서 소하와 조참을 죽이려고 했다. 때문에 소하와 조참은 겁에 질려 성벽을 넘어 유방에게 몸을 맡겼다. 그러자 유방은 비단에 글을 써서 화살에 매어 성 위로 쏘아 패현의 노인들에게 다음과 같은 말을 전했다.

"천하의 백성들이 진나라로 인해 고통받은 지 오래되었습니다. 지금 노인 장들께서는 비록 패현의 현령을 위해 지키고 있으나, 제후들이 일제히 들고 일어났으니 머지않아 그들이 패현을 쳐부술 것입니다. 하지만 패현 사람들이 함께 현령을 죽이고 지도자를 뽑아 제후들에게 호응한다면 가족과 집을 보전할 수 있습니다. 그렇게 하지 않으면 아버지와 아들이 함께 죽게 될 뿐입니다."

그 글을 본 노인들은 젊은이들과 합세하여 패현의 현령을 죽인 후 성문을 열고 유방을 맞이하여 패현의 현령으로 삼고자 했다. 그러자 유방이 말했다.

"천하가 바야흐로 소란스러워 제후들이 모두 일어났습니다. 우리도 일어나기는 했지만 무능한 지도자를 두면 싸움에서 무참히 질 것입니다. 내가 감히 나 자신을 아껴서 사양하는 것이 아닙니다. 능력이 부족하여 부모 형제와 젊은이들을 보전할 수 없을까 두렵기 때문입니다. 이것은 큰일이니 다시 의논해 훌륭한 사람을 지도자로 뽑으십시오."

소하와 조참의 무리는 모두 문관이었는데, 제 몸만 아끼는 사람들이었다. 그들은 거사가 실패할 경우 진나라가 그들의 가문을 없애 버릴 것을 두려워하며 유방에게 지도자 자리를 떠맡기려고 했다. 노인들도 모두 입을 모아 말했다.

"평소 들은 바에 의하면 당신에게는 진귀하고 기이한 일들이 있었다 하니, 분명히 귀하게 될 것입니다. 게다가 거북점과 시초점을 쳐 봐도 당신만큼 길한 사람이 없었습니다."

유방은 누차 사양했지만, 무리 가운데 과감히 자기가 하겠다는 이가 없었기에 그들은 유방을 세워 패공으로 삼았다. 그리하여 유방은 패현의 관청에서 황제와 치우에게 제사 지내고 짐승을 죽여 피를 북에 발랐으며, 깃발은 모두 붉은색으로 칠했다. 죽임을 당한 뱀이 백제의 아들이고 죽인 자가 적제의 아들이었기 때문에 붉은색을 숭상하게 되었다. 또한 소하 · 조참 · 번쾌 등과 같은 젊고 뛰어난 관리들이 모두 패현의 젊은이들 이삼천 명을 모아 호릉(胡陵)과 방여(方與)를 공격하고 돌아와 풍읍(豊邑)을 수비했다.

진나라 이세황제 2년(기원전 208), 진승의 장수 주장(周章)이 군대를 거느리고 서쪽으로 진격해 희수(戲水)까지 갔다가 돌아왔다. 연 · 조 · 제 · 위 나라의 제후들은 모두 독립하여 왕이 되었다. 항씨는 오에서 봉기했다. 진나라 사천 군감 평(平)이 군대를 거느리고 풍읍을 포위했는데 이틀 후에 패공이 출전하여 싸워 그들을 쳐부쉈다. 그리고 옹치로 하여금 풍읍을 지키게 하고는 군대를 이끌고 설현으로 갔다. 사천 군수 장(壯)은 설현 싸움에서 패해 달아나 척현(戚縣)에 이르렀으나, 패공의 좌사마 조무상에게 붙잡혀 죽었다. 패공은 항보(亢父)로 군대를 돌려 방여(方與)에까지 이르렀으나 그동안에는 싸움이 없었다. 진왕(陳王)은 위나라 사람 주불에게 풍읍을 점령하라고 명령했다. 주불은 사람을 보내어 옹치에게 말하게 했다.

"풍읍은 본래 양나라가 이주한 곳이었소. 지금 위나라가 평정한 땅이 이미 수십 성이나 되오. 지금 위나라에 항복하면 위나라는 그대를 후로 삼아 풍읍을 지키게 할 것이오. 하지만 투항하지 않으면 장차 풍읍을 난도질할 것이오."

옹치는 그때까지 패공에게 귀속되고 싶지 않았는데, 위나라가 그렇게 권유하자 즉시 배반하고 위나라를 위해 풍읍을 지켰다. 그래서 패공이 군대를 거느리고 풍읍을 공격하였으나 함락시킬 수 없었다. 패공은 병이 들어 패현으로 돌아갔는데, 옹치와 풍읍의 젊은이들이 그를 배반한 것을 원망했다. 그러던 중 동양현(東陽縣)의 영군(寧君)과 진가(秦嘉)가 경구(景駒)를 세워 임시 왕으로 삼아 유현(留縣)에 있다는 소식을 듣자, 이내 가서 경구를 따르며 군대를 빌려 풍읍을 공격하려고 했다.

그때 진(秦)나라 장수 장한은 진승을 추격했고, 별장 사마니(司馬尼)는 군대를 이끌고 북쪽으로 진군하여 초나라 땅을 평정하고 상현(相縣)을 쳐부순 뒤 탕현에 도착했다. 동양의 영군과 패공은 군대를 이끌고 서쪽으로 진격하여 소현 서쪽에서 싸웠지만 불리했다. 그래서 돌아와 유현에서 병사들을 한데 모아 군대를 이끌고 탕현을 쳐 3일 만에 비로소 빼앗았다. 그리고는 탕현의 병사들을 한데 모으니 오륙천 명 정도가 되었기에 하읍(下邑)을 공격하여 함락시키고, 풍읍으로 군대를 돌렸다. 그러던 중 항량이 설현에 있다는 소식을 듣고 기병 백여 명을 데리고 그를 만나러 떠났다. 항량은 패공에게 병사 오천 명과 오대부 급의 장수 열 명을 더해 주었다. 패공은 돌아와 군대를 데리고 풍읍을 공격했다.

항량을 따른 지 한 달여 만에 항우는 이미 양성을 빼앗고 돌아왔다. 항량은 별장들을 빠짐없이 소집하여 설현에 머물게 했다. 항량은 진왕이 분명히 죽었다는 말을 듣자, 초나라의 후예인 회왕의 손자 웅심을 찾아서 세워 초왕으로 삼아 우이에 도읍했으며 항량은 무신군이라고 불렸다. 몇 개월 후 그는 북쪽으로 항보를 공리하고 동아를 구원하며 진나라 군대를 무찔렀다. 제나라 군대가 돌아가자 초나라는 단독으로 북쪽으로 향하며 그들을 추격했고 패공과 항우에게 따로 성양을 공격하게 하여 쳐부수었다. 그리고 복양 동쪽에 주둔하며 진나라 군대와 전투를 계속하며 그들을 무찔렀다.

그러던 중 진나라 군대가 다시 떨쳐 일어나 복양을 수비하고 물이 성을 감돌게 했다. 때문에 초나라 군대가 그곳을 떠나 정도를 공격했으나 정도는 함락되지 않았다. 그래서 패공과 항우는 서쪽 땅을 점령하기 위해 옹구의 아래에 도착하여 진나라 군대와 전투를 벌여 크게 무찌르고 이유를 베어 죽였다. 그리고는 군대를 돌려 외황을 쳤지만 외황은 함락되지 않았다.

항량은 다시 진나라 군대를 무찌르게 되자 교만해졌다. 송의가 간언했으나 듣지 않았다. 진나라가 장한에게 병사를 증원해 주고는 한밤중에 말과 병사들에게 나무를 입에 물고 가서 항량을 공격하게 하자 진군은 정도에서 초군을 크게 무찌르고 항량을 죽였다. 패공과 항우는 한창 진류를 공격하다가 항량이 전사했다는 소식을 듣자 군대를 거느리고 여신(呂臣) 장군과 함께 동쪽으로 진격했다. 여신의 군대는 팽성 동쪽에 주둔하고, 항우의 군대는 팽성 서쪽에 주둔하였으며, 패공의 군대는 탕현에 주둔했다.

장한은 이미 항량의 군대를 무찔렀기에 초나라 군대는 두려워할 만하지 않다고 생각하며 황하를 건너 북쪽으로 진군하여 조나라 군대를 쳐 크게 무찔렀다. 당시 조헐이 조나라의 왕이었는데 진나라 장수 왕리가 거록성에 있는 그를 포위했다.

진나라 이세황제 3년, 초나라 회왕은 항량의 군대가 무너졌다는 보고를 받자 두려워하며 우이에서 팽성으로 도읍을 옮기고, 여신과 항우의 군대를 합해 자신이 통솔했다. 패공을 탕군의 장관으로 삼고 무안후에 봉해 탕군의 군대를 거느리게 했으며 항우를 봉해 장안후(長安侯)로 삼고 노공이라고 불렀다. 여신은 사도가 되었고, 그의 아버지 여청(呂靑)은 영윤이 되었다.

조나라가 여러 번 도움을 요청하자, 회왕은 송의를 상장군으로 삼고 항우를 부장으로 삼고 범증을 말장으로 삼아 북쪽의 조나라를 도와주도록 했다. 또한 패공에게는 서쪽 지역을 쳐 함곡관에 들어가게 하면서 장수들에게 먼저 들어가 관중을 평정하는 자를 관중의 왕으로 삼겠다고 약조했다.

그 당시, 진나라의 병력이 강력하여 항상 승세를 타 달아나는 적군을 추격했으므로, 초나라의 장수들은 먼저 함곡관에 들어가는 것이 이롭지 않다고 여겼다. 오직 항우만이 진나라가 항량의 군대를 쳐부순 것을 원망하며 격분하여 패공과 함께 서쪽의 함곡관에 들어가기를 원했다. 회왕의 여러 원로 장수들이 말했다.

"항우는 사람됨이 급하고 사나우며 교활하고 해를 끼칩니다. 항우가 일찍이 양성을 쳐부쉈을 때 양성에는 살아남은 사람이 하나도 없었으니, 모두 생매장을 했기 때문입니다. 그가 지나간 곳은 모두 폐허로 변했습니다. 더욱이 초나라가 여러 번 진군하여 진나라를 빼앗으려고 했으나 이전의 진왕과 항량이 모두 성급하게만 굴었기 때문에 싸움에 졌습니다. 그러니 차라리 덕망 있는 자를 보내 의(義)를 베풀면서 서쪽으로 진격시켜 진나라의 아버지와 형제들을 회유하도록 하는 것이 낫습니다. 진나라의 아버지와 형제들은 그들의 군주로 인해 고통을 받은 지 오래되니 지금 오직 덕망 있는 자가 가서 포학함을 행사하지 않는다면 분명히 순순히 항복할 것입니다. 항우는 성질이 급하고 사나우니 보내서는 안 됩니다. 오직 패공이 평소 관대하고 덕망 있는 사람이니 보낼 만합니다."

결국 회왕이 항우를 보내지 않고 패공을 보내 서쪽 땅을 점령하게 했기에 패공은 진왕과 항량의 흩어진 병사들을 모으며 탕현을 지나 성양에 도착해 강리가 지휘하는 진나라 군대와 대치하다가 진나라의 두 부대를 쳐부쉈다.

초나라 군대는 왕리를 공격하여 크게 이겼다.

　패공은 군대를 이끌고 서쪽을 향해 진격하다가 창읍에서 팽월을 만나서 함께 진나라 군대를 공격했는데, 싸움의 형세가 불리했다. 때문에 돌아와 율현에 도착하여 강무후(剛武侯)를 만나 그의 군대를 빼앗으니 대략 4천여 명이 되기에 병합시켰다. 그리고 위나라 장수 황흔(皇欣), 사도 무포(武浦)의 군대가 함께 창읍을 공격했으나 창읍은 함락되지 않았다. 그래서 서쪽으로 진격하면서 고양을 지나가게 되었다. 그때 역이기가 찾아와 문지기에게 말했다.

　"장수들 중에 이곳을 지나간 사람은 많았지만, 내가 패공을 보니 처음으로 보게 되는 도량이 크고 너그러운 분이시오."

　그리고는 패공을 만나 유세하기를 요청했다. 패공은 마침 침상에 걸터앉아 두 여자에게 발을 씻기게 하고 있었는데, 역이기는 절을 하지 않고 손을 모아 길게 인사하며 말했다.

　"귀공께서 반드시 무도한 진나라를 토벌하고자 하신다면 걸터앉아서 덕망 있는 사람을 만나시면 안 됩니다."

　그러자 패공은 일어나 옷을 추스르며 사과하고 윗자리에 앉도록 했다. 역이기는 패공에게 진류를 습격하게 하여 진나라가 비축한 양식을 얻게 했다. 그래서 역이기를 광야군(廣野君)으로 삼고 역상(역이기의 동생)을 장수로 삼아 진류의 군대를 이끌고 가서 개봉을 공격했으나 개봉은 함락되지 않았다. 그래서 서쪽으로 쳐들어가 진나라 장수 양웅(楊熊)과 백마(白馬)에서 싸우고 또 곡우(曲遇)의 동쪽에서도 싸움을 벌여 진나라 군대를 크게 무찔렀다. 양웅이 달아나 형양으로 가자 진나라의 이세황제는 사자를 시켜 그를 베어 죽임으로써 본보기로 삼았다. 패공은 남쪽으로는 영양을 쳐 함락시키고, 장량의 도움을 받아 마침내 한(韓)나라 땅인 환원을 점령했다.

　그런데 당시 조나라의 별장 사마앙이 이끄는 군대가 마침 황하를 건너 함곡관에 들어서려고 했다. 패공은 군대를 북쪽으로 움직여 평음을 공격하고, 황하의 나루를 파괴해 버렸다. 그 후에 다시 남쪽으로 쳐들어가 낙양 동쪽에서 싸웠지만, 전세가 불리해지자 회군하여 양성에 이르러 군영의 기마병을 모아 남양 태수 여의와 주현 동쪽에서 전투를 벌여 물리쳤다. 남양군이 점령되자 남양 태수 여의는 달아나 완성(宛城)을 지켰다. 패공은 군대를 이끌고 완성을 지나 서쪽으로 가려고 서둘렀다. 그러자 장량이 간언했다.

"패공께선 서둘러 함곡관에 진입하려고 하시지만 진나라는 여전히 많은 병력으로 험준한 요새를 막고 있습니다. 지금 완성을 함락시키지 않고 서쪽으로 나아가면 뒤쪽이 불안해집니다. 반드시 앞뒤에서 공격을 당하게 될 것입니다."

결국 패공은 곧바로 밤에 군대를 이끌고 다른 곳으로 군대를 빼돌렸다. 깃발을 바꾸어 새로운 부대가 도착한 것처럼 꾸미고 동이 틀 무렵 완성을 세 겹으로 포위했다. 때문에 남양 태수가 감당할 수 없을 것이라고 판단하고 스스로 목을 베려고 하자 그의 문객인 진회(陳恢)가 말했다.

"죽기에는 아직 이릅니다."

그리고는 성 밖으로 나가서 패공을 만나 말했다.

"장군의 나라에서 먼저 함양에 들어가는 자가 그곳의 왕으로 봉해진다는 말이 있었다고 들었습니다. 그런데 지금 장군께서는 완성을 포위하고 머물러 계십니다. 완성은 대군(大郡)의 도성이어서 수십 개의 성들이 이어져 있고, 백성들도 많으며 쌓아 둔 양식이 풍부합니다. 또한 관민들이 모두 항복하면 반드시 죽을 것이라고 생각하고 있기에 모두가 성에 의지하여 굳게 지킬 것입니다. 지금 장군께서 공격하신다면 분명히 죽거나 부상당하는 병사들이 많아질 것이고, 군대를 이끌고 완성을 떠나시면 완성의 군대가 반드시 장군의 뒤를 추격할 것입니다. 장군께서 앞의 경우를 따르시면 함양에 먼저 진입하지 못하게 될 것이며, 후자의 경우에도 강대한 완성의 군대가 뒤쫓아 올 걱정이 생기게 됩니다. 그러니 차라리 투항을 약속받고 여의를 완성의 태수로 봉해 머물러 지키도록 하시고, 장군께서는 그의 병사들을 이끌고 함께 서쪽으로 가시는 편이 나을 것입니다. 그렇게 하면 여러 성의 주인들이 그 소식을 듣고 다투어 문을 열고서 기다리게 될 것이니, 장군께서 지나쳐 가시는 데 거침이 없을 것입니다."

패공은 "좋다"고 대답하고는 즉시 완성의 태수를 은후(殷侯)로 삼고, 진회에게는 천 호를 봉했다. 그리고 군대를 이끌고 서쪽으로 가니 항복하지 않는 자가 없었다. 단수(丹水)에 도착하자 고무후(高武侯) 새와 양후(襄侯) 왕릉(王陵)이 서릉(西陵)에서 항복했다. 패공은 회군하여 호양(胡陽)을 공격하고 파군의 별장 매현을 만나 함께 석현(析縣)과 역현을 공격하여 항복을 받았다. 그런데 위나라 사람 영창(寧昌)을 진나라에 사신으로 보냈지만 사자는 그때까지 돌아오지 않았다. 그때 장한은 이미 군대를 거느리고 조나라에서 항우에게 항복했다.

그 전에 항우는 송의와 함께 북쪽으로 가서 조나라를 구원하게 되었는데 항우가 송의를 죽이고 대신 상장군이 되자 여러 장수와 경포가 모두 항우에게 소속되었다. 항우가 진나라 장군 왕리의 군대를 쳐부수고 장한을 항복시키자 제후들이 모두 항우에게 귀순했다. 조고가 이미 진나라 시황제를 시해하고, 사신을 보내 관중에서 왕이 될 것에 대해서 협약하려 하자, 패공은 속임수라고 생각했다. 그래서 장량의 계책을 써서 역이기와 육고를 시켜 진나라 장수들에게 가서 그들을 설득하거나 뇌물로 유혹하여 방심하게 만든 뒤에 무관을 습격하여 함락시켰다. 그래서 진나라 군대와 남전의 남쪽에서 싸움을 벌였는데, 패공이 의병의 깃발을 늘려 세우고 지나가는 마을에서 노략질을 못 하게 하자 진나라 사람들은 기뻐하고 진나라 군대는 와해되었기에 그들을 크게 무찌를 수 있었다. 또 남전의 북쪽에서도 싸움을 벌여 진나라 군대를 크게 격파했다. 승세를 탄 패공의 군대는 마침내 진나라 군대를 완전히 무찔렀다.

한나라 원년 10월, 패공의 군대는 마침내 제후들의 군대보다 먼저 패상에 도착했다. 진왕 자영은 말이 이끄는 수레를 타고 목에는 끈을 매고서, 황제의 옥새와 부절을 봉해서 막고 지도에서 패공에게 항복했다. 여러 장수 중의 하나가 진왕을 죽이라고 하자 패공은 말했다.

"회왕이 처음에 나를 보낸 것은 내가 관용을 베풀 것이라고 여겼기 때문이요. 더욱이 이미 항복한 사람을 죽이는 것은 상서롭지 못한 일이오."

그리고는 진왕을 관리에게 맡기고 서쪽에 있는 함양에 들어갔다. 그는 궁전에서 머물며 쉬려고 했지만 번쾌와 장량이 간언했기에 진나라의 귀한 보물과 재화 창고를 봉쇄하고 패상으로 회군했다. 그리고 여러 현의 장로와 유력자들을 불러 말했다.

"여러분은 오랫동안 진나라의 가혹한 법령에 시달려 왔습니다. 나라를 비방한 사람은 멸족을 당했고, 무리를 지어 논의한 사람은 저잣거리에서 사형을 당했습니다. 우리는 제후들과의 약속에 의해 먼저 관중에 들어서는 자가 왕이 되기로 했으니 관중의 왕은 바로 나입니다. 왕의 자격으로 여러분에게 법령 세 가지를 약조합니다. 사람을 죽인 자는 사형에 처하고, 사람을 다치게 하거나 물건을 훔치는 자는 죄에 따라 판결할 것입니다. 진나라의 나머지 법령은 전부 없앨 것이니 모든 관리와 백성들은 앞으로 편안하게 지내십시오. 우리가 관중에 들어온 목적은 여러분을 위해 해로움을 없애고자 하기 때문이니 두려워하지 마십시오. 또한 우리가 패상으로 돌아와 주둔한 까닭은 제후들이 오기를 기다려서 조약을 정하기 위한 것일 뿐 다른 뜻은 없습니다."

그리고는 부하에게 명령하여 진나라의 관리와 함께 각지를 다니며 자기의 뜻을 알리게 했다. 진나라 백성들이 매우 기뻐하며 다투어 소·양고기·술·음식 등을 가지고 와 군대들에게 바치며 대접하려고 했다. 하지만 패공은 또 사양하며 말했다.

"창고에 먹을거리가 많아 모자라지 않으니, 백성들에게 폐를 끼치고 싶지 않습니다."

그렇게 되자 백성들은 더욱 기뻐하며 오직 패공이 진나라 왕이 되지 못할까 봐 걱정했다.

어떤 사람이 패공에게 유세하며 말했다.

"진나라의 부유함은 중원의 열 배이며 지형도 험준하여 요새입니다. 그런데 들리는 소문에 의하면 장한이 항우에게 항복하자 항우가 그를 옹왕이라부르며 관중의 왕으로 삼았다고 합니다. 그가 온다면 패공께서는 아마 이곳을 차지하지 못하시게 될 것입니다. 그러니 서둘러 병사들을 보내 함곡관을수비하게 하여 제후의 군대가 들어오지 못하게 하시고 한편으로는 관중에서 군대들을 모아서 병력을 늘려 그들을 막으십시오."

패공은 그 계책이 옳다고 여겨 따랐다.

11월 중순, 항우가 과연 제후들의 군대를 이끌고 서쪽으로 와 함곡관으로들어가려고 했는데 관문이 닫혀 있었다. 패공이 벌써 관중을 평정했다는 소식을 듣자 항우는 크게 분노하며 경포 등에게 함곡관을 쳐서 무찌르라고 했다. 그 무렵 패공의 좌사마 조무상은 항우가 화가 나 패공을 치려한다는 소식을 듣고, 사람을 시켜 항우에게 "패공이 관중에서 왕 노릇을 하려고 자영을 승상으로 삼고, 금은보화를 모두 차지하려 한다"는 말을 전하게 하여 항우에게서 녹봉을 얻고자 했다. 범증이 항우에게 패공을 치라고 권유하자, 항우는 병사들을 배불리 먹이고 다음 날 아침에 공격하려고 했다. 그때 항우의 병사는 4십만인데 백만이라고 불렸고, 패공의 병사는 십만인데 2십만이라고 불렸으니, 병력으로는 대적이 되지 않았다. 때마침 항백이 장량을살리고 싶어 밤에 장량을 만나러 갔다가, 패공을 만나 설득당해 항우를 회유했기에 항우는 바로 공격을 멈췄다. 다음 날 아침에 패공은 백 명 정도 되는 기병들을 데리고 홍문으로 가서 항우를 만나 사죄했다. 항우는 말했다.

"이 일은 패공의 좌사마 조무상이 저질렀소, 그자가 이상한 소리를 하지 않았다면 내가 무엇 때문에 이랬겠소?"

패공은 번쾌와 장량의 도움을 받아 사지에서 벗어나 돌아올 수가 있었다. 그리고 돌아와서는 즉시 조부상을 죽였다.

항우는 함양의 진나라 궁실을 불살랐으며 참혹하게 파괴되지 않은 것이 없었다. 진나라 백성들이 크게 실망했으나 두려워서 감히 복종하지 않을 수 없었다.

항우가 사람을 보내 회왕에게 보고하자 회왕은 말했다.

"약속대로 하라."

항우는 회왕이 자기를 패공과 함께 서쪽 함곡관으로 진입하게 하지 않고 북쪽의 조나라를 구원하게 하여, 천하 제후들과의 약속에서 뒤처지게 된 것을 원통해 했다. 그래서 "회왕은 우리 가문의 항량이 옹립했을 뿐, 공로도 없으니 그가 어떻게 약속을 주관할 수 있는가! 본래 천하를 평정한 것은 여러 장수와 나다"라고 말하며 거짓으로 회왕을 의제라고 높여 놓고 실제로는 그의 명령에 따르지 않았다.

정월에 항우는 스스로 옹립하여 서초패왕이라고 자칭하며 양·초 땅의 아홉 개 군의 왕 노릇을 하며 팽성에 도읍했다. 협약을 저버리고 패공을 한왕(漢王)으로 바꿔 세우고 파·촉·한중의 왕으로서 남정에 도읍하도록 했다. 관중을 셋으로 나누어 3명의 진나라 장수를 세웠다. 장한은 옹왕으로 삼아 폐구에 도읍하게 하고, 사마흔은 새왕으로 삼아 역양에 도읍하게 했으며, 동예는 적왕으로 삼아 고노에 도읍하게 했다. 초나라 장수 하구신양은 하남왕을 삼아 낙양에 도읍하게 했고, 조나라 장수 사마앙은 은왕으로 삼아 조가에 도읍하게 했다. 조왕 헐은 대(代)로 옮겨 왕 노릇을 하게 했다. 조나라 승상 장이는 상산왕으로 삼아 양국에 도읍하게 했다. 당양군 경포는 구강왕으로 삼아 육현에 도읍하게 했으며 회왕의 주국 공오는 임강왕으로 삼아 강릉에 도읍하게 했다. 파군 오예는 형산왕으로 삼아 주읍에 도읍하게 했으며 연나라 장수 장도는 연왕으로 삼아 계현에 도읍하게 했다. 예진의 연왕인 한광은 요동으로 이주하여 왕이 되게 했다. 그러나 한광이 따르지 않자 장도가 무종에서 그를 죽였다. 성안군 진여에게는 하간의 세 개 현을 봉해 주어 남피에서 살게 했고, 매현에게는 10만 호를 봉해 주었다.

4월에 제후들은 대장군 항우의 기치를 떠나 군대를 이끌고 각자의 영지로 떠났다. 한왕(漢王)도 영지를 향해 출발했다. 그때 항우는 유방에게 병사 3만 명을 데리고 가게 했는데 초나라와 제후국의 병사들 수만 명이 순식간에 한왕에게 모여들었다. 한왕은 그들을 이끌고 두현(杜縣)의 남쪽에서 식(蝕)으로 진입했는데 통과한 뒤에 잔도(棧道 : 절벽을 뚫어 가설한 나무로 만들어진 구름다리)를 불태워 끊어 버렸다. 그리하여 군대들이 도망가는 것을 방비하고 또한 항우에게 동쪽으로 되돌아갈 뜻이 조금도 없음을 나타냈다. 한나라 군대는 드디어 남정에 도착했으나 도망병이 많았고 남아 있는 병사들도 고향을 그리는 노래를 부르며 동쪽으로 돌아가고 싶어 했다.

그때 한신이 한왕에게 말했다.

"항우는 공로가 있는 장수들을 각지의 왕에 봉했는데, 왕만 유독 남정에 살게 하였으니 이것은 유배와 다름없는 것입니다. 군영의 관리와 병사들 모두 산동 사람이어서 밤낮으로 발꿈치를 세워 돌아갈 것을 바라고 있으니, 그들의 절박한 망향심을 효과적으로 이용하신다면 큰 공적을 이룰 수 있을 것입니다. 천하가 평정되어 백성들이 모두 스스로 평안을 찾으면 때가 늦어지게 됩니다. 기회를 놓치지 말고 계책을 세워 동쪽으로 진군해 천하의 권력을 쟁취하셔야 합니다."

항우는 함곡관에서 나와 사람을 시켜 의제를 옮기도록 하며 말했다.

"옛날 제왕은 영토가 사방 천 리였으며 모두 하천 상류에 머물렀습니다."

그리고는 사자에게 의제를 장사 침현으로 옮기게 하고, 의제가 떠나도록 재촉하니 신하들의 점점 의제를 배반했다. 그러자 남몰래 형산왕과 임강왕에게 의제를 치라고 명해 강남에서 의제를 죽였다. 항우는 전영에게 맺힌 한이 있었기에 제나라 장군 전도를 제왕으로 세웠다. 그러한 인사에 불만을 품은 전영은 스스로 제왕에 오른 후 전도를 죽여서 초왕을 배반하고, 팽월에게 장군의 도장을 주어 양 땅에서 반란을 일으키게 했다. 초나라는 소공각에게 팽월을 치게 했지만 팽월이 크게 무찔렀다.

조나라의 장군이었던 진여도 움직였다. 그는 항우가 자신을 왕으로 삼지 않은 것을 원망하며 하열을 보내 전영을 설득하여 군대를 요청해 장이를 공격하고자 했다. 진여는 제왕이 군대를 내주자 상산왕 장이를 쳐부쉈고, 장이는 한왕에게로 도망쳐 왔다. 진여가 조왕 헐을 대에서 맞이해 다시 조왕으로 세우자, 조왕은 진여를 세워 대왕(代王)으로 삼았다. 그러자 항우는 크게 화가 나 북쪽으로 진군해 제나라를 쳤다.

8월에 한왕은 한신의 계략을 채용하여 고도를 따라 돌아가다가 몰래 옹왕 장한을 쳤다. 장한은 진창에서 한나라 군대를 맞아 싸웠으나 패하여 달아났다. 호치에서 멈추어 전투를 벌였지만 또다시 패해 폐구로 도망쳤다. 한왕은 드디어 옹 땅을 평정하고, 동쪽으로 진군해 함양에 도착했다. 군대를 이끌고 폐구에서 옹왕을 포위하고, 여러 장수를 파견해 농서·북지·상군을 점령하도록 했다. 장군 설구(薛歐)·왕흡(王吸)에게는 무관에서 나가 남양에 있는 왕릉의 병사들의 힘을 빌려 태공과 여후를 패현에서 맞이하게 했다. 초나라는 그 소식을 듣고 군대를 일으켜 양하에서 그들을 막아 전진하지 못하게 하고, 예전의 오현 현령 정창을 한왕(漢王)으로 삼아 한(漢)나라 군대와 맞서게 했다.

2년, 한왕이 동쪽 땅을 점령하자 새왕 사마흔, 적왕 동예, 하남왕 신양이 모두 항복했다. 한왕(韓王) 정창만이 항복하기를 거절하자 한신에게 명해 그를 공격하여 무찌르게 했다. 그리고는 농서·북지·상군·위남·하상·

중지 등의 군을 설치하고, 관 밖에는 하남군을 설치했다. 장창의 후임으로는 한태위(韓太尉) 신(信)을 즉위시켜 한왕(韓王)으로 세웠다. 각 제후의 장수들 중 1만 명이나 혹은 군 하나를 가지고 항복하는 자는 만호후에 봉했다. 또한 북쪽 하상군에 요새를 지어 다스리면서 전에 진나라 황실의 광대한 원유원지를 모두 백성들이 경작할 수 있도록 했다. 해가 바뀐 3년 정월에 한나라는 옹왕의 동생 장평을 사로잡고, 죄인들에게 대사면을 내렸다.

한왕은 함곡관을 나서 섬현에 도착하여 그곳의 유력자들을 위로하고 돌아왔다. 조왕 장이가 한나라로 망명해 오자 한왕은 그를 후하게 대접했다.

2월에 한왕은 진나라의 사직단을 없애고 한나라의 사직단을 세웠다.

3월에 한왕은 임진에서 황하를 건넜다. 그러자 위왕 표(豹)는 군대를 통솔하며 그를 수행했다. 그리하여 하내를 함락시켜 은왕을 사로잡고 하내군을 설치했다. 그곳에서 다시 남쪽으로 내려가 평음진을 건너 낙양에 도착했다. 그때 신성의 삼로(三老) 동공(董公)이 한왕을 만나 의제가 죽은 상황을 이야기했다. 그 이야기를 들은 한왕은 소매를 벗고 대성통곡했으며 의제를 위해 상을 치러 3일 동안 제를 올린 뒤에 사자를 파견해 제후들에게 알렸다.

"천하가 함께 의제를 세우고 신하로서 섬겼다. 그런데도 불구하고 항우가 의제를 강남으로 쫓아내 죽였으니 대역무도한 일이다. 과인이 직접 상을 치르니 제후들은 모두 상복을 입어라. 그리고 관중의 군대를 모두 출동시키고 삼하(三河 : 하동, 하내, 하남)의 병사들을 소집하여 남쪽으로 양자강과 한수를 따라 내려가 제후 왕들과 함께 의제를 시해한 초나라 항우를 쳐부수고자 한다."

그때 항왕은 북쪽에 있는 제나라를 공략하여 전영과 성양에서 교전하고 있었다. 전영이 패하여 평원으로 달아나자 평원의 백성들이 그를 죽였고, 제나라가 초나라에 항복했다. 초나라 군대가 제나라의 성곽을 불살라버리고 그들의 자녀들을 포로로 잡아 끌고 가자 제나라 백성들은 초나라를 배반했다. 전영의 동생 전횡이 전영의 아들 전광을 옹립하여 제왕으로 삼자, 제왕이 성양에서 반란을 일으켰다. 항우는 한나라 군대가 동쪽으로 진군한다는 소식을 들었으나 이미 제나라 군대와 전투를 벌이고 있었기에 제나라 군대를 무찌른 뒤에 한나라 군대를 공격할 생각을 가지고 있었다. 때문에 한왕은 다섯 제후의 병사들을 협박하여 드디어 팽성에 진입할 수 있었다. 그 소식을 들은 항우는 즉시 군대를 이끌고 제나라를 떠나 노나라의 길을 따라가다가 호릉을 지나서 소현에 도착했다. 그리하여 팽성의 영벽 동쪽 수수가에서 한나라 군대를 크게 무찔러 군졸들을 많이 죽였기에 수수가 시체들 때문에 흐르지 못했다. 항우는 즉시 한왕의 부모와 아내, 자식을 패현에서 잡아 오게 하여 군영에 두고서 인질로 삼았다. 당시 제후들은 초나라가 강대하여 한나라가 싸움에 패한 것을 보고, 다시 한나라를 떠나 모두 초나라에 귀의했다. 새왕 사마흔도 초나라로 달아났다.

여후의 오빠 주여후는 한나라를 위해 병사들을 거느리고 하읍에 머물고 있었다. 한왕은 그를 따르며 점차 병사들을 모아 탕현에 주둔했다. 한왕은 서쪽으로 양 땅을 지나 우현에 도착하여, 사자 수하를 구강왕 경포가 있는 곳으로 보내며 말했다.

"그대가 경포에게 군대를 일으켜 초나라를 배반하게 할 수 있으면, 항우는 반드시 머물며 그를 칠 것이오. 항우를 몇 달 동안 머물게 할 수 있다면 나는 다시 한번 천하를 손에 넣을 기회를 얻을 수 있겠는데……."

수하가 가서 구강왕 경포를 설득하자 경포는 과연 초나라를 배반했다. 그러자 초나라는 용저를 시켜 경포를 치게 했다.

한왕이 팽성에서 싸움에 져 서쪽으로 가면서 사람을 보내 가족을 찾았으나, 가족들 또한 도망쳤기에 서로 만날 수 없었다. 패배한 뒤에 다만 효혜만을 찾아내, 6월에 태자로 세우고 죄수들에게 대사면을 내렸다. 태자에게 역양을 지키게 하고, 제후의 아들들 중에 관중에 있는 자를 모두 역양으로 모이게 하여 태자를 호위하게 했다. 그리고는 강물을 끌어 폐구성으로 흘러

들어가게 하자 폐구성은 항복하고 장한은 스스로 목숨을 끊었다. 폐구의 이름을 바꾸어 괴리(槐里)라고 했다. 이어서 사관(祠官)에게 하늘과 땅·네 방향·하느님·산천에 제사를 지내게 하고서 이후에는 때에 맞춰 제사를 지내라고 했다. 그리고 관중의 병사들로 하여금 변방을 지키게 했다.

그때 구강왕 경포는 용저와 싸웠으나 이기지 못하게 되자 수하와 함께 지름길로 빠져 한나라로 돌아왔다. 한왕은 병사들을 모아 여러 장수 및 관중의 증원된 병사들과 함께 출동했다. 그리하여 군대의 세력이 형양에 진동했으며 정현과 새성 사이에서 초나라 군대를 격파했다.

3년에 위왕 표가 부모의 병을 살피러 귀향하기를 원한다고 요청했는데, 도착하자 즉시 황하 나루를 파괴하여 한나라를 배반하고 초나라에 귀의했다. 한왕이 역이기를 보내 설득했으나 위표는 듣지 않았다. 때문에 한왕은 장군 한신을 보내 쳐서 크게 무찌르고 위표를 사로잡았다. 마침내 위나라 땅을 평정하고 세 개의 군을 설치하여 하동군, 태원군, 상당군이라고 했다. 그리고 한왕은 장이와 한신을 보내 드디어 동쪽으로 정경을 함락시키고 조나라를 쳐 진여와 조왕 조헐을 잡아 참수시켰으며 이듬해에 장이를 세워 조왕으로 삼았다.

한왕은 형양 남쪽에 주둔하며 용도를 만들어 황하로 통하게 하여 오창의 곡식을 빼앗았다. 항우와는 서로 대치한 지 1년이 지났다. 항우는 여러 차례 한나라의 용도를 침략하여 한나라 군대가 식량이 부족해지게 되자 이윽고 한왕을 포위했다. 한왕이 화친을 요청하여 형양의 서쪽을 갈라 한나라에 줄 것을 요구했으나 항우는 따르지 않았다. 때문에 걱정하던 한왕은 진평의 계책을 써서, 금 4만 근을 주면서 초나라 군주와 신하를 이간질시켜 멀어지게 했다. 진평이 돈을 뿌리면서 첩자를 초나라 군대의 진영에 침투시켜 유언비어를 퍼뜨리게 한 뒤에 속임수를 쓰자 항우는 결국 범증을 의심하게 되었다. 범증은 그때 항우에게 형양을 함락시키라고 권유했지만, 자기가 의심받고 있음을 눈치채고 화가 나 늙었다는 것을 핑계로 고향으로 돌아가기를 청했으나, 팽성에 채 이르기도 전에 죽었다.

그 후 한나라 군대는 식량이 떨어져 밤에 동쪽 문으로 부녀자 2천여 명을 나가게 했는데, 초나라 군대가 갑옷을 입고 사방에서 공격했다. 그때 장군 기신이 왕의 수레를 타고 거짓으로 한왕인 척하며 초군을 속이자 초나라 병사들은 모두 만세를 부르며 성 동쪽으로 살피러 갔다. 때문에 한왕은 수십 명의 기병들과 함께 서쪽 문으로 나가 달아날 수 있었다.

한왕이 어사대부 주가·위표·종공에게 형양을 지키게 하자, 여러 장수와 병졸들 중 수행할 수 없었던 자는 성에 머물러 있게 되었다. 그때 주가와 중공이 의논하여 말했다.

"나라를 배반했던 제후왕과는 함께 성을 지키기가 어렵다."

그로 인해 그들은 위표를 죽였다.

한왕은 형양에서 나와 관중으로 들어가 군대를 모아 다시 동쪽으로 가려고 했다. 그러자 원생이 한왕에게 말했다.

"한나라와 초나라가 형양에서 대치한 몇 년 동안 나라가 늘 곤궁했습니다. 이번에는 전략을 바꾸어 무관에서 출전하십시오. 그러면 항우가 틀림없이 군대를 이끌고 남쪽으로 갈 것이니, 형양과 성고의 병사들은 휴식을 취할 수 있습니다. 그리고 한신 등을 시켜 하북의 나라 땅을 위로하여 연나라·제나라와 연합하게 한 다음에 다시 형양으로 가서도 늦지 않을 것입니다. 그렇게 하면 초나라는 방비해야 할 곳이 많아져 병력을 분산시킬 수밖에 없지만 우리는 쉴 수가 있으니 다시 그들과 싸운다면 틀림없이 초나라를 무찌를 수 있을 것입니다."

한왕은 그의 계책에 따르기로 하고 완읍과 섭읍 사이에 군대를 보내 경포와 협력하여 병력의 증강을 도모했다.

항우는 한왕이 완에 있다는 소식을 듣자, 과연 군대를 이끌고 남쪽으로 진군했다. 하지만 한왕은 수비만 굳게 하면서 싸우지 않았다. 그때 팽월의 군대가 수수를 건너 팽성 동쪽의 하비에 거점을 둔 항성(항우의 아들), 설공과 싸워 초나라 군대를 크게 무찔렀다. 항우가 급히 철수하여 동쪽으로 가서 팽월을 공격하자, 한왕도 군대를 거느리고 북쪽으로 가 성고에 주둔했다.

항우는 팽월의 군대를 격파한 뒤 한왕이 다시 성고에 주둔했다는 소식을 듣자, 급히 군대를 돌려 서쪽으로 진격해 형양을 함락시키고 주가와 종공을 죽였으며, 한왕(韓王) 신(信)을 포로로 잡고 여세를 몰아 성고를 포위했다.

그때 한왕(漢王)은 당황하며 도망쳤다. 등공과 함께 수레를 타고 성고의 옥문(玉門)을 나와 북쪽으로 향했다. 황하를 건넌 뒤 말을 달려 수무까지 가서야 휴식을 취했다. 그리고 다음 날 새벽에 사자라고 칭하며 말을 몰아 장이와 한신의 군영에 들어가서 그들의 군대를 빼앗았다. 그리고 장이를 북쪽으로 보내 조나라 땅에서 병사를 증원하여 모집하도록 했으며, 한신은 동쪽으로 보내 제나라를 공격하게 했다.

한왕은 한신의 군대를 얻자 다시 사기가 진작되었기에 군대를 이끌고 황하에 이르러서는 소수무(小修武)의 남쪽에 주둔하여 군대를 쉬게 한 뒤 다시 싸우려고 했다. 그러자 낭중 정충(鄭忠)이 한왕을 말리며 벽을 높이 쌓고 참호를 깊게 파며 싸우지 말 것을 건의했다. 한왕이 그의 계책을 받아들여 노관 유고에게 병사 2만 명과 기병 수백 명을 거느리고 백마의 나루를 건너 초 땅에 들어가게 하자, 팽월과 함께 초나라의 군대를 연현의 성곽 서쪽에서 공격하여 무찌르고, 드디어 다시 양 땅의 열 개가 넘는 성을 함락시켰다.

회음후 한신은 명을 받고 제나라가 있는 동쪽을 향해 진군했으나, 미처 평원진(平原津)을 건너지 못하고 있었다. 그때 한왕이 역이기를 보내 제나라왕 전광을 설득하게 하자 전광은 초나라를 배반하고 한나라와 강화하여 함께 항우를 공격했다. 그런데 한신은 괴통의 계책을 받아들여 마침내 제나라를 기습하여 무찔렀다. 때문에 분노한 제왕은 역이기를 삶아 죽이고 동쪽에 있는 고밀로 달아났다.

항우는 한신이 이미 하북의 군대들을 일으켜 제나라 군대와 조나라 군대를 무찌른 후 초나라를 공격하려 한다는 소식을 듣자, 용저와 주란을 보내 한신을 공격하게 했다. 한신이 그들과 싸우게 되었을 때 기병대장 관영이 초나라 군대를 크게 무찌르고 용저를 죽였다. 그렇게 되자 제왕 전광은 팽월에게로 도망쳤다. 당시 팽월은 병사를 거느리고 양 땅에 머물면서 왔다 갔다 하며 초군을 괴롭히며 그들의 보급로를 끊었다.

4년에 항우가 해춘후 대사마 조구에게 말했다.

"성고를 신중하게 지키시오. 한나라 군대가 싸움을 건다 해도 결코 상대해서 싸우지 말고 그들이 동쪽으로 진격하지만 못하게 하시오. 나는 15일 내로 틀림없이 양 땅을 평정하고 돌아와 장군과 합치겠소."

그리고는 진군하여 진류·외황·수양을 공격하여 함락시켰다. 한나라 군대가 과연 초나라 군대에게 여러 번 싸움을 걸었으나 초나라 군대는 출병하지 않았다. 하지만 한나라 군대가 사람들에게 시켜 조구에게 욕을 퍼붓게 한 지 5~6일 되자 조구는 화가 나서 병사들에게 명령해 밖으로 나가 사수를 건너게 했다. 그리하여 병사들이 사수를 반쯤 건너자 한나라 군대가 공격하여 초나라 군대를 크게 무찌르고 초나라의 금은보화와 재물을 전부 빼앗았다. 대사마 조구와 장사 사마흔은 모두 사수 가에서 스스로 목을 베었다. 항우는 수양에 도착해 해춘후가 패전했다는 소식을 듣고, 군대를 이끌고 돌아왔다. 한나라 군대는 형양 동쪽에서 종리매를 포위하고 있다가 항우가 도착하자 전부 험준한 지대로 달아났다.

한신은 제나라를 무찌르고 나서 사람을 보내 한왕에게 말했다.

"제나라는 초나라에 이웃해 있고 권력이 미약하여, 저를 명목상으로라도 제왕에 봉하지 않는다면 아마 제나라를 안정시킬 수가 없을 것입니다."

때문에 한왕이 한신을 비난하려고 하자 유후 장량이 말했다.

"차라리 이 기회에 그를 왕으로 봉하여 스스로 제나라를 지키게 하는 것이 낫습니다."

그래서 장량에게 명해 인수를 가지고 가서 한신을 세워 제왕으로 삼게 했다.

항우는 용저의 군대가 패했다는 소식을 듣자 두려워하며 우이 사람 무섭을 보내 한신을 회유하게 했다. 그러나 한신은 따르지 않았다.

초나라와 한나라가 오랫동안 서로 대치했으나 결판이 나지 않자, 젊은이들은 군 생활을 힘겨워했고 늙고 약한 사람들은 군량 운반에 지쳐 있었다. 한왕과 항우는 서로 광무산을 사이에 두고 대화를 나눴다. 항우는 한왕과 단독으로 겨루고자 했으나, 한왕은 항우의 죄상을 열거하며 떠들어댔다.

"내가 항우 그대와 함께 회왕에게 명을 받고 진나라를 쓰러뜨리려고 나섰을 때 먼저 관중에 들어가 평정하는 자가 왕이 되기로 약속되어 있었지 않은가. 그런데 그대는 약속을 저버리고 나를 촉나라의 벽지로 내몰았다. 그것이 첫 번째 죄이다. 항우 그대는 왕명을 사칭하여 경자관군 송의를 속임수로 죽인 뒤 그 자리를 빼앗았다. 그것이 두 번째 죄이다. 항우 그대는 조나라를 구원하고 나서 돌아가 보고해야 했는데, 제멋대로 제후의 병사들을 위협하여 관중에 들어갔다. 그것이 세 번째 죄이다. 회왕께서 진나라에 들어가 폭행과 약탈을 하지 않겠다고 약속하셨는데, 그대는 진나라의 궁궐을 태우고 시황제의 묘를 파헤쳤으며 사사로이 진나라의 재물을 모았으니 그것이 네 번째 죄이다. 게다가 항복한 진나라의 왕 자영을 함부로 죽였으니 그것이 다섯 번째 죄이다. 신안에서는 젊은이 20만 명을 생매장하고 그곳의 장수를 왕으로 삼았으니 그것이 여섯 번째 죄이다. 항우 그대는 여러 장수들은 모두 좋은 땅의 왕으로 삼고 원래의 군주들은 쫓아내 다른 곳으로 옮겼다. 그래서 영주가 그대의 뜻을 거역하면 부하를 선동하여 반역을 도모하게 하고 그 영주를 내쫓는 일을 일삼았으니 그것이 일곱 번째 죄이다. 항우 그대는 의제를 팽성에서 내쫓고 자신의 도읍지로 삼았으며, 한왕(韓王)의 땅을 빼앗고 양나라·초나라를 합병하여 손아귀에 넣었으니 그것이 여덟 번째 죄이다. 그리고 사람을 보내 은밀히 강남에서 의제를 살해한 것이 아홉 번째 죄이다. 신하로서 감히 군주를 시해하고, 이미 항복한 자를 죽였으며, 정사를 공평하게 하지 않고 약속을 하고도 신의를 저버려, 천하가 용납하지 못할 대역무도함이 열 번째 죄이다. 나는 정의의 군대로 제후군과 함께 잔악한 도적을 토벌하려는 입장이다. 형기가 남은 죄인들을 시켜 항우 그대를 공격해 죽이면 될 것을 어째서 내가 수고롭게 그대에게 도전하겠는가!"

항우는 매우 화가 나서 숨겨 놓은 쇠뇌를 쏘아 한왕을 명중시켰다. 한왕은 가슴에 상처를 입고서도 발을 문지르며 말했다.

"저 역적이 내 발가락을 맞혔다."

한왕이 상처로 인해 병이 나 눕자, 장량이 한왕에게 일어나 군대를 수행하며 위로하여 병사들을 안정시키고, 초나라가 이 기회를 틈타 한나라를 이기지 못하도록 하라고 요청했다. 한왕은 나가서 군대를 순행했는데 그러는 중에 병이 악화되어 말을 타고 성고로 돌아왔다.

병이 낫자 그는 관중에 진입하여 역양에 도착해 그곳의 장로와 유력자들을 위문하고 주연을 베풀었으며, 새왕이었던 사마흔의 머리를 역양 저잣거리에 매달았다. 그리고는 역양에서 4일간 머무르다가 다시 군영으로 가서 광무에 주둔했다. 그 후에 관중에서는 병사들이 증원되어 파병되었다.

그즈음 전횡이 팽월에게 귀순했다. 항우는 자주 팽월 등을 공격하고 있었는데 제왕 한신이 초나라 군대를 공격해왔다. 그런데 항우는 두려워하며 한왕과 천하를 절반으로 나누어 홍국를 갈라서 서쪽 지역은 한나라가 가지고 동쪽은 초나라에 귀속시키기로 약속했다. 한왕의 부모와 처자를 돌려보내니 군영의 병사들은 모두 만세를 부르며 돌아가 각각 떠나갔다.

항우는 군대를 이끌고 동쪽으로 돌아갔다. 한왕은 군대를 이끌고 서쪽으로 돌아가려고 하다가 유후와 진평의 계책을 받아들여 진군하며 항우를 추격했다. 양하 남쪽에 이르러 멈추고 주둔하며, 한신·건성후 팽월과 함께 날을 정해 만나 초나라 군대를 공격하기로 했다. 그러나 고릉에 도착했을 때까지도 한신과 팽월은 오지 않았다. 결국 초나라 군대가 한나라 군대를 공격하여 크게 무찌르는 양상이 되었기에 한왕은 다시 군영으로 돌아가 참호를 깊게 파고 수비했다.

한왕이 장량의 계책을 썼기에 결국 한신과 팽월이 모두 오게 되었다. 유고가 초 땅에 들어가 수춘(壽春)을 포위했지만, 한왕은 고릉 싸움에서 패했다. 그러자 한왕은 사자를 시켜 대사마 주은을 불러 회유하고, 구강의 군대를 출동시켜 무왕(武王) 경포와 합류하여 행군하다가 성보를 격파하고, 유고·제·양의 제후군을 모두 해하에 집결시켰다. 그리고 무왕 경포를 세워 회남왕으로 삼았다.

5년에 한왕은 제후들의 군대와 함께 초나라 군대를 공격하여, 항우와 해하에서 승부를 겨루었다. 회음후 한신이 30만 군대를 이끌고 직접 대결하게 되자, 공(孔)장군은 왼쪽에 진을 치고 비(費)장군은 우측에 진을 쳤으며, 한왕은 뒤에 진을 치고, 강후(絳侯)와 시(柴)장군은 한왕의 뒤에 진을 쳤다. 항우의 군대는 대략 십만이었다. 한신이 먼저 초군과 교전했으나 불리하여 퇴각했다. 공장군과 비장군이 군대를 이끌고 공격하자 초나라 군대가 불리해졌고, 한신이 그때를 틈타 해하에서 초나라 군대를 크게 무찔렀다. 항우는 결국 한나라 군대가 초나라의 노래를 부르는 것을 듣고서 한나라가 초나라 땅을 전부 차지했다고 생각했다. 항우가 싸움에 져 달아나자 초나라 군대는 싸움에서 크게 패했다. 한왕은 기장 관영에게 항우를 추격하여 동성에서 죽이게 하고 8만여 명의 머리를 베었다. 그리하여 마침내 초나라 땅을 점령하여 평정했다.

노현만이 초나라를 위해 굳게 수비했기에 함락되지 않았다. 하지만 한왕이 제후군을 이끌고 북쪽으로 진군하여 노현의 어른들에게 항우의 머리를 보이자, 그들도 마침내 항복했다. 그러자 한왕은 노공의 호칭으로 항우를 곡성에 장사 지냈다. 그리고 돌아와 정도에 도착하자 말을 몰아 제왕으로 군영을 들어가 그의 군대를 빼앗았다.

정월에 제후 및 장사와 상(相)이 함께 한왕을 높여 황제로 삼기를 청하자 한왕이 말했다.

"나는 황제는 어진 자라야 가질 수 있는 호칭이라고 들었소, 나는 감히 황제의 지위를 감당할 수 없소."

그러자 신하들이 모두 말했다.

"대왕께서는 가난하고 미천한 평민에서 일어나 포악하게 반역한 자들을 토벌하셨으며 천하를 평정하여 공적이 있는 자에게 땅을 나누어 왕후(王侯)로 봉해 주셨습니다. 대왕께서 황제의 존호를 받지 않으신다면 모두가 신임하지 않을 것입니다. 우리들은 목숨을 걸고 고수할 것입니다."

한왕은 여러 번 사양하다 어쩔 수 없어 "여러분들이 그렇게 하는 것이 나라에 이익이 된다고 생각한다면 받아들이겠소."라고 말하고, 갑오일, 범수(氾水) 북쪽 땅에서 황제에 즉위했다.

황제는 "의제에게는 후사(後嗣)가 없다"고 하면서 제왕 한신이 초나라의 풍습에 익숙하므로 옮겨 초왕으로 삼고 하비에 도읍하게 했다. 건성후 팽월을 세워 양왕으로 삼고 정도에 도읍하게 했다. 전에 한왕(韓王)이었던 신(信)을 한왕으로 삼고 양적에 도읍하게 했다. 형산왕 오예를 옮겨 장사왕으로 삼고 임상에 도읍하게 했다. 오예의 장수 매현은 한왕을 따라 무관에 진입한 공이 있기 때문에 감사를 표했다. 회남왕 경포, 연왕 장도, 조왕 장오는 모두 전과 같게 했다.

천하가 완전히 평정되고 고조가 낙양에 도읍하자 제후들이 모두 신하로 귀의했다. 전에 임강왕 공환(共驩)이 항우를 위해 한나라를 배반하자, 노관과 유고로 하여금 그를 포위하게 했으나 함락시키지 못했다. 몇 개월 후에야 항복하자 그를 낙양에서 죽였다.

5월에 병사들은 모두 해산하여 집으로 돌아갔다. 제후의 자제 중 관중에 있는 자에게는 부역 12년을 면제해 주고, 돌아간 자에게는 부역 6년을 면제해 주고 1년간 부양해 주기로 했다.

고조는 낙양의 남궁에서 주연을 베풀었을 때 이런 질문을 했다.

"누구든지 짐에게 숨김없이 말해 보시오. 내가 천하를 얻게 된 까닭은 무엇이며, 항우가 천하를 잃은 까닭은 무엇이오?"

고기(高起)와 왕릉이 대답했다.

"폐하는 오만하시어 다른 사람을 업신여기는 성품이 있습니다. 하지만 항우는 인자하고 부하를 사랑했습니다. 그러나 폐하는 사람을 보내 성을 공격하여 땅을 점령하게 되면 항복을 받아낸 자에게 그곳을 주시어 천하와 이익을 함께하셨습니다. 그런데 항우는 시기심이 많아 공로가 있는 자를 해치고 어진 자를 의심했으며, 싸움에 이겼는데도 다른 사람에게 공적을 나누어 주기를 꺼렸습니다. 그것이 항우가 천하를 잃은 까닭입니다."

그러자 고조가 말했다.

"귀공들은 하나만 알고 둘은 모르는구려. 군막 속에서 계책을 짜내어 천리 밖에서 승리를 결판내게 하는 것은 내가 장량만 못하오. 나라를 어루만지고 백성들을 위로하여 양식을 공급하고 운송로가 끊기지 않게 하는 것은 내가 소하만 못하오. 백만 대군을 통솔하여 싸우면 어김없이 이기고 공격하면 어김없이 빼앗는 것은 내가 한신만 못하오. 이 세 사람은 모두 빼어난 인재요. 내가 그들을 임용할 수 있었기에 나는 천하를 얻을 수 있었소. 항우는 범증이라는 뛰어난 인물이 있었지만 그 한 사람조차 충분히 활용하지 못했소. 그래서 나에게 진 것이오."

고조는 오랫동안 낙양에 도읍하려고 했으나, 제나라 사람 유경이 설득하고 유후가 관중에 들어가 도읍하라고 권했기에 한나라 5년 5월에 수레를 타고 관중에 들어가 도읍했다. 그리고 6월에 천하에 대사면을 내렸다. 10월에 연왕 장도가 반란을 일으켜 대 땅을 점령하자 고조는 직접 군대를 거느리고 가서 공격하여 그를 생포했으며, 태위 노관을 세워 연왕으로 삼았다. 또한 승상 번쾌를 시켜 군대를 거느리고 가서 대 땅을 공격하게 했다. 그 해 가을에 항우의 부하였던 이기(利幾)가 반란을 일으켰다. 고조가 직접 군대를 이끌고 가서 치자 그는 도망갔다. 이기는 항우의 장수였으나 항우가 싸움에 지자 진현 현령으로서 항우를 따르지 않고 고조에게 도망가 항복하였고, 고조는 그를 영천후(潁川侯)로 봉했다. 그런데 고조가 낙양에 도착하여 명부에 실린 모든 열후들을 부르자 이기는 겁을 내며 숙청을 당하는 것이 아닐까 하고 반란을 일으켰던 것이다.

6년, 고조는 5일에 한 번씩 태공을 만나 뵈었는데, 일반 사람들의 아버지와 자식 간의 예절과 같았다. 태공의 가신이 태공에게 말했다.

"하늘에는 두 개의 태양이 없고, 땅에는 두 사람의 왕이 없습니다. 지금 고조께서는 비록 자식이지만 백성들의 군주이시며, 태공께서는 비록 아버지이지만 그분의 신하이십니다. 그런데 어째서 군주에게 신하를 만나 뵙게 하십니까? 그렇게 하면 황제의 위엄과 존중이 지켜지지 않습니다."

그 후 고조가 만나 뵈러 오자, 태공이 빗자루를 들고 문에서 맞이하고 뒤로 물러섰다. 고조가 매우 놀라 수레에서 내려 태공을 부축했다. 그랬더니 태공이 말했다.

"황제는 백성들의 군주이신데 어찌 저 때문에 천하의 법도를 어지럽힐 수 있겠습니까?"

그래서 고조는 태공을 높여 태상황(太上皇)이라고 했다. 마음속으로 가신의 말이 훌륭하다고 여겨졌기에 금 5백 근을 내려주었다.

12월에 어떤 사람이 요사스러운 일을 글로 써 올려 초왕 한신이 반역을 도모한다고 보고했다. 고조가 측근에게 의견을 물었더니 그들은 다투어 그를 토벌하고자 했다. 하지만 고조는 진평의 계책을 써서 거짓으로 운몽택에 놀러 가는 척했다가 진현에서 제후들을 만났다. 초왕 한신이 영접을 나오자 즉시 그를 체포했다. 그날 고조는 천하에 대사면을 내렸다. 그때 전긍(田肯)이 하례를 올리며 고조를 설득했다.

"폐하께서는 한신을 사로잡고 또 진(秦) 땅을 다스리고 계십니다. 진은 지형이 뛰어난 나라로 험난한 산하에 둘러싸여 있고 제후국과 천 리나 떨어져 있어, 창을 가진 병력 백만이 와도 2만의 군대로 막을 수 있습니다. 지형이 유리하니 군대를 내보내 제후들을 공격한다면, 마치 높은 지붕 위에서 기와고랑에 물을 내려보내는 것과 같습니다. 제나라는 동쪽으로 낭야와 즉묵의 풍부함을 갖췄고, 남쪽으로는 태산의 견고함을 갖췄으며, 서쪽으로는 황하의 경계를 갖췄고, 북쪽으로는 발해의 이로움을 갖췄습니다. 땅은 사방으로 2천 리이고 제후국의 창을 쥔 군대가 백만이고, 현은 천 리 밖에 떨어져 있어 제나라 땅은 20만의 군대만으로도 막아 낼 수 있습니다. 따라서 이 두 곳은 동진(東秦)과 서진(西秦)이라 할 수 있습니다. 친자식이 아니면 제나라 왕으로 봉해서는 안 됩니다."

고조는 "옳소"라고 하며 황금 오백 근을 상으로 내려주었다.

10여 일 후에, 한신을 봉해 회음후를 삼고 그의 땅을 나누어 두 나라로 만들었다. 고조는 장군 유고가 여러 번 공적을 세웠으므로 형왕으로 봉해 회하 동쪽의 왕으로 삼았다. 동생 유교는 초왕으로 삼아 회하 서쪽의 왕으로 삼았다. 아들 유비(劉肥)를 제왕으로 삼아 70여 성을 다스리게 하고 백성들 중 제나라 말을 할 수 있는 사람은 모두 제나라에 귀속시켰다. 그리고 공적을 의논하여 열후들에게 부절을 쪼개어 봉후의 신표로 주었다. 한왕 신을 태원으로 옮기게 했다.

7년에 흉노가 마읍에서 한왕 신을 공격하자, 한왕은 그때를 이용하여 흉노와 동맹을 맺고 태원에서 반란을 꾀했다. 백토의 만구신과 왕황도 옛 조나라의 장수였던 조리를 세워 왕으로 삼고 반란을 일으키자 고조가 직접 가서 공격했다. 때마침 날씨가 추워져 동상에 걸려 손가락이 얼어 떨어진 병사들이 10명 중 2, 3명이어서 결국 평성으로 퇴각했다. 흉노가 고조를 평성에서 포위했다가 7일 후에야 그만두고 떠났다. 고조는 번쾌에게 대 땅에 머물며 안정시키게 하고, 형 유중을 세워 대왕(代王)으로 삼았다.

2월에 고조는 평성에서 떠나 조나라와 낙양을 거쳐 장안에 도착했다. 장락궁이 완성되자, 승상 이하 모든 관원들이 장안으로 옮겨 와 나라를 다스리게 되었다.

8년에 고조는 동쪽으로 진군하여 동원에서 한왕 신의 반란군 잔당을 공격했다.

승상 소하가 미앙궁을 짓고 동궐, 북궐, 전전(前殿), 무고(武庫), 태창(太倉)을 세웠다. 고조가 돌아와 궁궐이 지나치게 웅장한 것을 보고 화가나 소하에게 일렀다.

"천하가 혼란스럽게 전란으로 고생한 지 몇 년이 되었어도 성패를 아직 알 수 없는데, 무엇 때문에 궁실을 이다지도 과도하게 지었는가?"

소하는 말했다.

"천하가 아직 안정되지 않았기 때문에 이 기회를 틈타 궁실을 지을 수 있었습니다. 게다가 천자는 천하를 집으로 삼는 법이니, 궁전이 웅장하고 화려하지 않으면 존귀와 위엄을 세울 수 없습니다. 또한 후세에는 더욱 중장하고 화려한 궁전을 지을 수 없게 하십시오."

그 말을 듣자 고조는 기뻐했다.

고조가 동원으로 가다가 박인(朴人)을 지나가게 되었는데, 조나라 승상 관고 등의 무리가 고조 암살을 기도했다. 고조는 어쩐지 마음이 내키지 않아 그곳에 머물지 않고 곧장 떠났기 때문에 화를 면할 수 있었다. 얼마 후 대왕 유중이 나라를 버리고 도망쳐 스스로 낙양으로 돌아오니, 그를 폐위시켜 합양후(合陽侯)로 삼았다.

9년에 조나라 승상 관고 등의 사건이 발각되자 삼족을 멸했으며 조왕 장
오를 폐위시켜 선평후(宣平侯)로 삼았다. 그 해에 초나라의 귀족 소(昭)·
굴(屈)·경(景)·회(懷)씨 등과 제나라의 귀족 전(田)씨를 관중으로 옮기도
록 했다.

미앙궁이 완성되었다. 고조는 제후 군신들과 성대하게 조회를 열고 미앙
궁의 전전에서 주연을 베풀었다. 고조는 옥 술잔을 받쳐 들고 일어나 태상
황을 위해 장수를 기원하며 말했다.

"처음에 태상황께서는 항상 제가 재주가 없어 생업을 꾸릴 수 없고 둘째
형처럼 노력하지도 않는다고 여기셨습니다. 지금 제가 이룬 성취를 둘째 형
과 비교하면 누가 많습니까?"

궁성에 있던 신하들은 모두 만세를 외치고 큰 소리로 웃으며 즐거워했다.

10년 10월에 회남왕 경포, 양왕 팽월, 연왕 노관, 형왕 유고, 초왕 유교, 제
왕 유비, 장사왕 오예가 모두 장락궁에 와서 고조를 조회했다. 봄 여름 동안
에는 아무런 일도 없었다.

7월에 태상황이 역양궁(櫟陽宮)에서 세상을 떠났다. 초왕 유교와 양왕 팽
월이 일제히 와 영구를 전송했다. 그달에 역양의 죄수들을 사면했으며 역읍
을 신풍(新豐)으로 이름을 바꿔 불렀다.

8월에 조나라의 상국 진희가 대 땅에서 반란을 일으키자 황상이 말했다.

"진희는 일찍이 나의 관리였는데 매우 믿음이 있었소. 대 땅은 내게 중요
한 곳이기 때문에 진희를 봉해 열후로 삼고 상국의 신분으로 대를 지키게
했는데, 지금 왕황 등과 함께 대 땅을 협박해 강탈하려고 했소. 대 땅의 관리
와 백성들은 죄가 있지 않으니 그들을 사면하시오."

9월에 황상은 직접 군대를 동쪽으로 가서 진희를 공격했다. 한단에 도착
하자 황상은 기뻐하며 말했다.

"진희가 남쪽 한단을 근거지로 삼지 않고 장수로 막으려 하니, 나는 이제 그가 능력이 없다는 걸 알겠구려."

진희의 부장들이 모두 이전에 장사치였다는 말을 듣고 황상은 말했다.

"나는 그들을 어떻게 상대해야 할지 알고 있다."

그리고는 황금으로 진희의 부장들을 유혹하니 투항하는 자들이 많았다.

11년에 고조가 한단에서 진희의 무리를 모조리 토벌하기 전에 진희의 부장 후창이 1만여 명의 병사들을 이끌고 유격전을 벌였고, 왕황은 곡역에 진을 쳤으며, 장춘은 황하를 건너 요성을 쳤다. 한나라는 장군 곽몽(郭蒙)으로 하여금 제나라의 장수와 함께 공격하게 하여 크게 무찔렀다. 태위 주발(周勃)은 태원의 길을 통해 대 땅을 평정했다. 그가 마읍에 도착했지만 마읍이 항복하지 않자 즉시 공격하여 모조리 죽여버렸다.

진희의 부장 조리가 동원을 수비하기에 고조가 공격했지만 함락되지 않았다. 한 달이 넘어 조리의 병사들이 고조에게 욕을 했기에 고조는 분노했다. 성 사람들이 투항하자 욕한 자를 찾아내어 참살하고 욕하지 않는 자들은 관대하게 대해 주었다. 그리고 조나라의 산 북쪽을 나누어 아들 항(恒)을 세워 대왕으로 삼고 진양(晉陽)에 도읍하게 했다. 봄에 회음후 신분으로 떨어진 한신이 관중에서 반란을 꾀했기에 삼족을 멸했다. 여름에는 양왕 팽월이 반란을 꾀하자 폐위시켜 촉 땅으로 유배했는데 다시 반란을 일으키려고 했기에 결국 그의 삼족을 멸했다. 아들 회(恢)를 세워 양왕으로 삼고, 아들 우(友)를 세워 회양왕(淮陽王)으로 삼았다.

가을인 7월에 회남왕 경포가 반란을 일으켜 동쪽으로 형왕 유고의 땅을 병합하고 다시 북상하여 회하를 건너자, 초왕 유교는 설현으로 도망쳐 들어갔다. 때문에 고조가 직접 가서 토벌하고 아들 장(長)을 회남왕으로 봉했다.

한나라 12년 10월, 고조는 경포의 반란군을 회추에서 공격했는데, 경포가 달아나자 별장에게 그를 추격하게 하고 고조는 장안으로 개선했다. 돌아오는 길에 그는 고향인 패현에 들러 잠시 머물렀다. 머무는 동안 그는 옛 친구들과 어른 및 젊은이들을 모두 불러 성대한 잔치를 벌였다. 그리고 어린이 120명을 선발하여 그들에게 노래를 가르쳤다. 술이 거나하게 취하자 고조는 축(筑)을 치며 직접 노래를 부르기 시작했다.

"바람은 불어치고 구름은 난다

천하에 위세를 떨치고 나는 고향에 돌아왔다.

모두 일어나 이 나라를 지키자."

어린이들도 모두 따라 부르자 고조는 일어나 춤을 추며 눈물을 몇 줄 흘렸다. 그리고 패현의 어른과 형제들에게 말했다.

"나그네는 고향 생각 때문에 슬픈 법입니다. 내가 비록 관중에 도읍하고 있지만 1만 년 뒤라도 나의 혼백은 여전히 패현을 좋아하고 그리워할 것입니다. 게다가 나는 패공일 때부터 포악한 반역자들을 토벌하여 마침내 천하를 소유하게 되었으니, 패현을 나의 사유지로 삼아 이곳의 백성들에게 부역을 면제해 주어 대대로 납세와 복역을 없게 할 것입니다."

패현의 어른들과 형제들, 부녀들, 옛 친구들은 날마다 즐겁게 술을 마시며 매우 기뻐했고, 지난 일을 얘기하고 웃으며 즐거워했다. 열흘 남짓 지나서 고조가 떠나려고 하자 그들은 한사코 만류하며 좀 더 머물기를 청했다. 그러자 고조가 말했다.

"나의 수행원들이 너무 많아 어른들과 형제들이 비용을 댈 수가 없습니다."

그리고는 떠나갔다. 그러자 패현 사람들은 현이 텅 비도록 물건을 들고 마을 서쪽으로 가서 바쳤더니 고조는 다시 머물며 장막을 치고 3일 동안 술을 마셨다. 패현의 어른들과 형제들이 모두 머리를 조아리고 말했다.

"패현은 운 좋게 부역이 면제되었으나 풍읍은 면제받지 못했으니 폐하께서 그들을 불쌍히 여겨 주십시오."

고조는 말했다.

"풍습은 내가 태어나 자란 곳이라 정말 잊을 수 없지만 나는 다만 그들이 옹치를 따르고 나를 배반하여 위나라를 도왔기 때문에 그런 것입니다."

패현의 어르신과 형제들이 간곡히 요청하자 고조는 풍읍도 부역을 면제해 주어 패현과 같게 했다. 그리고 패후 유비를 오왕(吳王)으로 삼았다.

한나라 장수들은 각기 경포의 군대를 조수의 남북 쪽 지역에서 공격하여 모두 크게 격파하고 추격하여 경포를 잡아 파양에서 참수했다. 번쾌는 따로 병사를 이끌고 대를 평정하고 진희를 잡아 당성에서 참수했다.

11월에 고조는 경포의 군영에서 장안으로 돌아왔다. 12월에 고조는 말했다.

"진시황제, 초은왕(楚隱王) 진승, 위나라 안리왕(安釐王), 제나라 민왕(緡王), 조나라 도양왕(悼襄王)이 모두 후손이 끊겼으니, 각각 10호씩 묘를 지키는 인가를 주고, 진시황제는 20호를 주고, 위공자 무기(無忌)에게는 5호를 주도록 하라."

대 땅의 관리와 백성들 중에서 진희와 조리에게 위협당하고 노략질당한 자들은 모두 사면했다. 투항한 진희의 부장이 진희가 모반할 때 연왕 노관이 사람을 시켜 진희가 있는 곳으로 가 함께 음모했다고 말했다. 그래서 고조는 벽양후에게 노관을 불러오게 했으나 노관은 병을 핑계로 오지 않았다. 벽양후는 돌아와서 노관이 반란을 일으킬 조짐이 있다고 보고했다. 2월에 고조는 번쾌와 주발을 시켜 군대를 이끌고 가서 연왕 노관을 공격하게 했다. 그리고 연 땅의 관리와 백성 중 반란에 참여한 자를 사면하고, 아들 건(建)을 세워 연왕으로 삼았다.

고조는 경포를 공격할 때 빗나간 화살에 맞은 적이 있었으며 그로 인해 길을 가다가 병이 났다. 병이 심해지자 여후가 명의를 불러왔다. 의원이 들어가 고조의 상태를 보고는 말했다.

"폐하의 병은 치료될 수 있습니다."

그러자 고조가 그를 꾸짖으며 말했다.

"나는 평민의 신분으로 3자 길이의 칼을 들고 천하를 얻었으니, 그것은 천명이 아니겠는가? 명은 하늘에 달려 있으니, 비록 편작(扁鵲)인들 무슨 도움이 되겠는가!"

결국 그는 의원에게 치료시키지 않고 황금 50근을 내려주며 물러가게 했다. 잠시 후에 여후가 물었다.

"폐하가 안 계시고 소하가 죽으면 누구를 후임으로 선택해야 좋겠습니까?"

"조참이 할 수 있소."

그다음 사람을 물으니 고조가 말했다.

"왕릉이 좋겠지. 하지만 왕릉은 고지식하므로 진평이 돕도록 해야 할 거요. 진평은 지혜가 남음이 있지만 혼자서 맡는 것은 어렵소. 주발은 점잖고 너그럽지만 글재주가 모자라오. 그러나 유씨를 안정시킬 자는 틀림없이 주발이니 그를 태위로 삼을 만하오."

여후가 다시 그다음을 물으니 고조는 말했다.

"거기까지는 당신이 알 바가 아니오."

노관은 수천 명의 기병과 함께 변경에서 기다리며, 조고가 병이 나으면 직접 들어가 사죄하려고 했다.

4월 갑진일에 고조가 장락궁에서 세상을 떠났다. 그런데 여후는 4일이 지나도록 발상하지 않고, 심이기와 의논하며 말했다.

"여러 장수들은 황제와 함께 호적 명부에 올라 있던 평민이었다가 지금은 신하가 되었소. 그들은 항상 불만을 품고 있는데 이제 어린 군주를 섬기게 됐으니, 멸족시키지 않으면 천하가 안정되지 않을 것이오."

어떤 사람이 그 말을 듣고서 역장군에게 말해 주었다. 그러자 역장군이 심이기를 만나러 가서 말했다.

"나는 여후가 여러 장수들을 죽이려 한다는 말을 들었소, 만약 그렇게 한다면 천하가 위태로워질 것이오. 진평과 관영이 병력 10만을 거느리고 형양을 수비하고 있고, 번쾌와 주발은 20만을 거느리고 연과 대를 평정했는데, 그들이 황제가 돌아가시어 장수들이 모두 죽임을 당할 거라는 소식을 듣게 된다면 틀림없이 군대를 이끌고 돌아와 관중을 공격할 것이오. 대신들이 안에서 배반하고 제후들이 밖에서 반란을 일으키면 나라가 망하는 것은 불을 보듯이 뻔하오."

심이기가 궁에 들어가 그 말을 전하자 여후는 정미일에 장례를 치르고 천하에 대사면을 내렸다.

노관은 고조가 세상을 떠났다는 소식을 듣자 결국 도망쳐 흉노에 들어갔다.

병인일에 안장하고, 기사일에 태자를 세워 태상황의 묘지에 갔을 때 신하들이 모두 말했다.

"고조는 미천한 평민 출신에서 일어나 어지러운 세상을 다스려 정도로 돌이키고 천하를 평정하여 한나라의 태조가 되었으니 공로가 가장 높다."

그리고는 제왕의 호를 바쳐 고황제(高皇帝)라고 했으며, 태자가 이전의 호칭을 이어받아 황제가 되니, 효혜황제(孝惠皇帝)이다. 군국과 제후국의 제후들에게는 각자 고조의 사당을 세워서 매년 때맞춰 제사 지내도록 했다.

효혜제 5년이 되었을 때 고조가 패현에서 슬퍼하거나 즐거워했던 일이 생각났기에 패궁을 으뜸 되는 종묘(原廟)로 삼았다. 또한 고조가 노래를 가르쳤던 어린이 120명 모두에게 원묘에서 연주와 노래를 하게 했으며, 이후 결원이 있으면 그때 즉시 보충했다.

고조에게는 8명의 아들이 있었다. 맏아들은 첩의 소생으로 제나라 도혜왕 유비이고, 둘째는 효혜황제로 여후의 아들이고, 셋째는 척부인(戚夫人)의 아들 조은왕 유여의(劉如意)이고, 넷째는 대왕 유항으로 얼마 후 효문황제(孝文皇帝)로 즉위하는 박태후(薄太后)의 아들이며, 다섯째는 양왕 유회로 여태후 시절에 조공왕(趙共王)으로 옮겨졌고, 여섯째는 회양왕 유우로 여태후 시절에 조유왕(趙幽王)으로 옮겨졌으며, 일곱째는 회남여왕 유장이고 여덟째는 연왕 유건이다.

태사공은 말한다.

"하왕조의 정치는 성실하고 정성스러웠다. 성실하고 정성스러움의 병폐는 백성들을 촌스럽고 예의범절에 익숙하지 않게 한 것이었기 때문에, 은나라 사람들은 공경함으로 정권을 계승했다. 공경함의 병폐는 백성들이 귀신을 믿게 했기 때문에, 주나라 사람들은 예의로 정권을 계승했다. 예의의 병폐는 백성들을 불성실하고 거짓되게 했기에, 구원하는 데는 성실하고 정성스러운 것보다 좋은 것이 없다. 하·은·주의 다스림의 방법은 순환하는 듯하다가 끝나서는 다시 시작된다. 주왕조에서 진왕조에 이르는 기간은 지나치게 예의를 중시했다는 병폐가 있었다고 말할 수 있다. 진왕조의 정치는 병폐를 고치지 않고 도리어 형법을 가혹하게 하였으니 어찌 잘못되지 않겠는가? 때문에 한왕조가 일어나 전대의 병폐를 계승하긴 했어도 개혁하여 백성들을 피곤하지 않게 했으니, 자연의 법칙을 얻은 것이다. 조정은 10월에 제후들이 조회에 참석하도록 했다. 황제의 수레는 노란색 지붕으로 덮고 쇠꼬리로 만든 기를 왼쪽에 달았으며, 고조는 장릉(長陵)에 안장했다."

|9| 여태후본기(呂太后本紀)

여태후는 고조가 미천했을 때의 부인이며, 효혜제와 딸 노원태후를 낳았다.

고조는 한나라의 왕이 된 후 정도의 척황후를 얻어 총애하여 후에 조은왕(趙隱王)이 되는 여의를 낳았다. 효혜는 사람됨이 어질지만 나약했기에 고조는 자기를 닮지 않았다고 생각했다. 때문에 항상 태자를 폐위시키고 척부인의 아들 여의를 태자로 세우려고 했다. 고조는 여의가 자기를 닮았다고 생각했다.

척부인은 총애를 받아 항상 고조를 따라 관동에 갔으며, 기회가 있을 때마다 소리 내어 울면서 자기의 아들을 대신 태자로 세워 달라고 애원했다. 여후는 나이가 많아 항상 관중에 머물러 있었으므로 고조를 만날 기회가 드물어 더욱 소외되었다.

여의가 조왕으로 세워진 뒤, 태자가 될 뻔한 적이 여러 번 있었지만 대신들의 간언과 유후 장량의 계책이 있었기에 태자는 폐위되지 않았다.

여후는 사람됨이 성격이 강하고 굳세어 고조가 천하를 평정하는 일을 도왔다. 고조가 공신들을 차례로 죽일 때도 대체로 그녀의 도움이 컸다.

여후에게는 오빠가 두 사람 있었는데, 모두 장군이 되었다. 큰오빠 주여후는 전시했으나 그의 아들 여이(呂怡)는 역후가 되었고, 아들 여산(呂産)은 교후(交侯)가 되었다. 작은오빠 여석지(呂釋之)는 건성후(建成侯)에 봉해졌다.

고조는 재위 12년 4월 갑신일, 장락궁에서 세상을 떠났고 태자가 뒤를 이어 황제가 되었다. 그때 고조에게는 8명의 아들이 있었다. 맏아들 유비(劉肥)는 효혜의 형으로 어머니가 달랐으며 제왕이 되었다. 나머지는 모두 효혜제의 동생들인데, 척황후의 아들 유여의는 조왕이 되었고, 박부인의 아들 유항은 대왕이 되었다. 여러 부인의 아들 중 유회는 양왕이 되었고, 유우는 회양왕이 되었으며, 유장은 회남왕이 되었고, 유건은 연왕이 되었다.

고조의 동생 유교는 초왕이 되었고, 고조의 형의 아들인 유비는 오왕이 되었다. 유씨는 아니지만 공신인 파군 오예의 아들 오신(吳臣)은 장사왕이 되었다.

척부인과 그녀의 아들 조왕에게 원한을 품고 있었던 여후는 고조가 죽자 즉시 영항(永巷 : 죄를 지은 궁녀를 가두는 곳)에 척부인을 가두고 조왕을 불러오게 했다. 사자가 세 차례나 거듭해서 가자, 조왕의 승상 건편후(建平侯) 주창(周昌)이 사자에게 말했다.

"고제(高帝)가 제게 '조왕이 아직 어리니 네가 지켜 주어라'라고 부탁하셨소. 그런데 저는 태후가 척부인을 원망하여 조왕을 불러 함께 죽이려 한다는 말을 은밀히 들으니 어찌 조왕을 보낼 수 있겠습니까? 게다가 조왕은 지금 병까지 걸렸으니 조칙을 받들 수 없습니다."

여후는 매우 화가 나 사람을 시켜 이번에는 주창을 불러오게 했다, 주창이 장안으로 오자 이후는 비로소 사람을 시기 다시 조왕을 불러오게 했다. 조왕은 마침내 출발했다.

효혜제는 인자했으며 태후의 속셈을 알고 있었기에 직접 조왕을 패상에게 맞이하여 함께 궁궐로 들어갔다. 그리고 조왕과 함께 기거하며 음식을 먹었으므로, 여태후는 조왕을 죽일 기회를 얻을 수 없었다.

효혜제 원년 12월, 혜제는 새벽에 활을 쏘러 나갔는데, 조왕은 아직 어려서 일찍 일어나지 못해 뒤에 처졌다. 태후는 그가 혼자 있다는 말을 듣자 사람을 시켜 독주를 가지고 가 그에게 먹였다. 효혜제가 돌아와서 보니 조왕은 이미 죽어 있었다. 그래서 회양왕 유우(혜제의 이복동생)를 옮겨 조왕으로 삼았다. 여름이 되자 조서를 내려 역후의 아버지(태후의 큰오빠)에게 영무후(令武侯)의 시호를 추중했다. 태후는 드디어 척부인에게 복수를 했다. 여후는 우선 그녀의 손과 발을 잘라 버렸다. 그리고 눈을 뽑고 귀를 태우고 벙어리가 되는 약을 먹여서 돼지우리에서 살게 하며 「사람돼지」라고 불렀다.

며칠 후에 효혜제를 불러서 사람돼지를 구경하게 했다. 그것을 본 효혜제는 사람들에게 물어보고 나서야 그녀가 척부인임을 알고 통곡하다가 그 일로 인해 병이 나 1년이 지나도록 일어날 수 없었다. 효혜제는 사람을 보내 태후에게 간청하게 했다.

"그것은 사람으로서 할 수 있는 일이 아닙니다. 저는 태후의 아들로서 더이상 천하를 다스리지 못하겠습니다."

효혜는 그날부터 술을 마시고 음란한 음악에 빠져 정사를 아랑곳하지 않았고, 스스로 자기의 목숨을 단축시켰다.

혜제 2년에 초나라 원왕 유교(혜제의 숙부)와 제나라 도혜왕 유비(혜제의 이복형)가 조회하러 왔다.

10월에 혜제는 제왕과 여태후 앞에서 연회를 열어 술을 마시다 제왕이 형이었기에 평민의 예를 따라 윗자리에 앉게 했다. 여후는 화가 나서 두 잔의 독주를 제왕 앞에 따라놓게 하고 제왕에게 마시게 했다. 그런데 제왕이 일어나자 혜제도 일어서서 술잔을 잡고 함께 장수 기원을 올리려고 했다. 태후는 직접 일어나 효혜의 술잔을 엎어 버렸다.

제왕은 수상하게 여겨 마시지 않고 거짓으로 술에 취한 척하며 자리를 떴다. 나중에 물어보고 나서야 그것이 독주였음을 알았다. 제왕은 자신이 장안을 벗어날 수 없을 것이라고 생각하며 근심했다. 그러자 제나라의 내사

사(士)가 꾀를 내어 그에게 말했다.

"태후의 친자식은 효혜와 노원공주뿐입니다. 지금 왕의 영토는 70개가 넘지만 공주는 겨우 몇 개의 성만 식읍지로 갖고 있습니다. 왕께서 만일 군 하나를 태후께 바쳐 공주의 식읍으로 삼게 하신다면, 태후께서는 틀림없이 기뻐할 것이고 왕께서는 반드시 우환이 없게 될 것입니다."

제왕은 그의 건의를 받아들여 태후에게 성양의 군을 바치고, 공주를 높여 왕태후(王太后)로 일컬었다.

여후는 기뻐하며 마음을 풀었다. 제왕의 관사에서 주연을 베풀고 흥겹게 마시고는 제왕을 돌려보냈다.

혜제 3년에 장안성을 짓기 시작해 4년에 절반이 진척되었고 6년에 성이 완공되었다.

혜제 7년 가을 8월 무인일, 효혜제가 세상을 떠났다. 발상하는 동안 태후는 곡만 할 뿐 눈물을 흘리지 않았다. 유후 장량의 아들 장벽강(張口彊)은 시중(侍中)으로 그때 나이가 기우 열다섯 살이었는데, 승상에게 물었다.

"태후의 아들은 오직 효혜제뿐입니다. 지금 외아들이 세상을 떠나셨는데도 곡만 하고 슬퍼하지 않으니 승상께서는 그 까닭을 아십니까?"

승상이 물었다.

"무슨 까닭인가?"

장벽강이 대답했다.

"세상을 떠난 황제께 장성한 아들이 없어 당신과 같은 대신들을 두려워하기 때문입니다. 그러니 지금 여이·여산(呂産)·여록(呂祿)을 장군으로 삼아 남군과 북군을 통솔하게 하고, 아울러 여씨들을 모두 궁궐로 들어오게 해 요직을 맡도록 청하십시오. 그렇게 하면 태후는 안심할 것이며 여러분도 화에서 벗어날 수 있을 것입니다."

승상이 벽강의 계책을 따르자, 태후는 기뻐했으며 곡하는 소리에 슬픔이 깃들게 되었다.

여씨 정권은 여기서부터 시작되었다. 곧 대사면이 천하에 내려졌으며 9월 신축일에 혜제를 안장했다.

태자가 즉위하여 황제가 되어 고조의 사당을 찾아갔다. 고황후 원년 이후에 명령은 전부 여태후에게서 나왔다.

여태후는 황제의 직권을 행사하며 여씨들을 세워 왕으로 삼고자 했기에 우승상 왕릉에게 의견을 물었다. 왕릉이 말했다.

"고조께서는 백마를 제물로 바치면서 유씨가 아닌데도 왕이 되면 천하가 함께 그를 토벌하리라고 맹세하셨습니다. 여씨를 왕으로 삼는 것은 고제의 뜻을 어기는 것입니다."

그러자 태후는 기뻐하지 않았으며 좌승상 진평과 강후 주발에게 물었다. 주발 등이 대답했다.

"고제께서 천하를 평정하여 자제분들과 형제를 왕으로 삼으셨으니, 지금 황제 대신 정치를 하시는 태후께서 형제와 여러 여씨를 왕으로 삼지 못할 이유가 없습니다."

태후는 기뻐하며 조회를 마쳤다. 왕릉은 진평과 주발을 꾸짖으며 말했다.

"처음에 고제와 피를 마시며 맹세할 때, 그대들도 함께 있지 않았는가? 지금 고제께서 세상을 떠나고 태후가 여씨를 왕으로 삼으려 하는데 그대들은 태후의 사욕에 따르고 뜻에 아첨하여 약속을 저버리려고 하니, 훗날 무슨 면목으로 지하에 계신 고제를 뵐 수 있겠소?"

그러자 두 사람이 말했다.

"지금 이 자리에서 과실을 호되게 나무라고 조정에서 잘못을 간언하는 것은 우리가 귀공을 따르지 못하오. 하지만 사직을 보전하고 유씨의 후손을 안정시키는 점에 있어서는 귀공이 저희들에게 못 미칩니다."

왕릉은 대답할 말이 없었다.

11월에 태후가 왕릉을 제거하려고 그를 황제의 태부(太傅)로 삼아 우승상의 권세를 빼앗아 버렸다. 왕릉은 병을 핑계로 관직에서 물러나 고향으로 돌아갔다. 드디어 여후는 좌승상 진평을 우승상으로 삼고, 벽양후 심이기를 좌승상으로 삼았다. 그러나 좌승상은 정사를 처리하지 못하고 궁중 사무만을 감독하도록 했기에 낭중령과 같았다. 때문에 심이기는 태후의 총애를 받아 항상 정책을 처리하였고, 공경 대신들은 모두 그를 통해 일을 결정받았다. 그리하여 그들은 드디어 역후의 아버지를 추존하여 도무왕(悼武王)으로 삼고 그 일을 계기로 여씨들을 왕으로 봉하려는 계획을 점차 실행했다.

4월에 태후는 여씨들을 후(侯)로 봉하기 위해 먼저 고조의 공신 낭중령 풍무택(馮無擇)을 봉해 박성후(博城侯)로 삼았다. 노원공주가 죽자 그녀에게 노원태후라는 시호를 내려주었으며 그녀의 아들 장언(張偃) 노왕이 되었다. 노왕의 아버지는 선평후 장오였다. 제나라 도혜왕의 아들 유장(劉章)을 봉해 주허후(朱虛侯)로 삼고, 여록의 딸을 그에게 시집보냈다. 제나라의 승상 제수(劑壽)가 평정후(平定侯)가 되었으며, 소부(少府) 양성연(陽成延)이 오후(梧侯)가 되었다. 그리고 여종(呂種)을 봉해 패후(沛侯)로 삼고, 여평(呂平)을 부류후(扶柳侯)로 삼았으며, 장매(張買)를 남궁후(南宮侯)로 삼았다.

태후는 여씨를 왕으로 삼기 위해, 먼저 효혜의 후궁의 아들인 유강(劉疆)을 세워 회양왕으로, 유불의(劉不疑)를 상산왕(常山王)으로, 유산(劉山)을 양성후(襄成侯)로, 유조(劉朝)를 지후로, 유무(劉武)를 호관후(壺關侯)로 삼았다. 태후가 대신들에게 암시를 보내자, 대신들이 역후 여이를 세워 여왕(呂王)으로 삼기를 청했고, 태후는 그것을 허락했다. 건성 강후 여석지가 죽었으나 맏아들이 죄를 짓고 폐위되었으므로 그의 동생 여록을 호릉후(胡陵侯)로 삼아 강후의 뒤를 잇도록 했다.

2년에 상산왕이 죽자 그의 동생 양성후 유산을 상산왕으로 삼고, 이름을 유의(劉義)로 바꿨다. 11월에 여왕 여이가 세상을 떠나자 시호를 숙왕(肅王)이라고 하고, 태자 여가(呂嘉)가 지위를 대신하여 왕이 되었다.

3년에는 특별한 일이 없었다.

4년에 여수를 임광후(臨光侯)로, 여타(呂他)를 유후(俞侯), 여경시(呂更始)를 췌기후(贅其侯)로, 여분(呂忿)을 여성후(呂城侯)로 삼았다. 아울러 제후왕들의 승상 다섯 사람을 후(侯)로 삼았다.

신평후의 딸이 효혜황후가 되었으나 아들을 낳지 못했다. 여후는 거짓으로 황후가 임신한 것처럼 꾸미고는 궁녀의 아들을 빼앗아 왔다. 그리고 그 아이의 생모를 죽이고 명목상의 아들로 세워 태자로 삼았다. 효혜가 세상을 떠나자 태자가 즉위하여 황제가 되었다. 나중에 황제는 우연한 기회에 자기를 낳은 어머니는 죽임을 당했고 자신은 황후의 진짜 아들이 아니라는 사실을 알고 원한에 차서 말했다.

"제아무리 태후라 해도 나의 생모를 죽이고 나를 황후의 아들이라고 하니 어처구니가 없다. 내가 아직 어리지만 어른이 되면 보복할 것이다."

태후는 그 이야기를 듣고 몹시 걱정하다가 그가 변란을 일으킬까 두려워 마침내 그를 영항에 가두어 두었다. 그리고는 황제가 병이 심하다고 말하며 측근의 대신들에게까지도 만나 볼 수 없게 했다.

태후는 이렇게 말했다.

"천하를 소유하여 만백성의 운명을 다스리는 사람은 하늘같이 덮어 주고, 땅같이 받아들여야 하오. 황제가 즐거운 마음을 가지고서 백성들을 편안하게 하면, 백성들은 기뻐하며 황제를 섬기게 되니, 즐거움과 기쁨이 서로 통해 천하가 다스려지게 되오. 지금 황제는 병이 오래되었는데도 낫지 않아 정신이 헷갈리고 혼미하여 제위를 계승해 종묘 제사를 받들 능력을 잃었소. 때문에 천하를 맡길 수 없으니 다른 사람이 대신해야 할 것이오."

신하들은 모두 머리를 조아리며 말했다.

"황태후께서 천하를 위하시고 백성을 구제하시며 종묘사직을 안정시킬 방도를 계획하신 생각이 참으로 깊으시니, 신하들은 머리를 조아려 조칙을 받들겠습니다."

그리하여 황제는 폐위되었고 태후는 몰래 그를 죽여버렸다.

5월 병진일에 상산왕 유의를 세워 황제로 삼고는 이름을 바꿔 유홍(劉弘)이라고 했다. 이때를 원년이라고 하지 않은 것은 태후가 모든 정치를 했기 때문이다. 지후 유조를 상산왕으로 삼았으며 태위(太尉)의 관직을 설치하고 강후 주발을 태위로 삼았다.

5년 8월, 회양왕이 죽자 동생 호관후 유무를 회양왕으로 삼았다.

6년 10월, 태후는 여왕 여가가 교만하고 방자하게 행동하자 그를 폐위하고 숙왕 여이의 동생 여산을 여왕으로 삼았다. 여름에 천하 대사면령을 내렸으며, 제나라 도혜왕의 아들 유홍거(劉興居)를 봉하여 동모후(東牟侯)로 삼았다.

소제 홍 7년 정월에 태후는 조왕 유우를 소환했다.

유우는 여씨 일족의 여자를 왕후로 삼았는데 사랑하지 않고 다른 회첩을 사랑했다. 그러자 여씨 일족의 여자는 질투하며 태후에게 그가 "여씨가 어떻게 왕이 될 수 있는가! 태후가 죽은 뒤에 내가 반드시 해치울 것이다."라고 말했다고 모함했다. 때문에 태후는 화가 나서 조왕이 도착하자 관저에 머물게 하고 만나지 않았다. 궁중을 지키는 군대에게 그를 감시하며 먹을 것을 주지 말라고 명했다. 조왕의 신하 중의 어떤 이가 몰래 밥을 보내 주었다가 붙잡혀서 처벌되었다. 조왕은 굶주린 채 노래를 불렀다.

여씨가 권세를 잡으니 유씨가 위태로운데
왕후를 협박하여 억지로 나에게 부인으로 주었다

그 아내가 질투 끝에 나를 팔아넘기니

계집의 밀고가 나라를 어지럽혀도

황제는 그것을 깨닫지 못한다

나의 충신들은 어디로 갔는가

어찌하여 나를 버리고 갔는가

차라리 황야에서 자결해 버렸다면

하늘이 내 정의를 밝혀 주었을 것을

아! 후회스럽다

차라리 일찍 자결해 버릴 것을

왕의 몸이 굶어 죽는데

인정을 베푸는 사람조차 없구나

여씨의 무도함에 대하여

하늘이 복수해 주길 바라노라

정축일에 조왕이 감금된 채 죽자 그의 유해는 평민의 예로 장안의 백성들 묘지에 묻혔다.

을축일에 일식이 일어나 대낮에 사방이 어두워졌다. 태후는 그 일을 불길하게 여기며 곁에 있는 신하에게 말했다.

"이건 나 때문이로다."

2월에 양왕 유회를 조왕으로 바꾸어 삼았다. 여왕 여산을 옮겨 양왕으로 삼았으나 양왕은 자신의 나라로 가지 않고 황제의 태부가 되었다. 황자(皇子) 평창후(平昌侯) 유태(劉太)를 세워 여왕으로 삼았다.

양나라의 이름을 바꿔 여나라라고 했으며, 여나라를 다시 제천(濟川)이라고 했다.

태후의 여동생 여수에게 딸이 있었는데 영릉후(營陵侯) 유택(劉澤)의 아내가 되었다. 유택은 대장군이었다. 태후는 여씨 일족을 왕으로 삼았지만 자기가 죽은 뒤에 유장군에게 해가 될까 두려워 유택을 낭야왕으로 삼아 그의 마음을 위로해 주었다.

양왕 유회는 옮겨져 조왕이 되었지만 마음은 편하지 않았다. 태후는 여산의 딸을 조왕의 왕후로 삼았다. 왕후의 관원들은 모두 여씨 일족이었는데 제멋대로 권력을 행사하며 조왕을 몰래 감시했기에 조왕은 자유롭게 행동할 수 없었다.

왕에게 사랑하는 첩이 생기자 왕후는 사람에게 시켜 그녀를 독살했다. 그러자 왕은 4장으로 된 노래를 지어 악공들로 하여금 부르게 했으며 슬픔에 잠겨 6월에 자살했다.

태후는 그 소식을 듣자 왕이 여자 때문에 종묘의 예를 포기했다고 생각하며 그의 후대의 왕위 계승권을 박탈했다.

선평후 장오가 죽자 그의 아들 장언을 노왕으로 삼고 장오에게 노원왕이라는 시호를 내려주었다. 가을에 태후는 사자를 시켜 대왕(代王) 유항에게 알리고 그를 조나라의 왕으로 옮기려 했다. 그러나 대왕은 거절하며 대 땅에서 변방을 지키기를 원했다.

태부 여산과 승상 진평 등이 무신후 여록은 상급의 열후로 작위 등급이 제일 높으니 조왕으로 삼아 달라고 건의했다. 태후는 허락하고 여록의 아버지 강후를 추존하여 조소왕(趙昭王)으로 삼았다.

9월에 연나라의 영왕(靈王) 유건이 죽었다. 그에게는 궁녀가 낳은 아들이 있었으나 태후가 사람을 보내서 죽여 후사를 없애고 봉국을 취소했다.

8년 10월에 여숙왕(呂肅王)의 아들 동평후(東平侯) 여통(呂通)을 세워 연왕으로 삼았고, 그의 동생 여장(呂莊)을 봉해 동평후로 삼았다.

소제 홍 8년 3월 중순 여태후가 패수 기슭에서 액막이를 하고 돌아오다 지도 땅을 지나가게 되었다. 그때 짙푸른 개처럼 생긴 것이 나타나 태후의 겨드랑이를 무는가 싶더니 순식간에 사라졌다.

짐을 쳐 보았더니 조왕 여의가 재앙을 내리는 것이라는 점괘가 나왔다. 그때부터 여후는 겨드랑이의 통증 때문에 고통을 당하게 되었다.

여후의 외손자 노원왕 장언은 나이가 어리고 일찍 부모를 여윈 나이 어린 고아였다. 때문에 여후는 장오의 예전의 첩의 두 아들 중에서 장치(張侈)를 신도후(新都侯)로 삼고, 장수(張壽)를 낙창후(樂昌侯)로 삼아 노원왕 장언을 돕도록 했다. 아울러 중대알자(中大謁者) 장석(張釋)을 건릉후(健陵侯)로 삼고 여영(呂榮)을 축자후(祝茲侯)로 삼았다. 여러 궁중 환관 중에 영(令), 승(丞)의 직책을 맡는 자는 모두 관내후로 삼고 식읍으로 5백 가구를 내려주었다.

7월에 접어들면서 고후의 병세가 악화되었다. 죽음을 각오하고 있던 여후는 조왕 여록을 상장군으로 임명하여 북군을 거느리게 하고, 여왕 여산은 남군의 지휘를 맡겼다. 그리고는 두 사람에게 말했다.

"고제가 천하를 평정한 뒤에 대신들과 '유씨가 아닌데도 왕이 되려는 자는 천하가 함께 그를 토벌하리라'라고 약속했다. 그러니 지금 여씨가 왕이 되었지만 대신들이 진심으로 복종하는 것이 아닐 것이다. 내가 죽으면 황제가 나이가 어려 대신들이 반드시 난을 일으킬 것이다. 그러니 기필코 병권을 장악하여 황궁을 호위하라. 장례를 치르느라고 그들에게 틈을 주어서는 안 되니 나를 장사 지내도 배웅하지 말고 그들에게 제압당하지 말라."

신사일에 여후는 세상을 떠났다. 그의 유언에 따라 제후왕들에게는 각각 천금을 하사하고, 장상·열후·낭리에게는 등급에 따라 돈을 하사했다. 천하에 대사면령을 내리고 여왕 여산을 상국으로 임명하고 여록의 딸을 황후로 삼았다.

여후가 안장되고 나서 좌승상 심이기를 황제의 태부로 삼았다.

주허후 유장은 기백과 힘이 있는 사람이었다. 동모후 유홍거는 그의 동생이었다. 그들은 모두 제나라 애왕(哀王)의 동생으로 장안에서 살고 있었다. 그 당시 여씨 일족이 정권을 잡기 위래 일을 꾸며서 반란을 일으키려고 했지만 고제 때부터의 중신인 주발·관영 등이 두려워 감히 결단을 내리지 못했다.

그런데 주허후의 아내가 여록의 딸이었으므로 주허후는 여씨 일족의 계략을 남몰래 알게 되었다. 죽음을 당할까 두려워하던 그는 은밀히 사람을 보내 그의 형 제왕에게 알리고 군대를 출동시켜 여씨 일족을 죽이고서 황제의 자리에 오르라고 요청했다. 주허후는 궁궐 안에서 대신들과 호응하려 했다.

제왕은 군대를 출동시키려고 했지만 그의 승상이 따르지 않았다.

8월 병오일에 제왕이 사람을 시켜 승상을 죽이려 하자, 승상 소평(김平)이 반란을 일으켜 왕을 포위하려고 했다. 때문에 제왕은 그의 승상을 죽이고 드디어 군대를 출동시켜 동쪽으로 진군했다. 속임수로 낭야왕의 군대를 빼앗아 병합하여 이끌고 서쪽으로 진격했다.

제왕은 곧 제후왕들에게 편지를 써서 보내 자기의 결심을 나타냈다.

"고조가 천하를 통일하고 자식과 형제들을 왕으로 책봉하셨기에 부왕 도혜왕이 제나라의 왕이 되셨소. 그 뒤에 도혜왕이 세상을 떠날 무렵에 혜제는 유후 장량의 건의를 쫓아 신을 제왕으로 세우셨소. 혜제가 세상을 떠나자 여태후는 정사를 마음대로 하며 여씨 일족만을 등용시키고 멋대로 황제를 폐하고 신제를 세웠소. 그리고 차례로 세 사람의 왕을 죽임으로써 양·조·연의 후계를 끊고 여씨 일족을 왕으로 바꾸었으며, 또한 제나라를 네

개로 나누었소. 충신의 간언에 대해서도 태후는 귀담아듣지 않았소. 여태후는 이미 죽었소. 그러나 황제는 어려서 아직 천하를 다스릴 힘이 없으니 당연히 중신과 제후들에게 의지해야 하오. 그럼에도 여씨는 군대력을 과시하여 제후들과 충신을 위협하며 조칙이라 빙자하며 천하를 호령하고 있어 유씨의 사직은 이제 위기에 놓였소. 여기에 이르러 나는 군대를 이끌고 장안으로 올라가 부당하게 왕이 된 자를 토벌할 것이오.”

그 소식을 들은 한나라 궁정에서는 상국 여산 등이 영음후 관영에게 군대를 주어 제나라를 공격하라고 명령했다.

그러나 관영은 형양에 도착하자 부하들을 모아 놓고 마음을 털어놓았다.

“여씨 일족은 관중에서 병권을 한 손에 쥐고 있다. 유씨를 쫓아내고 제위를 빼앗을 속셈인 것이다. 지금 우리가 제나라 군대를 무찌른다면 여씨의 세력을 증가시키는 것이다.”

그리고는 형양에 머물러 주둔하면서 사신을 시켜 제왕과 제후들에게 힘을 합쳐서 여씨가 반란을 일으키기를 기다렸다가 그들을 토벌하자고 설득했다. 제왕은 그 말을 듣고 서쪽 국경으로 군대를 후퇴시키고 기다렸다.

여록과 여산은 관중을 제압할 음모를 꾸미고 있었지만 안으로는 주발과 유장의 무리가 두려웠고, 밖으로는 제나라와 초나라의 군대가 두려웠으며 또 관영이 배반할까 걱정되어 관영의 군대가 제나라와 연합하여 출동하기만을 기다리다가 주저하며 결정하지 못했다.

그 당시 제천왕 유태, 회양왕 유무, 상산왕 유조는 명목상 소제(小帝)의 동생이었고, 아울러 노원왕은 이후의 외손자였는데 모두 나이가 어려 영지에 부임하지 않은 채 장안에 머물러 있었다. 게다가 조왕 여록과 양왕 여산은 각각 군대를 이끌고 남군과 북군에 있었는데 그들은 모두 여씨 일족의 사람이었기에 여러 제후와 대신들은 불안해하며 떨고 있었다.

강후 주발은 태위인데도 군영 안으로 들어가 병권을 주도할 수가 없는 형편이었다. 그런데 곡주후 역상은 늙어 병이 들었는데 그의 아들 역기는 여록과 사이가 좋았다. 강후는 그 점을 생각하고 승상 진평과 상의했다. 역상을 인질로 잡고 그의 아들 역기를 이용하여 여록을 속여 이렇게 말하도록 했다.

"고조가 여후와 더불어 천하를 통일한 후 유씨 문중에서는 아홉 사람, 여씨 문중에서는 세 사람의 왕이 나왔습니다. 이는 모두가 중신들의 합의에 의한 것으로서 그 뜻을 모든 제후들에게 알리고 제후들도 이를 승인했습니다. 지금 태후는 돌아가시고 황제는 어리십니다. 이와 같은 때 귀하는 조왕이면서도 영지에 부임하지 않을 뿐 아니라 우두머리 장군의 자리를 차지한 채 군부를 손에 넣고 있습니다. 이래서는 중신 제후들에게 공연한 소리를 들어도 하는 수 없습니다. 어째서 귀하는 장군직을 버리고 군대를 태위에게 맡기지 않습니까? 양왕에게도 상국의 인수를 반환하고 중신들과 서약하여 영지에 부임토록 권하는 것이 좋겠습니다. 그러면 제나라의 반란도 수습될 것이고 중신들 또한 마음을 놓을 것입니다. 그리고 귀공도 마음 편히 조나라의 왕으로 계실 수가 있습니다. 이것이야말로 만세의 이익이 아니고 무엇이겠습니까?"

여록은 그의 계략이 옳다고 여겨 장군의 인수를 돌려주어 병권을 태위에게 넘겨주기로 했다. 그래서 즉시 사람을 보내 여산과 여씨 집안의 어른들에게 보고하니, 어떤 이는 이롭다 여기고 어떤 이는 불리하다고 말했기에 망설이면서 결정을 내리지 못했다.

여록은 역기를 신임했기에 때때로 함께 사냥을 나갔다. 한번은 고모인 여수의 집에 들렀는데 여수가 매우 화를 내며 말했다.

"너는 장군으로서 군대를 버렸으니, 여씨 집안은 이제 망했구나!"

그러면서 진주와 옥, 보물을 전부 꺼내 마당에 내팽개치며 다시 소리쳤다.

"어차피 다른 사람의 것이 될 텐데 이것들을 가지고 있어 무엇하겠느냐."

좌승상 심이기가 면직되었다.

8월 경신일 아침에 평양후(平陽侯) 조굴(曹窟)은 어사대부의 일을 대행하고 있었는데 상국 여산을 만나 정사를 의논했다. 그때 낭중령 가수(賈壽)가 제나라에 사신으로 갔다가 돌아와 여산을 나무라며 말했다.

"왜 일찍 봉국으로 가지 않으셨소. 이제는 때가 늦었소. 이제는 돌아갈 나라가 없소이다."

그리고서 관영이 제나라, 초나라와 연합하여 여씨 일족을 토벌하려 한다는 것을 여산에게 알리고 서둘러 궁중을 손에 넣으라고 독촉했다.

곁에서 그들의 대화를 낱낱이 엿들은 평양후는 즉시 말을 타고 달려가 승상과 태위에게 알렸다. 태위는 북군으로 들어가려고 했으나 들어갈 수가 없었다. 양평후(襄平侯) 기통(紀通)은 부절을 주관했는데 즉시 황제의 명령이라고 꾸며 태위가 부절을 가지고 북군에 들어가게 했다. 태위는 또 역기와 전객(典客) 유게(劉揭)로 하여금 먼저 여록을 이렇게 설득하게 했다.

"황제는 태위에게 북군을 통솔하게 하시고 귀공은 봉국으로 돌아가기를 바라고 계시오. 서둘러 장군의 인수를 돌려주시고 떠나십시오. 그렇지 않으면 장차 재앙이 일어날 것이오."

여록은 그것이 역기의 계략이라고는 생각하지 못하고 결국 인수를 풀어 전객에게 주고서 병권을 태위에게 넘겨주었다. 태위는 사령관으로서 진영 안으로 들어가 장병들에게 말했다.

"여씨를 위할 것이면 오른쪽 어깨를 드러내고, 유씨를 위할 것이면 왼쪽 어깨를 드러내라."

장병들은 모두 왼쪽 어깨를 드러내 유씨를 위할 것을 나타냈다.

태위가 북군 본영에 도착했을 때 여록은 이미 상장군의 인수를 풀어 놓고 떠난 뒤였으므로 태위는 드디어 북군을 손에 넣었다. 그러나 아직 남군이 남아 있었다. 평양후가 여산의 계략을 듣고 승상 진평에게 알리자 진평은 즉시 주허후를 불러 태위를 돕게 했다. 태위는 주허후에게 진영의 문을 감시하도록 명하고 평양후를 보내 위위(衛尉)에게 알렸다.

"상국 여산을 궁전 문 안으로 들여보내지 말라."

여산은 여록이 이미 북군을 떠났다는 것을 알지 못했으므로 미앙궁으로 들어가 난을 일으키려고 했다. 하지만 문 앞에서 저지를 당해 그 주위에서 어슬렁거릴 뿐이었다. 평양후는 싸움에 이기지 못할까 두려워 급히 말을 몰아 태위에게 가서 상황을 이야기했다. 태위도 역시 여씨 일족을 이기지 못할까 두려워 과감하게 토벌하자고 공포하지 못하고 주허후를 보내며 말했다.

"서둘러 궁으로 들어가 황제를 호위하시오."

주허후가 군대를 요청하자 태위는 병사 천여 명을 주었다.

미앙궁의 문 안으로 들어선 주허후는 마침내 궁 안에서 여산을 만났다. 해가 지려 할 때 드디어 여산을 공격하니, 여산은 달아났다. 때마침 강한 바람이 일어났기 때문에 여산을 따르던 관리들은 혼란에 빠져 감히 싸우려는 자가 없었다. 하지만 주허후는 여산을 뒤쫓아가 낭중령 관부(官府)의 측간에서 그를 죽였다.

주허후가 여산을 죽였다는 소리를 듣자 황제는 알자(謁者)에게 부절을 들려서 보내 주허후를 위로하게 했다. 주허후가 그것을 내놓으라고 했지만 알자가 주지 않자 함께 수레를 타고 부절을 휘두르며 장락궁으로 말을 급히 달려가 여갱시를 참수했다. 그리고는 북군으로 들어가 태위에게 보고했다.

태위는 일어나 주허후에게 축하하며 말했다.

"우려하던 것은 여산이었는데, 그가 죽었으니 천하는 평정될 것이오."

그리고는 사람들을 나누어 보내 여씨 일족의 남녀들을 모조리 사로잡아 나이가 어리거나 많거나 할 것 없이 모두 참수했다.

신유일에 여록을 붙잡아 참수하고 여수를 회초리로 매질하여 죽였다.

또 명령을 내려 연왕 여통을 죽이고 노왕 장언을 폐위시켰다. 임술일에 황제의 태부 심이기를 다시 좌승상으로 삼았다. 무진일에는 제천왕을 양왕으로 바꾸어 봉하고, 조유왕의 아들 유수를 세워 조왕으로 삼았다.

주허후 유장을 파견하여 여씨 일족을 주살한 일을 제왕에게 보고하고 군대를 거두도록 명했다. 관영의 군대도 형양에서 철수하여 돌아왔다.

대신들은 비밀회의를 열어 의논했다.

"지금의 소제를 비롯한 양왕·회양왕·상산왕은 모두 효혜제의 친아들이 아니오, 여후가 다른 사람의 아들을 황제의 아들이라고 친자식처럼 속인 것에 불과했소. 그의 생모를 죽이고 후궁에서 기르며, 효혜에게 아들로 삼게 했던 것이오. 그리고는 즉위시켜 후계자와 제후왕으로 삼아 여씨를 강화시켰던 것이오. 지금 우리가 여씨 일족을 뿌리째 뽑아 버렸으면서 소제나 제왕을 그대로 둔다는 것은 잘못된 일이오. 그들이 자라서 권세를 휘두르게 되면 이번에는 우리가 모두 죽임을 당할 것이오. 그러니 이 기회에 유씨 직계의 왕들 중에서 가장 적당한 사람을 골라 제위에 오르도록 함이 어떻소?"

중신 하나가 말했다.

"그렇다면 제왕이 어떨는지. 제왕이라면 도혜왕의 아들이며 도혜왕은 알려진 바와 같이 고조의 큰아들이오. 따라서 제왕은 고조의 적장손에 해당되는 분이니 자격은 충분하오."

그러다 다른 중신들이 일제히 반대했다.

"여씨가 외척임을 악용했기 때문에 한나라의 종묘가 위태로워졌던 것이고 유씨의 공신도 어지럽히지 않았소. 제왕의 외가인 사씨 집안의 사균(駟鈞)이란 자는 악인이니, 만일 제나라 왕을 세운다면 다시 여씨 일족과 같은 꼴이 될 것이오."

회남왕을 세우려고 했지만 나이가 어리고 그의 외가도 흉악했다. 그러자 대신들이 말했다.

"대왕(代王)은 마침 지금 생존해 있는 고제의 아들들 중에서 가장 나이가 많으며 어질고 효성스러우며 관대하오. 태후의 집안인 박(薄)씨는 신중하고 선량하오. 더욱이 맏아들을 황제로 세우는 것이 순리에 맞으며 어짊과 효성으로 천하에 소문이 나 있으니 그를 세우는 것이 적절하오."

그래서 중신들은 은밀히 사신을 시켜 대왕을 불러오게 했다. 대왕은 사람을 보내 사양했으나, 거듭 사신을 보내자 이윽고 여섯 마리 말이 이끄는 수레를 탔다.

대왕은 윤달 9월 말일 기유일에 장안에 도착하여 대왕의 관저에 머물렀다. 대신들은 모두 가서 찾아뵙고 천자의 옥새를 받들어 그에게 올리고 모두 함께 그를 추대하여 천자로 세웠다.

대왕은 여러 번 사양했지만 신하들이 한사코 간청하자 받아들였다. 동모후 유흥거는 말했다.

"신은 여씨를 토벌하는 데 공로가 없었으니, 궁궐을 청소하기를 청합니다."

그리고는 태복 여음후 등공과 함께 궁으로 들어가 소제 앞에서 말했다.

"그대는 유씨가 아니니, 천자의 자리에 맞지 않소."

그리고는 좌우에 서 있는 창을 쥔 자들을 돌아보고 손짓하여 무기를 내려놓고 떠나게 했다. 몇 사람이 무기를 버리려 하지 않자 환자령(宦者令) 장택(張澤)이 설득하며 말했더니 그들도 또한 무기를 버렸다. 등공은 천자의 수레를 불러 소제를 싣고 궁궐 밖으로 나갔다.

소제가 물었다.

"나를 어디로 데리고 가려는 것인가?"

등공이 대답했다.

"궁궐 밖으로 나가서 사는 것이오."

소제는 소부(少府)에서 살게 되었다.

대왕은 그날 저녁 미앙궁으로 들어갔다. 알자 열 사람이 창을 들고 대궐의 정문을 지키다가 말했다.

"천자가 계신 데 어찌하여 들어가시려 합니까?"

그러자 대왕은 태위를 불렀다. 태위가 가서 설명하자 알자 열 사람은 모두 무기를 내려놓고 떠났다. 대왕은 드디어 안으로 들어가서 정사를 들었다. 그날 밤에 담당 관원들이 분담하여 양왕·회양왕·상산왕·소제를 관저에서 죽여 없앴다.

대왕은 즉위하여 천자가 되었으며 23년에 세상을 떠났다. 시호는 효문황제(孝文皇帝)로 했다.

태사공은 말한다.

"효혜황제와 고후의 시절에 백성들은 전쟁 국가의 고통에서 벗어날 수 있었다. 군주와 신하들이 모두 쉬면서 아무것도 하지 않으려고 했기 때문에 혜제도 팔짱을 끼고 앉아 아무런 일도 하지 않았다. 고후가 여주인으로 정사를 주재하여 정치가 방안을 벗어나지 못하긴 했어도 천하는 편안하고 조용했다. 형벌이 드물게 사용되었기 때문에 죄인이 드물었다. 백성들이 농사에 힘을 썼기에 옷과 음식은 더더욱 풍족해졌다."

| 10 | 효문본기(孝文本紀)

효문황제는 고조의 넷째 아들이다. 고조 11년 봄에 이미 진희의 군대를 무찌르고 대 땅을 평정하여 대왕으로 즉위했으며 중도에 도읍했다. 태후 박씨의 아들이며 즉위한 지 17년째 되던 해, 즉 고후 8년 7월에 고후가 세상을 떠났다.

9월에 여씨 일족의 여산 등이 반란을 일으켜서 유씨를 위태롭게 했지만 대신들이 함께 그들을 토벌하고 대왕을 불러 황제로 세울 것을 계획했다.

승상 진평, 태위 주발 등이 사람을 시켜 대왕을 맞이하게 했다. 대왕이 좌우의 신하들과 낭중령 장무(張武) 등에게 앞일에 대해서 물었더니 그들이 의논하여 말했다.

"한나라 대신들은 모두 고제 때의 장수들로 전투에 익숙하고 계략이 많습니다. 때문에 그들의 속셈은 대신이 되는 것에서 끝나지 않지만 이제까지 고제와 여태후의 위세를 두려워하고 있었을 뿐입니다. 지금 여씨 일족을 죽여 임금이 사는 궁성을 다시 피로 씻어내고 있습니다. 하지만 그것은 대왕을 맞이한다는 것을 명분으로 삼을 뿐, 사실이라고 믿을 수 없습니다. 그러니 대왕께서는 병을 핑계로 가지 마시고 그 변화를 지켜보십시오."

그러자 중위 송창(宋昌)이 앞으로 나가 말했다.

"신하들의 의견은 옳지 않습니다. 진나라가 정치를 잘못하여 제후와 뛰어난 인재들이 일제히 일어나 모든 사람들 가운데 스스로 천하를 얻을 수 있다고 생각한 자가 수만 명이나 되었습니다. 하지만 결국 천자의 자리에 오른 자는 유씨였습니다. 그리하여 천하의 사람들이 천자가 되고 싶은 희망을 버리게 되었으니 그것이 첫 번째 이유입니다. 고제께서 아들과 동생들을 왕으로 봉하자 땅의 경계가 들쑥날쑥하여 서로 조절했으니, 이른바 반석 같은 일가를 이루었습니다. 그리하여 천하가 유씨의 강력함에 복종하게 되었으니 그것이 두 번째 이유입니다. 한나라가 일어나 진나라의 가혹한 정치를 없애고 법령을 간소하게 하며 은혜와 덕을 베풀었습니다. 그리하여 모든 사람들이 절로 안정되어 동요하기 어려우니 그것이 세 번째 이유입니다. 여태후의 위엄으로 여씨 일족을 세워 3명을 왕으로 삼아 권력을 마음대로 행사하며 자기 뜻대로 정치를 했습니다. 그러나 태위가 부절을 가지고 북군으로 들어가 한 번 호령하자 병사들은 모두 왼쪽 어깨를 드러내며 유씨를 위해 여씨 일족을 배반했으며, 결국엔 여씨 일족을 모조리 죽여 버렸습니다. 그것은 하늘이 한 일이지 사람의 힘으로 한 일이 아닙니다. 지금 대신들이 비록 변란을 일으키려 해도 백성들은 따르지 않을 것이며 그들의 무리라 해도 어찌 오로지 한 마음일 수 있겠습니까? 마침 지금 안에는 주허후와 동모후 등의 종친이 있고 밖으로는 오왕·초왕·회남왕·낭야왕·제왕·대왕의 강대함을 두려워하고 있습니다. 지금 고제의 아들은 오직 회남왕과 대왕만이 남아 계신데 대왕께서 연세가 더 많고 현명하고 성스러우며 인자하고 효성이 지극하다고 천하에 명성이 자자하십니다. 그래서 대신들이 천하의 마음을 따라서 대왕을 황제로 맞이하고자 하는 것이니, 대왕께서는 의심하지 마십시오!"

대왕이 태후에게 알려 그 일을 의논했지만 여전히 결정하지 못했다. 그래서 거북으로 점을 쳤더니 괘의 조짐에 큰 가로획이 나타났다.

점괘는 "큰 가로획이 뚜렷하니 천왕이 되어, 하나라의 계임금처럼 아버지를 계승하여 광대해질 것이다"라는 의미였다.

대왕이 물었다.

"과인은 이미 왕이 되었는데 또 무슨 왕이 된다는 말인가?"

그러자 점을 친 사람이 대답했다.

"천왕이란 바로 천자입니다."

그래서 대왕이 태후의 동생 박소(薄昭)를 보내 강후를 만나 보게 했더니, 강후 등이 모두 그에게 대왕을 황제로 맞이하려는 까닭을 명확히 설명했다.

박소가 돌아와 보고하며 말했다.

"믿을 만합니다. 의심할 만한 것이 없습니다."

대왕은 웃으며 송창에게 말했다.

"과연 그대의 말과 같소."

그리고는 송창에게 대왕과 같은 수레에 타게 하고 장무 등 여섯 사람은 역참(驛站)의 수레를 타고서 장안으로 떠났다. 그리하여 고릉(高陵)에 도착하여 휴식하면서 송창으로 하여금 먼저 말을 급히 몰고 장안으로 가서 변화를 살펴보게 했다.

송창이 위교(渭橋)에 도착하니 승상 이하의 대신들이 모두 나와서 맞이했다. 송창은 돌아와 그 같은 사실을 보고했다. 대왕이 빨리 말을 달려 위교에 이르자 신하들이 절하면서 알현하며 신하라고 일컬었다.

대왕이 수레에서 내려 인사하자, 태위 주발이 앞으로 나서서 말했다.

"따로 말씀드릴 일이 있습니다."

송창이 말했다.

"할 말이 공적인 것이라면 공개적으로 말하십시오. 사적인 것이라면 왕께서는 받아들일 수 없습니다."

태위는 바로 무릎을 꿇고 천자의 옥새와 부절을 바쳤다. 대왕은 사양하며 말했다.

"일단 관저에 가서 논의합시다."

마침내 대왕이 말을 달려 관저로 들어가자 신하들도 뒤따라갔다.

승상 진평과 태위 주발, 대장군 진무(陳武), 어사대부 장창(張蒼), 종정(宗正) 유영, 주허후 유장, 동모후 유흥거, 전객 유게가 모두 두 번 절하며 말했다.

"황제의 아들 홍(弘) 등은 모두 효혜제의 아들이 아니므로 종묘를 받들어서는 안 됩니다. 신은 음안후(陰安侯), 경왕후(頃王后)와 낭야왕, 종실. 대신, 열후, 2천 석 이상을 받는 관리들과 신중하게 의논했습니다. 그리하여 '대왕께서 고제의 맏아들이시니, 반드시 고제의 후계자가 되어야 한다'고 의견을 모았으니, 천자의 자리에 오르십시오."

대왕이 말했다.

"고제의 종묘를 받드는 것은 매우 중요한 일이오, 과인은 재능이 없어 종묘를 받들 사람으로 적당하지 않소. 그러니 초왕에게 청하여 마땅한 사람을 찾기 위해 의논하길 바라오, 과인은 감당할 수가 없소."

신하들이 모두 엎드려 한사코 요청하자 대왕은 서쪽을 향해 세 번 사양하고 남쪽을 향하여 두 번 사양했다.

그러자 승상 진평 등이 일제히 말했다.

"신이 엎드려 생각해 봐도 대왕께서 고제의 종묘를 받드는 것이 가장 적합합니다. 천하의 제후들과 만백성들도 역시 대왕께서 적임자라고 생각할 것입니다. 신들은 종묘사직을 위해 계획하는 일을 감히 소홀하게 하지 않습니다. 대왕께서 신들의 의견을 따라주시길 원합니다. 신이 천자의 옥새와 부절을 공경으로 받들어 두 번 절하며 올리겠나이다."

대왕은 말했다.

"종실, 재상과 장수, 제왕, 제후들이 과인보다 적합한 사람이 없다고 생각한다면 더 이상 사양하지 않겠소."

마침내 그는 천자의 자리에 올랐다.

신하들은 예의에 따라 차례로 황제를 모시고는, 태복 하후영과 동모후 유흥거에게 시켜 황궁을 청소하게 한 뒤에 천자의 전용 수레를 받들어 대왕의 관저에서 맞이하도록 했다.

황제는 그날 저녁때 미앙궁 안으로 들어갔다. 그리고는 밤에 송창을 임명해 위장군(衛將軍)으로 삼아서 남북군을 다스리며 위로하게 하고, 장무를 낭중령으로 삼아 궁전 안팎을 순시하게 했다. 그리고는 전전(前殿)으로 돌아와 앉아 한밤중에 조서를 내렸다.

근래에 여씨 일족이 정권을 좌지우지하고 권력을 멋대로 휘두르며 큰 반역을 도모하여 유씨의 종묘를 위태롭게 만들려고 했다. 하지만 장군과 재상, 제후, 종실, 대신들이 그들을 토벌하여 그들의 죗값을 모두 보복했다. 짐은 막 천자의 자리에 올라 천하에 사면령을 내리고 백성들의 가장에게는 작위 한 등급을 내리며 여자에게는 백 가구마다 소와 술을 내리며 5일 동안 마음껏 술 마시는 것을 허락하노라.

효문황제 원년 10월 경술일에 황제는 예전의 낭야왕 유택을 옮겨 세워 연왕으로 삼았다.

신해일에 황제는 전전의 돌계단에 올라 제사를 주관하고, 고조의 사당을 찾아뵈었다. 우승상 진평이 좌승상이 되고 태위 주발이 우승상이 되었으며 대장군 관영이 태위가 되었다. 여씨 일족이 빼앗았던 제나라와 초나라의 옛 땅은 모두 원래의 주인에게 되돌아갔다.

임자일에는 거기장군 박소를 파견하여 대에서 태후를 맞이하게 했다.

황제는 말했다.

"여산은 스스로 상국이 되어 여록을 상장군으로 임명했다. 제멋대로 황제의 명이라고 속여서 관영을 파견해 군대를 거느리고 제나라를 공격하게 하여 유씨를 대신하려고 했다. 그러나 관영이 형양에 머무르며 공격하지 않고 제후들과 함께 연합하여 여씨 일족을 처단할 것을 계획했다. 여산이 난을 일으키려고 했지만 승상 진평이 태위 주발과 여산 등의 군대를 빼앗으려고 계획했으며 주허후 유장이 가장 먼저 여산의 무리를 체포했다. 태위는 솔선하여 양평후 기통을 통솔하여 부절을 가지고 조칙을 받들어 북군으로 들어갔고, 전객 유게는 몸소 조왕 여록의 도장을 빼앗았다. 때문에 태위 주발에게는 1만 가구를 더해 봉해 주고 금 5천 근을 내리노라. 승상 진평과 장군 관영에겐 식읍 각 3천 가구와 금 2천 근을 내리노라. 주허후 유장, 양평후 기통, 동모후 유흥거는 식읍 각 2천 가구와 금천 근을 내리노라. 전객 유게를 봉하여 양신후(陽信侯)로 삼고 금 천 근을 내리노라."

12월에 황제가 말했다.

"법은 다스림에 있어서의 바른 도이며 포악함을 금지해 선한 사람으로 이끄는 것이오. 따라서 법을 어겨 이미 처벌받았는데도 죄 없는 부모와 처자가 연좌되어 함께 벌을 받고 있는 것에 대해서 짐은 찬성하지 않소. 이 법에 대해 의논하시오."

담당 관원들이 일제히 대답했다.

"백성들이 스스로를 다스릴 수 없기 때문에 법을 만들어 금지한 것입니다. 친족들까지 연좌를 시행하여 벌을 받게 하는 이유는 그들의 마음을 무겁게 하여 함부로 법을 범하지 못하게 하려는 것입니다. 이 법이 시행된 지 오래되었으니 예전대로 하는 것이 이롭습니다."

황제가 말했다.

"짐은 법이 바르면 백성들이 성실해지고 처벌이 합당하면 백성들이 따르게 된다고 들었소. 게다가 백성을 다스려서 선으로 인도해야 하는 사람이 관리이거늘 인도하지 못하고 또 바르지 않은 법으로 죄를 다스린다면 그것은 도리어 백성들에게 해가 되고 난폭한 짓을 하는 것이니, 어떻게 범죄를 금할 수 있겠소. 짐은 연좌제의 이점을 발견하지 못했으니 깊이 생각해 보시오.”

담당 관리들은 모두 말했다.

“폐하께서 베푸시는 은혜와 덕이 참으로 성대하시어 신들은 따라갈 수 없을 정도입니다. 조칙을 받들어 죄 없는 가족을 함께 잡아 노예로 삼는 제도와 연좌와 관련된 법령을 없애기를 청합니다.”

정월에 담당 관원들이 말했다.

“태자를 일찍 세우는 것은 종묘를 높이는 일입니다. 청컨대 태자를 세우십시오.”

황제가 말했다.

“짐이 원래 덕이 없기 때문에 하느님과 신령이 아직까지 제사 음식의 기를 마시지 않으시고 천하의 백성들도 아직까지 만족하지 못하고 있소. 그러니 지금 현명하고 성스러우며 덕이 있는 사람을 널리 구해서 천하를 넘겨줄 수는 없을망정 태자를 미리 세운다면 나의 부덕함만 더욱 무겁게 될 것이오. 그렇게 되면 천하 사람들과 무슨 말을 하겠소. 아직은 정하고 싶지 않소.”

담당 관리들은 말했다.

“태자를 미리 세우는 것은 종묘사직을 중하게 여겨 천하를 잊지 않게 되는 일입니다.”

황제가 대답했다.

“초왕은 짐의 막내 숙부로 연세가 많아 천하의 정의와 이치를 많이 겪으셨으며, 나라를 다스리는 일에도 밝으시오. 오왕은 짐에게 형이 되는데 은혜롭고 어질며 덕을 좋아하시오. 회남왕은 동생이 되는데 덕을 겸비했으며 짐을 보좌하고 있소. 그러니 그들이 어찌 미리 세운 후계자가 아니겠소! 제후왕, 종실의 형제, 공신들 중에는 현명한 데다 덕과 의리를 갖춘 자들이 많으니, 만약 덕을 갖춘 자를 선발해서 짐이 끝마칠 수 없는 일을 돕도록 한다면, 그것은 사직의 은총이며 천하의 복이오. 지금 그들을 선발하여 등용하지 않고 기어이 내 아들을 태자로 만들어야 한다고 하면, 사람들은 짐이 어질고 덕 있는 자들을 잊고서 자기 자식에게만 마음을 두고 천하를 걱정하지 않는다고 비난할 것이오. 짐은 정말로 그렇게 하고싶지 않소."

담당 관리들은 모두 한사코 청했다.

"옛날에 은나라와 주나라가 나라를 세우고 잘 다스려 안정이 유지된 지 천여 년이나 되었으니, 옛날에 천하를 소유한 자들 중에서 그보다 오래된 왕조는 없습니다. 그것은 바로 태자를 일찍 세우는 방법을 받아들였기 때문입니다. 반드시 아들을 후계자로 세우는 형식을 따른 지는 매우 오래되었습니다. 고제께서는 친히 사대부를 인솔하시며 비로소 천하를 평정하신 뒤에 제후들을 세우고 황제의 태조가 되셨습니다. 제후왕과 제후들 중 처음으로 나라를 받은 자들 또한 모두 그 나라의 시조가 되었습니다. 자손들이 후계자를 이어가 대대로 끊어지지 않게 하는 것은 그것이 천하의 중대한 의리이기 때문이며 고제께서는 태자를 두어 전국을 안정시키셨습니다. 그러니 지금 마땅히 세워야 할 사람을 놓아두고서 다시 제후나 종실 중에서 선택하는 것은 고제의 뜻이 아닙니다. 다시 의논하는 것은 타당하지 않은 일입니다. 아들 모(某)는 가장 나이가 많으면서 순박하고 인정 많고 인자하시니 그분을 태자로 세우시기를 청합니다."

황제는 그제야 비로소 그렇게 하도록 했다. 그로 인해 천하의 백성들 중에 아버지의 뒤를 이을 자들에게도 작위를 각각 한 등급씩 내리게 되었다.

장군 박소를 봉하여 지후로 삼았다.

3월에 관리들이 황후를 세울 것을 청하자 박태후가 말했다.

"황자들은 모두 같은 성(姓)이니 태자의 어머니를 세워 황후로 삼으십시오."

황후는 성이 두씨(竇氏)였다.

황제는 황후를 세우고 천하의 홀아비, 과부, 고아, 곤궁한 자와 80세가 이미 넘은 노인, 9세 이하의 고아들에게 베, 비단, 쌀, 고기를 하사했다.

황제는 대(代)에서 와서 막 즉위하여 천하에 덕과 은혜를 베풀고 제후와 사방의 부족들을 편안하게 위로하여 즐거움에 화합했으며 대에서부터 따라온 공신들에게도 상을 내렸다.

황제가 말했다.

"대신들이 여씨 일족을 토벌하고 짐을 황제로 맞이하려고 했을 때 짐은 의심스러워했고 모두가 나를 저지했소. 하지만 오직 중위 송창만이 권유하였기에 종묘를 받들어 보전할 수 있게 되었소. 이미 송창을 존중해 위장군으로 삼았는데 다시 봉하여 장무후(莊武侯)로 삼을 것이오. 짐을 수행했던 여섯 사람은 관직이 모두 구경에 이르게 할 것이오."

황제가 또 말했다.

"제후들 중에 고제를 따라 촉과 한중을 들어온 자 68명에게도 모두 각각 3백 가구를 더해 봉해 주고 예전의 2천 석급 이상의 관원들 중에서 고제를 따른 영천 군수 존(尊) 등 열 사람에게는 식읍 6백 가구, 회양 군수 신도가 등 열 사람에게는 5백 가구, 위위 정(定) 등 열 사람에게는 4백 가구를 봉하노라. 회남왕의 외숙 조병(趙兼)을 봉하여 주양후(周陽侯)로 삼고 제왕의 외숙 사균을 청곽후(清郭侯)로 삼겠노라."

가을에는 예전에 상산국의 승상이었던 채겸(蔡兼)을 봉해 번후(樊侯)로 삼았다.

어떤 사람이 우승상에게 말했다.

"그대는 본래 여씨 일족을 죽이고 대왕을 맞이했으며 지금은 자신의 공적을 자랑스러워하고 큰 상을 받고 높은 지위에 있으나 장차 화가 당신 자신에게 미칠 것이다."

그래서 우승상 주발이 병으로 사직하기를 청했기 때문에 좌승상 진평만이 유일하게 승상으로 있게 되었다.

효문제 2년 10월에 승상 진평이 죽자 효문제는 강후 주발을 다시 승상으로 삼았다. 황제가 말했다.

"짐은 옛날에 제후들이 세운 나라 천여 개는 각각 자신의 봉지를 지키며 때맞춰 조공을 바쳤고, 백성들은 고생하지 않았으며 위아래가 기뻐하며, 덕을 잃은 적이 없었다고 들었소. 그런데 지금의 제후들은 대부분 장안에 거주하므로 식읍에서 멀어 말단 관리들이 물자를 수송해 주는데 비용이 많이 들고 힘들며 제후들 또한 봉지의 백성을 교화하고 훈계할 수 있는 방법이 없소. 그러니 제후들은 모두 봉국으로 돌아가게 할 것이며, 장안에서 관리로 있거나 소환되어 머무는 사람의 경우에는 태자를 파견하시오."

11월 그믐날에 일식이 있었다. 12월 보름에 또 일식이 있었다.

황제가 말했다.

"짐이 들은 바에 의하면, 하늘이 만백성을 내고 그들을 위해 군주를 두어서 그들을 기르고 다스리게 했으며, 군주가 덕이 없어 정치를 베푸는 데 있어서 공정하지 않으면 하늘이 재앙의 징후를 나타내시어 제대로 다스리지 못함을 경계시킨다고 하오. 바로 11월 그믐에 일식이 있었으니 때마침 하늘이 짐을 경계한다는 뜻을 보이신 것이니 재앙의 징후 중에서 무엇이 이보다 크겠소. 짐이 종묘를 보전하는 지위를 얻어 미천한 몸을 억조 백성과 군왕 위에 두었으니 천하의 다스려짐과 어지러움의 책임은 짐 한 사람에게 있으며 몇몇 정치를 맡은 신하들은 나의 팔다리와 같소. 짐은 아래로는 백성들을 다스리거나 기를 수 없었고 위로는 해, 달, 별의 빛남에 누가 되었으니 그 부덕함이 크오, 명령이 도착하면 짐의 잘못과 실수 및 지혜, 견식, 생각이 미치지 못했던 것을 전부 고려하여 짐에게 알려 주길 바라오. 현명하고 선량하며 정직하여 직언과 극언을 할 수 있는 자를 등용하여 짐이 생각하지 못했던 것을 바로잡고자 하오. 그렇게 하여 각자 자신의 직책을 정돈하고 요역 비용을 절약하는 데 힘써 백성들을 이롭게 하시오. 짐이 원래 먼 곳까지 덕을 미치게 하지 못했기 때문에 늘 이민족들이 침략할까 염려되니 그 일 때문에 방비에 그침이 있어선 안 되오. 지금은 변방 주둔군을 철수할 수도 없는 형편이니 어떻게 군대를 정비하여 장안의 수비를 강화할 수 있겠소? 그러니 위장군의 군대는 철수하시오. 태복은 소유하고 있는 말들 중에서 사용할 말만 남기고 나머지는 전부 역참으로 보내시오."

정월에 황제가 말했다.

"농사는 천하의 근본이니 적전(籍田)을 개간하여 짐이 몸소 농사를 지어 종묘의 제수를 공급하겠소."

3월에 담당 관리들이 황제의 자제를 세워 제후왕으로 삼을 것을 청했다. 그러자 황제가 말했다.

"조나라 유왕이 갇혀 죽었기 때문에 짐이 그를 매우 불쌍히 여겨 이미 그의 맏아들 수(遂)를 세워 조왕으로 삼았소. 수의 동생 벽강과 제나라 도혜왕의 아들 주허후 유장, 동모후 유흥거는 공로가 있으니 왕으로 세울 만하오."

그래서 조나라 유왕의 막내아들 벽강을 세워 하간왕(河間王)으로 삼고, 제나라의 번성한 군에 주허후 유장을 세워 성양왕(城陽王)으로 삼았으며 동모후를 세워 제북왕(濟北王)으로 삼았고, 황제의 아들 무(武)는 대왕(代王)으로 삼았으며, 삼(參)은 태원왕(太原王)으로 삼았고, 읍(揖)은 양왕(梁王)으로 삼았다.

황제가 말했다.

"옛날에는 천하를 다스릴 때 조정에 선으로 나아가도록 훈계가 되는 의견을 아뢰는 깃발과 비방을 새길 수 있는 나무가 있어 다스림의 방법을 전달하여 간언하는 자에게 받아들일 수 있게 했소. 그러나 오늘날의 법은 비방하고 민심을 흔드는 요사스런 말을 하는 데 대한 죄명이 있으니, 그것은 많은 신하들에게 과감하게 생각을 말하지 못하게 해서 자신의 과실에 대해서 들을 수 없게 하는 것이오. 그러니 장차 어떻게 먼 곳의 현명하고 선량한 이들을 장안으로 오게 할 수 있겠소? 이 법령을 없애도록 하시오. 백성들 중 어떤 이가 황제를 저주하고서 서로 말하지 않기로 약속을 했다가도 뒤에 서로 기만하여 저주한 말을 고발하면 관리들은 대역죄로 간주하오. 또한 그런 처벌에 대해서 비방하면 관리들은 또 조정을 비방한 죄로 간주하고 있소. 그것은 빈천한 백성들이 어리석고 무지하여 사형죄를 저지른 것이므로 짐은 매우 찬성하지 않소. 이제부터 이 법령을 어기는 자가 있어도 죄로 다스리지 마시오."

9월에 황제는 처음으로 제후국과 군의 군수와 승상에게 동호부(銅虎符)와 대로 만든 사자의 부절을 만들어 발급했다.

3년 10월 정유일인 그믐에 일식이 있었다.

11월에 황제가 말했다.

"전날 조서를 내려 제후들에게 봉국으로 가라고 했는데도 어떤 이는 거절하고 아직 가지 않았소. 승상은 짐이 존중하는 대신이니 짐을 위해 제후들을 이끌고 봉국으로 가 주시오."

강후 주발이 승상직을 버리고 봉국으로 가자 효문제는 태위 영음후 관영을 승상으로 삼았다. 그리고 태위의 관직을 없애고 그 사무를 승상의 업무에 포함시켰다.

4월에 성양왕 유장(劉章)이 세상을 떠났으며 회남왕 유장(劉長)과 수행원 위경(魏敬)이 벽양후 심이기를 죽였다.

5월에 흉노가 북지로 쳐들어와 하남에 머무르며 도적질을 했다.

황제가 처음으로 감천(甘泉)으로 행차했으며 6월에 황제가 말했다.

"한나라는 흉노와 형제가 되기로 약속했기에 그들에게 변경에 해를 끼치지 말라면서 풍족한 물자를 운송해 보냈소. 그런데 지금 우현왕(右賢王)이 그의 봉국에서 벗어나 무리를 이끌고 하남의 강지(降地)에 머무르며 범상치 않은 변고로 변방 근처를 왔다 갔다 하며 관리와 졸병을 잡아 죽였소. 변경을 지키던 이민족들을 몰아내어 그들의 본거지에서 살지 못하게 하며, 변경의 관리들을 기만하고 압박하며 쳐들어와 도적질을 하니, 참으로 오만하고 무도한 짓으로 협약을 어긴 것이오, 그러니 변경의 관리는 기병 8만 5천 명을 출동시켜 고노(高奴)로 보내고 승상 영음후 관영을 파견하여 흉노를 토벌하게 하시오."

흉노가 떠나가자 중위 부대의 무예가 뛰어난 병사를 선발하여 위장군에게 소속시켜 장안에 주둔하게 했다.

신묘일에 황제는 감천에서 고노로 간 기회에 태원에 행차하여 이전 대왕 시절의 신하들을 만나 모두 상을 내렸다. 공에 따라 상을 주고 백성들이 사는 마을에는 소와 술을 내렸다. 진양(晉陽)과 중도(中都)의 백성들에게는 3년 동안 요역과 부세를 면제했다. 태원을 순행하며 열흘 남짓 머물렀다.

제북왕 유흥거는 황제가 대로 간 것이 흉노를 치기 위한 것이라는 소문을 듣고 바로 배반하여 군대를 출동시켜 형양을 습격하려고 했다. 그러자 황제는 조서를 내려 승상 관영의 군대를 철수시키고 극포후(棘蒲侯) 진무를 대장군으로 파견해 병사들 10만을 이끌고 가서 그를 공격하게 했다. 기후(祁侯) 증하(繪賀)를 장군으로 삼아서 형양에 주둔하게 했다.

7월 신해일에 황제가 태원에서 장안으로 돌아와 즉시 관리들에게 조서를 내렸다.

"제북왕은 덕을 저버리고 황제를 배반했으며 관리와 백성들을 속여 그릇되게 인도했으니 대역무도한 일이다. 제북의 관리와 백성들 중에서 토벌군이 도착하기 전에 먼저 반역을 바로잡으려 했던 자와 군대나 성읍을 바쳐 투항하는 자들은 모두 용서해 주고 벼슬과 작위를 회복시켜 주라. 제북왕 유흥거에게서 떠나오는 자들도 또한 용서해 줄 것이다."

8월에 제북의 군대를 격파하고 제북왕을 사로잡았으며 제북의 관리와 백성들 중에서 제왕과 함께 반란을 일으키지 않은 자들을 용서해 주었다.

6년에 담당 관리들은 회남왕 유장이 이전 황제의 법을 없애고 천자의 명령을 따르지 않으며, 생활이 법도가 없고 출입할 때는 천자에 버금가게 하며, 제멋대로 법령을 만들고 극포후의 태자 진기(陳奇)와 반란을 꾀하여 민월과 흉노에 사람을 보내 그들의 군대를 출동시키게 해 사직을 위태롭게 하려고 한다고 아뢰었다.

신하들은 의논 끝에 모두 유장을 참수하여 저잣거리에 버려야 마땅하다고 했으나, 황제는 회남왕을 차마 법으로 처벌하지 못하고 죄를 용서해 주는 대신 폐위했다. 신하들이 회남왕을 촉의 엄도(嚴道)와 공도에 머무르게 할 것을 청하자 황제는 허락했다.

유장이 유배지에 도착하지 못하고 길을 가다 병으로 죽었기에 황제는 그를 가엾게 여겼다.

그 후 16년에 회남왕 유장을 추존하여 시호를 여왕이라 하고 그의 아들 3명을 세워 회남왕·형산왕·여강왕으로 삼았다.

13년 여름에 황제가 말했다.

"하늘의 이치에 의하면 재앙은 원한에서 생겨나고 복은 덕에서 생기게 된다고 들었소. 모든 관원들이 저지른 잘못은 마땅히 짐에게서 비롯된 것이오. 그런데 지금 비축(秘祝)을 맡은 관리가 잘못을 아랫사람에게 돌려 나의 부덕함을 나타내고 있으니 짐은 참으로 찬성하지 않소. 이런 법령을 없애 버리도록 하시오!"

5월에 제나라 태창령(太倉令) 순우공(淳于公)이 죄를 지어 처벌을 받게 되었다. 칙명에 의해 죄수를 관장하는 관원들이 그를 체포하여 장안으로 이송했다. 태창공은 아들은 없고 딸만 다섯 명이 있었다.

막 체포되어 가려 할 때 그는 딸들에게 욕을 하며 말했다.

"자식을 낳았지만 아들을 낳지 못했기에 급박한 일을 당해도 도움이 안 되는구나!"

그의 막내딸 제영은 크게 마음이 상해 울면서 아버지를 따라 장안까지 와서 황제께 글을 올렸다.

「저의 아버지는 관리로서 제 땅 사람들이 모두 청렴하고 공정하다고 칭찬했으나, 지금 법을 어겨 형벌을 받게 되었습니다. 저는 죽은 자는 다시 살아날 수 없고 형벌을 받은 자는 원래의 모습으로 돌아갈 수 없으니, 비록 잘못된 행실을 고쳐 스스로 새사람이 되려고 해도 할 수 있는 길이 없어서 마음이 아프옵니다. 제가 대신 죄인의 몸으로 관아의 노비가 되어 아버지가 지은 죄를 갚겠으니 아버지가 스스로 새사람이 될 수 있게 해주시길 원하옵니다.」

그 글을 읽은 친지는 그녀의 마음을 기특하게 여겨 조서를 내려 말했다.

"유우씨가 다스리던 때는 죄를 지으면 옷과 모자에 그림을 그린 특이한 옷차림을 하게 해 치욕으로 삼게 했을 뿐인데도 백성들은 법을 어기지 않았다고 들었다. 그것이 무슨 까닭에서였겠는가. 다스림의 지극함 때문이었다. 그런데 오늘날의 법은 육형(肉刑)이 셋이나 있어도 간악함이 멈추지 않으니, 그 잘못이 어디에 있겠는가. 바로 짐의 덕이 박하고 교화가 밝지 못해서가 아니겠는가. 짐은 참으로 내 자신이 부끄럽다. 교화의 방법이 순수하지 못하여 어리석은 백성들이 죄로 빠져들고 있는 것이다. 〈시(詩)〉에서 '다정하고 자상한 군자여, 백성의 부모로다'라고 했다. 지금의 법에는 사람들에게 잘못이 있으면 교화를 베풀지도 않고서 형벌을 먼저 가하니, 간혹 잘못을 고쳐 선을 실천하고자 해도 할 수 있는 길이 없다. 짐은 이 점을 참으로 가련하게 생각한다. 사지를 자르고 피부와 근육을 도려내는 형벌은 몸이 다하도록 고통이 그치지 않을 것이니, 얼마나 아프고 괴로우면서도 부덕한 일인가. 어찌 백성의 부모 된 자의 뜻에 걸맞는 일이겠는가. 육형을 없애도록 하라."

황제가 말했다.

"농업은 천하의 근본으로 어떤 일도 이보다 더 크지 않다. 지금 부지런히 마음과 힘을 다해 종사해도 조세가 부과되니, 그것은 근본과 말단에 종사하는 자를 달리하지 않는 것이며 농사를 권장하는 방법이 아직 갖춰지지 않은 것이다. 경지에 부과하는 조세를 없애도록 하라."

14년 겨울에 흉노가 변방으로 쳐들어와 노략질을 꾀하며 조나(朝那) 땅의 외곽을 공격해 북지의 도위 손앙을 죽였다.

황제는 즉시 장군 세 명을 보내 농서·북지·상군에 머물게 했다. 중위 주사(周舍)를 위장군으로 삼고 낭중령 장무를 거기장군으로 삼아 위수의 북쪽에 주둔하게 했는데, 전차가 천 승이었고 기병이 10만 명이었다.

황제가 몸소 가서 군대를 위로하고 병사들을 검열하여 명령을 내렸으며, 군영의 관리와 병사들에게 상을 내렸다. 황제 자신이 통솔하여 흉노를 공격하려고 하자 신하들이 간언했지만 전혀 듣지 않았다. 하지만 황태후가 완강하게 요청했기에 황제는 비로소 단념했다.

결국 동양후 장상여(張相如)를 대장군으로 삼고 성후(成侯) 동적(董赤)을 내사로 삼고 혁포(奕布)를 장군으로 삼아 흉노를 공격했다. 그리하여 흉노는 달아나게 되었다.

봄에 황제가 말했다.

"짐이 제물과 폐백을 바쳐 하느님과 종묘를 섬긴 지 지금까지 14년이 되니 그동안 흐른 세월이 매우 유장하오. 민첩하지도 총명하지도 못한데 오랫동안 천하를 어루만졌기에 짐은 매우 부끄럽소. 제사단을 확장하고 폐백을 늘리도록 하시오. 옛날의 선왕들은 덕을 널리 베풀면서도 보답을 원하지 않았고, 산천의 신을 멀리서 바라보며 제사를 지내면서도 자신의 복은 빌지 않았으며, 현인을 높이고 친척들을 낮추고 백성들을 먼저 하고 자신을 뒤에 두었으니 명석함이 절정에 달했다고 말할 수 있소. 그런데 내가 들으니 사관(祠官)들이 복을 기원할 때 모두 짐 한 사람에게만 복을 돌리고 백성들을 위하지 않는다고 하니, 짐은 매우 부끄럽게 여기고 있소. 짐이 부덕한데도 홀로 아름다운 복을 누리면서 백성들에게는 주지 않으면 그것은 짐의 부덕함을 무겁게 하는 거요. 그러니 사관들은 짐을 위해서만 복을 기원하는 일이 없도록 하시오."

그즈음 북평후(北平侯) 장창(張蒼)이 승상이 되어 마악 역법(曆法)을 바로잡았다.

노나라 사람 공손신(公孫臣)이 황제에게 글을 올려 오덕(五德)의 순환에 대해 진술했는데 "지금은 한창 토덕(土德)의 시기이고, 토덕의 시기에는 분명히 황룡이 나타나니 달력과 의복색에 관한 제도를 바꿔야 한다"라고 주장했다.

천자는 그 일에 대해서 승상과 의논하도록 했다. 승상이 따져 보았더니 그때는 수덕(水德)에 해당되는 시기였으므로 10월을 정월로 삼고 검은색을 숭상하는 것으로 바로잡아야 했다. 그래서 공손신의 말은 맞지 않으니 물리치라고 청했다.

15년에 황룡이 성기(成紀)에 나타나자 천자는 바로 공손신을 다시 불러 박사로 삼고 토덕의 운행에 대한 일에 대해서 설명하도록 했다. 그 결과 황제가 조서를 내려 말했다.

"진귀한 영물이 성기에 나타났지만 백성들에게는 아무런 해가 없었고 풍년이 들었다. 짐이 손수 상제와 신령들께 교사(郊祀)를 올릴 것이다. 예관들은 그 일에 대해서 논의하다가 짐이 수고로워질 것을 염려하여 숨기는 일이 없도록 하시오."

그러자 담당 관리와 예관들이 일제히 말했다.

"옛날에 천자께서 여름에 몸소 교외에서 하늘에 제사를 드렸기 때문에 교사라고 했습니다."

그래서 천자는 처음으로 벽옹 땅에 행차하여 오제에게 교사를 올렸고 초여름 4월에 하늘의 은혜에 보답하는 제사를 올렸다.

그때 조나라 사람 신원평(新垣平)이 구름의 기운을 보고 징조를 알아내는 자신의 능력이 뛰어나다는 것을 내세우며 황제를 만났다. 그리고 위양(渭陽)에 오제 묘를 세우면 주정(周鼎)을 얻을 수 있고, 아름다운 보옥도 나타날 것이라고 설득했다.

16년에 황제가 몸소 위양 땅에 있는 오제 묘를 찾아가 교사를 지냈으며 여름에 답례를 거행하고서 적색을 숭상했다.

17년에 옥 술잔을 얻었는데 "군주는 장수하리라"라는 글이 새겨져 있었다. 그래서 천자가 비로소 그 해를 원년으로 바꾸고 천하 사람들이 한데 모여 술 마실 것을 허락했으나, 그 해에 신원평이 꾸민 일임이 밝혀져 그의 삼족을 멸했다.

후원(後元) 2년에 황제가 말했다.

"짐은 어질지 못해 덕을 먼 곳까지 베풀 수 없었고 때문에 이민족의 나라가 간혹 편안히 쉬도록 하지도 못했다. 사방 변경 밖의 사람들은 생활이 안정되지 않았고 국경 안의 백성들은 부지런히 일해도 안정된 생활을 하지 못했다. 두 가지의 허물은 모두 짐의 덕이 적어 멀리까지 닿게 할 수 없었기 때문에 생겼다. 근래 몇 년 동안 흉노들이 일제히 변경에서 난폭한 짓을 일삼으며 관리와 백성들을 많이 죽였고 변경의 신하와 군영의 관리들은 나의 속뜻을 헤아릴 수 없었기에 나의 부덕함을 가중시켰다. 오랜 기간 동안 재난과 전쟁이 계속되니 중앙 영토 밖의 나라들이 어떻게 절로 편안할 수 있겠는가. 지금 짐은 아침에 일찍 일어나고 밤늦게 들면서 천하를 위해 부지런히 힘쓰고 있다. 만백성을 위해 걱정하고 괴로워하며 그들 때문에 두려워하고 불안하여 일찍이 하루라도 마음속에서 잊어 본 적이 없었다. 때문에 사신들의 수레 덮개가 연이어 끊이지 않고 길에 수레바퀴 자국이 줄을 잇도록 파견하여 선우에게 짐의 뜻을 이해시켰다. 그래서 선우는 지금 예전의 정책으로 돌아가 사직의 안정을 도모하고 만백성의 이익을 도우며 몸소 짐과 함께 작은 잘못까지도 모두 버리고 화목하게 큰 대의로 걸어가 형제의 우의를 맺어 천하의 선량하고 죄 없는 백성들을 보전하기로 했다. 화친이 이미 결정되었으니 올해부터 실시하라."

후원 6년 겨울에 흉노 3만 명이 상군에 침입했고 3만 명은 운중 땅에 침입했다. 효문제는 중대부 영면(令勉)을 거기장군으로 삼아 비호(飛狐)에 주둔하게 하고 전에 초나라의 승상이었던 소의(蘇意)를 장군으로 삼아 구주(句注)에 주둔하게 했다. 장군 방무는 북지에 주둔하게 하고, 하내 군수 주아부(周亞夫)를 장군으로 삼아 세류(細柳) 땅에 머무르게 했다. 종정 유례(劉禮)를 장군으로 삼아 패상에 머무르게 하고 축자후(祝玆侯)를 극문(棘門)에 주둔시켜서 흉노를 방비하게 했다.

몇 달이 지나 흉노의 병사들이 물러가자 그들도 역시 철수했다. 천하에 가뭄이 들고 메뚜기 떼로 인한 피해가 있었다.

황제는 은혜를 베풀어 제후들에게 조공을 바치지 말게 하고, 산과 못을 이용할 수 있게 하는 공사를 느슨하게 하도록 했으며, 각종 수레, 개와 말의 숫자를 줄이게 했다. 또한 황제를 모시는 관리들의 수를 줄였으며 창고를 열어 가난한 백성을 구제하고 백성들은 작위를 팔 수 있게 했다.

효문제가 대에서 와서 자리에 오른 지 어느덧 23년이 되었으나 궁실·동물을 기르는 동산·개와 말·의복·수레 중에서 늘어난 것이 없었고 불편함이 있으면 즉시 그 법령을 느슨하게 만들어 백성들을 이롭게 했다. 일찍이 노천 누각을 지으려고 목수를 불러 예산을 짜게 한 적이 있는데 황금 백 근이 든다고 했다.

황제는 말했다.

"황금 백 근이면 중류층 열 집의 재산으로, 나는 선제들의 궁실을 받들면서도 항상 누가 될까 봐 걱정하고 있는데 무엇 때문에 노천 누각을 짓겠는가."

황제는 항상 수수한 옷을 입었다. 총애하던 신부인에게는 옷이 땅에 끌리지 않도록 했으며, 휘장은 수를 놓지 않게 하여 마음이 두텁고 질박한 것을 나타냄으로써 천하의 모범이 되었다.

패릉(覇陵 : 문제의 능묘)을 지을 때 모두 기와를 사용하고 금·은·구리·주석으로 장식하지 못하게 했으며 분묘를 높이 올리지 못하게 한 것은, 비용을 줄여 백성을 번잡하게 하지 않으려고 했기 때문이다.

남월왕 위타가 스스로 즉위하여 무제(武帝)가 되었으나, 황제가 위타의 형제를 불러 귀인으로 대접하고 덕으로서 되갚았더니 위타는 결국 스스로 황제의 직위를 버리고 자신은 신하라고 말하게 되었다.

흉노와 화친을 맺었는데도 흉노가 약속을 저버리고 도적질하러 침입했지만 변경의 관원에게 수비만 하고 군대를 파병하여 깊숙이 들어가지 못하도록 했다. 그것은 백성들이 고생하고 번거로워할 것을 꺼려했기 때문이었다.

오왕이 거짓으로 병을 핑계 삼으며 조회에 나오지 않자 즉시 탁자와 지팡이를 보내 주었다. 신하인 원앙 같은 사람들은 날카롭고 단도직입적으로 진언했지만 황제는 한결같이 관대하게 그들의 의견을 받아들였다. 장무 등은 뇌물을 받다가 발각되었지만 황제는 오히려 왕실 창고의 금돈을 내려 그들의 마음을 부끄럽게 했을 뿐 법을 집행하는 관리에게 넘기지는 않았다. 황제가 오로지 덕으로써 백성들을 교화하는 데 힘썼기 때문에 전국의 백성들은 재물이 넉넉해지고 번영하게 되었으며 예의도 일어나게 되었다.

후원 7년 6월 기해일에 황제는 미앙궁에서 세상을 떠났다. 그는 조서를 남겨 말했다.

"짐은 천하의 만물 중에 싹이 난 뒤에 죽지 않는 것은 없다고 들었다. 죽음은 천지의 이치요 살아 있는 것의 자연스러움이니, 어찌 유달리 슬퍼할 것이 있겠는가. 지금 이 시대의 사람들은 모두 살아 있음은 좋아하지만 죽음은 싫어한다. 또한 장례를 후하게 치르느라고 가업을 무너뜨리거나 상사(喪事)를 중시하여 산 사람을 상하게 만드는데 짐은 절대로 찬동하지 않는다. 게다가 짐은 본래 부덕하여 백성들을 돕지 못했다. 그런데 지금 짐의 죽음에 또 복(服)을 중요시하여 오랜 기간 상을 당하게 하고 추위와 더위의 법칙에 벗어나게 하고 백성들의 아버지와 자식을 슬프게 하며, 어른과 아이의 뜻을 상하게 하고, 그들의 먹을거리를 감소시키며 귀신에게 지내는 제사를 중단하게 한다면 내가 부덕하다는 것을 가중시키는 것이니 천하 사람들에게 무슨 말을 할 것인가. 짐이 종묘를 손에 넣고 보전하며 미천한 몸으로 천하의 군왕의 자리에 앉은 지 20년이 넘도록 천지의 신령과 사직의 복에 힘입어 전국이 편안하고 전란이 없었다. 짐은 본래 영민하지 못해 그릇된 행실로 인해 선제가 남기신 덕을 욕되게 할까 봐 늘 두려워했으며 세월이 오래 지날수록 끝이 좋지 못할까 봐 걱정했다. 그런데 지금 다행히 타고난 수명을 다하고 고묘(高廟)에서 공양을 받을 수 있게 되었다. 짐이 명철하지 않은 데도 좋은 결과를 얻었으니 이 어찌 슬퍼할 일이겠는가. 그러니 천하의 관리와 백성들은 이 조령을 받고 나서 사흘만 상례를 치르고 모두 상복을 벗어라. 장가들고 시집가는 일, 제사, 술을 마시고 고기를 먹는 것을 금지하지 말라. 장사 지내는 일에 참가해야 하거나 곡을 하는 자들도 전부 맨발로 하지 말라. 질대(상중에 허리에 매는 띠)는 세 치를 넘지 않게 할 것이며 수레와 무기를 늘어놓지 말며, 백성들 중에서 남녀를 뽑아 궁전에서 곡을 하도록 하지도 말라. 궁 안에서 곡을 하는 자들도 일제히 아침저녁에 각각 열다섯 번씩만 울음소리를 내고 예가 끝나면 그만두게 하라. 아침저녁으로 곡할 때가 아니면 제멋대로 곡하지 않게 하라. 안장이 끝나면 아홉 달 동안 입는 복[大紅]은 15일, 다섯 달 동안 입는복[小紅]은 14일, 가는 베를 입는 복은 7일을 입고 상복을 벗어라. 이 명령 중에 있지 않은 다른 것들을 일제히 이 명령에 의거하여 처리하라. 명령을 천하에 널리 알려 백성들에게 짐의 뜻을 분명히 알게 하라. 그리고 패릉의 산천은 원래의 모습을 따르고 바꾸는 것이 있어서는 안 되며 부인 이하에서 소사(少使)까지 그들의 집으로 돌려보내라."

나라에서는 중위 주아부를 거기장군으로 삼고, 전속국(典屬國) 서한(徐悍)을 장둔장군(將屯將軍)으로 삼았으며, 낭중령 장무를 복토장군(復土將軍)으로 삼아 경도와 가까운 현에서 병사 1만 6천 명, 경도 안에서 병사 1만 5천 명을 출동시켜 땅을 파고 흙을 메우는 일을 맡겼다.

을사일에 신하들은 모두 머리를 조아리고 효문황제라는 시호를 올렸다. 태자는 고묘에서 즉위하고 정미일에 제위를 계승하여 황제라고 했다.

효경황제(孝景皇帝) 원년 10월에 황제는 어사들에게 조서를 내렸다.

"대체로 옛 선왕들 중에서 공이 있는 자는 조(祖)라 하고, 덕이 있는 자는 종(宗)이라 하며 예악을 제정한 것에도 각각 연유가 있다고 들었소. 그리고 가(歌)라는 것은 덕을 발현시키는 것이고 무(舞)라는 것은 공덕을 밝히는 것이라고 들었소. 고묘에 술을 바칠 때는 「무덕(武德)」, 「문시(文始)」, 「오행(五行)」의 가무를 연주하고 효혜의 묘에 술을 바칠 때는 「문시」, 「오행」의 가무를 연주했소. 효문황제께서는 천하에 군림하시며 관문과 다리를 소통시켰으며 먼 곳의 이민족을 달리 대우하지 않으셨소. 비방죄를 제거하고 육형을 없앴으며 노인들에게 상을 내리고 외로운 자들을 불쌍히 여겨 거두며 백성들을 기르셨소. 자신의 기호와 욕심을 줄이고 헌납품을 받지 않으셨으며 이익을 사사로이 취하지 않으셨소. 죄인이라도 처자식에게 연좌시키지 않고 무고한 자들을 잘못 죽이지 않으셨소. 궁형을 없애고 후궁들도 궁에서 나가도록 해 줬으며 사람들의 후대가 끊어지는 것을 염려하여 신중히 일을 처리하셨소. 지금의 모든 것이 상고 시대에는 미치지 못했지만 효문황제께서 직접 시행하셨소. 그분의 후덕함은 천지와 비길 만하고 이익과 은택을 전국에 베푸시어 복을 얻지 않은 자가 없소. 해와 달처럼 밝게 빛남에도 제사에 걸맞는 가무와 음악이 없으니, 짐은 참으로 걱정스럽소. 효문황제를 위하여 제사에 「소덕(昭德)」의 가무를 만들어서 그분의 크신 덕을 밝히시오. 그리고 나서 조종의 공덕을 대나무와 비단에 기록하여 만세에 전달하고 영원토록 끝이 없게 한다면 짐은 참으로 기쁠 것이오. 승상, 열후 2천 석에 해당하는 관원, 예관들과 다 함께 예의를 만들어 아뢰도록 하시오.”

그러자 승상 신도가(申屠嘉) 등이 아뢰었다.

“폐하께서 항상 효도를 생각하시어 「소덕」의 가무를 지어 효문황제의 성대한 덕을 밝히시려는 것은 신하 신도가 등이 어리석어 미처 생각하지 못했던 일입니다. 신들이 신중하게 의논했사온데 세상에서 공적이 고황제(高皇帝)보다 큰 사람이 없고 덕이 효문황제보다 성대한 분이 없으니 고황제의 묘는 당연히 본 왕조의 황실 중에서 태조(太祖)의 묘가 되어야 마땅하고 효문황제의 묘는 본 왕조의 황실 중에서 태종(太宗)의 묘가 되어야 마땅합니다. 천자는 마땅히 대대로 조종(祖宗)의 묘에 제사를 받들어야 하며 군과 제후국의 제후들은 각각 효문황제를 위해 태종의 묘를 세워야 마땅합니다. 또한 제후왕과 제후들의 사자는 천자를 모시고 제사를 올려야 하며 해마다 조종의 묘에 제사를 올려야 합니다. 대나무와 비단에 기록하시어 천하에 선포하시길 청합니다.”

황제는 칙명을 내렸다.

“허락하노라.”

태사공은 말한다.

“공자는 ‘틀림없이 한 세대가 지난 뒤에야 어진 정치가 이루어진다’고 말했고 또 '선한 사람이 나라를 다스린 지 백 년이 지나면 난폭한 정치를 없애고 사형을 제거할 수 있다'고 했다. 진실로 옳은 말이다! 한나라가 일어나 효문황제에 이르기까지 40여 년이 되니 덕이 지극히 성대해졌다. 점차 달력을 고치고, 의복의 색깔을 바꾸고, 봉토를 쌓아 제사를 지내게 되었으나, 문제의 겸손하고 사양하는 정치는 오늘날까지 아직 완성되지는 않았다. 아아, 그러니 그가 어찌 어질지 않은가!"

| 11 | 효경본기(孝景本紀)

효경황제(孝景皇帝)는 효문황제의 가운데 아들[中子]이며 어머니는 두태후(竇太后)이다. 효문황제가 대(代) 땅에 있을 때 이전의 왕후에게서 얻은 세 아들이 있었다. 그런데 두태후가 총애를 얻게 되면서 이전의 왕후가 죽고 세 아들도 연달아 모두 죽었기 때문에 효경황제가 제위에 오르게 되었던 것이다.

원년 4월 을묘일에 효경황제는 천하에 대사면령을 내렸다. 을사일에는 백성들에게 작위를 한 등급씩 내려주었다. 5월에는 전답의 조세를 반으로 줄여 주었으며 효문황제를 위해 태종 묘를 세웠다. 하지만 신하들에게 하례를 올리러 오지 못하게 명했으며 흉노가 대 땅에 쳐들어왔으나 싸우지 않고 화친을 맺었다.

2년 봄에 예전의 상국이었던 소하의 손자 소계(蕭係)를 봉해 무릉후(武陵侯)로 삼았다. 당시에 남자는 스무 살이 되면 병역에 복무해야 했다.

4월 임오일에 효문태후가 세상을 떠났고 광천왕과 장사왕이 모두 봉국으로 돌아갔다. 승상 신도가가 죽었으며 8월에 어사대부 개봉후 도청(陶青)을 승상으로 삼았다.

혜성이 동북쪽에 나타났으며 가을에 형산에 우박이 쏟아졌는데 큰 것의 크기는 다섯 치나 되었고 깊이 파인 곳은 두 자나 되었다.

화성이 거꾸로 운행하여 북극성 자리를 침범했으며 달이 북극성 사이 구역에 나타났다. 목성이 천정자리에서 거꾸로 운행하기도 했다. 남릉(南陵)

과 내사(內史), 대우를 설치하여 현으로 삼았다.

3년 정월 을사일에 천하에 대사면령을 내렸다.

유성이 서쪽 구역에 나타났으며 번갯불이 떨어져 낙양 동궁의 대전과 성 위의 누각을 불태웠다. 오왕 유비, 초왕 유무(劉戊), 조왕 유수(劉遂), 교서 왕 유앙(劉卬), 제남왕 유벽광(劉壁光), 치천왕 유현(劉賢), 교동왕 유웅거 (劉雄渠)가 반란을 일으켰으며 군대를 출동시켜 서쪽으로 향하게 했다. 천 자가 순조로운 진압을 위해 조조(曹操)를 죽이고 원앙을 보내 타일렀지만 그들은 멈추지 않고 서쪽으로 진격하여 양나라를 포위했다.

황제는 대장군 두영과 태위 주아부로 하여금 군대를 이끌고 가서 그들을 토벌하게 했다.

6월 을해일에 도망친 반란군의 병사와 초원왕의 아들 유예(劉藝) 등 모반 에 참여했던 사람들을 사면했다. 대장군 두영을 봉하여 위기후(魏其侯)로 삼았으며 초원왕의 아들 평륙후(平陸侯) 유례(劉禮)를 세워 초왕으로 삼았 다. 황제의 아들 유단(劉端)을 세워 교서왕으로 삼고 아들 유승(劉勝)을 중 산왕으로 삼았다. 제북왕 유지(劉志)는 옮겨서 치천왕으로 삼았고, 회양왕 유여(劉餘)를 노왕으로 삼았으며 여남왕 유비(劉非)를 강도왕으로 삼았다.

하지만 유장려(劉將廬)와 연왕 유가(劉嘉)는 모두 죽였다.

4년 여름에 황제의 아들 유철(劉徹)을 세워 교동왕으로 삼았다. 6월 갑술 일에 천하에 대사면령을 내렸으며 윤달 9월 역양(易陽)의 이름을 바꿔 양릉 (陽陵)이라고 했다. 나루터의 관문을 새로 설치하여 통행증을 사용해 출입 하게 했으며 겨울에 조나라를 한단군으로 삼았다.

5년 3월에 양릉 위수에 다리를 만들었다. 5월에 백성들을 모아 양릉으로 옮겨 살게 하고서 돈 20만 전을 주었다. 강도에 사나운 북풍이 서쪽에서 불어 와 성벽을 백 2십 척이나 무너뜨렸다. 정묘일에 장공주(長公主)의 아들 진교 를 봉하여 융려후(隆慮侯)로 삼았으며 광천왕을 옮겨서 조왕으로 삼았다.

6년 봄에 중위 위관(衛棺)을 건릉후(建陵侯)로 삼고 강도의 승상 정가(程嘉)를 건평후(建平侯)로 삼았다. 농서의 태수 혼야를 평곡후(平曲侯)로 삼고 조나라의 승상 소가(蘇嘉)를 강릉후(江陵侯)로 삼았으며 장군 난포를 유후(鄃侯)로 삼았다. 양나라와 초나라의 두 왕이 죽었다. 윤달 9월에 치도의 나무를 베어 난지(蘭地)에 채워 넣는 공사를 했다.

7년 겨울에 율태자를 폐위시켜 임강왕으로 삼았다. 11월 그믐날에 일식이 있었다. 봄에 양릉을 지은 죄수와 노예들을 사면했으며 승상 도청이 파면되었다. 2월 을사일에 태위 조후(條侯) 주아부를 승상으로 삼았으며 4월 을사일, 교동왕의 태후를 세워 황후로 삼았다. 정사일에 교동왕을 세워 태자로 삼았다. 태자의 이름은 철(徹)이다.

중원(中元) 원년, 전에 어사대부였던 주가의 손자 주평(周平)을 세워 승후(繩侯)로 삼고 어사대부였던 주창의 손자 주좌거(周左車)를 안양후(安陽侯)로 삼았다. 4월 을사일에 천하에 대사면령을 내리고 작위를 한 등급씩 내려주었다. 금고의 법을 없앴다. 지진이 발생했고 형산과 원도에 우박이 내렸는데 큰 것은 길이는 한 자 여덟 치나 되었다.

중원 2년 2월에 흉노가 연나라를 침입했으며 결국 화친을 끊었다. 3월에 임강왕을 불러오게 했는데 그가 중위의 막부 안에서 자살했다. 여름에 황제의 아들 유월(劉越)을 세워 광천왕으로 삼고 아들 유기(劉寄)를 교동왕으로 삼았다. 그리고 4명의 열후들을 봉했다. 9월 갑술일에 일식이 있었다.

중원 3년 겨울에 황제는 제후국의 어사중승직을 폐지했다. 봄에 흉노의 왕 두 사람이 그들의 부하를 인솔하고 와서 항복하자, 모두 열후로 봉했으며 황제의 아들 유방승(劉方乘)을 세워 청하왕(清河王)으로 삼았다.

3월에 혜성이 서북쪽 하늘에 나타났다.

승상 주아부가 면직되어 어사대부 도후(桃侯) 유사(劉舍)를 승상으로 삼았다. 4월에 지진이 발생했으며 9월 무술일 그믐에 일식이 있었다. 동도문 밖에 군대를 주둔시켰다.

중원 4년 3월에 덕양궁(德陽宮)을 세웠다. 메뚜기 떼가 백성들에게 큰 피해를 입혔다. 가을에 양릉을 지은 죄수들을 사면했다.

중원 5년 여름에 황제의 아들 유순(劉舜)을 세워 상산왕으로 삼았으며 10명을 제후로 봉했다. 6월 정사일에 천하에 대사면령을 내리고 작위를 한 등급씩 올려 주었다. 전국에 큰 홍수가 있었다. 제후국의 승상을 상(相)이라고 명칭을 바꿨다. 가을에 지진이 일어났다.

중원 6년 2월 기묘일에 황제가 옹(雍) 땅에 행차하여 오제에게 교제(郊祭)를 올렸다. 3월에 우박이 내렸으며 4월에 양효왕·성양공왕·여남왕이 모두 죽었다. 양효왕의 아들 유명(劉明)을 세워 제천왕으로 삼고, 아들 유팽리(劉彭離)를 제동왕으로 삼았으며 아들 유정(劉定)을 산양왕으로 삼고 아들 유불식(劉不識)을 제음왕으로 삼았다. 양나라는 다섯 나라로 나누어졌다. 4명을 열후로 삼았다.

정위(廷尉)를 대리(大理)로, 장작소부(將作少府)를 장작대장(將作大匠)으로, 주작중위(主爵中尉)를 도위(都尉)로, 또 장신첨사(長信詹事)를 장신소부(長信少府)로, 장행(將行)을 대장추(大長秋)로, 대행(大行)을 행인(行人)으로, 봉상(奉常)을 태상(太常)으로, 전객(典客)을 대행(大行)으로, 치속내사(治粟內史)를 대농(大農)으로 명칭을 바꿨다. 대내(大內)를 봉록 2천 석으로 하고 좌내관(左內官)·우내관(右內官)을 설치하여 대내에 소속시켰다. 7월 신해일에 일식이 있었으며 8월에 흉노가 상군을 공격했다.

후원(後元) 원년 겨울에 중대부령(中大夫令)의 명칭을 위위(衛尉)라고 바꿨다. 3월 정유일에 천하에 대사면령을 내리고 작위를 한 등급씩 내려주었으며 중(中) 2천 석과 제후국의 상(相)에게 우서장의 작위를 주었다. 4월에 성대한 연회를 베풀었다. 5월 병술일 새벽에 지진이 일어났고 그날 아침 식사 때 다시 지진이 발생했다. 상용(上庸)에서 22일 동안 지진이 발생하여 성벽을 무너뜨렸으며 7월 을사일에 일식이 있었다. 승상 유사(劉舍)가 파직되었으며, 8월 임신일에 어사대부 위관을 승상으로 삼고 건릉후에 봉했다.

후원 2년 정월에 하루에 세 번이나 지진이 일어났다. 질장군(郅將軍)이 흉노를 격파했으며 5일 동안 연회를 베풀었다.

내사와 군(郡)에 말에게 곡식을 먹이지 말라고 명하고, 어기면 관가에서 말을 빼앗을 것이라고 했다. 죄수와 노예에게 칠종포(七緣布)로 만든 옷을 입게 했으며 말을 이용하여 곡식을 찧는 것을 금지했으며 흉년이 들었으므로 전국에 식량을 낭비하는 일이 없도록 명했다. 제후들의 수를 줄여 봉지로 보냈다. 3월에 흉노의 무리가 안문을 공격했다. 10월에, 장릉(長陵)의 밭을 조세를 받고 빌려주었다.

큰 가뭄이 들었으며 형산국, 하동군, 운중군의 백성들이 전염병에 걸렸다.

후원 3년 10월에 해와 달이 5일 동안 계속해서 붉은 빛을 보였으며, 12월 그믐에는 우레가 쳤다. 해가 자주색 같았으며 오성(五星)이 거꾸로 운행하여 태미원(太微垣) 근처에 머물렀다. 달이 천정(天廷)의 가운데를 관통했다.

정월 갑인일에 황태자의 관례를 거행했으며, 갑자일에 효경황제가 세상을 떠났다. 남긴 조서에 따라 제후왕 이하에서 백성에 이르기까지 아버지의 후계자에게 작위를 한 등급씩 하사했고, 천하의 가구에 백 전씩을 주었다. 궁녀를 내보내 그들의 집으로 돌아가게 하고 조세와 부역을 면제해 주었다.

태자가 즉위했으니, 이 사람이 바로 효무황제(孝武皇帝)이다.

3월에 황태후의 동생 전분을 무안후(武安侯)로 삼고, 동생 전승(田勝)을 주양후(周陽侯)로 삼았으며 효경황제를 양릉에 안장했다.

태사공은 말한다.

"한나라가 일어나 효문황제가 큰 덕을 베풀자 천하는 그를 그리워하며 안정되었다. 효경황제에 이르러서는 더 이상 성이 다른 제후들의 모반을 걱정하지 않게 되었으나 조조가 제후들의 영토를 삭감했기에 결국 일곱 개 나라의 제후들이 모두 봉기해서 연합하여 서쪽으로 향하게 되었다. 제후들이 매우 강성했는데도 조조가 그들을 점진적인 방법으로 조치해 처리하지 않았기 때문이다. 주보언(主保偃)의 건의에 따르자 제후들의 세력이 비로소 쇠약해졌으며 결국엔 온 천하가 안정되었다. 그러니 어찌 안정과 위태로움의 기회가 계책에 달려 있다고 말하지 않을 수 있겠는가?"

| 12 | 효무본기(孝武本紀)

효무황제(孝武皇帝)는 효경황제의 아홉째 아들이다. 어머니는 왕태후(王太后)이며 효경황제 4년에 황제의 아들로서 교동왕이 되었다.

효경황제 7년에 율태자가 폐위되어 임강왕이 되자 교동왕을 태자로 삼았으며, 재위 16년 만에 효경황제가 세상을 떠나자 태자가 제위에 올라 효무황제가 되었다. 효무황제는 막 제위에 오르자 더욱 공손히 귀신에게 제사를 지냈다.

무제 원년에는 한나라가 일어난 지 이미 60여 년이 지났기에 천하가 안정되게 다스려지고 있었으며, 조정의 높은 관원들은 모두 천자가 봉선 의식을 거행하고 역법을 바로잡기를 원했다.

때문에 황제는 유가의 학설에 관심을 가지며 유생들을 벼슬길로 불러들였다. 그러자 문장과 박학으로 공경이 된 조관과 왕장(王臧) 등이 옛 제도대로 성 남쪽에 명당을 세워서 제후들이 조회하러 오는 곳으로 삼자고 논의했다. 그런데 그들은 순행 감찰, 봉선, 역법과 의복 색깔 개정에 대해서 초안했지만 실시하지는 못했다. 때마침 두태후가 황로(黃老)의 학설을 연구하고 있었는데, 유학의 법술을 좋아하지 않았다. 때문에 그가 사람을 시켜 조관 등이 간사하게 이익을 챙긴 일을 은밀히 알아낸 뒤에 조관과 왕장을 심문했더니 조관과 왕장은 자살했다. 따라서 그들이 실행하려던 여러 가지 일들은 모두 폐기되었다.

6년 후에 두태후가 세상을 떠났다. 그다음 해에 황제가 문장과 학문에 박학한 선비인 공손홍(公孫弘) 등을 불러들였다.

이듬해에 황제는 처음으로 옹현 땅에 이르러 오치에서 천제에게 교사를 지냈다. 그 후에는 항상 3년마다 한 번씩 교사를 지냈다. 그때 황제는 신군(神君)을 구해 상림원의 제씨관(묘당 이름)에서 머물게 했다.

신군은 장릉에 살던 여자로서 자식이 죽자 슬퍼 애통해하다가 죽었는데, 죽은 후 그녀의 동서 완약(宛若)의 몸에서 신령을 드러낸 것이었다.

그래서 완약은 신령을 자기 집에 모시고 그녀에게 제사 지냈는데 다른 사람들도 제사를 지냈다. 또한 평원군도 가서 제사를 지냈으므로 그 후에 평원군의 자손들이 지위가 높고 이름이 드러나게 되었다.

무제는 즉위할 때 후한 예로서 궁 안에 그녀를 모셔 두고 제사를 지내게 했는데 말소리는 들렸으나 사람의 모습은 보이지 않았다.

이때 이소군(李少君)도 역시 부엌신에게 복을 비는 방술, 곡식을 먹지 않는 방술, 노쇠함을 물리치는 방술을 가지고 황제를 알현했으며, 황제는 그를 높이 받들었다. 이소군은 전에 심택후(深澤侯)의 천거로 조정에 들어와 천자의 방술을 주관하게 되었다. 그는 나이와 출생·성장 내력을 감추면서 항상 자신은 일흔 살이고 귀신을 부리고 노쇠함을 물리칠 수 있다고 말했다.

그는 이러한 방법을 쓰면서 두루 돌아다니며 제후들을 만났다. 아내와 자식은 없었는데 사람들이 그가 귀신을 부리고 죽지 않게 하는 능력을 가지고 있다는 소문을 듣고 앞을 다투어 재물을 가져다주었기에 항상 많은 금전과 비단·옷과 음식이 남아돌았다. 사람들은 모두 그가 생업의 방도가 없으면서도 풍족하다고 생각했다. 또 그가 어떤 사람인지도 모르면서 더욱 믿으면서 다투어 섬겼다. 이소군은 천성적으로 방술을 좋아했고 교묘한 말을 잘하며 신기하게도 정확하게 알아맞혔다.

일찍이 그가 무안후의 잔치에 참석했을 때 자리에 앉아 있는 사람들 중에 90여 세의 노인이 있었다. 그때 이소군이 노인의 할아버지와 함께 사냥하러 놀러 갔던 곳에 대해서 이야기했대. 그 노인은 어렸을 때 할아버지를 따라갔었기 때문에 그곳을 알고 있었고 그 이야기로 인해 앉아 있던 사람들이 모두 깜짝 놀랐다.

이소군이 황제를 알현했을 때 천자는 자기가 가지고 있던 오래된 동기(銅器)에 대해 물어 보았다. 이소군이 대답했다.

"이 그릇은 제나라 환공 10년에 지은 백침대(柏寢臺)에 진열했던 것입니다."

잠시 후에 새겨진 글자를 검사해 보았더니 그것은 과연 제나라 환공의 그릇이었다. 때문에 궁 안의 사람들은 모두 놀랐으며 이소군은 신선이며 나이가 수백 살이나 된다고 생각했다.

이소군이 천자에게 말했다.

"부엌신에게 제사 지내면 신령스런 물건을 얻을 수 있고, 신령스런 물건을 얻으면 단사(丹沙 : 고대의 방사들이 황금을 만들 수 있는 재료라고 생각했던 광물)를 황금으로 변하게 할 수 있으며 그것을 제련하여 음식을 담는 그릇을 만들어 사용하면 오래 살 수 있고, 오래 살면 바닷속 봉래(蓬萊 : 신선들만이 산다는 신비의 섬)의 신선을 만날 수 있으며 신선을 만나서 봉선을 거행하면 죽지 않게 됩니다. 황제(黃帝)께서도 그렇게 하셨습니다. 신은 이전에 바다에서 놀다가 안기생(安期生 : 전설 속의 신선)을 만난 적이 있습니다. 신에게 커다란 대추를 먹으라고 주었는데 크기가 참외만 했습니다. 안기생은 신선이기 때문에 봉래의 선경(仙境)을 왕래할 수 있는데 마음이 맞으면 모습을 나타내지만 마음이 맞지 않으면 숨어 버립니다."

그래서 천자는 몸소 부엌신에게 제사를 지내기 시작했고, 신선의 술법을 닦는 사람을 보내 바다로 들어가 봉래의 안기생과 같은 신선을 찾게 했다. 아울러 단사 등 각종 약물을 융합하여 황금을 만드는 일을 시작하게 되었다.

오랜 세월이 흐르고 나서 이소군이 병을 얻어 세상을 떠났다. 하지만 천자는 그가 신선으로 변한 것이지 죽은 것이 아니라고 생각하고는 황현과 추현의 사관 관서(寬舒)로 하여금 그의 방술을 이어받도록 했다. 또한 봉래의 선인 안기생을 찾도록 했으나 아무도 그를 찾을 수 없었다. 그때부터 연나라·제나라 등의 바닷가에서 머무는 괴이하고 사정에 어두운 방사들이 대부분 이소군이 한 짓을 모방하였고, 계속해서 귀신에 대한 일들이 말해졌다.

박현 사람인 박유기(薄誘忌)가 태일신(泰一神)에 제사 지내는 방술에 대해서 천자에게 말했다.

"천신 중에서 귀한 자가 태일신이며 태일을 보좌하는 것이 오제입니다. 옛날에 천자는 봄과 가을에 장안의 동남쪽 교외에서 태일에게 제사를 지냈는데 태뢰(太牢 : 각각 10마리씩의 소, 양, 돼지)를 제물로 사용하여 7일 동안 거행하였고, 제단을 만들고 팔방으로 통하는 귀도(鬼道)를 만들어 귀신이 오고 갈 수 있도록 했습니다."

그래서 천자는 태축(太祝)에게 명하여 장안 동남쪽 교외의 땅에 태일신을 모시는 사당을 세우게 하고, 항상 박유기가 말한 방식과 같이 받들어 제사를 지내게 했다.

그 후에 어떤 사람이 글을 올려 아뢰었다.

"옛날에 천자는 3년마다 한 번씩 태뢰로 천일신(天一神), 지일신(地一神), 태일신 이 세 신에게 제사 지냈습니다."

천자는 그렇게 하라고 허락하고 태축에게 박유기의 건의로 세운 태일의 제단 위에서 그가 상소한 방식에 의해서 제사를 지내라고 명했다. 그 후에 어떤 사람이 다시 글을 올려 아뢰었다.

"옛날에 천자는 항상 봄, 가을에 토산물을 바쳐 재앙을 물리치는 제사를 지냈는데 황제에게 제사 지낼 때는 어미를 잡아먹는다는 효조(梟鳥)와 아비를 잡아먹는다는 파경(破鏡)을 한 마리씩 사용했고, 명양신(冥羊神)에 제사 지낼 때는 양을 사용했으며, 마행신(馬行神)에게 제사 지낼 때는 한 필의 푸른빛 수말을 사용했고, 태일신·고산산군(皐山山君)·지장신(地長神)에게 제사 지낼 때는 소를 사용했으며, 무이군(武夷君)에게 제사 지낼 때는 마른 어물(魚物)을 사용했고, 음양사자(陰陽使者)에게 제사 지낼 때는 소 한 마리를 사용했습니다."

그러자 천자는 사관에게 그가 말한 방식대로 하되, 박유기의 건의로 세운 태일단 옆에서 제사를 지내라고 명했다.

그 후 천자의 동산에 흰 사슴이 나타나자, 사슴의 가죽으로 화폐를 만들어 상서로운 조짐을 선양했고 백금을 주조했다.

그 이듬해 옹현에서 교사를 지내다가 뿔이 하나 달린 짐승을 잡았는데, 모양이 고라니 같았다. 담당 관원이 말했다.

"폐하께서 엄숙하고 공경스럽게 교사를 지내시니 하늘이 보답으로 뿔이 하나 달린 이 짐승을 내려주셨는데, 아마도 기린(麒麟 : 전설 속의 성군이 다스리는 시대에 나타난다는 길상의 동물)인가 봅니다."

그래서 그것을 오치에 바치고 각 제터에서마다 소 한 마리씩을 태우게 했다. 제후들에게도 백금을 내려주어 그러한 부응이 하늘의 뜻에 부합하기 위함이라는 뜻을 나타냈다.

그래서 제북왕은 천자가 장차 봉선을 거행할 것이라고 생각하여 태산과 그 주위의 성읍을 바치겠다는 글을 올렸다. 천자는 그것을 받고는 다른 현을 그에게 상으로 주었다.

천자는 상산왕이 죄를 짓자 추방시키고 상산왕의 동생을 진정(眞定)에 봉하여 선왕의 제사를 잇게 하였으며, 상산을 군(郡)으로 삼았다. 그때부터 오악(五嶽)은 전부 천자의 군 안에 들게 되었다.

그 이듬해에 제나라 사람 소옹(少翁)이 귀신을 불러들이는 방술을 보여주겠다면서 황제를 만나뵈었다. 황제에게는 총애하던 왕부인(王夫人)이 있었는데 그녀가 죽자 소옹이 방술을 써서 한밤에 왕부인과 부엌신의 형상을 불러왔으며 천자는 장막을 통해서 그녀를 만나보았다. 때문에 소옹을 봉하여 문성장군(文成將軍)으로 삼고 많은 재물을 상으로 내렸으며 빈객의 예의로 그를 대우했다. 그랬더니 문성장군이 진언했다.

"황제께서 설사 신선과 교류하고 싶어 하신다 해도 궁실과 의복이 신선이 사용하는 것과 다르면 신선이 오지 않을 것입니다."

그래서 황제는 구름무늬를 그린 수레를 만들었으며 아울러 각기 그날에 맞는 신령스런 수레를 골라 타고서 악귀를 쫓았다. 또 감천궁을 지어서 안에 대실(臺室)을 만들고 그 안에는 천신·지신·태일신의 형상을 그려 넣고 제사 도구를 두어 천신을 불러들였다.

하지만 1년이 지나자 그의 방술은 갈수록 영험이 떨어졌고 신선은 오지 않았다. 그러자 그는 비단 위에 글을 써서 소에게 먹인 후 모르는 체하며 그 소의 배 속에 기이한 물건이 있다고 말했다. 소를 죽여서 보니 비단에 쓰여져 있는 글이 있었는데 그 글의 내용이 너무나 기괴하여 천자는 이 일의 진위에 대해서 의심하게 되었다. 그런데 마침 소옹의 필적을 알고 있는 사람이 있어 그에게 물었더니 과연 위조된 글이었다. 그래서 황제는 결국 문성장군을 죽이고 이 사건을 은폐시켰다.

그 후에 황제는 또 백량대(柏梁臺), 구리기둥, 승로선인장(承露仙人掌 : 이슬을 받기 위해서 신선의 손바닥 같은 모습으로 만든 받침대) 따위를 만들었다.

문성장군이 죽은 다음 해에 천자는 정호(鼎湖)에서 큰 병을 얻었다. 때문에 무의(巫醫)가 써 보지 않은 방법이 없었지만 낫지 않았다. 그러자 유수(遊水)의 발근(發根)이 진언했다.

"상군에 무당이 있는데 그는 병을 앓으면서 신령이 자기의 몸에 내려오게 할 수 있습니다."

황제는 그를 불러다 감천궁에서 제사를 지내도록 하고서 모셔 두었다. 이 윽고 무당이 병이 나자 그에게 시켜 신군(神君)에게 물어보게 했더니 신군 이 말했다.

"천자께서는 병 때문에 걱정하지 마십시오, 병이 조금 나아지면 무리해서 라도 감천궁으로 와서 저를 만나시면 완전히 낫게 됩니다."

그래서 황제가 병세가 조금 나아졌을 때 감천궁으로 행차했더니 병이 말 끔히 나았다.

황제는 천하에 대사면령을 내리고 수궁(壽宮)으로 신군을 옮겼다. 그랬 더니 신군 중에서 가장 높은 신인 태일신과 그를 보좌하는 대금(大禁), 사명 (司命)으로 불리는 무리도 모두 그 신군을 따라왔다. 신령의 모습은 볼 수 없었지만 그들의 목소리는 들을 수 있었는데 사람이 말하는 것과 같았다. 그들은 때로는 떠나갔다가 때로는 돌아오기도 했는데 올 때는 바람이 스쳐 가는 듯한 소리가 났다. 그들은 궁실의 휘장 속에 거처하며 어떤 때는 낮에 이야기했지만 평상시에는 밤에 이야기를 나누고는 했다.

천자는 악을 제거하고 복을 비는 제사를 지낸 뒤에야 수궁에 들어갔다. 무당을 주인으로 여기면서 음식을 얻어먹었는데 신군이 하고 싶은 말은 무 사를 통해서 전달되었다. 황제는 또 수궁과 북궁(北宮)을 짓고 깃털을 장식 한 깃발을 세웠으며, 제사 기구를 두어서 신군에게 예의를 나타냈다. 황제 는 신군이 한 말은 사람을 시켜 받아쓰게 하였는데 그것을 이름하여 화법 (畵法)이라고 한다. 그 말들은 보통 사람들도 알 수 있는 것으로 특별한 것 이 전혀 없었다. 하지만 그런데도 천자는 혼자서 즐거워했다. 그 일들은 비 밀에 해당되는 일이었으므로 세상 사람들은 알지 못했다.

그로부터 3년 후에 담당 관리들이 기원(紀元)은 마땅히 하늘의 상서로움 [天瑞]으로 이름을 지어야지 1, 2 같은 숫자를 사용해서는 안 된다는 의견을 제시했다. 첫 번째 기원은 「건원(建元)」이라고 하고, 두 번째 기원은 혜성 이 나타났으므로 「원광(元光)」이라 하고, 세 번째 기원은 제사 지낼 때 뿔이 하나 달린 짐승을 얻었으므로 「원수(元狩)」라고 부를 것을 건의했다.

그다음 해에 겨울에 천자가 옹현에서 교사를 지내면서 관리들에게 말했다.

"오늘 짐이 상제께 직접 제사를 지냈지만 후토께는 제사를 지내지 않았으니 예의가 제대로 갖춰진 것이 아니다."

담당 관원은 태사공, 사관 관서 등과 의논한 뒤에 아뢰었다.

"천지신께 제사 지낼 때 쓰는 가축은 뿔이 누에고치나 밤처럼 작아야 합니다. 이제 폐하께서 몸소 후토께 제사 지내려면 연못 가운데 떠 있는 둥근 구릉에 제단 다섯 채를 만들고 각 제단마다 누런 새끼송아지 한 마리씩을 제물로 갖추십시오. 제사가 끝나면 전부 땅에 묻어야 하며 제사를 진행하는 사람들은 모두 황색 옷을 입어야 합니다."

그래서 천자는 동쪽으로 가서 후토의 제단을 분음수(汾陰□) 위에 세우기 시작했는데 그것을 만드는 방식은 관서 등의 의견에 따랐다. 그리고 지신께 멀리서 직접 절을 올렸는데 하늘에 제사 지내던 예의와 같이했다. 제사가 끝나자 천자는 형양을 거쳐서 돌아오다가 낙양을 지나면서 명을 내렸다.

"삼대(三代)가 멀어지고 끊어진 지 너무 오래되었기에 그 후대가 보존되기 어렵게 되었다. 사방 30리의 땅에 주나라의 후예를 봉해 주자남군(周子南君)으로 삼고 그의 선왕들을 받들어 제사 지내도록 하라."

그 해에 천자는 각 군현을 순행하기 시작했으며 점점 태산에 가까워졌다.

그해 봄 낙성후(樂成侯)가 천자에게 글을 올려 난대에 대해서 진언했다. 난대는 교도왕의 집안에 있던 사람으로 옛날에 문성장군과 같은 스승 밑에서 공부하다가 얼마 후에 교동왕의 약제사가 되었다. 낙성후의 누나는 강왕(康王)의 왕후가 되었지만 아들이 없었으며 강왕이 죽자 다른 첩의 아들이 즉위하여 왕이 되었다. 그런데 강왕의 왕후는 음란한 행동을 했기에 새 왕과 뜻이 맞지 않았으므로 법을 이용하여 서로를 곤경에 빠뜨리고자 했다.

강후는 문성장군이 이미 죽었다는 소식을 듣고서 자신이 천자에게 호감을 사고 싶어, 난대를 보내 낙성후를 통해 천자를 만나 뵙고 방술에 대해서 이야기하려고 했다.

천자는 문성장군을 죽인 뒤에 그를 너무 일찍 죽였음을 후회하면서 그의 방술을 다 써 보지 못했음을 애석해하고 있었다. 그러던 중에 난대를 만나게 되자 매우 기뻐했다. 난대는 사람됨이 키가 크고 잘생긴 데다 많은 방술과 책략에 대해서 이야기했으며 과감하게 큰소리를 치면서도 주저하는 태도를 보이지 않았다.

난대는 말했다.

"신은 일찍이 바다를 왔다 갔다 하며 안기생과 선문고(羨門高)의 무리를 만났습니다. 하지만 그들은 신의 신분이 미천한 것만을 생각하며 믿지 않았고, 강왕은 제후에 불과할 뿐이라 저의 방술을 전해 주기에는 부족한 인물이라는 생각이 들었습니다. 신이 여러 번 강왕에게 얘기했지만 강왕은 신을 등용하지 않았습니다. 신의 스승은 저에게 말했습니다. '황금을 만들 수 있고, 황하의 터진 둑을 막을 수 있으며 불사약을 구할 수 있고, 신선도 불러올 수 있다' 하지만 신은 문성장군처럼 될까 봐 걱정이 됩니다. 그렇게 되면 신선의 법술을 닦는 도술가들은 일제히 입을 틀어막을 것이니, 어찌 과감하게 방술에 대해서 이야기할 수 있겠습니까!"

그러자 황제는 말했다.

"문성장군은 말의 간을 먹고 죽었을 뿐이오. 그대가 만약 문성장군의 방술을 수련할 수 있다면 내가 무엇을 아끼겠소?"

난대가 아뢰었다.

"신의 스승은 다른 사람을 찾아가지 않습니다. 다른 사람들이 그를 찾아옵니다. 폐하께서 기필코 신선을 불러오고 싶다면 신선의 사자를 귀하게 대우해야 합니다. 신선의 사자의 친척들도 빈객의 예로써 대우하며 업신여기지 말고 그에게 각종 인장을 차게 해야만 비로소 신선과 교류하며 이야기할 수 있습니다. 그렇게 해도 신선이 만나 줄지 만나 주지 않을지는 알 수 없습니다. 그러므로 신선의 사자를 특별히 존중한 뒤에야 신선을 불러올 수 있을 것입니다."

그래서 천자는 그에게 하찮은 방술로라도 먼저 영험을 보여 달라고 청했다. 그 말을 들은 그가 바둑돌을 바둑판 위에 놓았더니 돌들이 서로 부딪쳤는데 그것은 같은 극끼리 서로 밀치려는 자석의 성질을 이용하여 황제를 속인 것이었다.

그즈음에 천자는 황하가 넘칠까 봐 한창 걱정하고 있었고 황금도 제조하지 못하고 있었기에 즉시 난대에게 벼슬을 내려 오리(五利)장군으로 삼았다. 한 달이 지나자 난대는 네 개의 금 인장을 얻게 되었다. 천사(天土)장군, 지사(地士)장군, 대통(大通)장군과 천도(天道)장군의 인장을 차게 된 것이다.

천자는 어사에게 다음과 같은 조칙을 내렸다.

"옛날에 하우는 구강(九江 : 아홉 지류가 되는 장강의 물질)을 소통시키고 네 개의 큰 강인 장강과 황하, 회하, 제수를 개통시켰다. 최근에 황하가 넘쳐서 높은 언덕이 물에 잠겼고 백성들은 제방을 쌓느라 쉬지 못했다. 짐이 천하를 다스린 지 28년이나 되자 하늘이 짐에게 신선의 술법을 닦는 사람을 보내 주신 것 같으니 난대는 아마도 하늘의 뜻에 통할 수 있을 것이다. 《역경(易經)》「건괘(乾卦)」에 '비룡이 하늘에 있고, 큰 기러기가 높은 둑으로 날아가네'라고 했는데 그 글의 의미는 아마도 난대를 얻은 것과 비슷한 것이 아닐까 생각한다. 2천 가구를 지사장군 난대에게 봉하여 낙통후(樂通侯)로 삼는다."

천자는 또 난대에게 제후에게 주는 저택과 종 천 명을 주었다. 황제가 쓰지 않는 수레, 수레에 딸린 말, 휘장, 기물들도 주었기에 난대의 집 안이 가득 차게 되었다. 또 위장(衛長)공주를 그에게 시집보내고 황금 1만 근을 보내 주었으며 그녀의 봉호를 바꿔 당리(當利)공주라고 했다.

천자가 직접 오리장군의 저택을 방문하게 되자 사자들이 안부를 물었고 물건을 공급하는 사람들의 행렬이 길에 길게 줄줄이 이어졌다. 대장(大長)공주와 장상(將相) 이하의 모든 사람들이 그의 집에서 주연을 베풀고 돈과 재물을 바쳤다. 천자는 또 「천도(天道)장군」 이라는 옥도장을 새겨서 사자에게 우의(羽衣 : 도사들이 입는 깃털로 만든 옷)를 입혀 보내 밤에 백모(百茅 : 옛날에 제사용 그릇을 싸는 데 사용했던 풀) 위에 서서 주도록 하였고, 오리장군도 우의를 입고 백모 위에 서서 인장을 받게 했다. 그리하여 오리장군은 황제의 신하가 아님을 나타내었다.

「천도」 라고 새겨진 옥도장을 달고 다니는 자는 장차 천자를 위하여 천신을 인도할 사람임을 나타낸다. 때문에 오리장군은 항상 밤이면 자기 집에서 제사를 지내 신이 내려오도록 하고자 했다. 그런데 신령은 오지 않고 온갖 귀신만 모였다. 하지만 오리장군은 그들을 매우 잘 부릴 수 있었다.

그 후에 난대는 행장을 꾸려 길 떠날 채비를 하더니 동쪽으로 가서 바다에 들어가 그의 스승을 만나겠다고 말했다. 난대는 천자를 만난 지 몇 달 만에 여섯 개의 도장을 찼고 부귀를 천하에 떨치게 된 것이다. 그러자 연나라와 제나라 등의 바닷가에서 사는 방사들 중에서 자기에게 신선을 불러올 수 있는 방술이 있다고 팔을 휘두르며 장담하지 않는 자가 없었다.

그해 여름 6월 중순, 분음(汾陰)의 무당인 금(錦)이 위수의 후토 사당 옆에서 제사를 지낼 때였다. 땅에서 갈고리처럼 생긴 것을 발견하고 흙을 파 보다가 정(鼎)을 얻었다. 그런데 그 정이 일반 정보다 기이하게 큰 데다 무늬만 조각되어 있고 문자는 새겨져 있지 않았기에 이상하게 여기며 관리에게 보고했다.

관리는 하동의 태수 승(勝)에게 그 이야기를 알렸고, 승은 그 일을 위에 보고했다. 그러자 천자는 사자를 보내 무당 금을 조사하여 심문하였는데 정을 얻은 것이 간사한 속임수가 아니었으므로 예의로써 천지에 제사 지내게 했다. 뿐만 아니라 정을 맞이하여 감천궁으로 가서 수행 관원을 동행하여 천자가 하늘에 제사 지냈다.

그들이 중산에 도착했을 때였다. 흐렸던 하늘이 맑게 개이고 온화해졌으며 누런 구름이 덮었다. 그때 고라니가 지나가기에 천자가 직접 활을 쏘아서 잡아 그것으로 제사를 지냈다.

장안에 도착하자 공경대부들이 일제히 보정을 받들어야 한다며 천자에서 요청했다. 그러자 천자가 말했다.

"최근에 황하가 넘치고 흉년이 여러 해 동안 계속되었소, 그래서 순행하며 후토에 제사 지내고 백성들을 위해 오곡이 풍성하게 해 달라고 빌었소, 그러므로 올해는 풍작을 거두었지만 아직 신께 고하여 감사하는 뜻을 전하지 못했는데 정이 나온 것은 무엇 때문이오?"

담당 관리들이 입을 모아 말했다.

"옛날에 대제(大帝)께서 하나의 신정(神鼎)을 만들었는데 하나라는 것은 통일을 의미하며 신정은 천지 만물의 최후의 귀결이라고 들었습니다. 황제께서는 보정 세 개를 만들어 천(天)·지(地)·인(人)을 상징하셨습니다. 하우는 구주의 쇠붙이를 모아 아홉 개의 정을 만들어 제물을 삶아 하늘에 제사를 지내는 데 썼습니다. 그리하여 성스러운 군주를 만나면 정이 출현하게 되었으며 그것은 하나라와 상나라에 전해지게 되었습니다. 주나라의 덕이 쇠하고 송나라의 사직이 황폐해지자 정은 사수 바닥에 가라앉아 묻혀 다시 나타나지 않았습니다. 《시경(詩經)》의 「주송(周頌)」에 '안채에서 문밖까지 이르도록 제기를 살펴보고 양에서 소에 이르기까지 모든 재물을 살펴보니 큰 정과 작은 정이 모두 청결하구나…. 시끄럽게 떠들거나 오만하지 않으며 장수와 복을 엄숙히 구하네'라고 했습니다. 지금 보정이 감천궁에 도착했는데 광채가 나고 윤이 나 용이 변화하는 듯하니 끝없는 복과 은혜를 이어받은 것이 분명합니다. 이것은 중산에서 황백색의 구름이 내려와 덮은 것에 부합되는 일이며 짐승이 응답을 나타내는 것과 같습니다. 폐하께서 큰 활로 화살 네 발을 쏘아 신단 아래에서 고라니를 잡으셨으니 그것들 모두가 천지 귀신께 보답하는 성대한 제사가 된 것입니다. 오직 천명을 받은 제왕만이 마음으로 하늘의 뜻을 알아서 하늘의 덕행에 부합할 수 있습니다. 그러니 정은 마땅히 조상의 묘당에 바쳐야 하며 황제의 궁정에 소중히 감추어 두어 신명의 상서로운 징조에 부응하도록 해야 합니다."

천자는 말했다.

"허락하노라."

바다로 들어가 봉래를 찾던 자들은 봉래가 멀지 않은 곳에 있는데도 도달할 수 없는 이유는 아마도 그 기운을 보지 못하기 때문일 것이라고 말했다. 그러자 황제는 기운을 잘 보는 술사를 보내 관찰하게 했다.

그해 가을에 천자가 옹현에 행차하여 교사를 지내려고 했을 때 어떤 사람이 말했다.

"오제는 태일신을 보좌하는 자들이니 마땅히 태일의 재단을 세워 천자께서 몸소 제사를 지내셔야 할 것입니다."

그러나 천자는 주저하며 결정하지 못했다.

그때 제나라 사람 공손경(公孫卿)이 말했다.

"올해에 보정을 얻었는데 올해 동짓달 신사삭일(辛巳朔日) 아침은 동지가 되는 날이며 황제가 보정을 만든 때와 일치합니다."

그런데 공손경이 가지고 있던 찰서(札書 : 글씨가 쓰여진 작은 나뭇조각)에 다음과 같은 글이 적혀 있었다.

「황제가 완구에서 보정을 얻은 후에 귀유구(鬼臾區)에게 그 일에 대해서 물었다. 귀유구는 대답했다.

'황제께서 보정과 신책을 얻으셨습니다. 이 해의 기유삭일(음력 11월 초

하루)은 동지로 하늘의 기운이 끝나고 다시 시작하는 때에 해당합니다.'

그래서 황제가 달 수를 이용하여 역법을 추산해 보았더니 그 뒤로는 20년마다 음력 11월 초하루가 동지에 해당되었으며 무려 20여 번이나 추산하여 380년 만에 황제가 신선이 되어 하늘로 올라갔다.」

공손경이 소충(所忠)을 통해 그 일을 아뢰려고 했다. 그러나 소충은 그 글의 내용이 정도에 어긋나 있으므로 가짜라고 의심하여 사양하면서 말했다.

"보정에 대한 일은 이미 결정된 것인데, 아뢰어 무엇하겠는가!"

그래서 공손경은 천자가 총애하는 사람을 통해서 그 일을 아뢰었다. 천자는 매우 기뻐하며 공손경을 불러 그 일에 대해서 물었다. 그러자 공손경이 대답했다.

"이 글은 방사 신공(申功)에게서 받았는데 신공은 이미 죽었습니다."

천자가 물었다.

"신공은 어떤 사람이오?"

공손경이 대답했다.

"그는 제나라 사람입니다. 그는 안기생과 교제하였고, 황제의 말을 전수받았는데 남긴 글은 오직 이 정에 새긴 글만 있을 뿐이니 '한나라가 다시 일어난 시기는 황제가 정을 얻은 때에 해당된다. 한나라의 성인은 고조의 손자나 중손자 중에 있다. 보정이 나타나면 신과 통한 것이므로 봉선을 지내야 한다. 72명의 왕이 봉선을 지냈는데 유일하게 황제만이 태산에 올라가서 하늘에 제사 지냈다'라고 쓰여져 있습니다. 신공은, '한나라의 군주도 또한 봉선을 지내야 하며 봉선을 지내면 신선이 되어 하늘에 오를 수 있을 것이다. 황제 시대에는 제후국이 1만 개나 되었는데 봉선을 거행한 나라는 7천여 개였다. 천하에 명산이 여덟 개인데, 셋은 만이의 땅에 있고 다섯은 중원에 있다. 중원의 화산(華山), 수산(首山), 태실산(太室山), 태산(太山), 동래산(東萊山) 등 다섯 개 산은 황제가 항상 유람하며 신선과 만나던 곳이다. 황제는 한편으로는 전쟁을 하면서 또 한편으로는 선도(仙道)를 배웠다. 백성들이 그가 선도를 배우는 것을 걱정하자 귀신을 비난하는 자들을 참살했다. 이렇게 백 년이 넘은 뒤에야 신선과 교류할 수 있었다. 황제는 옹 땅에서 하늘에 교사를 지내느라고 석 달 동안 머물렀다. 귀유구는 「거대한 기러기(大鴻)」라고 불리다 죽었기에 옹 땅에 장사지냈는데 홍총이 곧 그의 무덤이다. 그 후에 황제는 명정(明廷)에서 수많은 신선들을 만났다. 명정이라는 곳은 지금의 감천궁이다. 이른바 한문(寒門)이라는 곳은 지금의 곡구(谷口)이다. 황제는 수산(首山)에서 구리를 캐어 형산 아래에서 정을 주조했다. 정이 완성되자 긴 수염이 달린 용이 달려와 황제를 영접했다. 황제가 용 위에 올라타자 신하들과 후궁 70여 명도 따라서 용의 몸 위에 올랐다. 용은 바로 하늘로 떠나갔다. 남아 있는 지위가 낮은 신하들은 올라가지 못하게 되자 모두 용의 수염을 잡아당겨 용의 수염이 뽑혀 떨어졌으며 황제의 활도 떨어졌다. 백성들은 황제가 이미 하늘로 올라간 것을 우러러 바라보고는 그의 활과 용의 수염을 끌어안고 부르짖었으므로 후세에는 이곳을 정호(鼎湖)라 하였고, 그 활을 오호(烏號)라고 불렀다'고 말했습니다."

그러자 천자가 말했다.

"아! 내가 황제와 같아질 수만 있다면 나는 해어진 짚신을 벗어 던지듯 아내와 자식 곁에서 떠날 것이다!"

그리고는 공손경에게 관직을 주어 낭관으로 삼고 동쪽으로 가서 태실산에서 신선을 기다리게 했다.

천자는 드디어 옹현에서 교사를 지내고 나서, 농서로 갔으며 그곳에서 서쪽으로 향해 공동산(空桐山)에 오른 다음 감천궁으로 돌아왔다. 그리고 사관 관서 등에게 태일신의 제단을 지을 것을 명했는데 제단은 박유기가 말한 태일단의 방식에 따르고 계단은 3층으로 나누게 했다. 오제의 제단은 태일단 아래에 빙 둘러 각기 오제가 주관하는 방위에 두고, 황제의 제단은 서남쪽에 두고 귀신이 다니는 길은 여덟 방향으로 통하게 했다. 태일단에 사용하는 제물은 옹현의 한 제터에서 올리는 제물과 같게 했다. 그리고 단술·대추·말린 고기 따위를 늘어놓았고, 검은 소 한 마리를 죽여서 제물로 바쳤다.

하지만 오제의 제사에는 제물과 단술만 바쳤다. 제단 아래 사방의 땅에는 오제를 보좌하는 뭇 신들과 북두칠성의 신위를 늘어놓고 제사를 지냈다. 제사가 끝나면 남은 제물을 모두 태워 버렸다. 제사에 쓸 소는 흰색을 택했으며 소의 배 속에 사슴을 넣고 사슴의 배 속에는 돼지를 넣은 뒤에 물이 스며들게 했다.

태양에 제사 지낼 때는 소를 썼고, 달에 제사 지낼 때는 양이나 돼지 한 마리만을 썼다. 태일신에게 제사 지내는 관원은 수를 놓은 자주색 옷을 입었다. 오제에 제사 지낼 때는 각기 오제에 해당하는 색 옷, 태양에 제사 지낼 때는 붉은 옷, 달에 제사 지낼 때는 옷을 입었다.

11월 신사일 초하루 아침 동짓날 날이 새려고 먼동이 틀 때 천자는 교외에서 태일신에게 제사 지내기 시작했다. 아침에는 태양을 향해서, 저녁에는 달을 향해서, 두 손을 모으고 절을 했으며, 태일신에게 제사 지낼 때는 용현에서 교사를 지내는 것과 같은 방식으로 했다. 제사 지내며 축원하는 글의 내용은 다음과 같다.

"하늘이 처음으로 황제에게 보정과 신책을 주시고, 초하루 아침이 지나면 다시 초하루 아침을 맞이하게 되며 하늘의 기원이 끝나면 다시 시작하니 황제는 공손하게 제사 드리옵니다."

그리고 옷은 황색 의복을 입었다. 제단에는 횃불들을 늘어놓아 신단을 환하게 밝히고 제단 옆에는 불을 때 삶을 수 있는 기구들을 놓았다.

관리가 말했다.

"제단 위에서 광채가 나옵니다."

그러자 공경대신이 이어서 말했다.

"황제께서 예전에 운양궁에서 태일신에게 교사를 드리기 시작하시자, 담당 관리들이 커다란 옥과 다섯 해 된 제물을 받들어 제사를 지내며 바쳤습니다. 그날 밤 아름다운 광채가 나타나 다음 날 낮까지 계속해서 빛났으며 황색 구름은 하늘까지 이어져 올라갔습니다."

그러자 태사공과 사관 관서 등도 말했다.

"신령이 나타나는 아름다운 모습은 복을 내리는 상서로운 조짐이니 마땅히 이곳 땅의 광채가 난 구역에 태일의 신단을 세워 하늘의 감응을 증험해야 합니다. 천자께서는 태축에게 가을과 겨울 사이에 제사를 지내라고 명령하시고 3년마다 천자께서 직접 한 번씩 교사를 지내십시오."

그해 가을에 황제는 남월을 토벌하기 위해 태일신에게 제사 지내 알렸다. 그 제사에서는 모형(牡荊 : 마편초과에 속하는 낙엽관목)으로 만들어진 깃대 위에 해와 달·북두·비룡을 그려서 천일삼성(天一三星)을 상징하게 하고 태일신에게 제사 지낼 때 제일 앞에 두는 깃발로 삼아「신령스런 깃발」이라는 이름을 붙였다. 전쟁 문제로 기도드릴 때마다 태사가 깃발을 받들며 정벌하려는 나라를 가리켰다.

한편 오리장군의 사자는 바다 안으로 감히 들어가지 못하고 태산에 가서 제사를 지냈다. 천자가 사람을 시켜 몰래 따라가 조사해 보게 했더니 아무도 만나지 않았다. 그런데도 오리장군은 자신의 스승을 만났다고 거짓말을 하였고, 그의 방술은 이미 쇠하여 대부분 효험이 없었다. 그래서 천자는 마침내 오리장군을 죽였다.

그해 겨울, 공손경은 하남에서 신선을 찾다가 구지성 위에서 신선의 자취를 발견했다. 그것은 꿩과 같은 동물이었으며 성 위에서 왔다 갔다 한 흔적이 있었다. 천자는 직접 구지성으로 행차하여 그 같은 자취를 관찰했다.

천자가 공손경에게 물었다.

"문성장군과 오리장군처럼 나를 속이는 것은 아니겠지?"

공손경이 대답했다.

"신선은 인간 세상의 군주를 찾아오지 않습니다. 때문에 인간 세상의 군주가 신선을 찾아야 합니다. 신선을 찾는 방법에 있어서도 시간을 넉넉히 두고 기다리지 않는다면 신선은 오지 않을 것입니다. 신선을 찾는 것은 허황된 일 같지만 거듭해서 찾으면 신선을 불러올 수 있습니다."

그래서 각 군과 제후국의 관리들은 각기 도로를 닦거나 쓸고 궁전의 누대와 명산의 신묘를 손보아 고쳐 놓고서 언젠가 신선이 오기를 바라게 되었다.

그 해에 한나라는 남월을 멸망시켰는데 천자가 총애하는 신하 이연년(李延年)이 찾아와 아름다운 음악을 소개했다. 천자는 그의 음악을 칭찬한 뒤에 공경들에게 말했다.

"민간의 제사에도 북을 치고 춤추는 음악이 있는데 지금 교사를 지내는 데 아무런 음악이 없으니 이 어찌 말이 되는가?"

공경대신들이 말했다.

"옛날에는 천지에 지내는 제사에는 모두 음악이 있었기에 천지 신령이 제사를 받아들일 수 있었습니다."

어떤 사람은 말했다.

"태제(泰帝)가 소녀(素女)에게 50현이 있는 거문고를 타게 했는데 너무나 슬퍼서 사용하지 못하게 할 수밖에 없었습니다. 그래서 거문고를 25현으로 고치게 했던 것입니다."

그래서 남월을 평정하고 태일신과 후토신에게 제사 지낼 때부터 비로써 음악과 춤을 사용했고 가수를 불러 노래도 부르게 했다. 이때부터 25현이 있는 거문고와 공후가 만들어지기 시작했다.

　다음 해 겨울, 천자가 의견을 내어 말했다.

　"옛날에는 먼저 무기를 거두어들이고 군대를 해산시킨 후에 봉선을 거행하였소."

　그리고는 북쪽으로 가서 삭방을 순행하며 10만이 넘는 병사들을 거느리고 돌아오다가 교산(橋山)에 있는 황제의 무덤에 제사 지내고 수여(須如) 땅에서 군대를 해산시켰다.

　그때 천자가 물었다.

　"나는 황제가 죽지 않았다고 들었소. 그런데 여기에 무덤이 있으니 어찌 된 일이오?"

　어떤 사람이 대답했다.

　"황제께서 이미 신선이 되어 하늘로 올라간 뒤에 신하들이 의관을 묻은 것입니다."

　감천궁으로 돌아온 천자는 장차 태산에서 봉선을 거행하기 위해 먼저 태일신에게 유사(類祠)를 지냈다.

　보정을 얻고 난 뒤 천자는 공경대부와 유생들과 함께 봉선을 거행하는 일에 대해서 상의했다. 봉선이 거행되는 일이 드물어 제사가 끊어졌기 때문에 그 의식에 대해 아는 사람이 없었기 때문이었다. 유생들은 〈상서(尙書)〉, 〈주관(周官)〉, 〈왕제(王制)〉에 있는 「망사(望祀 : 섶을 태우면서 산천의 신에게 제사 지내는 것)」, 「사우(射牛 : 천자가 제사 지낼 때 직접 활을 쏘아서 잡은 소를 제물로 바치는 것)」의 방식을 봉선에 쓰자고 건의했다.

　제나라 사람 정공(丁公)은 나이가 90여 세가 넘었는데 다음과 같이 말했다.

"봉선이란 말의 뜻은 죽지 않는다는 의미와 합치됩니다. 진시황제는 태산에 오르고도 봉선을 지내지 못했습니다. 폐하께서 반드시 오르시겠다면 조금 더 위쪽으로 올라가셔야 비바람이 없으니 산 위에서 무사히 봉선을 지낼수 있을 것입니다."

그래서 천자는 유생들에게 「사우」를 연습하라고 명령하고 봉선 의식의 초고를 작성하게 했다. 몇 년 뒤에 있을 봉선을 거행할 때가 다가오고 있었다.

천자는 공손경과 방사에게서 황제가 봉선을 거행할 때 신물과 신선을 모두 불러와서 교류했다는 말을 들었다. 때문에 그는 황제를 본받아 신선과봉래의 방사에게 가까이 다가가면서 세속을 초탈하여 구황(九皇)과 덕을 나란히 하고, 또 유가의 도를 널리 택하여 화려함을 늘리고자 했다.

그러나 유생들은 원래부터 봉선과 관련된 일을 밝혀낼 수 없었고, 또《시경》이나,《서경》같은 옛글에 얽매여서 과감하게 의견을 나타내지도 못했다. 천자가 봉선에 사용하는 그릇을 유생들에게 보여 주었더니 그들 중의 어떤 사람은 "옛것과 같지 않습니다"라고 했고, 서언(徐偃)은 "태상(太常)의 제자가 거행하는 예식은 노나라 것만큼 좋지 않습니다"라고 했으며주패(周覇)는 집회를 열어 봉선에 대한 일을 논의하려고 계획했다. 천자는결국 서언과 주패를 쫓아내고 유생들을 모조리 파면시켰으며 다시 등용하지 않았다.

3월에 천자는 동쪽으로 움직여 구지현으로 행차했고 중악 태실산에 올라가서 제사를 지냈다.

그때 수행했던 관원이 산 위에서 '만세!'라고 소리치는 듯한 말을 들었기에 산 위에 올라가 물었더니 산 위에서는 그런 말을 하지 않았다고 했다. 산아래에 내려가 물었더니 산 아래에서도 그런 말을 한 사람이 없다고 했다.그러자 천자는 3백 가구를 태실산에 봉해 제사를 받들어 모시게 하고 「숭고읍(崇高邑)」이라는 이름을 붙여 주었다.

동쪽으로 가다가 태산에 올랐는데 산의 풀과 나무의 잎이 자라나지 않았으므로 사람들에게 명하여 비석을 태산의 꼭대기에 세우게 했다.

천자는 동쪽으로 가서 바닷가를 순행하며 팔신(八神)에게 제사를 지냈다. 그때 어떤 제나라 사람이 괴이함이나 기이한 방술에 대해 이야기하는 자들이 1만 명이나 되지만 영험한 자는 전혀 없다는 글을 올렸다. 그러자 천자는 배를 더욱 늘려 띄워 보내 바다 가운데 신선이 사는 산이 있다고 말하는 자 수천 명에게 봉래의 선인을 찾으라고 명했다.

공손경은 부절을 가지고 먼저 가서 명산에서 신선을 기다렸다. 그가 동래에 이르렀을 때 밤에 어떤 사람이 보았는데, 키가 수십 척이나 되었지만 그에게 가까이 다가가면 사라져 버렸다. 결국 매우 큰 그의 발자국만 발견했는데 짐승의 발자국과 같았다고 말했다. 그러자 신하들 중에 어떤 이가, "한 노인이 개를 끌고 가는 것을 보았는데, 나는 '천자를 만나려고 합니다'라고 말하고는 조금 있다가 갑자기 사라졌습니다"라고 말했다. 천자는 원래 커다란 발자국을 보고도 믿지 않았으나, 신하들 중에 어떤 이가 노옹(老翁)에 대해 이야기하자 그 발자국의 주인은 역시 신선이라고 생각하게 되었다. 그래서 바닷가에서 머물러 묵으며 방사에게 역참의 수레를 내어주고, 겨를만 있으면 사자를 보내 신선을 찾으라고 했는데 명령을 받은 자들이 수천 명이나 되었다.

4월에 봉고현(奉高縣)으로 돌아온 천자는 유생들과 방사들이 봉선 의식에 대해 말했지만, 사람마다 의견이 다르고 도에 합당하지도 않아 시행하기 어렵다고 생각했다.

천자는 양보산에 도착해서 지신에게 제사를 지냈다. 을묘일에 시중과 유생에게 사슴 가죽으로 만든 갓을 쓰고 홀을 꽂은 관복을 입으라고 명하고 직접 사우(射牛) 의식을 거행했다. 태산 아래의 동쪽에 봉토를 쌓고 태일신에게 제사를 지내는 예의대로 교사를 지냈다. 그 제단은 넓이가 1장 2척이고 높이는 9척이었으며 제단 아래에는 옥첩서(玉牒書 : 천자가 하늘에 고하는 제문이 쓰여진 문서)가 있었는데 글의 내용은 비밀로 했다. 제사가 끝나자 천자는 단 한 사람 시중 봉거(奉車) 자후(子侯 : 곽거병의 아들)와 함께 태산에 올라가서 봉선을 지냈다. 그 일은 누설을 금했다. 다음날 천자는 산의 북쪽에 있는 길을 통해 아래로 내려왔다. 그리고 병진일에는 태산 기슭 동북쪽의 숙연산(肅然山)에서 제사 지냈는데 후토신에게 제사 지내는 의식과 똑같이 했다. 천자는 자신이 직접 제사를 모두 지내며 지켜봤다. 황색 옷을 입고 모든 제사에 음악을 사용했다. 양자강과 회수 지역에서 생산되는 영모풀로 신의 자리를 만들었고, 다섯 색깔의 흙을 섞어 제단을 메웠다. 먼 곳에서 사는 기이한 짐승, 날짐승과 흰 꿩, 모든 동물을 놓아주고 특별히 예를 갖추어 성대하게 제사 지냈다. 외뿔소, 모우, 무소, 대상(大象)과 같은 동물들은 사용하지 않았다. 태산에 다녀온 뒤에 그들은 모두 헤어졌는데 봉선 제사를 지내는 밤에는 불빛 같은 것이 나타났고 낮에는 구름이 제단 가운데서 솟아올랐다.

천자가 봉선을 지내고 돌아와 명당에 앉자, 신하들이 돌아가며 천자께 장수를 기원했다. 그러자 천자는 어사에게 명을 내렸다.

"짐은 미천한 몸으로 지극히 존귀한 자리를 이어받아 삼가고 두려워하며 임무를 수행하지 못하면 어쩌나 하고 걱정했다. 짐은 덕이 적고 변변치 않아 예악에 밝지 못하다. 태일신에 제사 지낼 때 형상의 경사스런 빛이 번쩍번쩍 빛을 발하기에 짐은 바라보다가 그 기이한 광경에 몹시 놀라서 그만두려고 했지만, 감히 그만두지 못하고 결국 태산에 올라 봉선을 지냈으며 양보에 도착하고 난 다음에는 숙연에서 지신께 제사 지냈다. 짐은 스스로 새로워져 기꺼이 사대부들과 다시 시작하고자 하며 백성들에게는 백 가구당 소 한 마리와 술 열 말씩을 내리고 나이 여든 살 된 노인, 고아, 과부들에게는 무명과 명주 두 필씩을 더 줄 것이다. 박(博), 봉고(奉高), 사구(蛇丘), 역성(歷城) 땅 백성들은 요역을 면제해 주고 올해의 조세를 내지 말도록 하라. 천하에 대사면령을 내려 을묘년에 내린 대사면령과 똑같이 하라. 짐이 순행하며 지나간 지역의 백성들은 더이상 징발하여 일을 시키는 경우가 없도록 하라. 2년 전에 저지른 죄는 재판하지 말라."

천자는 또 명을 내렸다.

"옛날에 천자는 5년에 한 번씩 순행, 감찰하고 태산에서 제사를 지냈으며 제후들이 조회하러 오면 머무를 곳이 있었다. 제후들은 각자 태산 아래에 관사를 짓도록 명하노라."

천자가 태산에서 봉선을 마칠 때까지 비바람이 몰아치는 재앙이 없었다. 방사들이 봉래산 등 신선이 사는 산을 찾을 수 있을 것이라고 다시 진언했더니 천자는 기뻐하면서 어쩌면 신선을 만날 수 있을 것이라고 기대했다. 그리하여 바로 다시 동쪽으로 가서 바닷가에 도착하여 전방을 바라보면서 봉래의 신선을 만나게 되기를 바랐다.

그런데 봉거 곽지후가 갑작스럽게 병에 걸렸으며 하루 만에 죽었다. 그래서 천자는 마침내 길을 떠나 바닷가를 따라 북쪽으로 가다가 갈석(碣石)에 도착했으며 요서에서부터 순행하여 북쪽 변경을 거쳐 구원(九原)에 이르렀다.

천자는 5월에야 돌아가 감천궁에 도착했다. 그러자 관원들이 보정이 출현한 해의 연호는 원정(元鼎)이며 올해는 봉선을 거행했으므로 원봉(元封) 원년으로 해야 한다고 아뢰었다.

그해 가을에 어떤 별이 동정(東井) 위의 밤하늘에서 어지럽게 빛났다. 열흘이 지난 뒤에 또 어떤 별이 다시 삼능(三能) 위의 밤하늘에서 어지럽게 빛났다. 그러자 하늘의 운기를 보고 길흉을 점치는 왕삭(王朔)이 말했다.

"혼자 관찰했을 때는 그 별이 호리병 박 모양으로 나타난 것이 발견되었는데 좀 긴 시간 뒤에 다시 들어가 버렸습니다."

담당 관원은 이렇게 말했다.

"폐하께서 한왕조의 봉선 의식을 창시하셨기에 하늘이 보답하시어 덕성

(德星)을 나타내신 것입니다."

다음 해 겨울에 천자는 옹현에서 오제에게 교사를 지내고 돌아와서 태일신에게 제사 지내고 축원을 올렸다. 제사를 지내며 다음과 같이 고했다.

"덕성이 휘황찬란하게 빛난 것은 아름답다고 여겨지는 상서로움입니다. 수성(壽星)도 연이어 나타나 매우 밝게 빛났습니다. 신성(信星)도 밝게 나타났기에 황제가 태축(泰祝)이 제사 지내는 모든 신령들에게 공경스럽게 절을 하옵니다."

그해 봄에 공손경이 동래산에서 신선을 만났는데 "천자를 만나려 한다"고 말하는 것 같았다고 아뢰었다. 그래서 천자는 구지성으로 행차했으며 공손경에게 벼슬을 내려 중대부로 삼았다.

그런데 아침에 동래에 도착하여 묵은 지 며칠이 지났는데도 보이는 것은 없고 거인의 발자국만 눈에 띌 뿐이었다. 그래서 다시 방사 천 명을 파견하여 신기한 물건을 찾고 영지도 캐 오게 했다.

그 해에는 가뭄이 들었다. 그래서 천자는 경도를 떠날 명분이 없게 되자, 비로소 만리사(萬里沙)에서 기도를 올렸고 도중에 태산에서 제사를 지냈다.

되돌아오다가 호자(瓠子)에 도착하여 터진 황하를 직접 나서서 막고 이틀 동안 머무르면서 말과 옥벽(玉璧) 등의 물건을 빠뜨려 하신(河神)에 제사 지낸 후에 그곳을 떠났다. 두 경(卿)에게 병사들을 거느리고 가 터진 황하를 막게 하고 황하를 두 수로로 흐르게 하여 우(禹)가 물을 다스리던 때의 옛 모습으로 회복시켰다.

그때는 이미 남월을 멸망시킨 후였는데 월나라 사람 용지(勇之)가 말했다.

"월나라 사람들의 풍습은 귀신을 믿는 것인데 그들은 제사를 지낼 때 언제든지 귀신을 볼 수 있고 종종 효험이 있습니다. 옛날에 동구왕은 귀신을 공경하여 수명이 160세나 되었습니다. 그런데 후손들이 귀신을 공경하지 않고 태만히 하였기 때문에 오늘날엔 쇠락하여 수명이 줄게 된 것입니다."

그러자 천자는 남월의 무당에게 월나라 식의 사당을 세워 묘대를 설치하되 제단은 없게 하고, 천신·상제와 온갖 귀신에게 제사 지내고 닭 뼈로 점을 치게 했다.

천자가 그의 말을 믿고 그대로 했으므로 한나라 백성들은 월나라 식 사당을 세우고 닭 뼈로 점을 치기 시작했다.

공손경은 말했다.

"신선을 만날 수 있는데도 천자께서 항상 허둥대며 재촉하셨기에 만나지 못하셨습니다. 지금 폐하께서 별관을 지으시고 구지성에 하신 것처럼 마른 고기와 대추를 차려 놓으시면 분명히 신선을 오게 할 수 있습니다. 아울러 신선들은 누대에 거주하기를 좋아한다는 것을 알려 드립니다."

그러자 황제는 장안에 비렴계관(蜚廉桂觀)을 짓고 감천에는 익연수관(益延壽觀)을 지으라고 명했으며 공손경을 시켜 부절을 가지고 제구를 늘어놓고 신선을 기다리게 했다. 통천대(通天臺)를 짓고 그 아래에 제구를 차려 놓고 신선이 오기를 기다렸다. 또한 감천궁에 다시 전전(前殿)을 짓고 궁실을 확장하기 시작했다. 여름에 영지가 궁전의 방 안에서 자라났다. 천자가 황하를 막고 통천대를 세우니 빛이 나타나는 것 같아 조서를 내려 말했다.

"감천궁의 방에서 영지 아홉 포기가 자라났으니 천하에 대사면을 내리고 백성들은 더 이상 노역을 시키지 말라."

그 이듬해에 조선을 정벌했다. 여름에 가뭄이 들었다.

공손경이 말했다.

"황제(黃帝)가 태산에서 봉선을 거행했을 때는 큰 가뭄이 들어 제단에 쌓은 흙을 3년 동안 말렸습니다."

천자는 조서를 내려 말했다.

"큰 가뭄이 들었으니 짐이 쌓은 제단의 흙을 말리라는 의미가 아니겠는가? 천하의 백성들이 영성(靈星)을 받들어 제사 지낼 것을 특별히 명하노라."

그 이듬해에 천자는 옹현에서 교사를 지냈고 회중(回中)의 길을 거쳐 순행했다. 봄에는 명택(鳴澤)에 이르렀다가 서하로부터 돌아왔다.

다음 해 겨울에 천자는 남군을 순행하고 강릉에 이르렀다가 동쪽으로 갔다. 잠현(潛縣)의 천주산(天柱山)에 올라 제사 지내고 그곳을 「남악(南嶽)」이라고 불렀다.

강에 배를 띄우고 심양에서 종양을 향해서 가다가 팽려를 지나 유명한 산과 하천에 제사 지냈다. 이어서 북쪽으로 가 낭야군에 도착하자 바닷가를 따라서 갔다. 그리고 4월 중순 봉고현(奉高縣)에 도착하여 봉선을 거행했다.

옛날에 천자가 태산에서 봉선을 거행할 때 태산 동북쪽 산기슭에 명당을 지었던 곳이 있었는데 그 장소는 험준하고 탁 트이지 않았다.

천자는 봉고현 근처에 명당을 짓고 싶었지만 유감스럽게도 지형의 이용 방법과 규모에 대해서 알지 못했다.

그런데 제남 사람 공옥대(公玉帶)가 황제 때의 명당 설계도를 바쳤다. 그것에는 전당이 한 채 있는데 사방에는 벽이 없고 띠로 지붕을 덮었으며 물이 통하게 되어 있었다. 담은 상하 이중으로 된 길을 만들어 빙 둘러져 있고 위에는 서남쪽에서 전당으로 들어가는 누각을 설치했으며 곤륜도(昆侖道)라는 이름을 가지고 있었다. 천자는 그 길을 따라서 전당에 들어가서 상제께 제사를 올렸다.

그래서 천자는 봉고현의 문수(汶水) 가에 공옥대의 설계도대로 명당을 짓게 했다. 그리하여 5년 후 봉선을 거행하게 되자 명당의 상방에서 태일신과 오제에게 제사 지내고 고황제의 위패는 반대편에 자리 잡게 했다. 하방에서는 태뢰 스무 마리로 후토신에게 제사 지냈다.

천자는 곤륜도를 따라 들어가서 교사 지내는 것과 같은 예의로 명당에서 제사 지내기 시작했다. 제사가 끝나자 다시 당 아래에서 땔나무를 태워 제사를 지냈다. 그리고 또 태산에 올라가 그 산 정상에서 비밀스런 방법으로 제사를 지냈다.

태산 아래에서 오제에게 제사 지낼 때는 각자 그들과 같은 색에 해당하는 방위에서 제사를 지내되, 황제와 적제는 같은 방위에 두었으며 담당 관원들이 받들어 제사 지냈다. 제사 지낼 때 태산 위에서 횃불을 들면 산 아래에서도 모두 호응하여 횃불을 들었다.

2년 후 11월 갑자일 초하루 아침 동지에 역법을 계산하는 사람이 그날을 역법 주기의 바른 기점으로 삼았다. 천자는 몸소 행차하여 태산에 도착해 11월 갑자 초하루 아침 동짓날에 명당에서 하늘에 제사 지냈는데, 봉선은 거행하지 않았다.

그는 제사 음식을 차려 놓고 축원하며 말했다.

"하늘이 황제에게 태원(泰元) 호칭과 신초(神草)를 주시어 주기를 돌고 나면 다시 시작하게 하셨습니다. 때문에 황제가 태일신께 공경스럽게 절을 올립니다."

천자가 동쪽으로 가 바다에 도착하여 바다에 들어가 신선을 찾는 사람과 방사들을 조사해 보았더니 증험을 얻은 사람이 없었는데도 인원을 늘려 파견하면서 신선을 만나기를 기다리고 있었다.

11월 을유일에 백량대에 큰불이 났다. 12월 갑오 초하룻날, 천자는 고리산(高里山)에서 몸소 봉선을 지내고 후토신에게 제사 지냈다. 발해에 다다라 봉래와 같은 신선들의 산에 망사를 지내고 신선이 사는 곳에 도착할 수 있게 되기를 바랐다.

천자는 돌아와 백량대에 큰불이 났으므로 감천궁에서 조회하며 연말 보고를 받았다. 공손경이 말했다.

"황제께서 청령대(靑靈臺)를 지으신 지 12일 만에 불에 타자 황제는 명정(明庭)을 지으셨습니다. 명정이 바로 감천궁입니다."

방사들도 대부분 고대의 제왕들 중에 감천에 도읍한 사람이 있었다고 진언했다. 그 후에 천자는 다시 감천궁에서 제후들의 조회를 받고 감천에 제후들의 숙사를 지었다. 그러자 용지가 말했다.

"월나라의 풍속은 큰불이 나 다시 집을 지을 때는 이전보다 크게 지어 집의 크기로 재앙을 누릅니다."

그래서 건장궁(建章宮)을 짓게 되었는데 규모는 대궐 안에 궁실이 빽빽하게 들어찼을 정도였다. 전전의 규모는 미앙궁보다 컸다. 그 동쪽에는 봉궐(鳳闕)이 있었는데 높이가 20여 장이었다. 서쪽에는 당중지(唐中池)가 있었는데 그 둘레가 수십 리나 되며 호랑이를 기르는 곳이 있었다. 북쪽에는 커다란 못을 만들고 그 가운데에 점대(漸臺)를 세웠는데 그 높이가 20여 장이었고 태액지(泰液池)라고 불렀다.

못 가운데에 선산 봉래(蓬萊), 방장(方丈), 영주(瀛洲), 호량(壺梁) 등의 섬을 만들었는데 바닷속의 선산, 거북, 물고기 따위를 상징했다. 남쪽에는 옥당궁(玉堂宮), 벽문(壁門), 신조(神鳥) 등의 조각상이 있었다. 또 신명대(神明臺)와 정간루(井幹樓)를 세웠는데 그 높이가 50여 장이었으며 천자의 수레가 통행할 수 있는 구름다리가 연결되어 있었다.

여름에 한왕조는 역법을 바꾸어 음력 정월을 한 해의 첫 달로 삼았고 황색을 숭상했다. 관직을 표시하는 도장의 글을 다섯 글자로 바꾸고 그 해를 태초(太初) 원년으로 했다. 한나라 군대는 그 해에 서쪽으로 가서 대원(大苑)을 토벌했다. 메뚜기 떼가 큰 피해를 입혔으며 정부인(丁夫人)과 낙양 사람 우초(虞初) 등이 방술을 이용하여 흉노와 대원을 저주하는 제사를 지냈다.

그 이듬해에 사관들이 천자에게 옹현의 다섯 제터에 익힌 태뢰와 향기 나는 제물을 갖추지 못했다고 아뢰었다. 그러자 천자는 사관에게 삶은 새끼 송아지를 제터에 바치도록 하고 오행의 원칙에 따라 제터에 부합하는 제물을 골라 사용하게 했다. 또한 망아지는 나무로 만든 말로 바꾸도록 명했지만 오제의 제사에 천자가 행차하여 직접 교사를 지낼 때는 망아지를 제물로 사용했다. 아울러 유명한 산과 하천에 지내는 제사에 써야 하는 망아지들도 모두 나무로 만든 말로 바꾸었다.

천자가 순행하며 지나다 제사를 지낼 때에야 비로소 망아지를 썼다. 다른 예식은 원래 했던 방식과 똑같게 했다.

그다음 해에 천자가 동쪽으로 가서 바닷가를 순행하며 신선을 불러오는 모든 일에 탐구해 보았으나 어떠한 조짐도 보이지 않았다. 그때 어떤 방사가 아뢰었다.

"황제 때 다섯 성과 열두 누각을 짓고 집기(執期)에서 신선을 기다렸는데 그 누대에 영년(迎年)이라는 이름을 붙였습니다."

천자는 그가 건의한 방식대로 짓는 것을 허락하고 「명년(明年)」이라는 이름을 붙였다. 그리고 자기가 직접 하늘에 제사 지내고 의복은 황색을 숭상했다.

그러자 공옥대가 말했다.

"황제 때는 비록 태산에서 봉선을 지냈으나 풍후(風后), 봉거(封鉅), 기백(岐伯) 등이 황제에게 동태산(東泰山)에서 봉선을 지내고 범산(凡山)에서 지신에게 제사 지내게 하여 신령이 내려주신 부절이 합치한 뒤에야 죽지 않게 되었습니다."

그러자 천자는 제사 지낼 준비를 하라고 명을 내리고 떠나 동태산에 도착했는데 동태산이 낮고 작아 산의 명성에 걸맞지 않았다. 때문에 제사 담당 관원에게 제사는 지내되 봉선은 거행하지 말라고 명했다. 그 후에 공옥대에게 제사를 받들어 지내며 신선을 기다리라고 했다.

여름이 되자 천자는 드디어 태산으로 돌아와서 5년에 한 번 거행되는 봉선을 거행했다. 또한 석려산(石閭山)에서 지신에게 제사 지냈다. 석려산은 태산 기슭의 남쪽에 있었는데 대부분의 방사들이 그곳이 신선의 마을이라고 말했기 때문에 천자가 몸소 가서 지신에게 제사 지낸 것이다.

그 후 5년에 천자는 다시 태산으로 가서 봉선을 거행하고 돌아가는 길에 상산(常山)에서 제사 지냈다.

그때 천자가 창시한 제사는 태일사(泰一祠)와 후토사(后土祠)로 3년마다 직접 교사를 지냈고 한왕조가 창신한 봉선은 5년에 한 번씩 제사를 거행했다. 박유기의 건의로 세운 태일(泰一)과 삼일(三一), 명양(明羊), 마행(馬行), 적성(赤星) 등 다섯 신사는 사관 관서에 의해 해마다 때에 맞춰 제사를 지냈다.

이상 여섯 곳의 제사는 모두 태축이 담당했다. 여덟 신들 중에서 여러 신과 명년, 범산, 그 밖의 유명한 신사는 천자가 순행하다가 들를 때에만 제사 지내고 떠나면 제사를 지내지 않았다.

방사들이 창시한 제사는 각자가 주관하였고 창시한 사람이 죽으면 곧 끝나는 것일 뿐, 사관이 주재하지 않았다. 그 밖의 제사는 이전과 같았다. 오늘날 천자가 지내기 시작한 봉선은 그 후 12년을 돌아보면 오악(五嶽)과 사독(四瀆)에서도 두루 제사 지내게 되었다.

그리고 방사들은 신선에게 제사를 지내며 바다로 들어가 봉래를 찾아보았지만 결국은 효험이 없었다. 또한 공손경은 거인의 발자국을 보고 신선을 기다렸지만 아무런 효험도 없었다. 천자는 나날이 방사들의 기괴하고 빙빙 돌리는 말에 싫증과 권태를 느끼게 되었으나, 끝내 얽매이고 속박되었기 때문에 끊지를 못했다. 천자가 진심으로 신선을 만나길 기대했기 때문이었다. 그때부터 방사들 중에 신선에 대해서 말하는 자들이 더욱 많아졌는데 그 결과가 어땠을지 추측이 되고도 남는다.

    태사공은 말한다.

"나는 천자와 함께 순행하며 천지의 여러 신과 유명한 산과 하천에 제사를 지냈고 봉선도 거행했다. 수궁에 들어와서는 제사에 올리는 축사를 듣고 방사와 사관들의 말을 자세히 탐구했으며, 마침내 물러 나와 옛날부터의 귀신에게 제사 지내는 일에 대한 글을 순서대로 서술함으로써 제사의 겉과 속을 모두 다 밝혀 놓았다. 훗날에 군자는 이 글을 통해 모든 것을 고찰할 수 있을 것이다. 제사 음식을 담는 그릇과 제사용 옥 및 명주의 세세함이나 헌수(獻酬)의 예에 관한 자료는 사관들이 보존하고 있다."

| 사기연표 |

기원전 552년	노나라에서 공자가 태어나다.
기원전 547년	제나라의 경공이 즉위하다.
기원전 543년	자산이 정나라의 집정이 되다.
기원전 522년	초나라의 오자서가 오나라에 망명하다.
기원전 515년	오나라의 합려가 전도에게 왕 요를 죽이게 하고 왕위에 오르다.
기원전 510년	오나라가 처음으로 월나라를 공격하다.
기원전 496년	월왕 구천이 오나라 군대를 무찌르다. 오나라 왕 합려는 부상을 입어 죽고 부차가 왕위에 오르다.
기원전 494년	오나라 왕 부기가 원이라 왕 구천을 무찌르고 회계산에 가두다.
기원전 484년	오자서, 자결을 명령받다.
기원전 182년	오나라 왕 부차가 황거에서 중원이 제후들과 맹세하다.
기원전 179년	공자기 세상을 떠나다.
기원전 473년	월왕 구천이 오나라를 멸망시키고 패자가 되다. 구전을 도운 범려가 월나라를 떠나다.
기원전 453년	진나라의 한·위·조의 3가(家)가 지백을 멸망시키고 그 땅을 셋으로 나누다.
기원전 446년	위나라의 문후가 왕위에 오르다(기원전 397년 재위), 오기를 서초의 태수로 임명하다.
기원전 403년	한·위·조 삼가(三家)가 주나라 왕에 의해 제후에 봉해지다.
기원전 390년	맹자가 태어나고 묵자가 세상을 떠나다.
기원전 386년	제나라의 전화가 제후에 봉해지다.
기원전 381년	위나라에서 초나라로 망명한 오기가 죽임을 당하다.
기원전 370년	위나라의 혜왕이 왕위에 오르다(기원전 319년 재위).
기원전 361년	위나라가 안습에서 대량으로 도읍을 옮기다.
기원전 359년	진나라의 효공이 상앙을 등용하여 변법을 실시하다.

기원전 341년	위나라 군대가 제나라의 손빈의 전략에 의해 마릉에서 대패하다.
기원전 338년	상앙이 진나라에서 처형되다.
기원전 337년	한나라의 재상 신불해가 세상을 떠나다.
기원전 333년	소진이 합종을 성립시키고 여섯 나라의 재상을 겸하다.
기원전 328년	장의가 연형을 자칭하고 진나라의 재상이 되다.
기원전 326년	조나라의 무령왕이 왕위에 오르다(기원전 299년 재위).
기원전 320년	제나라의 위왕(기원전 357년 재위)이 죽고 선왕(기원전 301년 재위)이 왕위에 오르다.
기원전 307년	진나라의 소양왕(기원전 251년 재위)이 즉위하다.
기원전 299년	제나라의 맹상군이 진나라로 가서 재상이 되다.
기원전 298년	조나라의 혜문왕이 동생 승을 평원군에 봉하다.
기원전 293년	진나라의 백기가 한·위의 군대와 싸워 이궐에서 대승하다.
기원전 284년	연나라의 장군 악의가 제나라를 공격하여 도읍인 임치를 함락시키다.
기원전 278년	초나라의 굴원이 멱라에서 세상을 떠나다.
기원전 276년	위나라의 안리왕이 동생 무기를 신릉군에 봉하다.
기원전 270년	조나라의 장군 조사가 진나라군을 무찌르고 마복군에 봉해지다. 범수가 진나라에서 원교 근공책을 가르치다.
기원전 265년	평원군이 조나라의 재상이 되다.
기원전 260년	진나라의 백기가 장평에서 조나라 군대와 싸워 대승하다.
기원전 257년	진나라 군대가 조나라의 수도 한단을 포위하고 노중련이 조나라로 오다. 평원군의 요청으로 위나라의 신릉군과 초나라의 춘신군이 한단의 포위를 풀다.
기원전 255년	진나라가 범수를 물러나게 하고 채택을 승상에 임명하다.
기원전 249년	진나라의 장양왕이 즉위하고 여불위가 상국이 되다. 진나라가 주나라를 멸망시키다.

기원전 247년	진나라의 태자 정이 즉위하다(시황제), 이사가 진나라로 가다.
기원전 244년	조나라가 이목을 장군으로 삼아 연나라를 공격하다.
기원전 243년	위나라의 신릉군이 세상을 떠나다.
기원전 238년	초나라의 춘신군이 죽임을 당하다.
기원전 236년	진나라의 장군 왕전이 조나라를 공격하다.
기원전 235년	진나라의 여불위가 자살하고, 순자가 세상을 떠나다.
기원전 230년	한비가 진나라에서 죽임을 당하다.
기원전 228년	진나라의 왕전이 이끄는 군대가 조나라의 한단을 함락시키다.
기원전 227년	연나라 태자 단이 형가를 시켜 진왕 정을 죽이려다 실패하다.
기원전 225년	위나라가 진나라에게 멸망되다.
기원전 223년	초나라가 진나라에게 멸망되다.

진(秦)

기원전 221년	진나라가 제나라를 멸망시키고 천하를 통일하다.
기원전 215년	몽염을 보내 흉노를 토벌시키다.
기원전 214년	몽염이 만리 장성을 쌓다.
기원전 210년	진시황제가 순행 도중에 세상을 떠나다. 그리고 몽염이 죽임을 당하다.
기원전 209년	진승과 오광이 반란을 일으키다. 항우와 유방이 군대를 일으키다.

한(漢)

| 기원전 206년 | 유방이 진나라 왕 자영의 항복을 받고 관중으로 들어가다. 진나라가 멸망되다. 항우는 서초의 패왕이라 일컬어지고 유방이 한중왕에 봉해지다. |
| 기원전 205년 | 유방이 한중에서 북쪽으로 올라가 항우를 무찌르기 위해 군 |

대를 일으키다.

기원전 204년	한신이 조나라의 군대를 대패시키다.
기원전 203년	한신은 제나라 왕으로, 경포는 회남왕으로 봉해지다.
기원전 202년	항우가 해하에서 자살하다. 팽월이 양왕에 봉해지다. 유방이 제위에 올라 한나라를 세우다. 노관이 연왕에 봉해지다.
기원전 201년	숙손통이 조의를 제정하다.
기원전 200년	고조가 흉노를 공격하다가 포위되다.
기원전 196년	한신과 팽월이 죽임을 당하다.
기원전 195년	경포가 모반을 일으켜 죽다. 고조가 세상을 떠나다.
기원전 193년	소하가 세상을 떠나다.
기원전 189년	장량과 번쾌가 세상을 떠나다.
기원전 188년	혜제가 죽고 여후가 실권을 잡다.
기원전 180년	여후가 죽자 진평과 주발 등이 여씨 일족을 죽이고 고조의 아들을 제위에 오르게 하다(문제).
기원전 174년	회남왕 장이가 반란을 일으켰으나 실패하고 죽다.
기원전 169년	조착이 흉노족의 제압책을 건의하다.
기원전 166년	흉노족의 침입이 심해져 장안 근처까지 쳐들어오다.
기원전 157년	문제가 죽고 경제가 즉위하다.
기원전 154년	오나라 왕에 의해 오·초 칠국의 난이 일어나자 주아부가 평정하다. 조착이 살해되다. 원앙이 봉상이 되다.
기원전 152년	장창이 세상을 떠나다.
기원전 150년	질도가 제남태수에서 중앙으로 들어와 중위가 되다.
기원전 145년	사마천이 태어나다.
기원전 141년	경제가 세상을 떠나자 무제가 제위를 계승하다.
기원전 139년	장건이 사자가 되어 서역으로 가다.
기원전 126년	장건이 서역에서 귀국하다.

기원전 124년	공손홍이 승상이 되다.
기원전 121년	곽거병이 흉노를 토벌하다.
기원전 119년	소금과 철의 전매를 실시하다.
기원전 117년	곽거병과 사마상여가 세상을 떠나다.
기원전 104년	이광리가 장군이 되어 대안을 쳤으나 실패하다.
기원전 102년	이광리가 다시 대완을 정벌하여 항복시키다.
기원전 99년	이릉이 이광리의 별장이 되어 흉노를 치고 포로가 되다. 사마천이 이릉을 변호한 죄로 그다음 해에 궁형에 처해지다.
기원전 87년	무제가 세상을 떠나고 소제가 즉위하다.
기원전 86년	사마천이 세상을 떠나다.

사기 본기

• 초판인쇄 2020년 7월 5일 • 초판발행 2020년 7월 15일
• 편역 이언호 • 발행인 권우현 •   발행처 도서출판 큰방 (모든북)
  서울 동대문구 신설동 114-89 삼우C 403호
  TEL : 02)928-6778   FAX : 02)928-6771   E-mail : keunbang@naver.com
• 등록년월일 1989년 3월 7일 • 등록번호 제10-309호
• ISBN 978-89-6040-133-4 03820